Ulrike Blatter

Der Mann, der niemals töten wollte

KBV

1. Auflage September 2010
2. Auflage April 2011

www.kbv-verlag.de
E-Mail: info@kbv-verlag.de
Telefon: 0 65 93 - 99 86 68
Fax: 0 65 93 - 99 87 01
Umschlaggestaltung: Ralf Kramp
unter Verwendung von:
© Mollypix - www.fotolia.de
Redaktion: Volker Maria Neumann, Köln
Druck: Aalexx Buchproduktion GmbH, Großburgwedel
Printed in Germany
ISBN 978-3-940077-96-7

Für Sr. Madeleine Schildknecht,
die in Bosnien ihren Nachnamen neu entdeckte:
Schildträgerin für Hoffnung und Versöhnung

Was ist Wirklichkeit?
Verkürzt gesagt: wir selbst.
Was sind Tatsachen?
Verkürzt gesagt: Absurditäten.
Imre Kertész

PROLOG

Die beiden Soldaten saßen sich an einem Tisch gegenüber. Zwischen ihnen lag ein Zigarettenpäckchen der Marke DRINA. Die Fenster waren mit Pappe zugeklebt. Licht fiel lediglich durch ein Loch in der Zimmerdecke. Das obere Stockwerk und das Dach waren zerstört. Das Zimmer, in dem sie saßen, war das einzige im Haus, vielleicht sogar das einzige im ganzen Dorf, das noch einigermaßen intakt war. Sie nutzten es zum Rückzug während der Kampfpausen. In den anderen Zimmern wuchsen zwischen Schrott und zerschlagenen Möbeln junge Bäume empor. Die Soldaten waren weder durch Kampfanzüge oder eine Uniform eindeutig einer der Kampfparteien zuzuordnen. Der Jüngere trug eine Weste mit Camouflage-Muster über einem grauen Sweatshirt sowie Turnschuhe, die ehemals weiß gewesen waren. Außerdem hatte er sich eine verspiegelte Sonnenbrille ins Haar geschoben. Der Ältere hatte seine Waffen griffbereit neben sich liegen. Ein breites Messer steckte in seinem rechten Stiefelschaft. Außer diesen Waffen war nichts an ihm, was ihn als Kämpfer kennzeichnete. Er hätte ein Bauer sein können oder ein Lehrer, der in seiner Freizeit gerne an Autos herumbastelt.

Es war ein einfacher Holztisch, an dem sie saßen, und es waren einfache, billige Holzstühle, die in dieser Umgebung befremdlich unversehrt wirkten. In der Zimmerecke, die am dunkelsten war, schräg gegenüber dem Loch in der Decke, lag ein Bündel, eingewickelt in eine grauwollene, schwere Militärdecke. Unten schauten zwei Füße heraus. Sie steckten in billigen Plastikschuhen, die hinten heruntergetreten waren. Die Decke hatte schon in dem Zimmer gelegen, als sie es gestern bezogen hatten. Sie stank entsetzlich nach Mäusepisse, aber das konnte dem Toten egal sein. Während sie dort saßen und schwiegen, breitete sich allmählich eine große Blutlache an dem einen Ende der Decke aus.

Der ältere Soldat nestelte eine Zigarette und ein Feuerzeug aus dem Päckchen und zündete die Zigarette an.

Der Jüngere schaute ihm kommentarlos zu, als das Feuerzeug mehrmals klickte, ohne dass eine Flamme kam.

Als der ältere Soldat schließlich doch den Rauch ausstieß und sich zurücklehnte, ergriff der Jüngere das Wort. »Du sprichst nicht.«

»Nein.«

»Willst du nicht?«

Schulterzucken des Älteren. Das leise, fressende Geräusch, wenn die Glut dünnes Zigarettenpapier ergreift.

»Du gehst wieder raus? Gleich?«

»Ja.«

»Triffst du ihn?«

»Weiß nicht.«

»Muss schlimm sein für dich.«

Der Ältere zuckte wieder mit den Schultern. Er schaute auf die Tischplatte. Er schaute durch die zerfetzte Zimmerdecke hinaus. Draußen war ein lichter, blauer Frühlingstag.

Auch der jüngere Soldat nestelte jetzt eine Zigarette aus dem Päckchen und zündete sie an. Bei ihm funktionierte das Feuerzeug problemlos. Sie rauchten eine Weile schweigend und lauschten nach draußen. Der Kampflärm von der anderen Talseite war verstummt. Es war sehr still. Man hörte noch nicht einmal das Geräusch eines Vogels.

»Habt ihr euch lange gekannt?«

Der Ältere sagte: »Was heißt schon ›lange‹. Ich habe ihn gekannt.«

»Muss schlimm sein.«

»Schlimm! Schlimm! Was weißt du? Weißt du, was wirklich schlimm ist?« Die Stimme des älteren Soldaten war laut geworden.

Der junge Soldat schwieg und schaute ihn an.

Der Ältere fuhr fort: »Wirklich schlimm ist dieses beschissene Gefühl, dass ich nicht meine Pflicht getan habe.«

»Ja, da hast du wohl recht.« Manche Sätze wurden nur gesagt, damit das Schweigen nicht zurückkam.

Das Gesicht des älteren Soldaten hatte sich verändert. Seine Augen waren kleiner geworden. Schwarze Funken, die rückwärts in einen Tunnel gesogen wurden. Jetzt sah er gefährlich aus. Unberechenbar.

»Siehst du – selbst du sagst es! Ich hätte ihn töten können. Da drüben. Ich hatte ihn genau im Visier. Er hat mich nicht gesehen. Aber ich ihn. Den bleichen Fleck, wo sein Gesicht war, das Gewehr, die Uniform, alles. Ich hatte ihn genau im Visier. Mein Fehler. Ich habe nicht abgedrückt, ich habe ihn durch das Zielfernrohr angeschaut. Viel zu lange habe ich ihn angesehen.

»Und dann? Was war dann?«

»Er hatte ein Gesicht, verstehst du? Ein Gesicht wie einer von uns. Ich bin erschrocken. Wie soll ich das erklären. Dachte, ich kenn ihn. War unsicher. Schaute noch mal hin.«

Sie rauchten.

»In Wirklichkeit kannte ich ihn gar nicht. Aber auf einmal schien mir, er hätte aus meinem Dorf sein können oder aus einem Nachbardorf, verstehst du? Er schien mir auf einmal ... Er war irgendwie ... vertraut. Kannst du das verstehen? Er saß unter einem Tarnnetz und zielte mit dem Gewehr auf mich. Ich saß da unter meinem Tarnnetz und zielte mit dem Gewehr auf ihn. Netter Kerl, habe ich gedacht. Er schien mir ein netter Kerl zu sein.«

»Ja, das kommt vor. Man darf eben nicht so genau hinschauen. Es ist besser, du siehst sie als Tiere.«

»Ja, kann sein, du hast bestimmt recht.«

»Sonst wird das zu schwierig mit dem Hass. Ich habe das Hassen auch erst lernen müssen. Bin ja direkt von der Schule zu euch gekommen. Mann, was war ich da noch jung. Ich wusste überhaupt nicht Bescheid. Aber sie haben es mir beigebracht. Weiß Gott, das haben sie.«

Der Ältere schaute den Jüngeren an. Er mochte siebzehn sein oder siebenunddreißig. Es war schwierig, sein Alter zu schätzen. Diesmal nahm der ältere Soldat den Gesprächsfaden wieder auf: »Weißt du, was das Schlimmste ist?«

»Was denn?«

»Ich kann ihn immer noch nicht hassen.«

»Trotzdem?«

»Trotzdem.«

»Das musst du aber.«

»Mein Freund ist tot, weil ich meine Pflicht nicht getan habe. Es ist einfach so in diesem verdammten Krieg, dass du dauernd Entscheidungen triffst, die du nicht mehr rückgängig machen kannst. Verstehst du? Im Frieden ist es vollkommen egal, ob ich am Fenster stehe oder auf einem Stuhl am Tisch sitze.«

»Ich verstehe.«

»Wirklich? Verstehst du wirklich? Stehe ich am Fenster, trifft mich ein Scharfschütze. Sitze ich am Tisch – überlebe ich. Oder werde ich unter dem Dach begraben werden, wenn eine Granate das Haus trifft? Solche Entscheidungen meine ich. Im Krieg scheint es nur falsche Entscheidungen zu geben.«

»Deswegen gibt es Befehle.«

»Ja. Und ich habe meine Pflicht nicht getan. Der da drüben

lebt noch. Ein Scharfschütze wie ich. Ein Snajper. Netter Kerl, dachte ich. Es war wie ein Spiel, als ich sein Leben schonte. Ein netter Kerl. Konnte ihn einfach nicht hassen. Es war ein Fehler.«

»Hast du jetzt genug Hass in dir?« Die Stimme des Jüngeren klang gelangweilt. Er schien der Diskussion überdrüssig.

Die Zigarette des Älteren war mittlerweile sehr kurz geworden, sodass die Glut seinen Fingern schmerzhaft nahe kam. Er betrachtete die Glut, drückte die Zigarette aber nicht aus.

»Ich weiß es nicht. Nein. Ja. Ich glaube, eher nicht. Weißt du, was das Schlimmste ist? – Wie soll ich es dir nur erklären? Du wirst es nicht verstehen. Nicht wirklich, meine ich. Wie er war. Mein Freund. Wir haben nie viel gesprochen. Er hatte es nicht so mit dem Sprechen. Er hinterlässt keine Spur im Leben. Nichts.«

»Wie meinst du das? – Hat er keine Familie?«

»Keine Familie.«

»Keine Freunde?«

»Nur mich.«

»Keine Frau?«

»Da war mal eine Freundin. Keine Ahnung, was aus ihr geworden ist. Vielleicht hat sie es noch rechtzeitig geschafft rauszukommen. Sie war eine von den anderen. Damals war das ja noch eine Zeitlang möglich. Nettes Mädchen. Hübsch. Aber er sprach nie viel über sie. Ich glaube nicht, dass sie ... Sie war nicht so.«

Der Ältere drückte die Zigarette auf der Tischplatte aus. Ein kreisrunder Brandfleck entstand.

»Da ist keine Spur im Leben. Nichts.«

»Nichts. Nur bei dir.«

»Ja, nur bei mir. Und wenn ich jetzt rausgehe, dann wird

der da mich töten – so wie er ihn getötet hat. Und weißt du, was das Schlimmste ist?«

Auch der Jüngere drückte nun seine Zigarette aus. Er tat es unter der Tischplatte. Es war so, als wolle er den Älteren zurechtweisen. Der beachtete es nicht und fuhr fort: »Wenn er mich auslöscht, dann tötet er auch ihn noch einmal. Dann aber endgültig. Um mich wird vielleicht jemand weinen. Doch, ganz sicher. Man wird weinen und sich erinnern. Aber er stirbt dann endgültig. Ich meine: Keine Spur bleibt von ihm im Leben.«

Der Ältere stand auf und griff nach seinem Gewehr, tastete nach dem Messer im Stiefelschaft.

»Du musst wieder raus? Jetzt?«

»Ja.«

»Triffst du ihn?«

»Weiß nicht.«

1. Kapitel

Magst du?«, fragte der Mann. »Hier siehst du – ich chabe Apfel.«

»Du sprichst wirklich ein komisches Deutsch«, sagte das Mädchen.

Der Mann schwieg. Mit seinem Messer schnitt er den Apfel in Teile. Dann putzte er das Messer an der Hose ab.

Das Kind fand das ein bisschen eklig, aber es war vorsichtig und sagte nichts. Sie kannte den Mann noch nicht so genau, und Mutti hatte immer gesagt, dass man bei Fremden nicht vorsichtig genug sein könne. Er war freundlich. Aber auch komisch.

Das Messer lag zwischen ihnen auf der Bank. Es war ein sehr altes Messer.

Das Kind tippte mit dem Zeigefinger vorsichtig gegen die Klinge.

»Lass das«, sagte der Mann und machte böse Augen.

Erschrocken zog das Kind die Hand zurück. »Wann kommt denn endlich meine Mutti?«

Er antwortete nicht.

* * *

Die Erde hatte sich vor einer Woche auf die Winterseite gedreht. Obwohl die Sonne aufdringlich hell schien, zeigte das Außenthermometer an Blochs Schlafzimmerfenster Minusgrade.

Montag.

Unmöglich, sich innerhalb weniger Tage an die Zeitumstellung zu gewöhnen. Ständig hatte Bloch das Gefühl von Verspätung. Der Blick auf die Uhr belehrte ihn jedoch, dass bis zur Morgenbesprechung noch reichlich Zeit war. Bloch drückte den Schalter der Kaffeemaschine.

Genau in diesem Moment ließ sich Churchill mit einem seltsam ziehenden Keuchen in der Kehle auf die Seite fallen und zuckte krampfhaft mit den Pfoten.

Natürlich kam er dann doch zu spät zur Besprechung.

»Ist eben ein alter Hund«, kommentierte die neue Kollegin.

Bloch, verschwitzt und abgehetzt, sah nur ihren spöttischen Seitenblick. Er murmelte einen dialektgeprägten Ausdruck, von dem er hoffte, dass er der Kollegin aus Frankfurt unverständlich blieb, während er gleichzeitig versuchte, den widerstrebenden Churchill am Halsband unter den Tisch zu zerren.

Suchend schaute er sich nach dem Dezernatsleiter um: »Ist Graf auch zu spät dran?«

Kriminalassistent Cenk wies augenzwinkernd zur Tür: »Der ist am Telefon. Niemand hat bemerkt, dass du unpünktlich warst.«

Die neue Kollegin schnippte anbiedernd mit den Fingern, um Churchills Aufmerksamkeit auf sich zu lenken. »Vielleicht war es ja ein Asthmaanfall?«

Churchill hob sein stumpfnasiges Mopsgesicht und bedachte sie mit einem völlig ausdruckslosen Blick aus blutgeäderten, feuchten Halbkugeln. Bloch grinste, denn er wusste, dass dieses höfliche Desinteresse des Hundes ein gutes Zeichen war: Der Mops war wieder völlig hergestellt.

»Asthma«, wiederholte er und achtete darauf, dass er ins Ungefähre sprach und knapp an der neuen Kollegin vorbeischaute. »Ich wusste gar nicht, dass Hunde das auch bekommen können.«

Dafür, dass sie erst zwei Wochen im Team war, benahm sich die Neue ganz schön forsch. Bloch beugte sich hinunter und tätschelte Churchills Nackenwülste. Zumindest sollte sie doch in der Zwischenzeit kapiert haben, dass Churchill das Maskottchen der ganzen Abteilung war.

Besser als ein Mann, hatte Dezernatsleiter Graf vor zwei Wochen gesagt; besser als ein Mann müsse so eine sowieso sein in diesem Job, und hübscher sei sie allemal. Eine undeutliche Aussprache war sonst nicht sein Ding, aber diesmal hatte Graf genuschelt. Bloch hatte sich einen Kommentar verkniffen.

Er wandte den Blick zu ihr. Den Ermittlerblick. Nicht etwa, dass jemand auf die Idee kam, er würde eine Frau einfach so anschauen. Zum Vergnügen gar. Das würde eher zu seinem Assistenten Cenk passen. Zum athletisch schlanken Cenk, der dank seiner türkischen Abstammung immer eine attraktive Sommerbräune spazieren führte – auch mitten im Winter. Cenk, bei dem die Frauen schwach wurden, wenn er sich mit schiefem Lächeln über die stoppelkurzen Maulwurfshaare strich. Cenk, dessen Freundin erst vor Kurzem Schluss gemacht hatte.

Was machte Graf eigentlich so lange am Telefon?

Zierlich war sie die Neue, zierlich, aber nicht zerbrechlich. Eher sportlich. Bloch zog unwillkürlich den Bauch ein, bemerkte es und ärgerte sich darüber.

Sie sah ziemlich stur aus. Haarfarbe schwarz. Echt oder gefärbt, das konnte er nicht sagen. Nicht bei diesem Gegenlicht. Die Sonne schien hell wie im Hochsommer. Aber sie hatte kaum Kraft. Auffahrunfälle auf eisglatter Fahrbahn, hatte es im Radio geheißen. Frisur, da gab es nichts zu meckern, kurz, praktisch, fast ein Herrenschnitt. Es gab auch Polizistinnen mit langem Haar. So, als ob sie der strengen

Uniform etwas entgegensetzen wollten. Die da wollte nicht. Kriminalhauptkommissarin Kronawitter. Kronawitter, das klang wie Gewitter. Ob sie einen Vater hatte, der stolz auf sie war?

Bloch wandte seinen Blick ab. Sie warteten nun schon fast eine Viertelstunde. Und noch immer telefonierte Graf im Nebenraum. Ohne ihn konnte die Besprechung nicht beginnen.

Cenk sortierte gelbe Zettel.

In den Papieren der Neuen hatte er den Vornamen Hanna gelesen. Aber bisher hatte sie noch niemand beim Vornamen angesprochen. Cenk hatte einmal, wie zur Probe, Krönchen gesagt, als er und Bloch unter sich waren. Aber die Neue war kein Typ für Spitznamen.

Sicher war ihr Vater stolz auf sie.

Cenk hatte mittlerweile einen kleinen Stapel aus gelben Zetteln vor sich liegen und klopfte mit dem Kugelschreiber auf die Tischplatte. Die Neonröhren summten ununterbrochen. Wenn Bloch übermüdet und gereizt war, störte es ihn. Heute jedoch war er ausgeschlafen, und die Arbeit hielt sich seit Tagen in überschaubaren Grenzen. Wieso störten ihn die Neonröhren gerade heute?

Eva, dachte Bloch. Wieso kommt mir Eva gerade jetzt in den Sinn?

Und wo war Graf? Wann begann endlich die Besprechung? Seit seine Tochter aus der Psychiatrie entlassen worden war, hatte sie sich nicht mehr bei ihm gemeldet. Vier Jahre mochte das jetzt her sein. Er hatte noch nicht einmal ihre Adresse.

Diese elende Warterei brachte einen nur auf dumme Gedanken.

Dezernatsleiter Graf betrat den Raum. Die Falten zwischen Nasenflügel und Mundwinkel wie mit dem Messer geschnitten. Magenfalten. Die entstehen, wenn man sich zu viele Sorgen macht.

Ob Eva wohl im Telefonbuch stand?

»Guten Morgen, meine Herren«, begann Graf und räusperte sich. Seit ein paar Wochen hatte er Probleme mit der Stimme. »Guten Morgen, Frau Kollegin Kronawitter.«

Was wäre, wenn Churchill jetzt wieder einen Asthmaanfall bekäme?

Es war eine Vermisstenmeldung. Der Leiter des hiesigen Jugendamts war nicht nach Hause gekommen. Die Ehefrau sei auf einer Weiterbildung gewesen und habe sich zuerst keine Gedanken gemacht, als sie ihn telefonisch nicht erreicht habe. Auf der Arbeit sei er aber schon vergangenen Freitag, nach der Mittagspause, nicht mehr gesehen worden.

»Wieso macht sich die Frau so wenige Gedanken um ihren Mann?«, fragte Cenk.

»Direkt hat sie dazu nichts gesagt«, meinte Graf. »Aber sie ließ durchblicken, es sei nichts Ungewöhnliches, dass er in der dienstfreien Zeit auch mal das Handy ausschaltete. – Natürlich kann das auch ein ...«, Graf hüstelte wieder. »Ein Arrangement zwischen den beiden gewesen sein.«

Seltsam, dass dieser Fall bei ihnen landete, so weit oben – normalerweise bearbeitete das zuerst ein Polizeiposten draußen. Lag es an der Prominenz des Verschwundenen? Oder an der Durchsetzungsfähigkeit seiner Ehefrau?

»An seiner Arbeitsstelle ist auch niemandem aufgefallen, dass er fehlte. Aber die sind auch viel im Außendienst unterwegs und sitzen nicht ständig hinter ihren Schreibtischen.«

»Aber der Chef?« Cenk kniff die Augen zusammen. »Der ist doch nicht ständig draußen, oder? Also wir würden Sie spätestens montags um viertel nach acht vermissen, Herr Graf, da können Sie aber sicher sein!«

Graf lenkte einen betont neutralen Blick in Cenks Richtung. Wenn der Dezernatsleiter lächelte, blieb das so gut wie unsichtbar. Das Einzige, was passierte, war, dass seine Falten tiefer wurden.

Cenk senkte den Kopf und kritzelte hastig und mit hohem Druck etwas auf seinen Notizblock. Der Stapel gelber Zettel zitterte.

»Also die Ehefrau vermisst ihn«, lenkte Bloch das Gespräch wieder in übliche Gefilde zurück. Die nach Hause kommende Ehefrau, der abgängige Mann, Churchills schnarchende Atemzüge, ein stinkender, übervoller Aschenbecher auf dem Fensterbrett des Besprechungszimmer, den seit Wochen niemand wegräumen wollte, Grafs Magenfalten, der aufdringliche Geschmack nach Routine und Langeweile, und über allem das Summen der Neonröhren.

Cenk kritzelte weiter wie in Trance. Was er zeichnete, sah aus wie ein Kopf. Wie ein Phantombild.

Bloch schrieb den Namen des Vermissten auf. Sebastian Leimer. Doktor Sebastian Leimer. »Wo kam der eigentlich her«, fragte Bloch. »Ist der Leimer ein Hiesiger?«

»Nein, ich glaube nicht«, sagte Graf. »Seine Frau zumindest klang irgendwie norddeutsch. Ist das wichtig?«

»Weiß nicht«, sagte Bloch. »Ist nur so ein Detail.« Er unterstrich den Doktortitel und malte ein Fragezeichen an den Rand.

»Die Frau klang ziemlich aufgeregt. Es war gar nicht einfach, einigermaßen geordnet mit ihr zu sprechen.« Graf war ein durch und durch geordneter Typ. Kein Wunder, dass das Telefongespräch so lange gedauert hatte. »Kommt von einem Workshop und findet das Haus verlassen. Keine Nachricht. Nichts. Pass und Handy waren noch da.«

Cenk schaute nur kurz von seinem Notizblock hoch:

»Wahrscheinlich löst sich das Ganze sowieso in zwei Tagen in Wohlgefallen auf. Das ist sowieso meist die gleiche, langweilige Geschichte. Ich würde das nicht dramatisieren.«

»Gab es private Probleme? Ist die Frau vielleicht früher zurückgekommen als erwartet?« Kollegin Kronawitter brachte es auf den Punkt.

»Offensichtlich genau Ihre Kragenweite, Frau Kollegin«, knarrte Graf und schob ihr den Zettel mit der Gesprächsnotiz zu. »Klären Sie das mal ab, sozusagen von Frau zu Frau.« Die Magenfalten vertieften sich. Es sollte wohl ein Lächeln sein. »Umfeld, üblicher Tagesablauf, auch am Wochenende, Gewohnheiten, Sportverein, Eheprobleme, das Übliche eben.«

»Und die Nachbarn«, sagte Frau Kronawitter mit professioneller Freundlichkeit.

»Sagte ich ja, das Übliche. Wenn Sie Unterstützung brauchen, dann melden Sie sich.«

Grafs Handy surrte. Er hustete hinein, wischte die Tastatur ab, sagte »´tschuldigung« und »ich höre«. Nestelte in seinen Taschen herum.

Cenk schob ihm wortlos einen Kugelschreiber zu.

Jetzt konnte Bloch sehen, was Cenk auf seinen Notizblock skizziert hatte: es war ein Frauengesicht. Es war ganz eindeutig nicht das Gesicht der Kollegin Kronawitter. Es war voller, mit sanften Lippen und langen, dunklen Haaren. Schwere Augenlider. Irgendwie orientalisch. *Back to the roots*. Aber Cenk war in Karlsruhe geboren und nicht in der Türkei. Er sprach ein lupenreines Hochdeutsch, nicht dieses verwaschene, nuschelige Bodensee-Alemannisch, wie sie es hier taten, wenn sie es nicht von vornherein für eleganter hielten, die harten Rachenlaute der Schweizer Seite einfließen zu lassen.

»Können Sie nicht etwas deutlicher werden?«, raunzte Graf ins Telefon. »Nein, das ist absolut nicht genug. Ich brauche auch die Nummer der Arbeitsstelle und vom Kindergarten ... Was sagen Sie da? … Ja, dann kümmern Sie sich doch mal ein bisschen!«

Graf unterbrach die Verbindung und ließ wohl am anderen Ende der Leitung einen völlig überforderten, jungen Kollegen zurück. Überfordert musste er sein, sonst hätte er sich nicht direkt zu Graf durchstellen lassen und dabei so eine stümperhafte Vorstellung geboten. Jung war er sicher. Die sich so verhielten, waren immer jung. Bloch konnte sich kaum noch daran erinnern, wie das damals bei ihm gewesen war. Es war zu lange her.

»Chaoten. Völlig überforderte Chaoten.« Graf schickte einen zerzauselten Blick über seine Brillenränder. »Können heutzutage noch nicht einmal einen Notruf entgegennehmen. Stellen nicht mal die simpelsten Fragen. Alles muss man selber ... Bloch, das ist für Sie. Notieren Sie!«

Blochs Kugelschreiberspitze schwebte über dem Papier. Da standen ein Datum im November, die Uhrzeit und ein Name. Dr. Leimer. Die Uhrzeit stimmte. Winterzeit, obwohl die Sonne schien. In den letzten Tagen schweiften Blochs Gedanken ständig ab. Im Drogeriemarkt, der seiner Wohnung gegenüber lag, gab es so ein alkoholhaltiges Zeug mit Lecithin. Vielleicht half das gegen Konzentrationsmängel. Genauso gut könnte er abends auch einen Schnaps trinken. Bloch zog einen Strich.

Es handelte sich um die zweite Vermisstenmeldung innerhalb von zwanzig Minuten. Yasmin Nürtinger. Sechs Jahre alt, wohnhaft in einer kleinen Randgemeinde von Konstanz. Dörfliches Umfeld. Direkt am See.

»Das Kind geht noch in den Kindergarten. Wurde Freitagmittag das letzte Mal gesehen, als die Mutter die Kleine abgeholt hat.«

Bloch schrieb mit. Ein Mensch war verschwunden. Was

hieß das schon? Solange niemand nach dir fragte, war es so, als gäbe es dich gar nicht.

»Wer hat denn angerufen?« Auch Cenk hatte mitgeschrieben. Der Frauenkopf verkam zur Randnotiz.

»Die Kinderklinik hat angerufen. Die Ambulanz.«

»Das ist doch ungewöhnlich, oder?«

»Ja, aber sie haben es ziemlich dringend gemacht. Die Kleine hätte bereits am Freitag einen Termin gehabt. Irgendetwas, was der Kollege da draußen nicht so richtig verstanden hat. Das müssen Sie noch recherchieren, Herr Bloch. Irgendwas Chronisches, Diabetes oder eine Herzkrankheit, es klang sehr verworren. – Jedenfalls ist es so, dass sie sich regelmäßig in ärztliche Kontrolle begeben muss, sonst kann es für die Kleine schnell gefährlich werden.«

»Wie gefährlich?«

Graf hob die Schultern. »Ziemlich, nehme ich an. Gefährlich ist ein dehnbarer Begriff.«

»Und die Eltern?«

»Da ist nur eine Mutter, und die konnten sie wohl nicht erreichen, was wohl auch untypisch ist. Die Mutter ist zwar alleinerziehend, aber sie scheint sich zu kümmern.«

Als ob alle alleinerziehenden Mütter zwangsläufig Kandidatinnen für die Vernachlässigung ihrer Kinder wären. Bloch ersparte sich eine Bemerkung. Brigitte hatte die gemeinsame Tochter Eva auch alleine großgezogen – und zwar zu einer Zeit, als der Begriff alleinerziehend noch nicht in aller Munde war. Eva war wohl nicht direkt vernachlässigt worden. Zumindest nicht von ihrer Mutter. Aber jetzt war sie erwachsen, und Bloch hatte keinen Kontakt mehr. Auch vorher war es eher schwierig gewesen.

»Wieso Jugendamt?«, fragte Cenk. »Sie erwähnten das Jugendamt, Herr Graf.«

»Ja richtig, da muss irgendwas vorgefallen sein, dass die Frau noch betreut wurde. Oder soll ich sagen, kontrolliert? Normalerweise gibt es das ja nicht mehr, dass ein Kind ohne Vater automatisch einen Amtsvormund bekommt.«

Eva hatte keinen Amtsvormund, erinnerte sich Bloch. Damals waren sie noch verheiratet gewesen. Da gab es diese Regel noch, aber irgendwann Mitte der Neunzigerjahre wurde die Amtsvormundschaft nach Schema F abgeschafft. Unnötig. Zu teuer. Zu personalintensiv. Je nachdem. Es gab mittlerweile zu viele Kinder, bei deren Geburt kein Vater eingetragen wurde. Parthogenese. Jungfernzeugung ohne Zutun eines Vaters. Wie bei den Blattläusen. Die Kollegin Kronawitter hätte solche Gedanken sicher als eine Unverschämtheit empfunden. Vielleicht war die Kollegin Kronawitter ja lesbisch? Irgendwie sah sie so aus. Bloch hatte noch nie einer leibhaftigen Lesbe gegenüber gesessen.

Er fühlte sich eingeengt. Vielleicht war das bei solchen Frauen immer so. Auch Brigitte hatte ihn eingeengt. Aber anders. Außerdem hatten sie sich da schon länger gekannt als bloß zwei Wochen.

Diese abschweifenden Gedankengänge machten ihm allmählich wirklich zu schaffen. Bloch nahm sich ernsthaft vor, seinen Hausarzt nach einem seriösen Mittel gegen Konzentrationsprobleme zu fragen. »Also, Cenk. Du den Kindergarten und ich die Kinderklinik? Ist das okay?«

»Alles klar, Chef.« Cenk grinste.

Wenn er Chef sagte, hatte das immer etwas Ironisches. Vielleicht war Bloch aber auch einfach nur zu empfindlich. Früher hatte er ein dickeres Fell gehabt.

2. Kapitel

Wir werden jetzt ein Stück weit laufen«, sagte der Mann.

»Fahren wir denn nicht mehr mit dem Auto?«

»Vielleicht später. Jetzt müssen wir laufen.«

»Ich finde, es hat Spaß gemacht mit dem Auto. Am schönsten habe ich gefunden, dass wir im Auto geschlafen haben.«

»Ja«, sagte der Mann. »Vielleicht machen wir das später noch mal. Hat mir auch Spaß gemacht.«

Dabei hatte es keinen Spaß gemacht. Überhaupt nicht. Sie sagte das nur, damit er nicht mehr böse wurde. In der ersten Nacht hatten sie auch noch nicht im Auto geschlafen. Da waren sie in einem Gartenhaus. Zuerst war es fast so gewesen wie Ferien. Aber das Kind musste die ganze Zeit leise sein und im Haus bleiben. Dabei hätte es sehr gerne auf der Wiese gespielt. Abends gab es Brot und Äpfel. »Kannst du nicht Würstchen grillen?«, hatte das Kind gefragt und auf den Grill gedeutet, der auf der Veranda stand. Er sagte, es ginge nicht. Vielleicht hatte er keine Lust gehabt. Vielleicht war es auch etwas anderes.

Bis zu diesem Moment war der Nachmittag richtig spannend gewesen. Wie ein Ausflug oder der Anfang von den Ferien. Das Kind hatte seine Mutter gar nicht vermisst. Den ganzen Tag nicht. Dann aber kam der Abend. Und der Mann machte keine Grillwürstchen.

»Die Mutti würde mir jetzt aber was anderes zum Essen geben, nicht nur so blödes Brot«, sagte das Kind. Da hatte er zum ersten Mal so geguckt. So seltsam. Irgendwie gruselig.

Aber schnell lächelte er wieder und schnitt einen Apfel in kleine Stücke. »Da nimm«, sagte er. »Ist auch gut.« Aber das Kind wollte nicht. »Dann gehst du eben schlafen«, sagte er.

Aber es war noch ganz hell draußen. Und die Mutti war immer noch nicht gekommen. Auch wenn das Kind sauer auf die Mutti gewesen war, war das noch lange kein Grund, es alleine ins Bett zu schicken. Nur im Krankenhaus war das Kind manchmal ohne seine Mutter eingeschlafen, aber das zählte nicht. Es wollte nicht an das Krankenhaus denken. Nicht in diesem Moment, wo die Angst so nah war. Und dann kamen die Tränen wie von selber. »Heul nicht«, sagte der Mann und seine Augen wurden klein und hart. »Du bist zu laut.«

Vielleicht war er kein echter Freund, vielleicht hatte er den ganzen Tag über nur so getan. Jetzt guckte er nämlich wieder so – so gruselig. Gruselig war eigentlich nicht das richtige Wort, aber dem Kind fiel kein anderes ein. Und dann schrie es: »Du sollst nicht so gucken, hör auf damit! Und jetzt will ich nach Hause. Ich habe keine Lust mehr, hörst du?«

Da wischte er mit seiner Hand durch die Luft. Sehr schnell und sehr hart wischte er durch die Luft, ganz knapp am Gesicht des Kindes vorbei. Fast sah es so aus, als ob er es schlagen wollte.

»Du darfst nicht schreien«, sagte er.

»Ich schreie gar nicht«, sagte das Kind.

»Doch, das tust du. Was ist los?«

»Ich will zu meiner Mutti«, wimmerte das Kind und wagte es nicht mehr, laut zu sein.

»Ich gehe jetzt raus«, sagte er. »Ich rufe deine Mutter an.«

»Darf ich auch mit ihr sprechen?« Sie fragte mit ihrer allerliebsten Stimme. Mit einer ganz leisen Stimme.

»Mal sehen«, antwortete er und steckte das Messer in seinen Stiefelschaft. So etwas hatte das Kind noch nie gesehen. Bei ihnen zu Hause lagen die kleinen Messer ordentlich nebeneinander in der Küchenschublade. Das große Brotmesser lag immer woanders. Aber das große Messer durfte das Kind sowieso nicht berühren. Nicht, dass du dir wehtust, hatte die Mutti immer gesagt. Und den Spruch: Feuer, Schere, Messer, Licht sind für kleine Kinder nicht. So ein Blödsinn. Das Kind war kein kleines Mädchen mehr, sondern schon sechs Jahre alt. Und wenn die Mutti es erlaubte, dann könnte sie im nächsten Jahr endlich zur Schule gehen.

Er telefonierte gar nicht lange. Als er wieder reinkam, machte er ein ernstes Gesicht.

»Kann ich jetzt mit meiner Mutti sprechen?«

Er schüttelte den Kopf. »Ist deine Mutter bisschen böse auf dich«, sagte er und das Kind senkte den Kopf.

»Ist bisschen böse, dass du mir machst solche Schwierigkeiten und will sie erst mit dir sprechen, wenn du wieder bist lieb.«

»Das ist voll gemein«, flüsterte das Kind und biss sich auf die Lippen. Aber es war nicht gemein, das wusste sie genau. Die Mutti war so. Das Kind hob den Kopf. »Wenn du glaubst, ich weine jetzt, dann hast du dich geschnitten«, sagte sie. ›Dann hast du dich geschnitten‹ – das hatte die Mutti manchmal gesagt und es klang sehr erwachsen und sehr vernünftig.

Sie hatte es sowieso satt, immer und überall die Kleinste und Dümmste zu sein. Endgültig satt, ein für allemal. Und wenn man mit knurrendem Magen in einer Gartenhütte schlafen musste, um groß zu werden, dann würde sie es eben tun. Ihre beste Freundin, die hieß Sarah. Sie hatte rote Locken und eine riesige Zahnlücke. Die durfte schon in die Schule, obwohl sie drei Wochen jünger war. Das war so ungerecht. Aber bevor sie in die Schule gehen durfte, musste die Mutti noch mit dem Doktor reden. ›Du musst das verstehen‹, hatte die Mutti gesagt. Aber so richtig verstanden hatte sie es nicht.

Und, ganz ehrlich gesagt, sie war sich gar nicht sicher, ob

dieser Doktor überhaupt ein richtiger Arzt war. Vielleicht tat er nur so. Er trug nämlich noch nicht mal einen weißen Kittel. Ein richtiger Arzt, der musste einen Kittel haben. Aber der da grinste immer nur so blöd rum und hatte nur jede Menge Sticker und Aufkleber – und die Spritze. Die blödeblöde Spritze. Die hatte er immer dabei. Der schleimte sich nur deswegen an die Kinder ran, um ihnen das Blut auszusaugen. Mutti sagte doch sonst immer: Man kann nie vorsichtig genug sein. Und dann ließ sie es zu, dass einer, der nur behauptete ein Arzt zu sein, ihr jede Woche das Blut aussaugte. Na gut, nicht jede Woche, aber sicher viel zu oft.

»Bist du jetzt wieder brav?«, fragte der Mann. Der Messerknauf schaute oben aus seinem Stiefel heraus. Das sah ein kleines bisschen gefährlich aus. Natürlich nur, wenn man wusste, was da im Stiefel steckte.

Sie musste irgendetwas Nettes sagen, damit er wieder ein Freund wurde. »Bist du ein Pirat?«, fragte das Kind.

Da musste der Mann lachen. Er verzog die Mundwinkel weit nach hinten, fast bis an die Ohren, und sein Gesicht wurde total faltig. »Sieht so Pirat aus?«, fragte er und breitete die Arme weit aus, als ob es Flügel wären. Weit hinten im Mund hatte er eine Zahnlücke.

Das Kind musterte ihn eindringlich. Der Mann war schmal, sehr mager, fast wie einer der großen Jungen, die nachmittags immer an der Bushaltestelle im Dorf herumlungerten. Aber er war kein Junge; er war ein Mann. Ein älterer Mann. Nicht so alt wie Opa Ebner, aber älter als Mutti. Mutti hatte keine Zahnlücke.

»Na?«, sagte der Mann. »Bin ich Pirat?«

»Weiß nicht«, sagte das Kind. »Ich muss dich mal genau ansehen.«

Da musste er wieder lachen, senkte die Arme und ließ es

geduldig zu, dass das Kind ihn musterte. Er trug eine komische, flache Mütze aus dunklem Stoff. Solche Mützen trugen Piraten nicht. Die hatten Kopftücher oder Korsarenhüte. Auch die Augenklappe fehlte. Der grob gestrickte Pullover und die Jeans, die würden zu einem Piraten passen. Er hatte so einen Schattenbart, der sah aus wie schwarze Vogelflügel. Das passte auch, genauso wie die Zahnlücke – nicht zu vergessen: Er trug ein Messer im Stiefel. Aber trotzdem: Etwas fehlte.

»Du bist kein Pirat«, sagte das Kind. »Du hast nämlich kein Schiff, und hier gibt es auch kein Meer.«

»Nein«, sagte der Mann. »Hier gibt es nur Bodensee und da gehen wir auch weg von. Und weißt du was? Ich bin froh, dass du das herausgefunden hast. Ich glaube nicht, ich wäre guter Pirat. Aber vielleicht zeige ich dir mal das richtige Meer. Magst du?«

»Vielleicht«, sagte das Kind. »Ich war ja noch nie am Meer.«

»Nimmst du deine Rucksack als Kissen für Kopf«, sagte der Mann und wies auf die Bank. »Ist auch Decke da.«

Das Kind kletterte gehorsam auf die Bank und drückte das Gesicht in den roten Lieblingsrucksack. Er war mit einem Plüschhasengesicht verziert. Rechts und links baumelten lange Ohren schlapp herunter. Der Rucksack war ein Ostergeschenk von Mutti gewesen.

Die Hasenohren waren eigentlich immer schmutzig, egal wie oft Mutti den Rucksack wusch. Das macht nichts, sagte das Kind. Das ist *un-hü-genisch*, sagte Mutti. Da kannst du von krank werden.

»Wie heißt du eigentlich?«, fragte das Kind.

3. Kapitel

Der Name ist ein bisschen kompliziert«, sagte der Arzt. Es klang so, als ob er sich dafür entschuldigte, dass er es nicht einfacher machen konnte. »Idiopathische systemische Immunopathie mit zyklisch intermittierendem Verlauf und begleitender Kardiomyopathie«, las der Arzt von der Akte ab. »Das ist die Hauptdiagnose. Dann kommen noch einige kleinere Zusatzdiagnosen und ein paar Verdachtsdiagnosen, die wir zurzeit abklären. Das ist alles reichlich komplex.« Er seufzte und schob Kommissar Bloch die Krankenakte rüber. »Vielleicht möchten Sie es lieber direkt abschreiben?«

»Gerne.« Bloch kritzelte die Diagnosen in sein Notizbuch. »Aber ehrlich gesagt – jetzt bin ich genauso schlau wie vorher.«

Der Arzt zuckte mit den Schultern und lächelte. Wenn er lächelte, sah er viel jünger aus, fast wie ein Praktikant, aber das Namensschild an seinem Pulli besagte, dass er Oberarzt war. *OA Dr. med. Philipp Schäfer* stand dort. Daneben ein runder Sticker mit einem lachenden, wolligen Schäfchen.

»Wir tragen keine weißen Kittel mehr«, hatte Dr. Schäfer ihm erklärt, als er ihn vor der Kinderambulanz in Empfang genommen hatte. »Die Kinder sollen uns als Freunde sehen, meinetwegen auch als Partner oder Verbündete im Kampf gegen die Krankheit. Für ein Kind ist es ja schon schlimm genug krank zu sein – nicht mehr zur Schule zu gehen, nicht mehr mit den Freunden draußen herumtoben zu können. Da müssen wir Mediziner die Kinder nicht noch zusätzlich ängstigen und eine völlig unnötige Distanz schaffen. In unserem Beruf ist das kontraproduktiv.«

»Darüber habe ich mir noch nie Gedanken gemacht«, musste Bloch zugeben. Er konnte sich nicht daran erinnern, wie das mit Eva gewesen war. War Eva als Kind einmal im Krankenhaus gewesen? Damals hatten die Ärzte sicher alle noch weiße Kittel getragen. Der einzige Krankenhausaufenthalt seiner Tochter, von dem Bloch wusste, lag etwa vier Jahre zurück. Und das war nicht die Kinderklinik gewesen, sondern die Psychiatrie.

Im Korridor der Kinderklinik kam es Bloch geradezu unnatürlich dunkel vor. Obwohl draußen die Vormittagssonne schien, flackerten hier drinnen die Neonröhren. Von der Decke baumelten Papierfiguren: Sonne-Mond-und-Sterne, Schneewittchen-und-die-sieben-Zwerge. Die böse Königin fehlte. »Zurzeit basteln die Kindern Martinslaternen«, erklärte Dr. Schäfer und deutete in einen Aufenthaltsraum, in dem mehrere Kinder und eine Betreuerin an niedrigen Tischen saßen und mit Schere und Papier hantierten. Einige Kinder hatten keine Haare, andere schoben einen Infusionsständer umher. Wieder andere sahen vollkommen gesund aus.

Sie waren weitergegangen. Aus einem Zimmer klangen schrille Geräusche. Es war kein Lachen. Eher ein Schrei. Zutiefst erschrocken, hatte Bloch genau hingehört, konnte aber dennoch die Geräusche nicht einordnen. Er wagte es nicht den Arzt zu fragen. Dr. Schäfer hatte sich für die Enge seines Büros entschuldigt und auf seinem überladenen Schreibtisch eine Ecke freigeräumt, damit der Kommissar sein Notizbuch ablegen konnte. Bloch saß ungünstig über Eck. Die Tischkante bohrte sich unangenehm in seinen Bauch, wenn er sich vornüberbeugte.

Er sollte unbedingt abnehmen. Übergewicht galt als Risikofaktor.

Dr. Schäfer hingegen war von geradezu penetranter Schlankheit. Fröhlich, frisch gewaschen, kinderlieb. Sicher lachte er auch beim Blutabnehmen.

»Also«, sagte er strahlend. »Dann wollen wir diese komplizierte Diagnose einmal auseinanderdröseln. Idiopathisch – das ist so ein dehnbarer Begriff. Übersetzt bedeutet es so viel wie ›aus sich selbst heraus entstanden‹. Meistens wollen wir Mediziner damit zum Ausdruck bringen, dass wir nicht genau wissen, wo der Grund für diese Erkrankung zu suchen ist.«

»Oder, dass Sie aufgegeben haben, danach zu suchen?«, wagte Bloch einen Einwurf.

»Typischer Laienwitz«, grinste Dr. Schäfer. »Aber irgendwie nachvollziehbar. Niemand ist so richtig zufrieden, wenn man die Ursache einer Krankheit nicht kennt. Aber wir können auch nur in dem Rahmen wissenschaftlich sauber diagnostizieren, den uns der Stand der aktuellen Forschung bietet. Bevor das Mikroskop erfunden war, waren bakterielle Infektionen auch idiopathische Erkrankungen. Kein Mensch konnte sich vorstellen, dass es krankmachende Mikroorganismen gibt. Genau dasselbe gilt für genetisch determinierte Erkrankungen. Vieles wissen wir einfach noch nicht und müssen dann zu einer Verlegenheitsdiagnose greifen.«

»Also wissen Sie gar nicht so richtig, was der kleinen Yasmin fehlt?«, fasste Bloch zusammen.

»Nein, so kann man das nicht sagen«, widersprach Dr. Schäfer. »Die Diagnose geht noch weiter, und wenn sie auch im Wesentlichen rein deskriptiven Charakter hat, so sagt sie dennoch einiges über das Wesen dieser Erkrankung aus. Lassen Sie es mich einfach mal ins Deutsche übersetzen, dann können Sie vielleicht erkennen, was ich meine.« Dr. Schäfers Ton war wohlwollend und belehrend, aber auf keinen Fall besserwisserisch. Sein Beruf brachte es wohl mit sich, dass er häufig einfache Worte für komplizierte Sachverhalte finden musste. »Man kann es auch so sagen: Eine Schwäche des gesamten Immunsystems mit unklarer Ursache, die in regelmäßigen Zeitabständen auftritt und den gesamten Organismus erfasst. Begleitend haben wir eine Miterkrankung des Herzmuskels beobachtet. Außerdem noch, wie ich bereits erwähnte, in Abklärung: unerklärliche Blutzuckerschwankungen, eine Blutarmut und Reaktionen, die auf eine Allergie hindeuten.«

»Was sind das für Allergien, und wie äußern die sich?«, fragte Bloch, der mit Schreiben kaum nachkam.

»Asthmaanfälle und ein generalisierter Hautausschlag, so eine Art Ekzem, das urplötzlich auftritt und ebenso schnell wieder verschwindet, teilweise innerhalb weniger Stunden. Eine sehr instabile, rätselhafte Symptomatik. In der Literatur haben wir etwas Ähnliches in dieser komplexen Kombination noch nicht gefunden. Wir kennen Yasmin jetzt seit drei Jahren.« Dr. Schäfer klappte die Akte zu. Sie war bemerkenswert dick. Dicker jedenfalls als Blochs eigene Akte, die der Hausarzt bei seinen sporadischen Besuchen auf dem Schreibtisch liegen hatte. Der Hausarzt hatte ihm dringend zur Grippeimpfung geraten, aber Bloch war immer noch unentschlossen, da die Impfung weder gegen die Vogel- noch gegen die Schweinegrippe half. Zu Menschen hielt er sowieso Abstand. Seit einigen Tagen rasteten wieder riesige Zugvogelschwärme am Bodensee, und die umliegenden Bauern fürchteten um ihre fett gefütterten Martinsgänse, die draußen auf den Wiesen schnatterten. Gänse konnte man nicht im Stall halten. Die brachten sich gegenseitig um.

»Das klingt alles ziemlich«, Bloch zögerte. »Gefährlich?« Er formulierte es als Frage. Bloch war medizinischer Laie, aber die schiere Anzahl der Diagnosen klang überwältigend. So viele Krankheiten bei einem einzigen Kind.

»Ja, genau.« Dr. Schäfer klopfte auf die Akte der kleinen Yasmin. »Wir machen uns große Sorgen um die Kleine. Die Mutter ist normalerweise äußerst zuverlässig. Noch nie hat sie einen Termin ausfallen lassen, zumindest nicht, ohne sich vorher telefonisch bei uns zu melden. Und jetzt ist sie nicht erreichbar. Das Kind war nicht im Kindergarten – irgendwas stimmt da nicht.«

»Absolut nachvollziehbar, dass Sie sich Sorgen machen«, meinte Bloch. »Wie viel Zeit haben wir denn, das Kind zu finden? Ich meine, muss sie regelmäßig irgendwelche Medikamente einnehmen oder etwas in der Art? Kann man sagen, nach soundsoviel Tagen gerät sie in akute Gefahr? Das würde uns weiterhelfen, um die Situation besser einzuschätzen – auch wegen der Intensität der Fahndungsmaßnahmen, Information der Öffentlichkeit, Anzahl der Kollegen, die benötigt werden, eventuell Bildung einer Sonderkommission. Verstehen Sie mich bitte nicht falsch, aber letzten Endes ist das alles auch eine Kostenfrage. Meist steckt etwas vollkommen Harmloses dahinter; zum Beispiel könnte die Mutter den Termin lediglich vergessen haben und ist zur Oma gefahren.«

»Das glaube ich nicht«, sagte Dr. Schäfer. »Soweit ich weiß, hatte Frau Nürtinger überhaupt keine weitergehenden familiären Kontakte. Von einer Oma habe ich noch nie etwas gehört, in all den Jahren nicht. Da war wohl eine Freundin, von der sie mal erzählt hat, aber den Namen weiß ich nicht. Ja, das ist eine schwierige Frage – wie viel Zeit bleibt uns, das Kind zu finden? Sie hat, wie gesagt, eine Herzschwäche. Die macht ihr normalerweise nicht zu schaffen; aber wenn sie Fieber hat zum Beispiel, dann kann es innerhalb von Stunden kritisch werden. Oder bei ungewohnter, körperlicher Anstrengung. Es kann Yasmin sehr lange, Tage, ja Wochen, absolut gut gehen und sie ist von einem gesunden Kind kaum zu unterscheiden – aber wenn etwas passiert ...« Dr. Schäfer schwieg.

»Ich verstehe«, sagte Bloch. »Wenn etwas passiert, dann kann es extrem schnell gehen.«

Dr. Schäfer nickte. »Bitte«, sagte er. »Bitte tun sie alles, was in Ihrer Macht steht. Sie ist so ein liebenswertes, kleines Mädchen. Wir haben sie alle sehr gern.«

Erst als Bloch den Schlüssel ins Zündschloss steckte, ärgerte er sich über diese abschließende Bemerkung des Arztes.

»Das klingt ja, als würden wir uns nur für liebenswerte Kinder einsetzen«, knurrte er vor sich hin.

4. Kapitel

Der Name ist ein bisschen kompliziert«, sagte die Leiterin des Kindergartens Sonnenrain.

Cenk saß ihr gegenüber, zwischen sich hatten sie einen Schreibtisch, der von Papieren, Broschüren und Katalogen für Bastelmaterial überquoll. Durch ein großes Fenster ging der Blick in eine riesige, menschenleere Gartenanlage mit Schaukel, Rutschbahn und Klettergerüst. Im Sandkasten stand eine Blechwanne, in der sorgsam große Holzscheite aufgeschichtet waren.

»Für unser Martinsfeuer heute Abend«, erläuterte die Leiterin des Kindergartens. »Im Moment ist es noch zu kalt, um die Kinder draußen spielen zu lassen. Aber gegen Mittag hat die Sonne mehr Kraft, dann können sie raus, bis sie abgeholt werden.«

Die Kindergartenleiterin hatte einen Doppelnamen: Frau Assmann-Burger. Cenk hatte den Namen sofort aufgeschrieben, sonst hätte er ihn mit Sicherheit wieder vergessen. Frau Assmann-Burger war eine füllige Mittfünfzigerin, die Cenk an irgendjemanden erinnerte. Eine feuerrote Haarmähne umgab ihren Kopf im leuchtenden Gegenlicht der Vormittagssonne wie eine Strahlenkorona. Ebenso farbenfroh war ihre Kleidung: Sie bestand aus wallenden, wahrscheinlich ökologisch korrekt pflanzengefärbten Stoffen in den Farben Rot, Blau und Gelb. Frau Assmann-Burger sah aus wie lebendig gewordenes Anschauungsmaterial für das Erlernen der Primärfarben.

»Also, dann wollen wir mal«, die Erzieherin schaute über den Rand ihrer Lesebrille, ob Cenk auch schreibbereit war, und las vor: »Yasmin-Tamara-Sabrina-Sophia Nürtinger. Wie gesagt, der Name ist ein bisschen kompliziert. Was wollen Sie denn genau wissen?«

»Kommt es öfters vor, dass Kinder so viele Vornamen haben?« Cenk schaute nachdenklich auf die lange Buchstabenreihe, die ausgereicht hätte, um eine ganze Gruppe von Kindern mit Namen zu versorgen.

»Doppelnamen sind ja schon einige Jahre wieder in Mode – vor allem bei den Mädchen. In manchen Gruppen haben wir drei Marie-Sophies oder Annalenas. Vielleicht ist das ja auch ein Ausdruck neuer, nun ja ...«, die Kindergartenleiterin räusperte sich. »Nennen wir es Trend zur neuen Bürgerlichkeit. Aber Sie sind doch nicht hierher gekommen, um mit mir über die Marotten der Eltern bei der Namensgebung ihrer Kinder zu diskutieren?«

»Nicht direkt«, sagte Cenk. »Aber wir müssen das Mädchen und ihr Umfeld besser kennen lernen. Bisher wissen wir kaum etwas. – Und der Name ...«, er stockte, »in diesem Fall *die* Namen helfen uns da vielleicht ein Stück weiter. Sophia zum Beispiel. Sophia klingt, glaube ich, irgendwie durchaus nach neuer Bürgerlichkeit. Aber die anderen Namen? Yasmin – das kenne ich aus meiner Familie. So heißen türkische Mädchen. Und Tamara-Sabrina? Sind solche Namen nicht heutzutage eher stigmatisierend?«

»Vielleicht kann so ein Name später tatsächlich zum Stolperstein werden – wenn die Kinder irgendwann aus den pädagogischen Schonräumen ins wahre Leben entlassen werden. Aber Yasmin ist doch ein schöner Name, und die Kleine wird sich ja später auch nicht ständig mit allen vier Vornamen vorstellen.«

»Ganz Ihrer Meinung«, beeilte sich Cenk, die Schönheit des Namens Yasmin zu bestätigen.

»Hat die Kleine vielleicht einen türkischen Vater?«

Die Frau machte eine fahrige Handbewegung. Ihr kanariengelber Schal verrutschte. Mit einer ungeduldigen Geste brachte sie ihre Garderobe wieder in Ordnung. »Keine Ahnung. Frau Nürtinger hat uns nie etwas von einem Vater erzählt. Der war schlicht und ergreifend nicht existent.« Frau Assmann-Burgers Tonfall machte deutlich, dass es unmodern und völlig realitätsfremd sei, sich über die Tatsache zu wundern, dass ein Kind vaterlos aufwuchs. Falls seine Exfreundin Sonja in der letzten gemeinsamen Nacht schwanger geworden wäre, könnte sie jetzt bereits im vierten Monat sein. Cenks Kind würde im Frühjahr zur Welt kommen und je nachdem, wie Sonja es handhabte, würde er nie davon erfahren.

»Also ist Frau Nürtinger auch nicht geschieden?«

»Nein, soweit ich informiert bin, ist sie nicht geschieden. Es gibt einfach keinen Vater.«

»Also auch keine Unterhaltszahlungen?«

»Da müssen Sie das Jugendamt fragen. Das Amt hat wohl die Kindergartengebühren bezahlt. Frau Nürtinger konnte nicht arbeiten. Zumindest nicht regelmäßig. Die Kleine hatte immer wieder ziemlich heftige Krankheitsschübe, und man wusste nie, wann es wieder losging. Die arme Frau hatte es in den letzten Jahren wirklich nicht leicht. Wissen Sie, vielleicht hat sie bei der Geburt des Kindes schon gespürt, wie schwierig das alles werden wird. Und dann hat sie dem Kind eben ein paar Namen mehr gegeben als üblich – sozusagen als protektive Faktoren.«

Cenk schrieb *Schutzfaktoren*. In türkischen Familien hängten sie den Kindern blaue Perlen gegen den bösen Blick um den Hals. Es war auch verpönt, ein Kind lautstark ob seiner Schönheit zu bewundern. Das könne Unglück herbeiziehen, hieß es, und davon waren viele ältere Frauen immer noch überzeugt.

»Frau Nürtinger hat auch immer wieder betont, wie besonders und ganz und gar einzigartig ihr Kind sei.« Frau Assmann-Burger hustete trocken. Vermutlich rauchte sie in ihrer Freizeit. »Wissen Sie eigentlich, was heutzutage der Begriff ›besonderes Kind‹ bedeutet?«

»Keine Ahnung.«

Frau Assmann-Burger hustete wieder. Vielleicht rauchte sie auch nicht und hustete lediglich aus Verlegenheit. »Besonderes Kind, das bedeutet – sozusagen in der mildesten Ausprägung – ›irgendwie auffällig‹, aber meistens meint man damit schlicht und ergreifend, dass das Kind nicht passt, dass es sozial oder geistig leicht behindert ist – und dass es über kurz oder lang aussortiert wird.«

»Das hört sich aber hart an. Ich meine – die sind doch noch so jung; da kann man doch noch nicht von Aussortieren sprechen.«

Die beiden sahen sich kurz in die Augen. Natürlich wusste auch Cenk nur zu gut, dass der Prozess des Aussortierens harte Realität war. Aber normalerweise sagte man es nicht so unanständig direkt. Frau Assmann-Brunner rauchte sicher. Cenk konnte förmlich sehen, wie sie dicke Schwaden aus Rauchwolken zwischen sich und ihren Gesprächspartner legte. Unangenehmes Thema, dachte Cenk. Vor allem, wenn man den Job schon so viele Jahre macht wie sie. Vielleicht hat sie sogar vor Jahren Kinder einmal gern gehabt. Sie sah nicht so aus wie jemand, der Kinder mag. Frau Assmann-Burger sah aus wie jemand, der einen verdammt schweren Job verdammt gut hinkriegt.

»Na ja, vielleicht verstehen Sie jetzt, warum wir immer versucht haben, Frau Nürtinger auszureden, dass ihr Kind ein ›besonderes‹ Kind sei. Außerdem wollte die Yasmin das gar nicht. Wenn Sie die Kinder fragen, dann wollen alle nur normal sein. Da herrscht schon bei den Kleinen ein enormer Gruppendruck.«

»Haben Sie vielleicht ein Foto von Yasmin?«, fragte Cenk.

Die Erzieherin erhob sich. Eingeklemmt zwischen Schreibtisch und Regalwand gelang es ihr nur mühsam, ihre Leibesfülle zu drehen und einen Ordner aus einem Fach herauszuangeln. Der Ordner hatte das gleiche Rot wie Frau Assmann-Burgers Leinen-Tunika.

»Da ist sie.« Ein kurzer Finger mit sorgfältig kirschrot lackiertem Fingernagel deutete auf ein Gruppenbild. Diese Nagellackfarbe entsprach auf gar keinen Fall einem pädagogisch korrekten Rot. Dafür war sie viel zu dunkel. Eher eignete sie sich zur Übertünchung nikotinverfärbter Fingernägel.

»Das war auf unserem Sommerfest. Da haben wir ein Gruppenbild gemacht. Weil Yasmin so zierlich ist, steht sie bei den Kleinsten in der vordersten Reihe.«

Ein blondes Geschöpf. Fast ein Lächeln im Gesicht – aber genau betrachtet nur beinahe. Hängerkleidchen mit wildem Blumenmuster. Pink. Türkis. Grelle Mischfarben. Sicher Kunstfaser, nicht so ökologisch korrektes Zeug, wie es die Kindergartenleiterin trug. Das Lächeln des Mädchens passte zu Sophia. Sophia heißt Weisheit.

Das Kunstfaser-Kleidchen war von Tamara-Sabrina.

Wo war Yasmin?

Yasmin war barfuß.

»Das Foto muss ich mitnehmen, sagte Cenk.

»Selbstverständlich«, sagte Frau Assmann-Burger und löste es aus dem Ordner heraus. »Wir können weitere Abzüge machen. Die Negative sind noch da. Übrigens konnten wir bei Yasmin gewisse Retardierungen beobachten, wahrscheinlich bedingt durch die vielen Krankheiten. Wir haben diverse Tests gemacht. Auf nonverbaler Ebene, Sie verstehen. Auf diese Weise gelingt es am besten, den Entwicklungsstand eines Kindes abzuschätzen, auch wenn es in der sprachlichen Entwicklung verzögert ist.« Frau Assmann-Burger blätterte in Yasmins Akte. »Hier: Kaufmann-Assessment Battery for Children, Continuous Performance Test nach Conners und so weiter und so weiter, ich glaube, ich brauche die jetzt nicht alle aufzuzählen.«

»Erstaunlich«, meinte Cenk, »was Sie hier so alles machen. Haben Sie denn eine spezielle Ausbildung oder irgendeine Qualifikation zur Durchführung solcher Tests?« Frau Assmann-Burger richtete sich auf. »Nach meiner Ansicht ist der Beruf der Kleinkinderzieherin der am meisten unterschätzte in Deutschland«, dozierte sie. »Kaum jemand hat eine Ahnung, was wir tagtäglich ...«

»Ja, ja«, Cenks Stimme klang müde. »Um das rein Medizinische kümmert sich dann sowieso mein Kollege, Hauptkommissar Erich Bloch.« Er versuchte, eine möglichst lange Aneinanderreihung von Wörtern zwischen sich und die papageienbunte Farbengewalt zu schieben. Cenk hatte immer gedacht, kleine Kinder zu erziehen, sei eine ziemlich einfache Sache. Anscheinend hatte er sich gründlich getäuscht. Er betrachtete die Kindergartenleiterin. Diese kindlich bunten Farben und dieses menschenfreundliche Getue waren lediglich Tarnung. Diese Frau war nicht so harmlos wie sie tat. Nicht im Geringsten.

Cenk holte zu einer neuen Frage aus. »Was mich jetzt aus aktuellen ermittlungstechnischen Gründen viel mehr interessiert, ist das Verhältnis zur Mutter und ob es irgendwelche Freunde oder Verwandte gibt, bei denen sich Frau Nürtinger und ihre Tochter eventuell aufhalten. Die Erfahrung zeigt, dass sich die meisten Vermisstenanzeigen auf eine eher harmlose Art aufklären.«

»Verwandte?« Frau Assmann-Burger betrachtete prüfend ihre Fingernägel. »Nein, sicher nicht. Da bin ich hundertprozentig sicher. Yasmin hat eine Freundin. Sarah. Die geht aber inzwischen zur Schule, und die Kinder haben sich seitdem aus den Augen verloren. Dann ist da noch die Mutter von Max. Max ist erst vier, aber Yasmin hat ihn immer so ein bisschen bemuttert. Der ist wie ein kleiner Bruder für sie. Die beiden Mütter haben sich manchmal mittags noch unterhalten, wenn sie die Kinder abgeholt hatten. Vielleicht weiß die Mutter vom kleinen Max irgendetwas.«

»Könnten Sie mir die Telefonnummer von Max' Mutter geben?«, bat Cenk.

Frau Assmann-Burger zögerte. »Das geht nicht so einfach. Aus datenschutzrechtlichen Gründen, verstehen Sie? Da kann ich in Teufels Küche geraten. Wissen Sie was? Ich werde die Mutter von Max selber anrufen, oder sie heute Mittag ansprechen, wenn sie ihren Sohn abholt. Sie soll sich dann direkt mit Ihnen in Verbindung setzen.«

Cenk warf einen Blick auf die Uhr. 10.30 Uhr. Der Zeitverlust schien vertretbar. Er schob Frau Assmann-Burger seine Visitenkarte zu und tippte auf zwei Zahlenreihen. »Büro und Handy«, sagte er knapp. Diese Dame hatte eine fatale Neigung, einfache Sachverhalte möglichst kompliziert darzustellen. Er sah keinerlei Veranlassung sich dieser ermüdenden Gewohnheit anzuschließen.

»Wollen Sie vielleicht noch einen Blick in unsere Räumlichkeiten werfen?«

»Gerne.« Cenk stand auf.

Der breite, lichtdurchflutete Gang war leer. Rechts hingen zierliche Garderobenhaken, darunter standen kleine Holzbänke, in deren Ablagen bunte Stiefelchen und Schuhe mehr oder weniger ordentlich hineingestopft waren.

»Die Kinder tragen hier drin Hausschuhe«, erklärte Frau Assmann-Burger.

»Selbstverständlich.« Cenk nickte. In einem türkischen Haushalt wäre es undenkbar, die Wohnung mit Straßenschuhen zu betreten.

»Was allerdings organisatorisch nicht immer einfach ist«, fuhr Frau Assmann-Burger in dozierendem Tonfall fort. »Hundert Schuhpaare plus hundert Hausschuhpaare, nebst Turnschläppchen und Gummistiefeln – das ergibt eine erhebliche Anzahl an Kombinationsmöglichkeiten. Sie verstehen?« Cenk nickte und grinste. Er hatte fünf Geschwister. Seine Mutter hatte es zwar anders ausgedrückt als Frau Assmann-Burger, aber unzweifelhaft dasselbe gemeint.

Jetzt wusste er auch, an wen ihn die Haarfarbe erinnerte: auch seine Mutter hatte solche leuchtend roten Haare gehabt. Nur Henna erzeugte diesen einzigartigen Farbton. Vor allem dann, wenn erste graue Strähnen das Haar durchzogen, gab es diese ganz speziellen Farbeffekte. Cenks Mutter hatte meist ein Kopftuch getragen. Die strahlende Henna-Korona im Gegenlicht war für ihren Sohn ein seltener Anblick gewesen.

Cenk verehrte seine Mutter sehr. So gehörte sich das. Respekt dem Vater gegenüber. Alle Liebe der Mutter. Es war ein großes Unglück für die Kinder, wenn sie ohne Vater aufwuchsen.

Und für die Mutter war es eine Schande.

Sonja hatte gesagt, er sei hoffnungslos altmodisch. Betonung auf hoffnungslos. An seinen guten Tagen bezeichnete Cenk sich als traditionell. In Deutschland gab es neuerdings den Begriff der neuen Bürgerlichkeit, bei dem Cenk nicht sicher war, ob er auch für türkischstämmige Neubürger galt.

Im Luftzug schaukelten Papierfiguren. Sonne-Mond-und-

Sterne, Schneewittchen-und-die-sieben-Zwerge. Die böse Königin fehlte. »Wir basteln Martinslaternen«, erklärte Frau Assmann-Burger und deutete in einen Raum, wo die Kinder gemeinsam mit ihren Betreuerinnen an niedrigen Tischen saßen und mit Schere und Papier hantierten. Einige der Kinder wirkten blass und krank, aber vielleicht lag das ja auch am grellen Vormittagslicht, das die Schatten schärfer hervortreten ließ.

»Hier ist Yasmins Gruppe. Wir gehen mal kurz rein«, sagte Frau Assmann-Burger und in Richtung der Kinder: »Lasst euch nicht stören, unser Besuch will nur mal kurz schauen, was ihr da Schönes bastelt.«

»Guten Tag, Kinder«, sagte Cenk ins Ungefähre hinein. Gesichter fuhren nach oben, stupsnasige, rotznäsige, mit zierlichen Augenbrauen überwölbte Gesichter, sommersprossige und rotwangige, ein paar dunkelhäutige dazwischen. Cenk lächelte auf eine Weise, von der er wusste, dass sie auf Frauen gut wirkte. Vielleicht tat so ein Lächeln auch bei Kindern seine Wirkung.

»Hast du auch ein Kind?«, fragte eine kleine Kesse, mit abstehenden Zöpfchen. »Kommt dein Kind später auch zu uns in den Kindergarten?«

»Nein«, sagte Cenk. »Ich wollte euch nur mal so besuchen.«

Die Kinder wisperten und lachten. Papier raschelte. Sofort war dieses unangenehme Gefühl von Ausgrenzung wieder da.

»Hier, schauen Sie mal – ist die nicht schön?« Frau Assmann-Burger hielt eine Laterne hoch. In das schwarze Papier waren Sonne, Mond und Sterne eingeschnitten. Alles war sorgfältig mit Transparentpapier hinterklebt. Rot, gelb, orange. Einfache Farben. Kinderfarben.

»Das ist der Yasmin ihre Laterne«, erklärte das bezopfte Mädchen.

»Lisa, komm sofort wieder an den Tisch zurück«, mahnte die Erzieherin. »Bist du der Yasmin ihr Papa?« Lisa dachte nicht daran, an den Tisch zurückzukehren.

»Nein, wie kommst du darauf?«

»Ach, nur so.« Lisa hüpfte leichtfüßig an ihren Platz zurück.

»Das ist doch eine sehr schöne Arbeit«, meinte Cenk und drehte Yasmins Laterne in den Händen. »Für ein entwicklungsverzöge...«

»Lassen Sie das, keine Diagnosen vor den Kindern.« Frau Assmann-Burger nahm ihm die Laterne aus der Hand. »Feinmotorische Fertigkeiten haben nicht unbedingt etwas mit den allgemeinen kognitiven Fähigkeiten oder gar mit sozialer Kompetenz zu tun«, erläuterte sie. »Da kann es zu erheblichen Diskrepanzen kommen, die das Erscheinungsbild gewaltig verzerren. Bekanntestes Beispiel sind diese Autisten, die wunderbar rechnen können oder ganze Telefonbücher auswendig lernen, aber trotzdem im normalen Leben, na ja ...« Sie zuckte mit den Schultern. »Wir verstehen uns, nicht wahr?«

»Aber die Yasmin hat keine Telefonbücher auswendig gelernt«, kam es vom Kindertisch. »Und irre toll malen kann sie auch.«

»Lisa!« Der Ton der Erzieherin klang peinlich berührt. »Misch dich nicht ständig bei den Erwachsenen ein.«

Lisa grinste nur. Cenk grinste zurück.

»Und die Yasmin ist immer ganz doll lieb zu mir. Die hat mir nämlich immer meine Schuhe gesucht, wenn ich die mal nicht so schnell gefunden hab.« Der das sagte, war ein kleiner, pummeliger Junge, pausbäckig und blondhaarig, wie einer Zwiebackwerbung entsprungen.

»Du bist der Max, nicht wahr?«

»Genau! Und du, bist du der Weihnachtsmann?« Max strahlte ihn mit weit aufgerissenen Augen an.

»Wie kommst du denn darauf?«

»Na, der Weihnachtsmann kennt doch alle Kinder, oder?«

»Blödsinn, den Weihnachtsmann gibt es gar nicht.«

»Doch, den gibt es.«

»Nein, meine Mama sagt, den gibt es nur in der Werbung.«

»Du redest Blödsinn.«

»Und du bist gemein!«

Scheren und Papierschnipsel flogen auf den Boden. Die Situation drohte zu eskalieren. Die Erzieherin schaute flehend.

»Nein«, sagte Cenk und verschaffte sich Gehör, ohne laut zu werden. »Leider bin ich nicht der Weihnachtsmann, aber ich bin ein Freund von Yasmin. Ich wollte mich nur mal ein bisschen in ihrem Kindergarten umgucken und ihre Freunde kennen lernen.«

»Das ist aber lieb von dir. Wann kommt Yasmin denn wieder zurück?«

»Weiß ich noch nicht so genau«, wich Cenk aus. Vielleicht würde er in wenigen Tagen wiederkommen und die Kinder befragen. Jetzt war es dafür noch zu früh.

»Wenn die Yasmin so tolle Bilder gemalt hat«, begann er aufs Geratewohl, »dann habt ihr doch sicher welche aufgehängt, oder? Kann ich die mal sehen?«

Zwei Stühlchen stürzten um, als Lisa und Max gleichzeitig aufsprangen und ihn zu einer Wand zogen.

»Hier schau mal, das waren ihre Geheimnisbilder«, erklärte Lisa.

Cenk starrte auf mehrere kleinformatige Blätter. »Ich glaube, da müsst ihr mir ein bisschen weiterhelfen«, sagte er ratlos. »Was soll das denn sein?«

»Hier fängt es an.« Lisa deutete auf ein Bild mit wilden Wirbeln und Zacken in Orange und Gelb. Einzelne, rote Punkte überzogen das Ganze wie ein bösartiger Ausschlag. Offensichtlich hatte Yasmin den Rotstift so heftig aufs Papier gedrückt, dass es an mehreren Stellen gerissen und durchlöchert war.

»Das ist ein Geheimfeuer in einer tiefen Geheimhöhle, ganz innen drin«, erklärte Lisa.

»Das Martinsfeuer?« Frau Assmann-Burger war interessiert näher getreten.

»Nein, was glaubst du? Das Feuer hier ist viel, viel wilder und viel gefährlicher als so ein Martinsfeuer.«

»Viel gefährlicher«, bestätigte Max, der auch dabeistand und hingebungsvoll in der Nase bohrte.

Cenk streichelte das fahle Blondhaar und wunderte sich, welche Hitze so ein Kinderkopf ausstrahlte. »Und das da?« Cenk deutete auf das zweite Bild in der Reihe. Das gelb-orangefarbene Muster wiederholte sich, aber die roten Punkte hatten deutlich abgenommen. Stattdessen zogen sich breit gestrichelte, schwarze Pfeile durch das Bild und legten sich über die Farben. Auch hier hatte das Papier der intensiven Bearbeitung nicht überall standgehalten und war an mehreren Stellen gerissen.

»Das sind die Feinde«, erklärte Lisa. »Ich glaube, es sind Indianer oder Ritter, die das Feuer in der Höhle angreifen.«

»Sind Indiana«, sagte Max und schniefte. Frau Assmann-Burger zog ein Taschentuch aus dem Ärmel und wollte ihm die Nase putzen. »Lass mich«, wehrte sich Max. »Kann ich alleine.« Sie überließ ihm das Taschentuch ohne weiteren Kommentar.

Das nächste Bild war fast vollkommen schwarz. Lediglich an einigen winzigen Stellen blitzte etwas Gelb oder Orange hervor. Yasmin hatte wohl zuerst das Bild in hellen Farben gestaltet und dann alles mit einer dicken Schicht schwarzer Farbe überdeckt.

»Da darf keiner hin«, flüsterte Lisa. »Das ist mitten in der Höhle. »Da isses kalt und gefährlich.«

»Genau«, bestätigte Max. »Da wohnen nämlich die Monsters.«

»Darf ich die Bilder mitnehmen?«, fragte Cenk.

Max schaute ihn skeptisch an.

»Ich bringe sie auch wieder zurück. Ich leihe sie mir nur aus. Ist das okay?«

»Is okay.« Max nickte. »Bringst du die Yasmin auch wieda zurück?«

»Versprochen. Ganz großes Ehrenwort. Ich bring sie dir wieder. Aber es kann ein bisschen dauern.«

»Okay«, sagte Max. »Dann zeige ich dir mal mein Lieblingsbuch.« Er lief zu einem Regal und zog ein Bilderbuch heraus. Es hatte nur wenig Text. Cenk überflog ihn. *Ottos Mops trotzt*, hieß es da. Dann wurde der trotzende Mops fortgeschickt und verschwand schmollend. Ein paar Seiten weiter suchte Otto seinen Mops und rief: *mops mops. Otto hofft*, stand da, *aber der Mops schlug ihm ein Schnippchen*. Cenk las: *Ottos mops kotzt und Otto: ogottogott.*

Irritiert klappte Cenk das Buch zu. »Sehr schön«, sagte er zu Max, der ihn strahlend, mit einer Rotzglocke unter der Nase, anlächelte.

»Ist das eigentlich ein normales Kinderbuch?«, fragte er draußen Frau Assmann-Burger. »Mir kommt das ein bisschen blöd vor und eklig außerdem. Aber vielleicht bin ich da einfach zu altmodisch.«

»Oh«, meinte Frau Assmann-Burger. »An so etwas dürfen Sie keinen Anstoß nehmen. Ausdrücke der Fäkalsprache sind mittlerweile weitgehend in die Umgangssprache integriert und es ist für die Kinder ausgesprochen wichtig, Grenzen auszutesten, das Spiel mit Tabus und Paradoxien – oh ja, ein solches Buch ist in erheblichem Maße anregend und erzieherisch wertvoll.«

»Ach so«, sagte Cenk und fühlte sich wie ein Analphabet. Kindererziehung schien tatsächlich eine ausgesprochen komplizierte Angelegenheit zu sein.

»Übrigens«, sagte Frau Assmann-Burger. »Man sollte Kindern nie etwas versprechen, wenn man es nicht halten kann.«

»Mach ich auch nicht«, sagte Cenk trotzig. »Nie. Auf so eine Idee käme ich gar nicht.«

»Ja dann«, meinte Frau Assmann-Burger.

Es wurde Zeit, sich zu verabschieden.

Draußen zündete sich Cenk als Erstes eine Zigarette an. Er inhalierte den Rauch bis in die tiefsten Lungenregionen. Dabei meinte er, den missbilligenden Blick von Frau Assmann-Burger zu erhaschen, aber vielleicht war es auch nur eine Spiegelung in einer Fensterscheibe gewesen. Als er sich zum Gehen wandte, erkannte er Lisa, die ihm vergnügt zuwinkte. Cenk verbarg die halb gerauchte Zigarette in der hohlen Hand und winkte möglichst lässig zurück.

5. Kapitel

Du darfst mich Tata nennen«, sagte der Mann.

»Ist das dein richtiger Name?«, fragte das Kind.

»Nein«, sagte der Mann. »Mein richtiger Name ist zu schwierig.«

»Das macht doch nichts«, tröstete sie ihn. »Mein Name ist auch schwierig. Ich heiße nämlich Yasmin-Tamara-Sabrina-Sophia Nürtinger.« Yasmin sah den Mann erwartungsvoll an.

»Komm, wir gehen los«, sagte er. »Wir können nicht hier immer nur stehen.«

Sein Gesichtsausdruck war seltsam. Als sie den langen-langen Namen hersagte, sah er um die Augen herum aus, als ob er lächeln wollte. Dann aber wurde sein Mund plötzlich schmal und böse. Es war besser, ihn nicht zu ärgern. Also tat Yasmin das, von dem sie wusste, dass er es sich wünschte: Sie setzte sich widerspruchslos in Bewegung und stapfte über den Feldweg. Dabei wackelte sie mit den Schultern, sodass die Hasenohren an ihrem Rucksack lustig hin und her schlenkerten. »Guck mal«, sagte sie. »Lustig, nicht wahr?«

Da lächelte er. Yasmin wusste nicht, ob es ein gutes Lächeln war. Eine Weile gingen sie schweigend.

»Da hat dir deine Mutter gegeben aber sehr viele Namen«, sagte er.

»Findest du sie etwa nicht schön?«

»Welcher Name gefällt dir denn am besten?«

Das Kind überlegte. »Das ist verschieden. Meine Freunde nennen mich Yasmin. Wenn ich male, dann bin ich aber Sophia.«

»Und Tamara-Sabrina?«, fragte der Mann.

»Ich glaube, die Mutti wünscht sich, dass ich Tamara-Sabrina bin. Das ist so ein Name für eine Prinzessin, finde ich.«

Der Mann schwieg.

»Darf ich deine Hand halten?«, fragte Yasmin. Der Mann streckte ihr eine große, schwielige Hand hin, und Yasmin ergriff sie wie einen schweren Gegenstand. »Du bist sehr groß«, sagte sie.

»Ja«, meinte der Mann. »Aber bin ich viel zu dünn.« Er grinste wie ein großer, netter Junge.

»Eigentlich darf ich ja nicht mit einem Fremden mitgehen. Hat unsere Kindergarten-Erzieherin, die Irene, immer und immer gesagt. Und die Mutti hat es auch gesagt.«

»Bin ich aber kein Fremder, kennen wir uns ja schon ein paar Tage und darfst du mitgehen«, sagte der Mann. »Chabe ich dir ja schon Freitag erklärt.«

»Ja, ja«, sagte Yasmin. »Ich weiß schon, weil du mit meiner Mutti gesprochen hast und sie es erlaubt hat. Sie hat dir ja auch meinen Hasenrucksack mitgegeben und die Gummistiefel und alles.«

»Genau«, sagte der Mann und griff fester nach ihrer Hand. »Laufe ich zu schnell?«

»Es geht so«, sagte das Kind. »Normalerweise lässt die Mutti mich nicht so weit laufen. Die Mutti hat immer Angst wegen mir, glaube ich. Weißt du, was blöd ist?«

»Was denn?«, fragte der Mann, aber er schien gar nicht richtig zuzuhören. Ständig schaute er nach hinten. Da war aber niemand. Da waren nur die Felder, und da war sehr viel Himmel. Die Häuser waren sehr klein und weit nach hinten gerutscht.

Obwohl er nicht richtig zuhörte, sprach Yasmin weiter. »Blöd ist, dass ich der Mutti nicht ›Auf Wiedersehen‹ gesagt habe.«

Der Mann schwieg.

»Meinst du, ich kann später mal telefonieren?«

»Ich glaube schon«, sagte der Mann. »Aber wir müssen noch drei Kilometer laufen, bis kommt eine Telefon.«

Auf dem Feld rechts wuchsen niedrige Halme, die standen in geraden Reihen. So ähnlich wie Kindergartenkinder bei einem Ausflug. Links war ein Graben, das Feld dahinter war leer. Nein, das war nicht richtig. Es war nicht leer. Auf ihm wuchs ein hohes, weiches Gras, das war fast weiß und hatte sich auf die Seite gelegt, als ob es schlafen würde. Das war aber Blödsinn, weil Gras nicht schläft.

»Guck mal, was ich kann!« Yasmin hatte sich von der Hand des Mannes losgemacht und war über den Graben gehüpft. Das Hasengesicht auf ihrem Rücken hüpfte mit.

»Lass das«, sagte der Mann. »Kriegst du nur nasse Füße.«

»Nein«, sagte Yasmin. »Ich pass schon auf. Ich hab ja auch meine Gummistiefel an. Hier, guck mal: mit Ponys drauf!«

Sie streckte ihre Beine abwechselnd im Stechschritt in die Höhe. Dann bückte sie sich, sprang und landete sicher.

»Guck mal, was ich da drüben gefunden habe.« Sie hielt einen leuchtend gelben Maiskolben in die Höhe.

»Bei mir zu Hause«, sagte der Mann, »chaben wir auch diese Pflanze. Heißt Kukuruz. Ist aber weiß und machen wir Brot daraus.«

»Darf ich den Kukuz mitnehmen?«, fragte Yasmin und stopfte den Maiskolben in ihren Rucksack, ohne eine Antwort abzuwarten.

Sie passierten eine rotweiße Schranke, die mitten auf dem Feldweg stand wie ein Fremdkörper. Daneben ein ebenso lustig geringelter Pfahl in Schwarz-Rot-Gelb, an dem ein Schild mit einem schwarzen Vogel darauf befestigt war. Darunter hing ein kleines Schild, auf dem sehr viele Wörter standen.

»Das ist aber ein ulkiger Vogel«, sagte Yasmin. »Der sieht

aus, als ob er eine große Nase hat. Dabei ist es sein Schnabel. Was steht eigentlich auf dem kleinen Schild?«

Ein paar Buchstaben kannte sie bereits. Nun baute sie sich breitbeinig vor dem Schild auf und begann zu buchstabieren:»D-E-R G-R-E-N-Z-. Das ist aber ein langes Wort«, klagte sie. »Kannst du mir helfen?« Bittend schaute sie zu Tata auf.

Der Mann blieb nur kurz stehen und deutete auf den Adler. »Hat es hier viele seltene Vogel und muss man gehen sehr leise und vorsichtig.«

»Ja«, flüsterte Yasmin. »Ich bin ganz leise. Versprochen. Jetzt erinnere ich mich. So ein Schild hat uns unsere Erzieherin mal gezeigt. Da haben wir einen Ausflug ins Ried gemacht. Das nennt man Naturschutzgebiet.«

»Genau.« Der Mann nickte zufrieden. »Jetzt erinnere ich wieder diese Wort.«

»Du bist nicht aus Deutschland«, sagte Yasmin.

»Nicht so richtig«, meinte der Mann.

»Das macht aber nichts. Seher und Erkan und Matteo sind auch Ausländer und noch ein paar andere auch, die ich kenne. Wir spielen aber trotzdem zusammen.«

»Können wir gehen«, sagte der Mann, und es war keine Frage.

»Nein, erst musst du mir noch genau sagen, was auf dem kleinen Schild geschrieben ist.«

»Steht da ist Wanderweg und muss man sein leise«, las der Mann ab.

»Kannst du es mir nicht genau vorlesen? Ich möchte es gern auswendig lernen und heute Abend meiner Mutti sagen, wenn ich sie anrufe.«

»Nein«, sagte der Mann. »Wir haben keine Zeit, sonst ist dunkel und wir finden keine Telefon, um deine Mutti zu anrufen.« Er streckte eine Hand aus.

Wahrscheinlich stimmte das, was er sagte. Yasmin gab ihre

Hand in seine Hand, und sie stapften weiter durch das müde Gras.

* * *

In den Augen der ältlichen Nachbarin blitzte unverhohlener Stolz auf, als sie schilderte, wie gut und regelmäßig sie über alle Vorgänge in der Nachbarschaft informiert war. Am späten Freitagnachmittag waren aus der Wohnung von Frau Nürtinger Kampfgeräusche gedrungen, »dass es nur so schepperte«. Zu diesem Zeitpunkt hatte die Kleine draußen auf der Straße gespielt. Die habe sicher nichts davon mitbekommen, wurde die Frau nicht müde zu versichern. So ein reizendes Kind, spielte ganz altmodische Spiele. Seilhüpfen und Ball-an-die-Wand und sang dazu ein Lied. So wie früher. Die Nachbarin hätte gern noch weiter über altmodische Kinderspiele gesprochen, aber sowohl Kommissar Bloch, als auch Cenk hatten den Zeugen-Smalltalk relativ ruppig beendet.

»Kampfgeräusche – sind Sie sicher?«, hatte Bloch gefragt. Und die Nachbarin hatte ihn schief angeschaut.

»Halten Sie mich etwa für verkalkt?«, fragte sie. »Ich bin zwar über siebzig, aber ich brauche noch kein Hörgerät und kann auch unterscheiden, ob die da drüben sich anschreien oder lachen. Und dann kenne ich auch den Unterschied, ob da ein Glas runterfällt oder Möbel umgeworfen werden.«

Zwei Stimmen? Wen sie denn noch gehört habe, außer Frau Nürtinger?

Eine Männerstimme sei es gewesen. Übrigens habe der Mann viel weniger gesagt als Frau Nürtinger. Frau Nürtinger habe herumgeschrien. Der Mann sei lediglich einmal und auch nur kurz laut geworden.

Nein, Frau Nürtinger habe nicht um Hilfe gerufen. Es habe

sich wütend angehört – soweit man das aus der Nebenwohnung beurteilen könne, sie wolle ja nichts Falsches sagen. Um Hilfe gerufen habe sie zwar nicht, die Frau Nürtinger, aber ungewöhnlich sei es schon gewesen, dass es da drüben überhaupt einmal laut wurde. Die Frau Nürtinger sei nämlich eine ganz liebe und zurückhaltende Frau. Auch mit dem Kind, immer lieb und sehr zartfühlend. Das müsse sie ja auch sein, mit dem armen Hascherl, so oft sei die Kleine krank. Ja, die Mutter habe es nicht gerade leicht – aber alles habe sie alleine geschafft, auch ohne Vater. Bewundernswert. Gott sei Dank sei die Yasmin so ein stilles Kind. Nicht so lebhaft wie andere, die hätten ja nichts als Unsinn im Kopf. Es könne so gesehen auch Vorteile haben, wenn ein Kind krank ist, sie bitte darum, dies nicht misszuverstehen. Aber mehr könne sie zu den Vorgängen am Freitagnachmittag wirklich nicht sagen. Ihr eigenes Telefon habe geklingelt und da sei sie drangegangen, und als sie wieder zum Fenster hinausgeschaut habe, sei die Kleine nicht mehr da gewesen. Was für sich genommen, auch nichts Besorgniserregendes gewesen sei. Und der Streit nebenan sei zu diesem Zeitpunkt auch beendet gewesen. Sie habe jedenfalls seitdem keinen Laut mehr gehört aus der Wohnung. Was ebenfalls nichts Ungewöhnliches sei. Am Telefon sei übrigens nur so eine Computerstimme gewesen, die etwas von einem Hauptgewinn erzählt habe. Aber das wisse man ja: Das sei alles nur Betrug, und man müsse so eine teure Nummer wählen, und sei dann ewig nur in einer Warteschleife, und gewonnen habe man erst recht nichts.

»Ja, ja«, hatte Cenk gesagt, und: »Das tut doch jetzt nichts zur Sache.«

Aber die Frau hatte sich kaum bremsen lassen in ihrem Redefluss.

Normalerweise dauerte es länger, die Genehmigung zum Aufbrechen einer Wohnung zu bekommen. Aber da in diesem Fall, bedingt durch die Erkrankung der kleinen Yasmin, eindeutig Gefahr in Verzug war, stimmte der Staatsanwalt ohne weitere Verzögerungen zu.

Es war ein normales Schloss, und es gab keine Sicherheitsvorkehrungen. Polizeiassistent Gruber stemmte die Tür vorsichtig auf. Wenn er jemals seinen Schlüssel verlegen sollte, dachte Bloch, dann würde er Gruber und nicht den Schlüsseldienst rufen.

Dann betraten sie die Wohnung.

»Ach du lieber Himmel«, sagte Cenk.

Gruber sprach hastig in sein Funkgerät.

»Spurensicherung«, sagte Bloch. »Und zwar schnell. Einen Rettungswagen brauchen wir hier nicht mehr. Wir müssen eine Ringfahndung nach dem Kind einleiten.« Seine Stimme war ruhig und beherrscht, aber er brauchte alle Kraft, um die Flut der Bilder zu stoppen, die, gleich einem Film, an seinem inneren Auge vorüberzogen. Cenk hatte ihm das Foto des Mädchens gezeigt und ihm lächelnd die vielen Vornamen gesagt. Und nun sah Bloch die Kleine, sah sie mit peinigender Genauigkeit: die unbeschwerte, barfüßige Yasmin, eingezwängt in den Kofferraum eines Autos, die weit aufgerissenen Augen über den mit Klebestreifen brutal verschlossenen Mund ins Dunkel starrend. Tamara-Sabrina, das billige Kunstfaserkleidchen in den schreienden Farben hastig hochgeschoben, die stöckerdünnen Beinchen nackt und seltsam verdreht. Sophia, auf dem Waldboden liegend, hastig und unvollständig mit etwas Erde und Laub bedeckt, das Gesicht zum Himmel gerichtet, zu einem Himmel, der so leer war wie ihre Augenhöhlen.

* * *

»Wie weit ist es noch?«, fragte Yasmin.

»Nicht mehr so weit«, versicherte der Mann und schaute sich um.

»Können wir eine kleine Pause machen?«, fragte Yasmin. »Da ist eine Bank.« Die Bank stand unter einem breit ausladenden Nussbaum, und Yasmin setzte sich, ohne eine Antwort abzuwarten.

Der Mann blieb stehen. »Bist du doch große Mädchen. Und hast du starke Muskeln. Warum machst du immer Pause?«

»Die Mutti hat mir gesagt, ich muss aufpassen und ich bin nicht stark genug, um lange zu laufen. Ich bin auch immer viel krank, weißt du.«

»Zeig mal deine Muskeln.« Der Mann hob Yasmins Arm hoch. »Ist aber ganz schön dick«, meinte er nach sorgfältiger Prüfung.

Yasmin kicherte. »Du bist aber dumm – der Arm ist doch im Anorak drin. Guck mal ...« Und sie schälte sich aus der wattierten Jacke heraus. »Guck mal, meine Arme sind viel zu dünn.« Bedauernd schaute sie an sich herunter. »Und die Beine sind auch zu dünn. Der Doktor sagt immer, ich habe zu wenig Soldaten in meinem Blut.«

»Soldaten?«, fragte der Mann. »Hat man keine Soldaten im Blut. Hat man Soldaten im Krieg. Du brauchst keine Soldaten in dein Blut. Ich werde helfen, dass du bekommst starke Muskeln und wir laufen bis an die Ende von die Welt.«

»Bis ans Meer?«

»Bis an die Meer. Musst du aber Stück jetzt laufen. Nachher fahren wir Zug.«

»Oh toll«, Yasmin sprang auf. »Zug fahren ist toll. Da freue ich mich drauf.« Sie bückte sich. »Schau mal, ich habe schon wieder was gefunden.« Sie hob triumphierend einen kleinen, runden Gegenstand hoch. Eine Walnuss. »Kannst du mir die aufmachen?«

»Aber dann ist Ruhe«, sagte der Mann und zog das Messer aus dem Stiefelschaft. Er drängte die Schneide genau zwischen die beiden Nusshälften, die sich säuberlich trennten und mit einem trockenen Knacken auseinandersprangen. »Hier du hast deine Nuss«, sagte er. »Jetzt aber laufen, komm.«

»Schau mal«, sagte Yasmin. »Der Erkan hat mal gesagt, so eine Walnuss sieht aus wie ein Gehirn. Hat er mal im Film gesehen.« Sie hielt ihm die winzige, hölzerne Schädelschale auf der ausgestreckten Handfläche entgegen. Zwei tief gefurchte, fein gemaserte Hälften steckten darin. »Hast du so was schon mal gesehen? Was meinst du, sieht ein Gehirn in echt so aus? Eklig, nicht wahr?«

Pazi! Snajper! – Achtung, Scharfschütze! – es sind dieselben Worte, auf Bosnisch und auf Serbisch, ganz egal. Er rief es zu spät. Nachdem sie ihn in das Haus gezerrt hatten, wickelten sie ihn in eine Decke, die nach Mäusepisse roch, um nicht dauernd seinen kaputten Schädel ansehen zu müssen, aus dem das Gehirn herausquoll. Danach lagen sie noch drei Tage unter Beschuss. Als sie sich schließlich davonmachten, nachts und in aller Heimlichkeit, da ließen sie ihn zurück. Unbestattet, in eine Decke gewickelt, die nach Mäusepisse und Verwesung roch. Wie sehr hatte er darum gebetet, dass Gott ihm die Kraft gab, den anderen zu treffen. Er wusste es nicht, ob er es geschafft hatte. Er erkannte ihre Gesichter nicht mehr. Sie waren alle gleich geworden. Alle Gesichter waren wie rohes Fleisch.

Der Mann machte eine hastige Bewegung, und die Nusshälften flogen ins hohe Gras. »Tu das nie wieder«, sagte er. Er sagte es sehr leise, und er war sehr böse.

»Du bist gemein«, sagte Yasmin. »Du hast mich geschlagen und meine Nuss runtergeworfen. Jetzt muss ich eine neue suchen.

»Nein«, sagte der Mann. »Das tust du nicht.« Er ergriff die Hand des Kindes und zerrte es mit hartem Griff fort.

6. Kapitel

Gemeinsam mit dem Team der Spurensicherung hatten sie die Wohnung betreten. Diese Wohnung, die ja nun kein Ort mehr war zum Wohnen, sondern ein Tatort. Ein äußerst blutiger Tatort.

»Nein, einen Rettungswagen brauchen wir hier wahrhaftig nicht mehr«, sagte Bloch und schnupperte. Seltsam, dass ihm der Verwesungsgeruch auch nach so vielen Jahren immer noch so widerlich in die Nase stieg.

Meyer, der Chef der Spurensicherung, trat ins Badezimmer, dessen Tür halb offen stand. »So eine Sauerei.« Seine Stimme klang dumpf.

»Die Leiche liegt in der Badewanne. Ist ziemlich eng hier drinnen. Wenn Sie erlauben, fotografiere ich einmal durch, bevor der Gerichtsmediziner kommt.«

Es war ein Aufschub, nicht mehr.

»Geht in Ordnung. Wir sehen uns dann erst mal in den anderen Räumen um.«

»Das wird dauern«, sagte Meyer und klappte den ersten Aluminiumkoffer auf. Er dirigierte seine Mitarbeiter beim Aufstellen der Kameras und inspizierte akribisch seinen Vorrat an Plastikröhrchen, Pinseln, Klebestreifen und Chemikalien zum Sichtbarmachen und Konservieren von Spuren. »Mundschutz«, forderte er knapp. »Hier, nehmen Sie«, und reichte die blassgrünen Zelluloseläppchen an Bloch und Cenk weiter. »Damit ihr nicht aus Versehen eure eigene DNA auf die Täter-DNA draufhustet – es ist ja schließlich Erkältungszeit.«

»Geht in Ordnung«, brummte Bloch und maskierte sich.

Der klassische Ermittler alter Schule existierte nicht mehr.

So einer galt als Auslaufmodell. Man musste höllisch aufpassen, dass man bei all diesen Neuerungen und modernen Methoden nicht den Überblick verlor. Die Entwicklungen kamen mit einer beängstigenden Geschwindigkeit voran, und statt Erfahrung und Intuition war heutzutage eher Teamarbeit in anonymen klinisch-sauberen Laboratorien gefragt. Solche Gedanken stärkten nicht unbedingt das Selbstbewusstsein. Es war besser, sie zu verdrängen. Oder darüber zu lachen. Manchmal blieb nur ein verzweifeltes Lachen, so zum Beispiel, wenn sich die Jagd nach einem Phantom als Irrweg herausstellte, nur weil eine Packerin Tausende von Watteträgern irrtümlich mit ihrer eigenen DNA kontaminiert hatte.

»So wie es aussieht, ist die regelrecht abgeschlachtet worden«, meinte Cenk.

Neben dem Mundschutz waren auch weiße, luftundurchlässige Kunststoffoveralls Pflicht am Tatort. Bloch schwitzte mittlerweile erbärmlich.

Vorsichtig und extrem kontrolliert einen Fuß vor den anderen setzend, um nicht versehentlich wichtige Mikrospuren unwiederbringlich zu zerstören, verschafften sie sich einen ersten Überblick.

Im Wohnzimmer sahen sie eindeutige Kampfspuren. Also hatte die schwatzhafte Nachbarin mit ihrer Einschätzung recht gehabt: Hier war es heftig zur Sache gegangen. Sofakissen waren herausgerissen, teilweise quoll die Füllung hervor, der Couchtisch in der Mitte des Raums war umgestürzt und die schwere Glasplatte zerbrochen.

»Das geht nicht einfach so«, meinte Cenk. »Da muss jemand schon mit einem schweren Gegenstand draufgeschlagen haben.«

Bloch deutete stumm auf ein umgestürztes Regal, und

Cenk nickte. »Könnte hinkommen. Wenn die Regalkante den Tisch unglücklich trifft ... Das müssen die Kollegen noch genauer rekonstruieren.«

Meyer, der ebenfalls den Raum betreten hatte, stellte mehrere weiße Zahlenkärtchen in der Nähe des Glastisches auf. »Wir müssen das aus verschiedenen Winkeln fotografieren und werden später versuchen, den Fallwinkel am Computer zu simulieren«, erklärte er.

Bloch bückte sich. Unter dem Regal lagen ziemlich viele Fotos, Kinderfotografien zumeist, aus den Rahmen gesprungen und mit zerborstenem Glas bedeckt. Obwohl sie sich mit äußerster Vorsicht bewegten, knirschte es unter ihren Sohlen.

Bloch deutete auf den runden, hochflorigen Teppich, der unter dem Tisch lag. Ursprünglich mochte der Teppich einmal weiß gewesen sein. Jetzt war er auf einer Seite blutgetränkt und die langen Wollfäden zu einer zotteligen, dunkelroten Masse verklumpt.

»Frau Nürtinger hat hier ziemlich viel Blut verloren«, sagte Cenk.

Bloch wiegte den Kopf. »Sie oder der Täter. – Nur nicht voreilig sein.«

»Vielleicht gibt es gar keinen Täter«, mutmaßte Cenk. »Sie könnte sich auch an den Scherben der Glasplatte verletzt haben, als das Regal umfiel. Dann wäre es nur ein Unfall gewesen.«

Bloch schwieg.

»Ich weiß, das klingt jetzt arg hypothetisch«, setzte Cenk im Ton reuevoller Zerknirschung hinzu.

»Stimmt, klingt hypothetisch«, meinte Bloch. »Aber es ist nicht von der Hand zu weisen, dass es so gewesen sein könnte. Hast du das hier gesehen?« Er deutete auf zwei Whiskygläser, die zur Seite gerollt waren. Die dickwandigen Gläser waren intakt geblieben, in einem befand sich sogar noch ein Rest des sirupartig eingetrockneten Getränks.

»Das da muss auf Medikamentenreste untersucht werden.« Meyer hob das Glas vorsichtig mit beiden behandschuhten Händen auf und hielt es gegen das Licht. »Schwer zu sagen. Das Zeug ist zu sehr eingetrocknet. Gröbere Partikel sehe ich nicht. Normalerweise sieht man weiße Krümel oder so etwas in der Art. Aber wir werden es noch genau untersuchen. Scheint das Glas der Frau gewesen zu sein.« Er deutete auf zarte Lippenstiftspuren am Glasrand und legte das Beweisstück in einen Plastikbeutel, den er sorgfältig beschriftete.

Cenk deutete auf längliche, verwischte Blutspuren an den Seitenwänden des Regals. Ähnliche Spuren befanden sich auch am Türrahmen. »Sie hat wohl noch versucht, sich festzuhalten. Ob sie das Regal erst dabei umgerissen hat? Dann hätte sie jedenfalls die stark blutende Verletzung vorher gehabt.«

»Und in diesem Fall wäre die Unfallversion kaum plausibel«, ergänzte Bloch. »Jedenfalls konnte sie das Zimmer noch verlassen. Schauen wir mal, wie es weitergeht.«

Sie folgten den Blutspuren. Ein blutiger Fußabdruck auf hellem Laminat. Ein Girlandenmuster aus Bluttropfen, die von der Mitte der schmalen Diele zu den Fußleisten schlenkerten und wieder zurück. Zu Beginn größer, dann schwächer werdend, versiegend, wie mit nachlassender Kraft. Zum Badezimmer waren es nur wenige Schritte.

»Sie scheint selbst gelaufen zu sein«, stellte Bloch fest. »Keine Kriechspuren, keine Schleifspuren. Also wurde sie nicht von einem Täter ins Bad geschleift. – Einem hypothetischen Täter«, ergänzte er mit einem Seitenblick auf Cenk. »Und hier«, er wies auf einen halben Handabdruck am Türrahmen des Badezimmers, »hat sie sich wieder abgestützt.

Die Türklinke jedenfalls ist sauber.« Wahrscheinlich war die Tür offen gewesen, und das Opfer hatte nur einen kurzen Moment verweilt, sich vielleicht angelehnt und dann mit letzter Kraft abgestoßen, nach einem Halt suchend, vielleicht schon halb im Fall.

Cenk deutete stumm auf das Waschbecken, an dessen Porzellanrand sich zwei blutige Handballen deutlich abzeichneten. Die dazugehörigen Fingerspuren waren jedoch verwischt.

Der Duschvorhang war vor die Wanne gezogen. Cenk schob das steife, mit blauen Seepferdchen bedruckte Kunststoffgewebe vorsichtig ein Stück zur Seite. Angeekelt zischte er durch die zusammengebissenen Zähne. »Man gewöhnt sich einfach nicht daran«, sagte er.

Bloch schwieg.

Frau Nürtinger – zumindest gingen sie davon aus, dass es sich um sie handelte – lag auf dem Rücken in der gut gefüllten Badewanne. Ihr Gesicht war nach vorne auf die Brust gesunken und befand sich zum größten Teil unter Wasser. Lange schwarze Haarsträhnen trieben fächerförmig ausgebreitet auf der Oberfläche, der trüben Flüssigkeit, in der die Leiche sich befand. Bloch scheute sich, dies Wasser zu nennen. Der größte Teil schien Blut zu sein. Ein Teil war bereits verdunstet und markierte den ehemaligen Wasserstand mit einer krustigen, bräunlichen Linie.

Blutspuren auch an den Kacheln neben der Badewanne. Soweit man erkennen konnte, ausschließlich Wischspuren. Keine Spritzer. Also höchstwahrscheinlich nicht Eröffnung eines arteriellen Gefäßes, kein Platzen, kein Zerreißen, kein Abhacken. Es hätte schlimmer kommen können.

Es war schlimm genug.

»Schlechte Luft hier drinnen«, sagte Bloch.

»Wenn sie schon seit Freitag ...« Cenk ließ den Satz unvollendet.

»Die Toilette ist übrigens sauber«, setzte er hinzu. Bloch nickte. Der Toilettensitz war heruntergeklappt und mit einem Plüschbezug versehen. Dieser Bezug war von einem geradezu obszönen Rosa.

»Die ist doch niemals freiwillig in die Wanne reingeklettert«, nahm Cenk den Faden wieder auf. »Hätte sie nicht noch um Hilfe rufen können? Oder war sie schon zu schwach? Ist sie vielleicht sogar ertrunken?«

Diese Frage war nicht von der Hand zu weisen. Hatte ein perverser Mörder, auf der Toilette sitzend, dem Todeskampf der Frau zugeschaut? Schweigend womöglich und über längere Zeit? Immerhin waren, laut Aussage der Nachbarin, nach dem Kampf in der Wohnung alle Geräusche verstummt.

»Also, Sie meinen, Verbluten ist nicht zwingend die primäre Todesursache?« Der Rechtsmediziner, der mittlerweile eingetroffen war, warf einen prüfenden Blick in das schlauchartig enge Bad. »Das wird ein Problem«, sagte er ahnungsvoll. »bis wir die überhaupt aus der Wanne raushaben.« Er wandte sich ab und zog es vor, ein paar verfahrenstaktische Absprachen mit Meyer zu treffen.

»Zuerst fotografieren, dann bergen, dann noch mal fotografieren«, gab Bloch die allgemeine Marschrichtung vor.

»Ja, schön und gut«, gab der Rechtsmediziner zu bedenken, »aber ich hoffe, wir bekommen sie überhaupt einigermaßen heil aus dem Wasser heraus.« Meyer und er diskutierten fachmännisch den Einsatz von Tragegurten oder untergeschobenen Tüchern.

»Komm, wir warten draußen«, meinte Bloch. »Ich brauche eine Nase Frischluft. Wenn ihr sie aus der Wanne herausholt, möchte ich aber dabei sein«, ergänzte er noch.

»Das wird aber schwierig«, sagte Meyer. »Wir kommen ja kaum zu zweit in das Bad rein, und einer wird auf dem Toilettendeckel stehen müssen, um zu fotografieren.«

»Dann schaue ich eben von der Tür aus zu«, entschied Bloch.

Im Treppenhaus setzten sie sich auf die Stufen. Abgesehen von den Geräuschen, die aus der Nürtinger-Wohnung drangen, war es im Haus vollkommen still. Sicher waren in allen vier Stockwerken Ohren gegen die Türen gepresst, um nur ja nichts zu verpassen.

»Wird nach der Kleinen gefahndet?«, fragte Cenk.

»Schon erledigt«, antwortete Bloch und atmete die kühle Treppenhausluft tief ein. Es roch nach Rotkohl und Braten. Wahrscheinlich Martinsgans.

»Wir brauchen auch noch ein besseres Foto von der Kleinen. Bis jetzt haben wir nur das aus dem Kindergarten. Wenn wir das Kind da rausvergrößern, dann wird es viel zu verschwommen für ein Fahndungsplakat.«

»Wenn Meyer im Wohnzimmer fertig ist, schauen wir unter das Regal. Da liegen eine Menge Kinderfotos. Da wird schon ein aktuelles Bild dabei sein.«

Sie schwiegen und lauschten auf die unbestimmten Geräusche, die aus der Wohnung drangen.

»Willst du eine?« Cenk klopfte eine Zigarette aus der Packung. »Normalerweise ja nicht mehr«, meinte Bloch, aber wenn du mich so nett fragst.«

Cenk grinste. »Irgendein Laster braucht der Mensch«, meinte er und gab ihm Feuer. »Alkohol ist nicht, von wegen Religion und so, und Sex ist auch nicht – na ja, zumindest im Augenblick ist da nichts mehr. Da bleibt nicht mehr viel Ungesundes übrig, was Spaß macht.« Er lächelte schwach.

Vermutlich kränkte ihn die Trennung von Sonja immer noch. Wann hatte Bloch eigentlich das letzte Mal über Sex nachgedacht? Und zwar nicht im Umfeld seiner Ermittlungstätigkeit, sondern sozusagen privat? Er verdrängte auch diesen Gedanken und hustete eine würzig riechende Rauchwolke aus. »Ich wusste gar nicht, dass du religiös bist, Cenk«, sagte er.

»Bin ich auch nicht«, bestätigte Cenk. »Jedenfalls nicht übertrieben. Aber das mit dem Alkohol hat sich einfach so ergeben. Tradition, Erziehung – es schmeckt mir nicht besonders.« Er zuckte mit den Achseln. »Bedeutet mir einfach nicht so viel.«

»So ist es bei mir mit dem Rauchen«, meinte Bloch und verdrängte aufkommende Gedanken an Sex.

Weiter unten quietschte eine Wohnungstür. Schlurfende Schritte kamen die Treppe hinauf. Cenk schaute durch die Stäbe des Treppengeländers.

»Es ist unsere Zeugin. Die alte Frau, die so viel redet.« Er versteckte die Zigarette in der hohlen Hand und rief hinunter: »Sie brauchen sich gar nicht herzubemühen, gute Frau. Hier gibt es nichts zu sehen.«

»Ich habe aber noch etwas für Sie«, klang die brüchige Stimme der Alten zurück. »Vor lauter Aufregung hatte ich es eben vergessen. Man hat ja nicht alle Tage die Polizei im Haus. Aber das hier dürfte Sie interessieren.« Kurzatmig stand sie vor ihnen und presste sich eine Hand auf die flache Brust, die sich unter der geblümten Kittelschürze heftig auf und ab bewegte. »Hier, schauen Sie mal, was ich Freitagabend neben der Haustür gefunden habe.« Sie wedelte mit einem Foto.

Bloch stand auf und nahm es ihr aus der Hand. Er achtete darauf, das Bild nur an einer Ecke anzufassen. Es war eine zerknitterte und abgegriffene Fotografie. Sie zeigte ein Haus ohne Dach. Wahrscheinlich handelte es sich um einen Bauernhof. Auf einem weitläufigen, gepflasterten Platz erkannte man einen Brunnen. Die Fenster des Hauses waren nur noch unregelmäßige, schwarze Löcher. Die grün angestrichene Haustür hing schief in den Angeln. Die Hauswand war mit Zeichen und Buchstaben beschmiert, und auch auf der Bildrückseite stand etwas geschrieben. Es waren schwarze, eckige Buchstaben und die Worte waren in einer fremden Sprache. Vielleicht Russisch.

»Das hat ganz sicher der Mörder auf seiner Flucht verloren«, wisperte die Nachbarin und ließ ihre Hand sinken. Ihr Atem ging nun ruhiger.

»Bis jetzt redet hier niemand von Mord, gute Frau.«

Wahrscheinlich war das Bild übersät mit den Fingerabdrücken der Nachbarin, aber wenn man Fingerabdrücke des Mannes fände oder gar Blutspuren, dann könnte es tatsächlich ein wertvoller Hinweis sein.

Die Wohnungstür öffnete sich. Cenk verzog angewidert sein Gesicht und drückte die angerauchte Zigarette an der Treppenstufe aus.

»Ihr könnt wieder reinkommen«, rief eine fröhliche Stimme von drinnen.

»Dann gehe ich wohl besser wieder mal nach unten«, sagte die Nachbarin und machte einen langen Hals.

7. Kapitel

Nach der Sache mit der Walnuss gingen beide schweigend weiter. Sie schwiegen ziemlich lange, aber irgendwann fand Yasmin, dass sie lange genug geschwiegen hatten. Aber der Mann, der sich Tata nannte, sollte bloß nicht denken, er könne alles mit ihr machen. Yasmin schaute an ihm hoch. Er sah nach vorne und beachtete sie immer noch nicht. Mittlerweile hatten sie den Feldweg verlassen und waren ein Stück weit auf einer asphaltierten Straße gegangen. Rechts war ein Bahndamm. Der Bahnhof war sicher schon in der Nähe. Spätestens dann müsste er wieder sprechen, so viel war klar.

Er musste zuerst sprechen, entschied Yasmin und schwieg weiter. Außerdem war es manchmal gar nicht schlecht zu schweigen. Zum Beispiel, wenn man über etwas gründlich nachdenken musste.

Yasmin wollte jetzt in aller Ruhe darüber nachdenken, warum sie eigentlich immer noch mit dem Mann mitging, der sich Tata nannte. Und – das war fast noch wichtiger: Warum sie die Mutti fast überhaupt gar nicht vermisste – und ob das eigentlich in Ordnung war.

Wahrscheinlich ging sie deshalb immer noch mit, weil sie gar nicht weglaufen konnte. Er war nämlich schneller. So war das. Sie hatte es ausprobiert. Und er war ganz schnell immer näher gekommen und hatte sie festgehalten. Am Arm hatte er sie festgehalten. Das hatte wehgetan, obwohl der Arm in der dicken Winterjacke steckte. Er hatte sie sehr fest festgehalten und gesagt: Tu das nicht wieder, nie wieder, hörst du? Daran wollte Yasmin sich nicht mehr erinnern, und es gab nur eine Möglichkeit, es zu vergessen.

»Minusplusminusgibtnullnullnull«, flüsterte sie den supergeheimen Zauberspruch, der schlimme Träume zum Verschwinden brachte. Diesen Trick hatte sie von Sarah. »Minusplusminusgibtnullnullnull.«

Vielleicht ging sie deshalb immer noch mit, weil sie den Mann, der sich Tata nannte, gern hatte. Anders konnte sie es sich nicht erklären. Eigentlich war er nämlich nett. Auch, wenn er gemein gewesen war. Aber Gemeinheit war bei Erwachsenen sowieso nichts Außergewöhnliches. Und das war auch der Grund, warum es ihr fast überhaupt gar nicht leid tat, von der Mutti weggegangen zu sein: Die Mutti war nämlich auch supergemein und brachte Yasmin ständig zu Ärzten. Sie wollte einfach nicht einsehen, dass Yasmin davor eine Wahnsinnsangst hatte. Ganz besonders vor dem Arzt, zu dem sie am letzten Freitag gehen sollte. Der Arzt, der nur so tat, als hätte er Ahnung von Kindern. Der Blutsauger. Und das würde sie der Mutti heute Abend am Telefon auch genau erklären. Sie würde sagen, dass sie erst dann wieder nach Hause kommen wollte, wenn die Mutti versprach, dass ich nie mehr zu dem Blutsauger-Arzt musste. Und wenn die Mutti das nicht versprechen würde, dann wäre die Yasmin beleidigt. Das konnte sie mittlerweile richtig gut. Das war nämlich auch so ein Trick: Wenn ein Kind nur lange genug beleidigt war, dann entschuldigten sich die Erwachsenen irgendwann. Oder es gab ein Geschenk. Erwachsenen fiel es meist unheimlich schwer, sich bei Kindern zu entschuldigen. Deswegen machten sie meistens lieber Geschenke. Was oft auch praktischer war.

Der Mann, der sich Tata nannte und kein Pirat war, zumindest kein guter, sah aber nicht so aus, als ob er sich entschuldigen wollte. Er griff auch nicht in die Jackentasche, um zum Beispiel ein Stück Schokolade herauszuholen. Er schwieg einfach weiter.

Er schwieg genau bis zu dem Moment, als er vor dem Fahrkartenautomat des kleinen Bahnhofs stand.

»Scheiße! *Idi u vrag*, verfluchte«, sagte der Mann und hieb seitlich gegen den Blechkasten.

Das war ja das Komische, dass die Erwachsenen Dinge sagten und taten, die sie den Kindern streng verboten.

»Müssen wir Fahrkarte anders kaufen«, sagte der Mann. »Bleibst du auf Seite. Muss dich nicht jeder sehen. Komm schnell. Sonst ist der Zug weg.«

Er ging zum Fahrkartenschalter und holte Geld aus der Jackentasche. »Ein Erwachsener, ein Kind«, sagte er. »Zürich-Wiedikon.«

Und der Schalterbeamte fragte: »Einfache Fahrt?« Und: »Isch des Chind scho sächse?« Er sprach ein komisches Deutsch.

Der Mann, der sich Tata nannte, sprach auch ein komisches Deutsch, aber anders. »Nur Hinfahrt«, sagte er. Und: »Ist schon sechs Jahre«

Der Beamte verkaufte ihm zwei Fahrkarten.

»Was ist denn das für Geld?«, fragte Yasmin, während sie zum Bahnsteig gingen. Die Frage war ihr so rausgerutscht. Eigentlich wollte sie ja noch beleidigt sein, und er sollte anfangen zu sprechen. Der Mann ließ die restlichen Münzen in der Jackentasche klingeln und sagte: »Du passt wohl immer gut auf?«

»Mach ich«, sagte Yasmin. »Ich passe immer gut auf.«

Dann stiegen sie in den wartenden Zug. Jetzt hatte Yasmin keine Zeit mehr, an ihre Frage zu denken. Sie war nämlich noch nicht oft Zug gefahren, meistens nur Bus. Busfahren war blöd, weil der Bus so stark schaukelte, dass ihr schlecht wurde. Außerdem endeten die Busfahrten häufig vor dem Krankenhaus, und Yasmin wusste genau, was sie dort erwartete. Zugfahren war viel besser. Fast wie Urlaub. Oder wie ein Abenteuer.

Das Abteil war leer. Auf den Sitzpolstern lagen zerfledderte Zeitungen. Während Yasmin von einem Sitzplatz zum anderen hüpfte und sich nicht entscheiden konnte, wo es am schönsten war, suchte sich der Mann ein paar Zeitungsseiten zusammen und begann zu lesen.

Yasmin hatte endlich einen Platz gefunden. Sie presste ihr Gesicht gegen das Fenster. »Ich glaube, wir fahren schon«, sagte sie. Es war erstaunlich. Man bemerkte keinen Ruck und keinen Stoß. Es war so, als ob die Landschaft draußen wie durch einen Zauber am Zug vorbeigezogen wurde. »Es wird schon dunkel«, stellte Yasmin fest.

Der Mann murmelte etwas Unverständliches und raschelte mit den Zeitungsseiten. Hatte er etwa jetzt sein Schweigen gebrochen? Unverständliches Gemurmel galt aber sicher nicht als Entschuldigung, so viel stand fest.

Yasmin atmete Wolken ans Fenster. Lichtpunkte wurden zu verschwommenen Flecken. Der Zug wurde immer schneller, und die Landschaft war keine Landschaft mehr, sondern nur noch verwischte Streifen. Undeutlich erkannte Yasmin ihr eigenes Gesicht und hauchte es weg.

Vielleicht war der Mann auch beleidigt? Obwohl er dazu nun wirklich keinen Grund hatte. Er hatte schließlich mit dem Streit angefangen und ihr die blöde Nuss aus der Hand geschlagen. Blöde Nuss hatte Mutti oft die Leiterin vom Kindergarten genannt. Aber Yasmin durfte es nicht weitersagen.

Sie nahm einen neuen Anlauf, um ein Gespräch zu beginnen. »Wohin fahren wir eigentlich?«

»Wirst schon sehen«, war die unbefriedigende Antwort.

Diesmal versuchte Yasmin es anders. Bis jetzt hatte sie ihn nämlich noch nicht bei seinem Namen genannt.

»Du, Tata?«

Es schien zu funktionieren. Er hob den Kopf und faltete die

Zeitung zusammen. Er lächelte. Und zwar lächelte er mit dem Mund und mit den Augen gleichzeitig. »Was willst du?«

»Weißt du, was blöd ist?«

»Dass du noch nicht hast angerufen deine Mutti?«

»Ja, das auch. Aber ich meine was anderes. Ich meine, dass ich heute Abend nicht beim Laternenumzug vom Kindergarten mit dabei sein kann. Ich habe nämlich eine tolle Laterne gebastelt, und die steht jetzt im Kindergarten rum, und die gehen dann ohne mich.« Sie machte eine kurze Pause. »Und das ist sogar superblöd«, setzte sie hinzu, um ja keinen Zweifel aufkommen zu lassen.

»Da hast du recht«, sagte Tata, und der Name war noch ungewohnt, nicht nur beim Sprechen, auch in Gedanken. »Aber was willst du machen? Können wir jetzt nicht mehr lange Weg zurück und deine Laterne holen.«

Das musste Yasmin einsehen.

»Weißt du was?«, sagte Tata nach kurzem Nachdenken. »Kaufe ich dir neue Laterne, wenn wir sind in Zürich.«

Yasmin runzelte die Stirn. »Eine gekaufte Laterne ist aber nicht so gut wie eine selbst gebastelte«, erklärte sie. »Weißt du, so schön wie in diesem Jahr ist sie noch nie geworden. Ganz in Rot und Orange und Gelb. Mit vielen, vielen Sternen drauf. Die ist auch nur deshalb so gut geworden, weil ich ja eigentlich schon ein Schulkind bin.« Wieder machte sie eine kleine Pause. »Finde *ich* zumindest«, setzte sie hinzu. »Auch wenn die Mutti und der blöde Doktor und die Assmann-Burger, die blöde Nuss, sagen, dass ich noch nicht in die Schule darf, weil ich noch nicht klug genug bin.«

»Das glaube ich aber nicht«, sagte Tata. »Ich glaube, du bist sehr kluge Mädchen. Kümmere ich mich, dass du kommst in die Schule, was meinst du?«

»Das wäre toll«, sagte Yasmin und geriet ein bisschen ins

Träumen. Dann musste sie grinsen. Ihre Mundwinkel zogen sich immer weiter nach oben, und wenn sie es nicht sagte, sofort sagte, dann musste sie laut herausplatzen mit Lachen. Da er ihr verboten hatte laut zu sein, sagte sie es lieber ganz schnell: »Ich bin wirklich klug, weißt du? Ich habe nämlich noch was rausgefunden. Willst du es wissen?«

»Was denn?«, fragte Tata und lächelte wieder wie ein großer Junge. Fast konnte man sich vorstellen, dass er ein Bruder wäre.

Yasmin grinste zurück: »Ich weiß jetzt, wo wir hinfahren«, triumphierte sie, und Tatas Lächeln erlosch sofort. »Wir fahren nach Zürich. Das hast du gerade eben selber gesagt. Ich hab genau aufgepasst. Und das weiß ich auch noch: Zürich ist in der Schweiz und deshalb hast du auch mit anderem Geld bezahlt. Ich habe mich nämlich erinnert. Die Mutti ist manchmal mit mir rüber nach Kreuzlingen gegangen, und da hat sie auch immer mit diesem Geld bezahlt. Na, bin ich klug genug für die Schule – was meinst du?!«

Tata lächelte wieder, aber seine Augen blickten über ihre Schulter woanders hin. Yasmin drehte sich um. Da war aber niemand.

»Vor dem Schaffner musst du überhaupt keine Angst haben. Wir haben doch zwei Fahrkarten. Die Mutti hatte einmal nicht genug Geld, und da hat sie gesagt, ich bin erst fünf. Sie hat dann aber die ganze Zeit Angst gehabt, wir werden erwischt.« Yasmin kicherte.

Jetzt konnte er wieder grinsen, wie ein großer Bruder. »Deswegen chabe ich eben auch gesagt, du sollst auf Seite bleiben«, erklärte er. Ich chabe nämlich vergessen, deine Pass zu mitnehmen. Und wenn man geht über Grenze, muss man chaben Dokumente. Verstehst du?«

»Ach so – aber da musst du dir keine Sorgen machen. Wir

rufen einfach heute Abend die Mutti an, und die bringt uns morgen den Pass. Und dann können wir weiterfahren.«

»Ja«, sagte Tata. »Ja, genau. So machen wir das«, und schaute lange aus dem Fenster.

Yasmin überlegte angestrengt, ob sie mit Mutti und Tata zusammen verreisen wollte. Dann fahren wir zusammen bis ans Meer, dachte sie. Sie dachte es noch einmal und mit aller Kraft. Wir fahren ans Meer – und freute sich. Wir fahren zusammen. Aber immer, wenn sie an Mutti dachte, dann rutschte alle Vorfreude aus ihr heraus und sie spürte, wie eine entsetzlich müde Traurigkeit in ihr hochkroch. Sie war so ein schrecklich undankbares Kind, hatte Frau Assmann-Burger einmal zu ihr gesagt. Frau Assmann-Burger, die blöde Nuss.

8. Kapitel

Der Gerichtsmediziner lehnte an der Dielenwand.

»Ich glaube wir kennen uns noch nicht«, meinte Bloch.

»Tut mir leid, da habe ich doch tatsächlich vergessen, mich vorzustellen«, sagte der hoch aufgeschossene Mann, der in seinem weißen Einweg-Overall seltsam alterslos wirkte. Der Arzt streckte Bloch die behandschuhte Rechte entgegen. Fast unmittelbar darauf grinste er entschuldigend und zog den Latexhandschuh aus. Seine Hand war kühl und ein wenig feucht. »Gestatten, Schmitz, bin erst seit zwei Wochen hier in Konstanz.«

»Von wo kommen Sie denn?«, fragte Bloch. »Köln. Da habe ich vier Jahre Rechtsmedizin gemacht.«

»Und wie gefällt es Ihnen hier im Süden?« Da setzten sie einem einfach einen neuen Amtsarzt vor die Nase, und man lernte sich erst am Tatort kennen. Früher war das anders. Da war alles irgendwie überschaubarer gewesen, und man kannte sich untereinander. Aber in den letzten Jahren wurde der Informationsfluss zwischen den einzelnen Abteilungen immer schwieriger, die Kontakte unpersönlicher. Meistens wurden solche Probleme mit Sparmaßnahmen entschuldigt.

»Ist schon anders hier«, sagte Schmitz, und Bloch meinte den singenden Tonfall des Rheinländers zu vernehmen. »Aber man jewöhnt sich.«

Dr. Schmitz' mangelnde Begeisterung der Bodenseeregion gegenüber war zwar bedenklich, aber immerhin hatte er vier Jahre Berufserfahrung zu bieten.

»Jetzt dürfte es da drinnen etwas erträglicher sein«, meinte Dr. Schmitz. »Ich habe mir nämlich erlaubt, die Heizung abzudrehen und zu lüften. Selbstverständlich erst, nachdem wir alle Temperaturen gemessen haben.«

»War es so schlimm?«, fragte Bloch. Der Arzt nickte. »Etwa genauso schlimm, wie ich befürchtet hatte. Sie kennen die Casper´sche Regel?«

Bloch nickte. »Vier Tage Liegezeit im Wasser entsprechen acht Tagen in freier Wildbahn. Also los, bringen wir es hinter uns.«

Sie zogen die Gesichtsmasken wieder hoch und betraten dennoch mit unwillkürlich angehaltenem Atem den engen Raum. Cenk setzte sich auf den Toilettendeckel. Bloch und der Gerichtsmediziner zwängten sich in den schrittbreiten Durchlass, der zwischen Leiche und Badewanne blieb. Das, was dort auf einer orangefarbenen Plane ausgebreitet vor ihnen lag, musste wohl Frau Nürtinger sein. Alle Leichen, die ein paar Tage im Wasser gelegen hatten, sahen jedoch vollkommen gleich aus: grotesk aufgebläht, mit kirschroten, trüben Augäpfeln, welche die Lider auseinanderdrängten und froschartig hervorquollen, dunkel verfärbte, aufgequollene Gesichtshaut und weit aufgerissene Lippen, zwischen denen sich die blaurot verfärbte Zunge quallig hervordrängte. Jede einzelne dieser aufgedunsenen Wasserleichen, die Bloch in seinem Berufsleben gesehen hatte, hinterließ den zwingenden Eindruck des Todes durch Erwürgen. Aber er wusste, dies war lediglich eine Täuschung, ein physikalisch bedingtes Artefakt durch Fäulnis und Säftestau, dem man keine allzu große Bedeutung beimessen durfte.

Bloch wandte den Blick vom Gesicht der Toten ab und betrachtete systematisch ihren Körper. Auf ihre Brusthaut war ein Kreuz eingeritzt. Mit flüchtigen Messerstrichen zwar, gleichsam skizziert, aber dennoch gut erkennbar. Das Kreuz hatte vier annähernd gleich lange Arme und in den Feldern zwischen den Armen waren Muster eingeritzt, die aussahen wie kleine Dreiecke oder wie zu eckig geratene Cs. Bloch war sicher, dieses Zeichen schon einmal gesehen zu haben, konnte sich aber nicht mehr daran erinnern, wo das gewesen war. Am auffälligsten waren jedoch breitflächige Hautverletzungen, die eher wie Schürfungen oder Brandblasen aussahen und nicht wie die Schnitt- oder Stichverletzungen, die sie eigentlich erwartet hätten.

Dr. Schmitz erklärte dieses Phänomen. »Wie Sie sicher wissen, setzt ja die Epidermolyse bei den vorliegenden Temperaturen recht rasch ein.« Er las von seinem Protokoll ab: »Lufttemperatur immerhin 25 Grad. Die Fingernägel sind schon gelockert, und wir haben eine starke Waschhautbildung überall. Maximal noch zwei Tage, und Sie hätten ihr die Haut an den Händen abziehen können wie ein Paar Handschuhe.«

»Das erklärt dann wohl auch diese Hautablösungen am Bauch«, fragte Cenk mit dumpfer Stimme.

»Genau. Trotz möglichst schonender Bergung ließ es sich leider nicht vermeiden. Am Rücken sieht es ähnlich aus. Aber, wie gesagt, das sind postmortale Veränderungen und Bergungsartefakte. Die haben nichts mit der Todesursache zu tun.«

»Ich hoffe, Sie haben uns aber auch zur Todesursache noch irgendetwas mitzuteilen.« Bloch bemühte sich, nicht ironisch zu klingen, aber ihm war nicht nach langen theoretischen Vorträgen zumute. Falls der Kollege Dr. Schmitz sich unbedingt profilieren wollte, sollte er dies in besser belüfteten Räumlichkeiten tun.

Aber der Geruchssinn des Arztes schien vollkommen abgestumpft und dafür im Gegenzug die Begeisterung für fachliche Finessen am Tatort überproportional angewachsen zu sein. Bei genauem Zuhören wurde jedoch klar, dass es sich bei Dr. Schmitz' Ausführungen mitnichten um theoretische Spielereien handelte. »Verbluten scheint ja hier auf den ersten Blick nicht gerade unwahrscheinlich«, begann er. »Aber hier haben wir noch eine weitere Verletzung.« Er schob das nasse Haar der Toten über der Stirn auseinander. Ein paar Haarsträhnen lösten sich und blieben an seinen feuchten Latexhandschuhen kleben. Er streifte sie achtlos an der Plane ab. »Hier haben wir eine Stirnwunde, die wohl eher auf stumpfe Gewalt zurückzuführen ist. Aus dieser Wunde hat es zwar auch heftig geblutet, aber dieser Blutverlust wird wohl kaum todesursächlich gewesen sein. Wir werden erst nach der Obduktion entscheiden können, ob diese Verletzung ein Schädel-Hirn-Trauma ausgelöst hat, an dem die Frau dann verstorben ist.«

»Das würde aber bedeuten, dass sie nicht schnell gestorben ist?«, schob Bloch eine Frage nach.

»Genau. Sie sehen, wir haben also ein paar logistische Probleme. Kam sie schwer verletzt in die Wanne und ist dort ertrunken? Wenn ja, wie hat sie den Weg dorthin geschafft? Zumindest ein paar Schritte ist sie ja noch selber gelaufen.«

»Oder sie wurde von einem äußerst fürsorglichem Täter gestützt«, warf Cenk ein.

Der Arzt bedachte ihn mit einem kurzen Seitenblick und fuhr fort: »Oder, was auch nicht völlig abwegig ist, trotz der relativ hohen Raumtemperatur: Mit diesen schweren Verletzungen kann sie im Wasser natürlich auch an einer Unterkühlung gestorben sein.«

»Was aber ebenfalls eine relativ lange Liegezeit im Wasser noch zu Lebzeiten voraussetzt«, stellte Bloch fest. Es war also wieder einmal das übliche Puzzle aus Unwägbarkeiten, und so war die folgende Frage eigentlich überflüssig. Er stellte sie trotzdem: »Mit anderen Worten, Sie können auch keine eindeutigen Angaben zum Todeszeitpunkt machen?«

»So ist es.« Dr. Schmitz betrachtete prüfend seine mittlerweile ziemlich schmuddeligen Latexhandschuhe. »Und dann haben wir auch noch nicht darüber gesprochen, ob eventuell auch Alkohol oder Medikamente mit im Spiel waren. Wurde im Wohnzimmer nicht ein Whiskyglas gefunden?«

»Ja, das ist richtig«, meldete sich Meyer von der Spurensicherung, der unbemerkt an die Badezimmertür getreten war. »Und wenn die Kollegen nachher noch etwas Zeit haben, dann gibt es draußen auch noch eine ziemlich nette Sammlung von, nun, nennen wir es mal Substanzen, zu begutachten.«

»Medikamente? Drogen? Was meinen Sie genau?« Cenk rutschte unruhig auf seinem Toilettensitz hin und her. Dort, wo er saß, war ihm jeglicher Fluchtweg versperrt.

»Nein, ich wählte bewusst das Wort Substanzen. Es ist alles Mögliche. Wir müssen das nachher mal in Ruhe besprechen.«

Es war ein Detail. Mittlerweile waren es ziemlich viele Details, vielleicht sogar, wie so oft, zu viele. Jedenfalls schmeckte dieser Fall nicht nach Routine; etwa so wie diese lächerliche Geschichte eines über das Wochenende verschwundenen Ehemanns, mit dem sich die Kollegin Kronawitter herumschlug. Händchenhalten bei einer betrogenen Ehefrau, deren Mann sich ein entspanntes Wochenende gegönnt hatte, darauf lief es ja wohl hinaus. Bloch fühlte sich gegenüber der Kollegin Kronawitter im Vorteil. Ein solches Gefühl war ihm nicht allzu oft vergönnt. Es gefiel ihm durchaus.

»Aber da sind auch noch jede Menge Schnittverletzungen, wenn ich mich nicht täusche?« Bloch beugte sich über die Leiche und deutete auf die auffälligen Ritzungen in Kreuzform.

»Dazu haben Sie bis jetzt noch gar nichts gesagt, Herr Dr. Schmitz. Das ist doch sehr ungewöhnlich, oder?«

»In irgendeiner Fachzeitschrift habe ich so was schon mal gesehen«, meinte Cenk. »Da hatten Skinheads einem Mädchen ein Hakenkreuz ins Gesicht geschnitten. Sah ziemlich übel aus. War ein fremdenfeindlicher Übergriff, soweit ich mich erinnere.«

»Wie ein Brandzeichen«, meinte Bloch. »Als ob der Täter eine persönliche Unterschrift zurücklassen wollte. Das ist sehr wichtig. Ich hoffe, ihr habt das sorgfältig dokumentiert, Meyer?«

Meyer zuckte mit den Schultern. »War ja nicht zu übersehen. Noch zwei Tage später, und die Haut wäre völlig ab gewesen. Dann wäre es erheblicher schwieriger geworden mit der Dokumentation. Aber gesehen habe ich so ein Zeichen bisher noch nirgends. Kennt von euch jemand so ein Kreuz?

Cenk und Dr. Schmitz schüttelten die Köpfe.

»Aus der Neonaziszene stammt es wohl kaum. Aber so etwas lässt sich herausfinden.« Bloch zeichnete eine Skizze des Kreuzes in sein Notizbuch.

Dr. Schmitz erklärte ihnen die Verletzungen der oberen Extremitäten. Er hatte hierzu eine Schemazeichnung angefertigt, mit der er beim Sprechen herumwedelte, als ob er sich Luft zufächeln wollte. Das Papier zeigte vom vielen Anfassen mit den schmutzigen Handschuhen bereits deutliche braunrote Griffspuren.

»Hier, schauen Sie, das Verletzungsmuster in der Hohlhand und an den Beugeseiten der Unterarme ist sehr interessant. Es deutet nämlich auf einen zweizeitigen Angriff hin.« Er wies mit einer Sonde auf mehrere quer verlaufende Schnitte, die aber nicht allzu tief gingen. Diese Schnitte waren auf der Innenseite der rechten Hand deutlich ausgeprägter. Links erstreckten sie sich mit unregelmäßigen Überschneidungen und zahlreichen Überkreuzungen bis hoch hinauf zum Unterarm.

»Abwehrverletzungen«, kommentierte Dr. Schmitz. »Kein Mensch lässt sich widerstandslos abstechen wie ein Vieh. Sie hat die Arme hochgerissen, Beugeseiten nach vorne, wahrscheinlich überkreuzt, so ...« Er demonstrierte es und hielt sich die besudelten Handschuhe direkt vors Gesicht. »Dabei hat sie den linken Arm vor den rechten gehalten, um sich zu schützen.« Der Täter hat dann das Messer einfach hin und her gezogen, es scheint fast spielerisch gewesen zu sein, als ob er sie nur quälen wollte, nicht aber ernstlich verletzen.«

»Und das da?« Bloch zeigte auf mehrere Verletzungen der Hohlhand, die nicht gerade verliefen, sondern bogenförmig, tief eingehackt waren ins Fleisch, mit klaffenden Rändern, offen, wie hungrig schnappende Fischmäuler. Das Gewebe war so ausgeblutet, dass die Wunden mitsamt zerfetzten Sehnen und zerschnittener Muskulatur von einer unnatürlich perlmutternen Blässe waren.

Auch Meyer beugte sich interessiert über die Hände der Toten.

»Das ist ja gerade das Interessante.«

Offenbar machte die Sache Dr. Schmitz Spaß. Hartnäckig war er, geduldig und begeisterungsfähig – es schien ein guter Griff zu sein, den die Gerichtsmedizin mit ihm getan hatte. Langsam gewöhnte sich Bloch an ihn.

»Ich erwähnte bereits, dass wir hier ein zweizeitiges Verletzungsmuster haben. Zuerst kamen diese geraden Schnitte. Und erst dann diese bogenförmigen, ja man kann hier fast von einer Hackbewegung sprechen – jedenfalls wurde hier viel größere Kraft eingesetzt. Entweder hat das Opfer versucht, das Messer festzuhalten, oder der Täter war irgendwann der Spielchen überdrüssig. Sie sehen selbst, dass diese

Verletzungen viel tiefer gehen. Da wurden Muskeln und teilweise sogar Sehnen durchtrennt. Da steckte richtig Kraft dahinter.«

Kraft, dachte Bloch. Große Kraft bedeutete in seinem Metier meist auch gleichzeitig große Wut. Konnte denn ein Mensch wie Frau Nürtinger Feinde haben? Unbescholten, alleinerziehend, zurückgezogen lebend, mit einem kranken Kind? Natürlich konnte auch eine solche Frau Feinde haben. Vielleicht hatte Frau Nürtinger eine dunkle Vergangenheit. Das würde sich herausfinden lassen. Sehr plausibel klang das alles aber nicht.

»Vielleicht war es ein Wahnsinniger«, benannte Cenk die zweite Möglichkeit. »Einer, der in Wohnungen einsteigt, einfach nur, um Frauen zu quälen. Hat es alles schon gegeben.«

»Hypothese«, brummte Bloch, mehr aus einer Gewohnheit des Widerspruchs heraus, als dass er es ernst meinte.

»Hypothesen sind unser täglich Brot«, frotzelte Cenk zurück, ohne jedoch den leichten Ton zu treffen, der normalerweise zwischen ihnen herrschte. »Der muss schon irgendwie abartig gewesen sein, dieser Täter. Schlachtet sein Opfer im Wohnzimmer ab, und bugsiert es dann noch in die Badewanne – oder hat die Frau gezwungen, selber hineinzusteigen. Höchstwahrscheinlich, um ihr in Ruhe beim Sterben zuzusehen. Und das alles, während das Kind draußen Fangen spielt.«

»Ball«, sagte Bloch. »Die Kleine hat Ball gespielt. Ist ja auch unwichtig. Wichtig ist nur, dass die Kleine weg ist. Hat das Kind vielleicht seine tote Mutter gefunden und ist dann in Panik weggerannt? Klingt doch wie die harmlosere Version, Cenk, was meinst du?«

Cenk runzelte die Stirn. Durch den Mundschutz war seine Mimik zur Hälfte ausgelöscht, aber Bloch kannte sein Gesicht gut genug, um sich den Rest dazu zu denken. »Die andere Variante ist die denkbar unangenehmere, Chef. Was ist, wenn der Täter die Kleine mitgenommen hat?«

»Die Suchmeldung mit Personenbeschreibung ist jedenfalls raus. Schauen wir mal, welche Infos wir noch in der Wohnung zusammentragen können. Hat man die Tatwaffe übrigens schon gefunden?«

Es war höchste Zeit, das stickige Badezimmer zu verlassen.

Dr. Schmitz' Stimme nahm einen entschuldigenden Tonfall an. »Tut mir leid, dass ich Sie noch länger aufhalte, aber da ist noch eine Verletzung, die ich Ihnen zeigen muss.«

Bloch seufzte. Der tiefe Atemzug tat ihm nicht gut.

»An den bis jetzt beschriebenen Verletzungen kann ein Erwachsener kaum sterben«, fuhr Dr. Schmitz fort. »Allenfalls in Kombination mit Unterkühlung oder Ertrinken. Aber hier ist noch ein Befund, der würde auch das viele Blut im Badewasser erklären sowie die Tatsache, dass die Leiche komplett ausgeblutet ist. Es ist ein bisschen ungewöhnlich, aber bei sorgfältiger Inspektion eigentlich unübersehbar.« Dr. Schmitz spreizte eine kleine, scharfrandige Öffnung in der Leistenbeuge der Toten auseinander. »Eröffnung des Venensterns.« Seine Stimme klang, als habe er einen Treffer im Lotto erzielt. »An dieser Stelle mündet die Hauptvene des Beines in die Oberschenkelvene, die zum tiefen Venensystem gehört. Außerdem kommen da noch viele andere Seitenäste aus der Haut und aus den Geschlechtsorganen dazu. Es ist ein regelrechter Knotenpunkt. Aus einer solchen Wunde kann man problemlos verbluten. Wahrscheinlich wollte der Täter eine Schlagader treffen. Die hat er zwar verfehlt, aber die Wirkung war im Prinzip gleich.«

»Das Ausbluten hat dann nur etwas länger gedauert«, meinte Cenk in sachlichem Tonfall.

Der Arzt nickte. »Hinter einer venösen Blutung steckt natürlich nicht ein so hoher Druck. Aber im Wasser liegend und sowieso schon geschwächt, zusätzlich mit einer schweren Kopfverletzung, dürfte sie nicht mehr allzu viel gespürt haben.«

»Nicht zu vergessen die Substanzen, die wir draußen gefunden haben«, ergänzte Meyer. »Höchstwahrscheinlich hat sie auch noch einen veritablen Chemiecocktail im Blut.«

»Da liegt noch ein hübsches Stück Arbeit vor uns, Cenk.«

»Ich kann hier nicht viel Hübsches finden, Chef. Ich wäre übrigens froh, wenn ich mal von meinem Thron runter könnte.«

Blochs Funkgerät schnarrte. Eine heisere Stimme kratzte sich in sein Ohr. Er hörte eine kurze Weile zu.

»Scheiße«, sagte Bloch. »Sie haben den Leiter vom Jugendamt gefunden. Im Stadtgarten, in der Nähe der Volieren. Abgestochen wie ein Tier. Es ist denkbar, dass wir es hier mit einem Serientäter zu tun haben.«

Sie sahen sich an.

Bloch wollte es nicht über die Lippen kommen, aber Cenk sprach es aus: »Hoffentlich lebt das Kind noch.«

Bloch lauschte angestrengt ins Funkgerät. Dezernatsleiter Graf hatte bereits alles veranlasst. Suchhunde, Aktionen im Stadtgebiet und am Seeufer. Information der Schweizer Kollegen. Verschärfte Grenzkontrollen, Helikopter-Suchflüge mit Wärmebildkamera, Pressemitteilung, das volle Programm.

9. Kapitel

Kurz darauf erfuhren sie mehr. Zwei kleine Kinder hatten die Leiche gefunden. Sie kamen vom Kindergarten Sonnenrain und waren mit ihren selbst gebastelten Laternen durch den Park gezogen. In der früh hereinbrechenden Dunkelheit hatte niemand bemerkt, dass die beiden zurückblieben und auf eigene Faust im Unterholz herumstöberten. Sie seien auf Schatzsuche gewesen, hatten sie erklärt. Dabei waren sie in einen abgelegenen Winkel hinter den Volieren geraten, dort, wo dichter Bewuchs einen gewissen Sichtschutz bietet. Zwischen Laub und Gerümpel hatten sie ein paar Beine gesehen. Der Rest lag unter feuchtem Laub.

»Gott sei Dank«, meldete die Kollegin Kronawitter über Funk direkt vom Tatort. »Gott sei Dank war der Rest der Leiche verdeckt, sonst hätten die Kinder mit Sicherheit ein übles Trauma davongetragen.«

Die Kindergarten-Erzieherinnen trieben ihre Schutzbefohlenen in unüblicher Hast und ohne weiteres Absingen von Martinsliedern wieder zurück. Währenddessen wurden weiß-rote Absperrbänder gespannt, und die Kollegin Kronawitter hatte ein längeres Telefonat mit Meyer, der aber vorläufig noch in der Nürtinger-Wohnung festsaß.

Während Meyer seine Mannschaft in den Stadtpark abkommandierte, versammelte sich der aufgescheuchte Martinszug im nahe gelegenen Kindergarten um ein viel zu früh entzündetes Martinsfeuer. Dort sangen sie ihre Lieder mit nur mäßiger Unterstützung der Erwachsenen, die ungewöhnlich viel miteinander zu besprechen hatten und ständig hinüber zum Stadtpark schauten, über den ein unruhiges Blaulicht zuckte.

Mittlerweile waren zwischen den Volieren große Scheinwerfer montiert worden. Kommissarin Kronawitter entschloss sich, große Planen in die Büsche hängen zu lassen, um den Tatort komplett abzuschirmen. Zur gleichen Zeit, als sich das kleine Häuflein der Schaulustigen unter abfälligen Bemerkungen zerstreute, verteilten die Erzieherinnen im Kindergarten mit Butter bestrichene Laugenbrezeln. Es gab auch alkoholfreien Orangenpunsch für alle. Trotzdem wollte keine rechte Stimmung aufkommen.

Dezernatsleiter Graf hatte eine erste allgemeine Lagebesprechung für 19 Uhr angesetzt. Er hoffe sehr, dass Meyer in der Nürtinger-Wohnung langsam fertig werde. »Betonung auf langsam, Herr Kollege Meyer, nichts für ungut – aber auch ich weiß absolut, was Zeitdruck ist«, hatte er in seiner üblichen Stimmlage geknarrt. Meyer hatte die Augen nach oben verdreht. »Die Besprechung im Stadtpark«, hatte Graf noch hinzugesetzt. Es sei zum jetzigen Zeitpunkt nicht auszuschließen, dass die beiden Taten in Zusammenhang stünden, es sei sogar wahrscheinlich, sehr wahrscheinlich – was natürlich wieder Zeitdruck, »Sie verstehen, Kollege Meyer«, dies alles in seiner typisch abgehackten Sprechweise, die Sätze unvollendet, als ob alleine schon durch diese Sprechweise Zeit einzusparen wäre. »Hier ist Teamarbeit, Herr Kollege Meyer, ich betone es noch einmal, Teamarbeit gefragt.« Ein Stakkato-Feuerwerk der Silben, Geknarre und Geknarze aus dem Sprechfunkgerät, manchmal seien es die Kleinigkeiten, die einem den Spaß an der Arbeit nähmen, hatte Meyer geseufzt, und hinzugesetzt: »Da ist die Kollegin Kronawitter schneller zu ihrem ersten Tötungsdelikt gekommen, als wir alle es erwartet haben.«

Zumindest beim Gerichtsmediziner fruchteten Grafs Ermahnungen: Sein mit widerwärtigen Details gespickter Monolog wurde durch den neuen Fall abrupt ausgebremst.

Er erwähnte lediglich abschließend, dass sich die Tatwaffe offenbar noch in der Badewanne befinde. Es habe beim Herausholen der Leiche nämlich ziemlich eindeutig geklappert. Meyer versprach, sich umgehend darum zu kümmern.

Dr. Schmitz klappte die Plane über der Leiche zusammen und zog einen daran befestigten Reißverschluss zu. Auf diese Weise entstand ein wasserdichter Sack, in dem die Leiche zur Obduktion nach Freiburg transportiert wurde. Der Leichenwagen mit Zinksarg wartete schon vor dem Haus.

»Und nun«, sagte Cenk aufatmend. »Nehmen wir uns das Wohnzimmer vor, Meyer – mitsamt Ihren ominösen Substanzen.«

»Zuallererst suchen wir ein aktuelleres Foto von Yasmin«, sagte Bloch. »Das geht dann auf dem schnellsten Weg raus an die dpa. Vielleicht schaffen die es noch das Bild in den 20-Uhr-Nachrichten zu bringen.«

* * *

»Wohin gehen wir eigentlich?« Yasmin klammerte sich an Tatas Hand, als sie das Bahnhofsgebäude verließen. So viele Autos und Straßenbahnen hatte sie noch nie zuvor gesehen.

»Gehen wir zu mein Bruder«, gab Tata zur Antwort und schaute sich aufmerksam um. Man musste höllisch aufpassen, sonst wurde man überfahren. »Wir müssen Stück weit diese Straße laufen. Ist es aber dieses Mal nicht so weit.«

»Ich habe Hunger«, sagte Yasmin.

»Ist Bruder-Frau gute Köchin«, lachte Tata. »Wirst du haben Spaß. Sind auch noch andere Kinder dort.« Wieder blieb er stehen und schaute nach rechts und nach links.

»Komm jetzt endlich«, sagte Yasmin und zog an seiner Hand. »Ich will die anderen Kinder kennen lernen.«

* * *

»Das hier dürfte Sie auch noch interessieren.« Bloch überreichte Meyer mit spitzen Fingern die Fotografie des zerstörten Bauernhauses. »Die Nachbarin hat es am Freitag neben dem Hauseingang gefunden.«

Meyer streckte die Hand aus, um das Bild entgegenzunehmen, aber Bloch zögerte.

»Einen Moment bitte, warten Sie. Cenk, schau mal – du hast die besseren Augen. Da wurde etwas auf die Hauswand geschmiert.« Sie beugten sich über das Bild. »Richtig, da steht etwas geschrieben. Das ist aber zu klein, das kann man nicht mehr lesen. Aber dieses Zeichen dort, das sieht aus wie ein ... Das kennen wir doch, oder?« Die drei sahen sich an.

»Sieht aus, wie dieses Kreuz auf der Brust von Frau Nürtinger«, bestätigte Bloch.

Meyer versorgte das Bild in einer nummerierten Plastiktüte. »Mal sehen, ob wir verwertbare Spuren auf dem Foto finden«, sagte er. »Aber auf jeden Fall müssen wir herausbekommen, was es mit diesem Kreuz auf sich hat und was die Aufschrift auf der Bildrückseite bedeutet. «

»Geht in Ordnung.« Cenk hatte mittlerweile eine Skizze des Kreuzes in sein Notizbuch gezeichnet. Er übertrug auch sorgfältig die fremdländischen Worte. »Klingt wie Russisch, was meinst du?«

»Oder Jugoslawisch«, meinte Bloch. »Irgendeine Sprache vom Balkan. Komm, wir müssen uns noch die anderen Zimmer anschauen. Wir haben nicht ewig Zeit.«

Unter Meyers Führung verschafften sie sich einen Überblick über die Wohnung. Zwei Zimmer, Küche, Diele, Bad. Höchstens 50 Quadratmeter, schätzte Bloch. Eher weniger. Eine Schlafcouch im Wohnzimmer. Frau Nürtinger hatte offenbar im Wohnzimmer geschlafen, damit ihre Tochter einen eigenen Raum hatte.

»Große Sprünge konnten die nicht machen«, meinte Meyer. »Die Möbel sind wohl teilweise aus zweiter Hand, aber alles ist ordentlich und aufgeräumt. Keine Hinweise auf Verwahrlosung. Hier, das ist das Kinderzimmer.« Er stieß die Tür auf. »Was meinen Sie? Irgendwie finde ich es komisch.«

Bloch und Cenk schauten in den kleinen Raum. Hellblaue Tapete, eine auf halber Höhe umlaufende Zierbordüre mit kleinen Kätzchen, ein flauschiger, runder Teppich in der Mitte des Raums, ähnlich demjenigen im Wohnzimmer. Nur war der Kinderzimmerteppich vollkommen weiß und unbefleckt. An der Schmalseite des Zimmers, der Tür gegenüber, stand ein Bett aus massivem Kiefernholz. Die Tagesdecke akkurat geradegezogen, flach wie ein Brett. Ein Blümchenmuster, das schwindelig machte, wenn man zu lange darauf starrte. Ein Kinderschreibtisch vor dem Fenster. Der Schreibtisch war vollkommen leer. Daneben stand ein Regal, wie man es für ein paar Euro kaufte und dann selber zusammenschraubte. Das Regal war ebenfalls fast leer. Ein paar vereinzelte Kuscheltiere, Bärchen, Kätzchen, Schäfchen, weit oben eine schmale Sammlung von Bilderbüchern, ein paar Puzzlekartons, zwei davon noch in Plastikfolie eingeschweißt. An der anderen Wand stand ein riesiger Kleiderschrank mit Schiebetüren.

»Und?« Bloch wandte sich an Meyer. »Was soll hier nicht in Ordnung sein? Sieht doch alles tipptopp aus, oder?«

»Haben Sie Kinder?« Meyer fragte so ins Ungefähre hinein, obwohl er es genauer wissen musste.

Cenk schüttelte den Kopf. »Zumindest nicht, dass ich wüsste.«

Bloch brummte: »Bei mir ist es schon lange her – und außerdem habe ich Eva ja nie so richtig ›gehabt‹. Die war ja für mich schon verloren, als sie noch ein ganz kleines Kind war.«

So konnte man es auch nennen. Verloren. Wenn man aber ehrlich war, dann konnte man auch sagen, dass er sie sitzen gelassen hatte. Aber das waren alte Geschichten, und die gehörten nicht hierher.

Meyer insistierte: »Also, ich hatte drei von der Sorte und mittlerweile habe ich auch schon zwei Enkel, also sind es fünf Kinder, die ich im Laufe der Jahre ziemlich intensiv erlebt habe. Ich weiß jedenfalls genau, wie es in einem Kinderzimmer aussieht, und eins sage ich Ihnen, liebe, kinderlose Kollegen: Das hier ist kein normales Kinderzimmer.«

»Vielleicht haben sie kurz vorher aufgeräumt?«, warf Cenk ein.

»Unwahrscheinlich«, Meyer zog die Stirn hoch. »Meinem Gefühl nach, hat in diesem Zimmer niemals ein Kind gelebt – ich meine so richtig gelebt, wie Kinder das eben tun. Bei einem richtigen Kind hält die Ordnung keine fünf Minuten. Da liegt immer irgendetwas herum, Spielzeug oder einzelne Socken, Mandarinenschalen, irgendwas. Aber das hier ...« Er suchte nach Worten. »Das hier ist so steril wie ein Musterzimmer im Möbelhaus. Es wirkt auf mich vollkommen tot.«

Er ging zum Kleiderschrank und öffnete ihn. »Das Einzige, das in diesem Zimmer regelmäßig benutzt wurde, war wohl dieser Kleiderschrank.« Er wies auf einige sorgfältig gefaltete Wäschestapel. »Hier, schauen Sie, alles, was das Herz begehrt: Pullover, T-Shirts, Hosen. Sogar nach Farben geordnet, hat man so etwas schon gesehen? Diese Frau scheint wirklich extrem viel Zeit gehabt zu haben.«

»Was sollte sie auch den lieben langen Tag über machen?«, meinte Cenk. »Die Kleine war fast ständig krank, und die Mutter musste daheim bleiben. So ein Kind hält sich sowieso öfter im Wohnzimmer auf als im Kinderzimmer. Werden kranke

Kinder nicht recht häufig vor den Fernseher gesetzt? Vielleicht hatte sie einfach keine Kraft, um normal zu spielen.«

»Kann sein«, meinte Meyer. »Aber letzten Freitag war sie kräftig genug, um draußen zu spielen.«

»Dann scheint sich das Leben hauptsächlich in Küche und Wohnzimmer abgespielt zu haben«, fasste Bloch zusammen.

»Das Leben und das Sterben, Scheiße noch mal«, sagte Cenk in einer ungewohnt heftigen Gefühlsaufwallung.

Bloch schaute ihn von der Seite an. Seit der Sache mit Sonja war er einfach nicht mehr so locker wie früher. Die Trennung hatte ihm einen regelrechten Tiefschlag versetzt. Man musste aufpassen, vor allem in diesem Beruf. Man musste sich schützen. Zu viele schlechte Vorbilder. Es war wie im Fernsehen. Zu viele schlechte Drehbücher. Zu viele Wiederholungen.

Man konnte mit niemandem darüber reden. Wer über persönliche Probleme sprach, wurde schief angesehen.

»Haben Sie denn schon Infos zum Tatablauf?«, fragte Bloch.

Hilfreich war bei solchen Zuständen ein Themenwechsel. Noch besser war ein Ortswechsel. Also gingen sie zurück ins Wohnzimmer.

»Dazu müssen wir erst die Spuren genauer auswerten und die Obduktionsergebnisse abwarten. Natürlich auch im Hinblick auf das Tötungsdelikt im Park. Da werden wir sorgfältig vergleichen müssen, ob es beim Spurenmuster Parallelen gibt.«

»Sie erwähnten irgendwelche Substanzen?«

»Genau. Dazu müssen wir aber in die Küche gehen.«

Die weißflächige Einbauküche war nur unwesentlich größer als das Badezimmer und ähnlich schlauchförmig.

»Gegessen haben die wohl im Wohnzimmer«, mutmaßte Cenk, nachdem er sich umgeschaut hatte. »Das ist ja die reinste Junggesellenküche.«

»Kann man wohl sagen«, meinte Meyer. »Überhaupt gab's

bei den beiden nicht viel zu essen. Der Speiseplan enthielt vor allem Nudeln mit Ketchup und Toastbrot mit Nutella. Im Kühlschrank haben wir lediglich zwei Joghurtbecher und ein paar Schmelzkäseecken gefunden, dann noch eine Tiefkühlpizza im Kühlfach und ein paar Konservendosen im Schrank. Das war alles. Eigentlich seltsam: Das Kind war doch krank. Da sollte man meinen, dass die Mutter auf eine gesunde Ernährung achtete. Obst und Gemüse oder so etwas in der Art. Das kann man sich auch vom Arbeitslosengeld leisten – oder man geht zur Tafel.«

Cenk deutete auf ein Netz mit fahlgelben Grapefruits. »So etwas mögen Kinder normalerweise gar nicht. Die sind viel zu bitter.«

»Na ja, ehrlich gesagt, wenn ich an meine Enkel denke, dann mögen die eigentlich überhaupt nichts Gesundes. Die wären mit der Verpflegung, die hier geboten wurde, völlig einverstanden.«

»Vielleicht wollte die Kleine ja nur Junkfood, und die Mutter hat ihr den Gefallen getan?«

»Trotzdem«, Meyer wiegte den Kopf. »Dazu passt dann aber nicht diese umfangreiche Gewürzsammlung.« Er öffnete einen Küchenschrank. »Schauen Sie mal, alleine drei Sorten Curry. Zwei Mörser und mehrere Pfeffermühlen. Das ist eine Auswahl wie bei einem Profi-Koch.« Neben den erwähnten Gerätschaften war der Schrank regelrecht vollgestopft mit kleinen Blechdosen, Gläschen mit Schraub- und Steckverschlüssen und diversen Tüten.

»Vieles ist übrigens unbeschriftet«, erklärte Meyer. »Und da, ganz hinten drin ...« Er angelte mit einer Hand in den Tiefen des Schranks und holte mehrere flache Schachteln hervor. »Da hinten drin finden Sie jede Menge Medikamente.«

»Das kennen wir doch zur Genüge, Meyer«, brummte

Bloch. Die Hausapotheke ist meist so ziemlich das Chaotischste, was ein deutscher Haushalt zu bieten hat. Wenn die Ärzte wüssten, wie die Leute ihre Medikamente aufbewahren, dann würden sie vermutlich keine Großpackungen mehr verschreiben.«

»Trotzdem«, beharrte Meyer. »Die Sache stinkt. In dieser Wohnung ist alles so akkurat aufgeräumt, richtig zwanghaft, würde ich sagen. Sogar das Besteck in der Schublade, schauen Sie mal.« Er öffnete die Besteckschublade. Löffel und Gabeln lagen dort, kalt blitzend, parallel ausgerichtet, aneinandergeschmiegt wie Sträflinge auf zu engem Raum, bewacht von starrspitzigen Messern im Nebenfach.

»Fleischmesser, großes Gemüsemesser, Ausbeinmesser«, zählte Cenk auf, der in seiner Freizeit gerne kochte. »Zwei Fächer sind übrigens leer.«

»Das fehlende Messer finden wir dann wohl in der Badewanne«, meinte Bloch trocken.

»Bin mal gespannt, was das für ein Messer ist«, sagte Cenk. »Ich würde sagen, auf jeden Fall fehlt ein Brotmesser. Aber mit einem Brotmesser kriegt man auf keinen Fall solche Verletzungen hin, wie wir sie an der Leiche gefunden haben.«

»Vielleicht hatten die gar kein Brotmesser«, gab Bloch zu bedenken. »Wenn sie nur vorgeschnittenes Brot gekauft hat.«

»Das gibt's nicht – ein deutscher Haushalt ohne Brotmesser – das habe ich noch nie erlebt«, meinte Cenk.

»Darauf habe ich noch nie geachtet«, sagte Meyer. »Wir haben jedenfalls eine Brotschneidemaschine daheim. Irgendwo muss bei uns auch noch ein Brotmesser rumliegen, aber das haben wir schon seit Jahren nicht mehr benutzt. Meine Frau kommt mit der Schneidemaschine einfach besser zurecht. – Aber um wieder auf den Gewürzschrank zurückzukommen: Wie kann es sein, dass alles so penibel aufgeräumt ist, und dann herrscht in einem einzigen Schrank eine solche Unordnung?«

»Meinen Sie vielleicht, Frau Nürtinger hat dort etwas versteckt?« Bloch fand sich allmählich in Meyers Gedankengänge hinein.

»Richtig. Und deswegen haben wir vorhin schon damit begonnen jede einzelne Verpackung zu kontrollieren.«

»Sind Sie denn fündig geworden?«

»Das kann man wohl sagen. Genauere Analysen stehen natürlich noch aus, und es wird noch eine Heidenarbeit, bis wir fertig sind. Aber ein paar verdächtige Döschen habe ich bereits zur Schnellanalyse ins Labor geschickt. Da war zum Beispiel so ein Glas mit einem weißen Pulver. Auf den ersten Blick hätte es sogar Heroin sein können, aber unten waren gröbere Partikel, es sah aus, wie zermörserte Tabletten. Ich habe die Mörser noch im Schrank gelassen, damit sie sich einen Eindruck von der ursprünglichen Fundsituation machen können, aber Abstriche sind schon im Labor und auch die Gerätschaften werden wir selbstverständlich noch genauestens untersuchen. Und dann noch das hier ...« Meyer schüttelte ein altes Marmeladenglas, in dem sich ein grobkörniges, dunkelrot-schwärzliches Pulver befand. »Von diesem Zeug haben wir eindeutig Reste in dem kleineren Mörser gefunden. Hier, riechen Sie mal.« Er drehte den Schraubverschluss ab.

Bloch und Cenk schnupperten. »Riecht ziemlich scharf«, meinte Bloch.

»Ist aber kein Chili«, ergänzte Cenk. »Eigenartig. Vielleicht etwas Exotisches?«

»Wir haben es noch nicht herausgefunden«, sagte Meyer, aber auf jeden Fall ist es kein Gewürz, da bin ich sicher. Es riecht wie im Chemielabor, wenn Sie mich fragen.«

»Lassen Sie mich noch mal«, Cenk nahm ihm das Glas aus der Hand. »Riecht irgendwie nach Weihnachten«, meinte er ratlos. »Bin ja kein Weihnachtsprofi, aber Lebkuchengewürz ist es nicht. Keine Ahnung.«

»Da werden wir wohl doch besser auf die Laboranalyse warten«, sagte Bloch. »Aber ich muss dir recht geben, Cenk. Irgendwo habe ich das auch schon mal gerochen. Ich weiß nur nicht wo.«

»Und hier noch eine letzte Sache.« Meyer griff wieder in den Schrank und holte eine kleine Flasche mit einem orangefarbenen Gefahrensiegel hervor. Sie war zur Hälfte mit einer wasserklaren Flüssigkeit gefüllt. »Also, das hier gehört beim besten Willen nicht in die Nähe von Nahrungsmitteln. Ich habe auch keine Ahnung, wie die Frau da ran gekommen ist. Das gibt es normalerweise nur im Fachversand für Laborbedarf.«

»Was ist es denn?« Cenk versuchte die Formel auf dem Etikett zu entziffern.

»Konzentrierte Essigsäure«, sagte Meyer. »Man nennt es auch Eisessig, weil es schon knapp unter Raumtemperatur gefriert. Ein Luft-Eisessig-Gemisch von vier Volumenprozent ist bereits hochexplosiv.« Er rieb nachdenklich seine Nasenspitze »Keine Ahnung, wozu sie das Zeug gebraucht haben könnte. Und verwendet hat sie es offensichtlich – die Flasche ist halb leer.«

»Ist so etwas eigentlich auch zum Bombenbau geeignet?«, fragte Cenk.

»Glaube ich nicht – dachten Sie etwa an einen Zusammenhang mit Terrorismus? Dann müssten wir auch das rote Pulver unter diesem Gesichtspunkt prüfen. Aber ich weiß nicht, das ist doch alles viel zu stümperhaft und rein vom Volumen her viel zu wenig.«

»Aber ausschließen kann man heutzutage gar nichts

mehr«, schloss Bloch den Fall vorläufig ab. »Wir nehmen jetzt das Messer aus der Wanne, informieren das Labor, dass sie auch die Eignung zum Bombenbau überprüfen sollen, und warten ab, was die herausfinden. Und jetzt fahren wir so schnell wie möglich in den Stadtgarten. Graf wartet. Wir sind sowieso spät dran.«

10. Kapitel

Die Bruder-Frau hieß Nerma, trug ein schwarzes Kopftuch und hatte hinten im Mund einen goldenen Zahn. Yasmin hatte den Zahn entdeckt, als Nerma lachte. Sie lachte fast ständig und sprach auch ein komisches Deutsch; aber anders als Tata. Der Bruder von Tata war noch mit dem Lieferwagen unterwegs. Aber die Kinder waren daheim: Mirela, die war schon zwölf, und Becim, der war sechs Jahre alt, aber er ging auch noch nicht zur Schule. Dann gab es noch ein Baby, dessen Namen Yasmin nicht verstanden hatte. Aber das war auch nicht so wichtig, da das Baby schlief.

Nachdem sie an der Wohnungstür ihre Schuhe ausgezogen hatten, gab es eine Begrüßung mit vielen Worten in einer fremden Sprache. Umarmungen gab es, Küsse, ja, sogar ein paar Tränen bei der Bruder-Frau Nerma. Auch Yasmin hatte Umarmungen und ein paar Küsse abbekommen, aber in all dem Wirbel war es ihr ganz natürlich erschienen und überraschenderweise empfand sie es noch nicht einmal als unangenehm.

»Chast du Hunger«, hatte Nerma gesagt, und das war keine Frage gewesen, sondern sie hatte es Yasmin einfach angesehen, was für einen Riesenhunger sie hatte.

Yasmin wurde ins Wohnzimmer geschoben, wo ein gekachelter Ofen leise vor sich hinbollerte. Yasmin staunte. Ein solches Wohnzimmer hatte sie noch niemals vorher gesehen. Es war sehr groß, sehr heiß und es standen viel mehr Möbel darin als bei ihnen zu Hause. Zu Hause hatten sie einen kalten Boden aus nachgemachtem Holz und im Wohnzimmer lag nur ein einziger Teppich. Das war der weiße Schäfchenteppich, auf dem man aber nicht kuscheln durfte, weil er vom Kuscheln schmutzig wurde. In Nermas Wohnzimmer bedeckten gleich mehrere Teppiche den Boden, sogar an der Wand hing einer. Die Teppiche waren so bunt und so stark gemustert, dass ein kleiner Schmutzfleck bestimmt nicht weiter auffallen würde. Auch das Sofa war viel größer als bei ihnen daheim. Und der Fernseher sowieso. Es gab auch keine Regale, sondern eine riesige, dunkel glänzende Schrankwand mit goldenen Verzierungen und vielen Fenstertüren. Diese Schrankwand war die reinste Schatztruhe. Neben vielen Familienfotos waren in den Fächern unzählige Schmuckteller und bunte Figürchen ausgestellt. Auch ein goldenes Schwert lag dort. Es war auf ein Brett geschraubt, auf dem in Schnörkelschrift etwas Unleserliches geschrieben stand.

»Sind die hier sehr reich?«, raunte Yasmin Tata zu, und der tätschelte ihr den Kopf.

»Sind die hier sehr nett«, sagte er. »Wirst schon sehen. Chaben sie Kinder gern.«

»Und ässe mir gärn guete Suppe«, sagte Nerma und lachte bis weit hinten zu ihrem Goldzahn. Sie balancierte zwei dampfende Teller zum Couchtisch. »Ist keine Platz in Kuchi, und Gäste sitzen auf gute Sofa.« Sie schob für Yasmin einen gepolsterten Sitzhocker an den Couchtisch. »Da essen!« Mit der Fernbedienung schaltete sie den Fernseher an. »Luegscht du Kinderfilm und wenn du fertig hast, gibt noch Burek.«

»Was ist Burek?«, fragte Yasmin. Sie pustete in den Suppenlöffel, schaute zum Fernseher und wieder zurück auf ihren Löffel. Im Löffel schwamm eine knallgrüne Erbse.

»Ist Burek salzige Kuchen, gefüllt mit Fleisch oder Käse«, erklärte Tata. »Ist sehr gut.«

Mirela kam und setzte sich auf das Sofa. Nicht zu nah und nicht zu weit weg. Irgendwie dazwischen. Sie nahm sich eines der Samtkissen und umarmte es. Dann legte sie ihr Kinn auf das Kissen und schaute Yasmin an. Als Yasmin die

Erbse vorsichtig zwischen die Zähne nahm, musste sie lachen. Dabei rutschte ihr eine Haarsträhne über die Schulter. Mirela hatte glatte, schwarze Haare. Sehr lange Haare, fast wie Schneewittchen. Yasmin lächelte mit der Erbse zwischen den Zähnen zurück.

Mirela strich die Strähne hinters Ohr und sagte: »Wenn du gegessen hast, gehen wir ins Zimmer. Magst du Barbies?«

Yasmin schluckte die Erbse runter und nickte.

Becim kam rein und ließ sich auf das Sofa fallen. Er guckte nicht rüber zu den Mädchen.

»Ich spiele seit einem Jahr eigentlich schon nicht mehr mit Puppen«, erklärte Mirela. »Aber ich habe noch eine ganze Kiste voll.«

»Wiiberkram«, murmelte Becim, angelte nach der Fernbedienung und schaltete um.

»Dä Löli isch u-blöd«, flüsterte Mirela, nun plötzlich auch im Dialekt. »Häsch du au en Brüeder?«

Yasmin verstand sie nicht, schüttelte aber sicherheitshalber den Kopf.

Das Kinderzimmer sah total anders aus als Yasmins Zimmer. Aber Yasmin hielt sich sowieso kaum in ihrem Zimmer auf. Eigentlich nur zum Schlafen. Und auch das nur unregelmäßig. Das Zimmer musste geschont werden, hatte Mutti immer gesagt. Für später. Yasmin hatte immer gemeint, später, das sei, wenn sie endlich in die Schule käme. Aber mit der Schule war es ja leider nichts geworden.

Sie spielten mit den Barbiepuppen. Plötzlich fiel es Yasmin ein, dass sie unbedingt telefonieren musste. Tata und Nerma saßen im Wohnzimmer, und Becim schaltete immer noch mit der Fernbedienung herum.

»Besser wir stören sie nicht«, sagte Mirela und holte das

Telefon ins Kinderzimmer. Es wäre toll, eine solche Freundin zu haben. Eine, die so gut Bescheid wusste.

»Weisch du die Nummer?«, fragte Mirela und Yasmin kramte in ihrem Hasenrucksack. Dort gab es eine kleine Seitentasche, und in die hatte Mutti einen Zettel für Notfälle gesteckt. Sie las die Nummer laut ab und tippte dabei eine Zahl nach der anderen ein. Es war eine lange Zahlenreihe, und sie hatte Angst eine Zahl zu verwechseln. Immer wieder rutschte ihr vor Anstrengung die Zungenspitze zwischen die Lippen. Endlich hatte sie es geschafft, und dann lauschte sie angestrengt in den Hörer. Ob Mutti das Klingeln hörte? Eine Weile blieb die Leitung stumm, dann ertönte eine Maschinenstimme und die Verbindung brach ab.

Ratlos reichte Yasmin ihrer Freundin den Hörer. »Versuch du es mal. Vielleicht habe ich etwas falsch gemacht?«

Mirela probierte es drei Mal. Ohne Erfolg. Da zog plötzlich ein Strahlen über ihr Gesicht. »Sag emol, kommst du vielleicht aus Dütschland?«

Yasmin kippte beide Handflächen nach oben und legte den Kopf schief. »Ja natürlich, was denn sonst?«

»Weil wir hier in der Schweiz sind, und wenn du nach Dütschland telefonieren willst, bruchschst du eine andere Vorwahl. Aber das finde ich raus.« Sie holte aus einem anderen Zimmer ein völlig zerfleddertes Adressbuch und begann zu blättern. »Hier – schon gefunden. Meine Tante wohnt in Karlsruhe, und da steht die Vorwahl für Dütschland. Lass mich mal ran.« Nun war die Nummer viel länger. Mirela hörte gar nicht mehr auf, Zahlen einzutippen. Die Tasten machten ein kaum wahrnehmbares Klickgeräusch, wenn man sie drückte.

»Mach schneller«, flüsterte Yasmin.

»Geht nicht«, flüsterte Mirela zurück. »Dann vertue ich mich.«

Diesmal lauschten beide Mädchen gleichzeitig in den Hörer. Das Freizeichen kam. Ein paar Mal holte Yasmin Atem, als wolle sie unmittelbar darauf mit dem Sprechen beginnen. Aber jedes Mal atmete sie wieder stumm aus.

»Niemand da«, sagte sie und drückte die Taste mit dem roten Telefonhörer. »Und jetzt?« Nun war auch die große Mirela ratlos. »Vielleicht sucht sie dich ja.«

»Die sucht mich nicht. Die weiß ja, mit wem ich weggegangen bin. Ich wollte einfach nur mit ihr sprechen, weil ...« Yasmin suchte nach Worten. »... eben so«, beendete sie ihren Satz.

»Gibt es denn noch jemanden, den du anrufen kannst?«, fragte Mirela. Da stehen doch noch andere Nummern auf deinem Zettel.«

»Das da ist der Arzt«, sagte Yasmin. »Und den werde ich auf gar keinen Fall anrufen.« Sie beugte sich zu Mirelas Ohr und flüsterte: »Der ist gar kein echter Arzt, der tut nur so, und meine Mutti hat es bloß noch nicht gemerkt. Der ist in echt ein Vampir oder so was. Aber nicht weitersagen!«

»Ächt wahr?«, wunderte sich Mirela, hob aber folgsam die Hand zum Schwur. »Großes Ehrenwort. Ich verrate nichts.«

»Da, diese Nummer können wir anrufen. Das ist die Nummer von Eva; siehst du hier steht E – V – A, das kann ich schon lesen. Die Eva hat manchmal auf mich aufgepasst, wenn die Mutti mittags unterwegs war. Die Eva ist total in Ordnung.« Als sich Yasmin an das Kinderzimmer in Evas Wohnung erinnerte, musste sie kichern. Der kleine Max schaffte es einfach nicht aufzuräumen. Bei Max wäre der Schäfchenteppich noch nicht mal fünf Minuten ohne Flecken geblieben, so viel war sicher.

»Also, los – rufen wir deine Eva an«, kommandierte Mirela und tippte den Zahlenwurm in die Tastatur.

Diesmal hatten sie Glück.

»Eva«, rief Yasmin in den Hörer hinein. »Eva, bist du es? Nein? Ja, hallo, Max. Ich bin's, die Yasmin. Kannst du deine Mama ...?« Sie verstummte. »Aufgelegt«, sagte sie. »Der Max ist doch erst vier. Der kann noch gar nicht richtig telefonieren.«

»Dann versuchen wir es eben noch mal. Mirela ließ sich nicht so schnell entmutigen.

Aus dem Wohnzimmer rief es: »Mirela?« Dann ein paar Worte in einer fremden Sprache. Yasmin verstand nur Telefon.

»Moment«, rief Mirela. Ihre Finger flogen über die Tastatur. Dann presste sie Yasmin den Hörer ans Ohr.

»Hallo«, rief sie. Hallo. Ja, endlich bist du es, Eva. Hier ist Yasmin! Freust du dich? Du, ich kann meine Mutti nicht erreichen, sie nimmt das Telefon nicht ab. Was sagst du? Sie suchen mich? Aber warum – die Mutti weiß doch, wo ich – nein, mir geht es gut. Wo ich bin? Ja, weißt du ...«

Das Telefon wurde ihr aus der Hand genommen, und Tata schaute mit einem völlig fremden Gesicht auf sie herab. »Warum telefonierst du?«, fragte er und drückte gleichzeitig die Taste mit dem roten Telefon drauf. »Chabe ich gesagt, rufen wir die Mutti zusammen an.«

Man geht nicht mit fremden Männern mit, hatten sie immer und immer wieder gesagt. »Ist ja schon gut«, murmelte Yasmin. »Die Mutti war sowieso unterwegs. Nur die Eva war da, und die wusste auch nicht, wo sie hin ist.« Wenn man mit einem Fremden mitgeht, dann passiert was Schlimmes.

Nerma betrat das Kinderzimmer. »Muesch du nicht schimpfe mit kleine Maitele«, sagte sie und ließ ihren Goldzahn blitzen. Sie hielt ein flauschiges Badetuch hoch und grinste Yasmin verschwörerisch zu: »Willst du Badewanne.« Und auch das war keine Frage gewesen, sondern eine Feststellung.

Wenn man mit einem Fremden mitgeht, dann passiert sogar was ganz Schlimmes.

Yasmin zog die Nase hoch und nickte.

Wenn man niemals mit einem Fremden mitgeht, passiert nichts. Überhaupts nichts, und alles bleibt wie es ist.

Aber das kann auch schlimm sein.

Vielleicht sogar das Allerschlimmste überhaupt.

11. Kapitel

Es war nicht außergewöhnlich, dass Churchill, der übergewichtige Mops, den halben Tag verschlief. Aus diesem Grund konnte Bloch ihn auch problemlos zu fast allen Einsätzen mitnehmen. Churchill streckte sich dann auf der Rückbank des Dienstfahrzeuges aus und wartete geduldig, auch wenn es Stunden dauerte und Bloch häufig mit merkwürdigen Geruchsspuren in der Kleidung zurückkam. Geruchsspuren, die für die Nase eines feinfühligeren Hundes sicher eine Beleidigung gewesen wären. Churchill aber, das Maskottchen der Mordkommission, begrüßte Bloch jedes Mal mit einem euphorischen Wackeln seines Ringelschwänzchens, mochte sein Herrchen auch noch so schlecht riechen oder – was weitaus häufiger vorkam – mochte er auch noch so schlechter Laune sein. Churchill legte dann den Kopf schief und riss seine von Natur aus riesigen Augen noch weiter auf, bis er wie die Karikatur eines Comic-Kindchen-Schemas wirkte. Er konnte sein Gegenüber dermaßen ernsthaft und hingebungsvoll anstarren, dass selbst dem hartgesottensten Kriminaler warm ums Herz wurde. Der Hund sei besser als psychologische Unterstützung nach einem Einsatz, hatte Graf einmal geknurrt, als er in ungewohnt milder Stimmung gewesen war. Diese Äußerung blieb aber ein einmaliger Ausrutscher. Normalerweise war Graf immun gegen Churchills Charmeattacken – oder er tat zumindest so.

Um seinen fragwürdigen Daseinszweck als Maskottchen der Mordkommission zu rechtfertigen, blieb Churchill also nichts anderes übrig, als die Rolle eines Therapiehundes zu übernehmen, der die Arbeitsatmosphäre im gesamten Team positiv beeinflusste. Ansonsten war er nämlich als Polizeihund denkbar schlecht geeignet: Seine Stimme glich einem asthmatischen Kläffen, und mit seiner wenig imposanten Statur schreckte er keinen Angreifer ab. Mit seiner ständig verstopften, geradezu lächerlich platten Nase kam er auch als Drogenspürhund nicht infrage. Lediglich für die Schokoladenbonbons, die Meyer von der Spurensicherung in seinen Kitteltaschen nur für ihn versteckte, hatte Churchill ein untrügliches Sensorium. Eine solche Einzelbegabung war jedoch bei der Kripo Konstanz nur von untergeordneter Bedeutung.

»Diesmal schläft er aber wirklich den Schlaf des Gerechten«, sagte Cenk nach einem Blick auf die Rückbank.

»Churchill! He, alter Freund! Aufwachen!« Bloch schnalzte mit der Zunge. »Komisch, der macht keinen Mucks. Wovon sollte er denn so müde sein?«

Sie stiegen ein. Cenk startete den Wagen und fuhr los. Der Verkehr staute sich, wie in den Abendstunden üblich, und sie kamen nur langsam vorwärts.

»Blaulicht, Chef?«

»Noch nicht«, entschied Bloch nach einem Blick auf die Uhr. »Nach der nächsten Ampel fließt es vermutlich wieder.« Er tastete mit einer Hand nach dem Hund.

»Du Cenk«, sagte er. »Kriegen Hunde eigentlich auch Fieber? Churchill kommt mir viel heißer vor als normal.«

»Vielleicht zu viel Hot Dog?«, fragte Cenk und grinste. »Nein, im Ernst, ich habe keine Ahnung, ob Hunde Fieber bekommen können.«

»Vielleicht war das kein Asthma heute Morgen«, sorgte sich Bloch und zog seine Hand zurück. »Können Hunde auch eine Lungenentzündung bekommen? Da vorne rechts, da kannst du ein Stück abkürzen.« Sie überquerten die Bahngleise dort, wo normalerweise nur Fußgänger hinübergingen, und rollten im Schritttempo auf die Parkanlage zu. Der See versank in Nebelschwaden, die durch die Straßenbeleuchtung seltsam künstlich wirkten. Die Häuser der Altstadt blinzelten mit erleuchteten Sprossenfenstern wie eine unzeitgemäße Weihnachtsdekoration in die Dunkelheit.

»Bei Fieber braucht man reichlich Flüssigkeit. Wann hat dein Churchill denn zuletzt etwas getrunken?«, fragte Cenk.

»Heute Morgen. Fahr da rüber, da kannst du besser einparken. Heute Morgen hat er das letzte Mal getrunken.«

Cenk manövrierte den Wagen über die Parkwege. Die Rasenflächen froren nachts ein. Bei den ungewöhnlich warmen Tagestemperaturen, die zurzeit herrschten, tauten sie jedoch wieder und wurden unter den Schritten der Spaziergänger allmählich immer schlammiger.

»Nicht so dicht ranfahren, Cenk. Sonst kommst du nachher nicht mehr raus aus dem Morast.«

Cenk brachte den Wagen zum Stehen.

»Zuerst besorgen wir Wasser für Churchill«, sagte er. »Dann gehen wir zur Leiche, und dann«, er blitzte Bloch von der Seite an, »wenn wir hier fertig sind, dann fährst *du*, Chef – und *ich* darf den neurotischen Beifahrer spielen.«

Das straff gespannte Absperrband surrte, während sie darüberstiegen.

»Ich bin nicht neurotisch«, brummte Bloch. »Ich mach mir nur Sorgen um den Hund.«

»Ist ja gut, Erich. Jetzt geh mal rüber. Der Junge da vorne kann deinem Churchill ja mal Wasser besorgen.« Cenk deutete auf einen schlaksigen Polizeianwärter, der sichtlich gelangweilt am äußersten Rand der Absperrung stand. Seine Uniformmütze saß auffällig schief und wirkte, als sei sie ein paar Nummern zu groß.

Bloch ging zum Fundort der Leiche, wo sich die Kollegen

bereits im Scheinwerferlicht versammelt hatten. Kondenswassertröpfchen schwebten im Lichtstrahl auf und nieder wie in einem steten Atemstrom. Die Kollegin Kronawitter stand ein wenig am Rande, fast im Schatten. Sie trug einen kurzen Wollmantel mit tiefen, aufgesetzten Taschen und Knebelverschlüssen. Das sah nicht schlecht aus. Machte schlank. Aber eine abwaschbare Jacke mit vielen Taschen war in ihrem Beruf einfach praktischer.

»Wie sieht's aus?«

»Mies«, sagte Dr. Schmitz, bevor Kronawitter auch nur zu Wort kam.

»Fürs Erste habe ich persönlich erst mal genug von Messermetzeleien. Zwei abgestochene Opfer so kurz hintereinander, also mir reicht's.«

»An Ihrer Stelle würde ich lieber nicht so sensibel reagieren«, sagte Graf, der hinzugetreten war. »Wenn es das ist, was wir alle befürchten, könnten es noch mehr Opfer werden.«

»Das Kind«, warf Kronawitter ein. »Der hat eventuell das Kind.«

»Nun, liebe Kollegin, wir wollen den Teufel doch nicht mit Gewalt an die Wand malen.«

Kronawitter schlug den Mantelkragen hoch und hielt das Notizbuch wie ein Serviertablett waagerecht vor sich.

Dr. Schmitz raschelte mit seinen Papieren. Er trug wieder einen weißen Einwegoverall. Seine Hosenbeine steckten in hohen Gummistiefeln. Diesmal war er ohne Mundschutz und hatte die Kapuze des Overalls zurückgeschlagen. Irritiert nahm Bloch wahr, dass der Arzt vollkommen kahlköpfig war. Sein Gesicht war fast faltenlos und dadurch ziemlich nichtssagend. Er hätte dreißig Jahre alt sein können oder genauso gut Mitte vierzig. Bloch war sich sicher, dass er ihn nicht wiedererkennen würde, wenn er ihm auf der Marktstätte oder in Klein-Venedig ohne weißen Schutzanzug und Mundschutz entgegenkäme.

»Ich fasse das jetzt mal zusammen.« Die Stimme der Kollegin Kronawitter klang etwas höher als sonst.

Es war kein leichter Job für eine Frau. Überall nur harte Kerle. Bloch warf einen Blick hinüber zu dem schlaksigen Polizeianwärter, der soeben den widerstrebenden Churchill zum Seeufer hinunterzerrte. Oder solche, die gerne harte Kerle wären, vervollständigte er seinen Gedankengang. Es war ein gutes Gefühl, einen Gedanken zu Ende gebracht zu haben, aber leider hatte er keinerlei Relevanz für die aktuelle Ermittlungstätigkeit, und unnütze Gedanken waren angesichts des herrschenden Zeitdrucks reiner Luxus. War es ein Zeichen des Älterwerdens, dass seine Gedanken so oft abschweiften, oder war das ein Stresssymptom? Wann hatte er eigentlich das letzte Mal Urlaub gemacht?

»Todesursache höchstwahrscheinlich Verbluten«, referierte Kronawitter mit Seitenblick auf den Gerichtsmediziner: »Sie unterbrechen mich, wenn ich was Falsches sage.«

Dr. Schmitz nickte unmerklich und hielt dann den Blick voller Konzentration auf Kronawitters Hände gerichtet. Die Kollegin hatte ausgesprochen kleine Hände, die in viel zu großen Latexhandschuhen steckten. Die Handschuhe warfen groteske Falten. Es sah aus wie die Haut einer Wasserleiche. Spätestens nach fünf Tagen Liegezeit ließ sich die Haut an den Händen abziehen wie zu groß gewordene Handschuhe.

»Ein bogenförmig umlaufender Halsschnitt, ziemlich genau in der Horizontallinie, rechts deutlich tiefer, vermutlich mit Eröffnung der Halsschlagader, links irgendwie kraftloser, sozusagen auslaufend. An dieser Stelle lediglich mit Durchtrennung, wie nennt man das noch mal, Herr Schmitz?«

»Platysma«, sagte dieser, wie erwachend. »Das ist so eine Art Hautmuskel, eine sehr oberflächliche Struktur, nicht lebenswichtig, aber, wenn ich das ergänzen dürfte, der Schnitt muss mit großer Kraft geführt worden sein.«

Große Kraft, dachte Bloch. Große Kraft bedeutete in ihrem Metier meist große Wut. Hatte er das irgendwo gelesen, oder war es ihm selber eingefallen?

»Im medialen Bereich haben wir eine tangentiale Schnittführung mit weitgehender Zerstörung der Kehlkopfstrukturen.«

Unwillkürlich griff sich Cenk an seinen deutlich vorspringenden Adamsapfel.

Dr. Schmitz sah auf. »Scheint ein Überraschungsangriff gewesen zu sein. Mit Sicherheit kam der Täter von hinten. Ich habe nur minimale Abwehrverletzungen an der linken Hand gefunden. Er hat vermutlich reflexartig noch die eine Hand hochbekommen, aber nur ungezielt ins Messer hineingegriffen, bevor er dann das Bewusstsein verlor.«

»Geht das denn so schnell?«, fragte Cenk.

»Ja, durchaus«, sagte Schmitz mitfühlend. »Bei der Halsschlagader geht das sehr schnell.«

»Haben wir das Messer?«, hüstelte Graf und hielt sich die Hand vor den Mund.

»Hier ist es!« Meyer von der Spurensicherung hielt einen länglichen Gegenstand in einer Plastiktüte hoch. »Lag unter dem Laub«

Cenk stieß Bloch an. »Das Brotmesser«, zischte er. »Schau mal, Chef.«

»Sag doch nicht immer Chef. Das nervt«, gab Bloch leise zurück. »Ich heiße Erich.« Laut sagte er: »In der Wohnung des ersten Opfers, bei der Frau Nürtinger, da fehlt ein Brotmesser – das könnte tatsächlich darauf hindeuten, dass die beiden Fälle in einem Zusammenhang stehen.«

»Auf jeden Fall ein wichtiges Beweismittel«, meinte Schmitz. »Außerdem passt es zum Spurenmuster. Ich habe mich nämlich sowieso schon gefragt, wie diese unregelmäßigen Wundränder zu erklären sind. Aber bei einem Brotmesser ...« Er nahm Meyer den Beutel aus der Hand und betrachtete den Wellenschliff. »Klar, bei einem Brotmesser entstehen andere Schnitte als bei einer glatten Klinge. Wir werden das im Institut nachstellen und ausprobieren.«

»*Was* werden Sie da in Ihrem Institut machen?« Kronawitter hielt das aufgeschlagene Notizbuch nun wie einen Schutzschild vor die Brust.

»Wir nehmen verschiedene Messer und bringen Schnitte bei. Dann vergleichen wir die unterschiedlichen Verletzungsmuster mit dem unseres Opfers.«

»Ja, verstanden«, sagte die Kollegin und hatte wieder diese merkwürdig hohe Stimme. »Aber was heißt das, wie soll ich mir das praktisch vorstellen: Machen Sie Probeschnitte an dieser Leiche hier oder machen sie das an einem Stück Fleisch aus der Metzgerei?«

»Selbstverständlich an einer Leiche«, antwortete Schmitz trocken. »Was denken Sie denn? Wir holen uns einen Ring Fleischwurst, setzen da unsere Probierschnitte, und dann gibt's das später zum Abendessen? Nein, irgendeine Leiche haben wir immer da, wo keiner so genau hinschaut. Die nehmen wir dann für eine solche Dokumentation. Am Originalopfer würde ich niemals zu Versuchszwecken herumschnippeln. Da ist die Gefahr viel zu groß, die Spurenlage zu verfälschen.«

»Ach so«, sagte Kronawitter und stellte sich breitbeinig hin, genauso wie ein ganzer Kerl. »Verstanden. Sie nehmen also irgendeine unbekannte Leiche.«

»Richtig«, sagte Schmitz. »Oder wir fragen die Kollegen

von der medizinischen Fakultät. Die Leute stellen sich ja auch für die Wissenschaft zur Verfügung. Die Bestattungskosten werden heutzutage immer teurer. Da lassen sich viele nach ihrem Tod für die Wissenschaft aufschneiden und nachher auf Steuerzahlers Kosten anonym beisetzen.«

Graf hatte diesem theoretischen Exkurs vibrierend vor Ungeduld zugehört. »Nun sagen Sie mal lieber, was Sie zum Tathergang herausgefunden haben, anstatt uns mit so überflüssigem Zeug aufzuhalten«, schnarrte er.

Schmitz blickte zu Kronawitter: »Soll ich anfangen?«

»Gerne«, antwortete sie und blätterte wieder in ihrem Notizbuch, fand die richtige Zeile und hielt sie mit dem Latexfalten werfenden Zeigefinger fest.

»Unserer Meinung nach kam das Opfer vom Joggen. Er war dementsprechend angezogen, Sportkleidung, Pulsuhr und der dazugehörige Gurt um die Brust, Schal und Wollmütze. Es muss dann etwa so abgelaufen sein ...« Schmitz sah sich suchend um und erblickte den Polizeianwärter, der sich immer noch mit erbärmlich schief sitzender Mütze am Rande des Tatorts herumdrückte. Er hielt Churchill an der Leine. Der Hund saß regungslos zu seinen Füßen und starrte mit trüben Augen vor sich hin.

Irgendwas stimmte nicht, dachte Bloch. So wie jetzt hatte er noch nie ausgesehen.

»Kommen Sie mal her zu uns«, rief Schmitz.

Der Polizeianwärter schaute sich fragend um, aber da war niemand sonst, der infrage kam. Also befestigte er die Hundeleine an einer Parkbank und näherte sich den Ermittlern mit linkischen Bewegungen.

»Ja, das ist gut so. Ganz hervorragend.« Schmitz nahm vom Boden einen Ast auf und wog ihn prüfend in der Hand. »Der ist zwar etwas leicht, aber das macht nichts. Zu Demonstrationszwecken ist er absolut ausreichend. Nun kommen Sie mal her und stellen sie sich vor mich hin«, kommandierte er. Der Polizeianwärter faltete seine Hände vor der Brust, schaute in die Runde und grinste schüchtern. Er hatte rotblonde Locken, die unter seiner Mütze hervorquollen, wässrige, helle Augen und viele Sommersprossen im Gesicht. »Wie Sie sehen, sind wir in etwa gleich groß«, dozierte Schmitz. »Das ist eine wichtige Vorbedingung und wird uns eventuell bei der Eingrenzung des Täterkreises helfen. Das Opfer hat nämlich ziemlich sicher zum Tatzeitpunkt gestanden, wie uns Frau Kronawitter nachher noch begründen wird, nicht wahr, Frau Kollegin?«

»Ja, er hat gestanden, daran besteht kein Zweifel«, bestätigte Kronawitter und blickte gebannt auf den jungen Polizisten, der wie paralysiert im Scheinwerferlicht stand, den schmalen Rücken Schmitz zugewandt. Schmitz, obwohl gleich groß, wirkte deutlich trainierter und muskulöser als der junge Mann.

»Es muss dann alles sehr schnell gegangen sein«, stieß Schmitz plötzlich mit gepresster Stimme hervor, riss den Kopf des jungen Mannes abrupt nach hinten, und vollführte mit dem abgebrochenen Ast eine weit ausholende Bewegung über dessen zurückgebogenen Hals. Der Adamsapfel stach nackt und wehrlos aus dem Uniformkragen hervor, die Polizeimütze fiel hinunter, und rollte müde über den laubbedeckten Boden, beschrieb einen Halbkreis und blieb direkt neben der mit einer Plane bedeckten Leiche liegen. Alle schauten der Mütze nach. Der Tote war wohl sehr schlank gewesen. Die Plane zeigte jedenfalls keine nennenswerten Konturen.

Schmitz ließ den Kopf des jungen Polizisten los. »Wie Sie sehen, kann die Sache nur dann funktionieren, wenn der

Täter etwa gleich groß ist wie das Opfer oder größer. Sehr viel hilft uns das allerdings nicht weiter, da Leimer maximal 1,72 Meter gewesen sein dürfte. Da kommen viele infrage. Wir können im Prinzip also lediglich sehr kleinwüchsige Männer ausschließen. Sie können jetzt gehen«, nickte er zum Polizisten hinüber. »Vielen Dank, Sie haben uns sehr geholfen.«

Der junge Mann blieb stehen. Bloch meinte in seinen Augen ein verdächtiges Glänzen zu sehen. Erst nach einer geraumen Weile, als Graf ihn angeblafft hatte: »Nun machen Sie mal, Sie haben doch gehört, dass man sie hier nicht mehr benötigt. Gehen Sie wieder zurück an Ihren Platz«, bewegte sich der Polizist, ging zurück zur Absperrung, wie in tiefe Gedanken versunken und hob ein Bein über die Trennlinie. Dann blieb er einen Moment wie erstarrt stehen, ein Bein auf dem Boden, eines in der Luft, schüttelte daraufhin den Kopf, wie insgeheim lachend oder sich selber beschimpfend, und kehrte dann zurück, um seine Mütze zu holen. Dabei hielt er den Blick von der Leiche abgewandt und vermied auch jegliche Berührung der Plane.

»Dann wäre noch hinzuzufügen, dass es sich vermutlich bei dem Täter um einem Linkshänder handelt«, schloss Schmitz seine Ausführungen. »Darauf lässt die Schnittrichtung schließen. Er hat rechts begonnen und nach links hin wird die ganze Sache deutlich kraftloser.«

»Kollege Meyer von der Spurensicherung hat uns übrigens bestätigt, dass der Fundort auch dem Tatort gleichzusetzen ist«, nahm Frau Kronawitter den Faden auf.

»Bei künstlicher Beleuchtung haben wir leider einen extremen Schattenwurf«, ergänzte Meyer. »Deswegen kann man es nicht so deutlich sehen, aber das Blut ist fast zwei Meter weit gespritzt. Wir haben Spritzspuren an der Rückwand der Voliere und auch reichlich Blutantragungen am Boden sowie im Laub.«

»Wie kam er denn überhaupt in diesen toten Winkel?«, fragte Graf. »Soweit ich weiß, ist das nicht die übliche Jogging-Strecke, oder?«

Kollegin Kronawitter kicherte und hielt sich dann aber das Notizbuch vor den Mund. War sie jetzt albern wie ein junges Mädchen? Oder war dieses Kichern vielleicht ein Zeichen von tiefsitzender Schüchternheit? Passte die Kronawitter überhaupt in ihr Team?

»Er musste wohl mal pinkeln«, sagte sie. »Die Hose war ein Stück weit, na ja ... es war eindeutig. Der Mörder muss ihn aber bis hinter die Volieren verfolgt haben, um den richtigen Moment abzupassen. Oder er hat ihn schon seit längerer Zeit beobachtet und wusste, dass Herr Leimer, so heißt er wohl, also dass Herr Leimer nach dem Training immer an derselben Stelle pinkeln geht.«

»Er ist schon einige Tage tot, so viel kann ich bereits jetzt sagen«, ergänzte Dr. Schmitz. »Beginnende Verwesung, Tierfraßspuren an den Augenlidern, na ja, das Übliche eben.«

»Da ist auch von meiner Seite noch etwas, das diese Einschätzung bestätigt«, sagte Meyer. »Der Oberkörper lag unter einer dicken Laubschicht. Er muss also gestorben sein, bevor der Laubfall einsetzte. Als die Büsche noch dicht belaubt waren, dienten sie als Sichtschutz. In dieser abgelegenen Ecke erscheint es vollkommen plausibel, dass der Tote mehrere Tage hindurch nicht gefunden wurde. Aber wir hatten am Sonntagabend Sturm mit Orkanböen. Das hat ausgereicht, um die Leiche mit Laub zu bedecken. Als das Laub unten war, fiel natürlich der Sichtschutz weg und die Beine schauten immer noch raus ... nur dumm, dass ihn ausgerechnet Kinder gefunden haben. Insgesamt kann man aber sagen, dass sich der Täter keine besondere Mühe gegeben hat, den Toten verschwinden zu lassen.«

»Das passt zu einer Tat im Affekt«, murmelte Graf.

»Dazu würde aber wiederum gar nicht passen, dass er sein Opfer eventuell über einen längeren Zeitraum beobachtet hat, um seine Gewohnheiten auszukundschaften«, gab Cenk zu bedenken. »Auch bei dieser Frau Nürtinger gibt es Hinweise auf einen Streit, also auf eine Tat im Affekt. Andererseits hat der Täter zumindest solange gewartet, bis das Kind draußen war.«

»Gibt es denn bereits irgendwelche Hinweise auf Querverbindungen zwischen den beiden Personen?«, fragte Graf.

»Keine Ahnung«, meinte Kronawitter. »Ich werde morgen als Erstes beim Jugendamt nachfragen. Zuerst einmal müssen wir die Identifizierung abwarten, damit wir auch sicher sind, dass es sich wirklich um den vermissten Herrn Leimer handelt.«

»Könnt ihr ihn vor der Obduktion ein wenig herrichten?«, fragte Graf den Gerichtsmediziner.

Der wiegte ablehnend den Kopf. »Viel können wir nicht machen, sonst bekomme ich Ärger mit meinen Kollegen von der Spurensicherung.«

Meyer nickte heftig. »Die Leichentoilette und diesen Zinnober mit Aufbahrung und so, das machen bei uns im Institut die Sektionsgehilfen. Damit habe ich nichts zu tun! Also, wenn Sie unbedingt eine Identifizierung vor der Obduktion brauchen, dann muss die Frau ihn leider so anschauen, wie er jetzt aussieht. Oder wir zeigen zuerst einmal die Kleider und die Schuhe, den Ehering und was er sonst noch so bei sich hatte. Er war ja leider ohne Papiere.«

»Ich nehme meinen Pass auch nicht mit zum Joggen«, meinte Cenk. »Man denkt ja normalerweise nicht daran, dass man damit seinen Angehörigen eine unschöne Identifizierung ersparen könnte.«

»Ich rede noch mal mit der Ehefrau«, sagte Frau Kronawitter.

Angehörigengespräche waren für Bloch immer das Schlimmste. Vielleicht war es doch nicht so schlecht, eine Frau im Team zu haben.

»Also Abtransport in die Pathologie, Identifizierung und noch mal Spurensicherung bei besserer Beleuchtung«, kommandierte Graf. »Und dann ab nach Freiburg in die Rechtsmedizin. Ich nehme an, Sie wollen bei den beiden Obduktionen morgen früh mit dabei sein, Meyer?«

»Auf jeden Fall, Herr Graf. Spesenabrechnung wie üblich?«

»Sie kennen ja wohl das Prozedere«, knurrte Graf.

Dr. Schmitz stieg aus dem knisternden Overall und streckte sich. »Ich kann Sie gerne in meinem Wagen mitnehmen, wenn Sie wollen, Herr Kollege Meyer.«

12. Kapitel

Nachdem Yasmin aus der Badewanne herausgeklettert war, gab ihr Nerma Bubenkleider: eine Hose mit einem braun-beigefarbenen Fleckenmuster, wie sie die Soldaten trugen, und einen schwarzen Pulli mit einem Aufnäher. *Street Gang* stand auf dem Aufnäher. Yasmin buchstabierte die Wörter, konnte sich darunter nichts vorstellen, fand die Kleider aber cool.

Nerma fönte Yasmins Haare.

»Soll ich zöpfeln?«, fragte sie.

Im gleichen Moment betrat Tata das Badezimmer. Er schaute das Mädchen nachdenklich an und fragte: »Willst du einmal chaben Haare so lange wie Mirela?«

Yasmins Kummer war es schon seit Langem, dass sie keine richtigen Zöpfe hatte, sondern nur mickrige Rattenschwänze, an denen die Jungen im Kindergarten gerne herumzerrten. »Ja, Tata.« Sie nickte eifrig. »Wie hast du das gemerkt? Ich hätte nämlich so furchtbar gerne schöne, lange Haare.«

»Das kann man machen«, sagte Tata. »Aber braucht es Zeit und braucht es eine Trick. Weiß ich aber nicht, ob du magst diese Trick.«

Nerma ließ bedächtig eine Strähne des weichen Kinderhaares durch ihre rauen Hände gleiten.

»Musst du schneiden«, sagte Tata. »So musst du machen.« Er zeigte einen Millimeterabstand zwischen Daumen- und Zeigefinger. »So kurz und dann nimmst du Spezialshampoo. Dann du wartest nur eine kurze Zeit und Haare wachsen schnell wie das Gras.«

»Ganz kurz?«, flüsterte Yasmin und schaute in den beschlagenen Spiegel. Im Krankenhaus hatte sie Kinder gesehen, die nach einer Therapie alle Haare verloren hatten. Und immer war es dieser supergemeine Vampir gewesen, der nur als Arzt verkleidet war. Er hatte die Therapie angeordnet, die den Kindern eine Glatze machte. Wer weiß, wofür der Vampir all die Kinderhaare brauchte.

Aber es stimmte, was Tata sagte: Nach einer Weile waren bei allen Kindern die Haare wieder nachgewachsen.

Außer bei Dennis.

Der Dennis war nämlich vor drei Wochen gestorben.

Nerma legte ihre Hände auf Yasmins Schultern und fragte: »Was machst du?«

Yasmin war sich nicht sicher, wen sie fragte. Meinte sie Tata oder Yasmin? Also sagte sie erst einmal gar nichts.

Tata zuckte mit den Schultern, so als habe er an dieser Angelegenheit plötzlich keinerlei Interesse mehr und sagte: »Wenn du fertig bist, wir gehen einkaufen.« Er drehte sich um und ging raus.

»Was machen?«, fragte Nerma und legte ihr Kinn auf Yasmins Scheitel. So schauten sie gemeinsam in den Spiegel. Der Wasserdampf auf dem Glas lichtete sich allmählich und gab den Blick auf die beiden Gesichter frei.

»Jetzt siehst du aber aus wie eine ganz alte Frau«, sagte Yasmin.

»Kommt nur, weil ich nicht lache«, sagte Nerma.

»Lach doch mal«, forderte sie Yasmin auf.

»Jetzt nicht«, meinte Nerma und guckte so wie vorher. Mit ganz alten Augen.

»Habe ich gleiche Augen wie du, Nerma«, meinte Yasmin und musste gleich darauf kichern.

»Was lachst du?«, fragte Nerma, und kleine Fältchen erschienen in ihren Augenwinkeln.

»Hast du gehört? Jetzt spreche ich schon genauso komisch

wie ihr.« Sie griff in Nermas Haare. Die quollen lang und kräftig unter dem Kopftuch hervor, wurden nur lose von einer Spange zusammengehalten, die unter dem Griff der Kinderhand sofort nachgab, und flossen dann weich und schwer über Nermas Schultern.

Yasmin fragte: »Hast du früher die Haare auch mal kurz gehabt? Ich meine, als du ein Kind warst?«

Die Fältchen um Nermas Augenwinkel vertieften sich. »Ist aber schon lange her«, sagte sie. »Chabe ich gehabt die kleine Tiere damals, wie nennen?« Sie dachte nach.

»Läuse«, half ihr Yasmin. »Die haben wir auch immer wieder im Kindergarten.«

»Ja, waren Läuse«, bestätigte Nerma. »Und chaben sie mir geschoren damals meine Kopf. Hatte ich ganz kahle Glatze. War furchtbar gruusig – aber stimmt, Haare sind wiedergekommen wie Gras.«

»Also, los«, kommandierte Yasmin und griff sich in die eigenen mickrigen Strähnen. »Abschneiden! Ich will es wenigstens ausprobieren. Schlimmer als jetzt können meine Haare sowieso nicht werden!«

Als Yasmin das Badezimmer verließ, schrie Mirela auf: »Was hast du gemacht? Du siehst ja aus wie ein Junge!«

»Cool«, sagte Yasmin und drehte sich vor dem Garderobenspiegel. »Jetzt kann mich keiner von den Jungens mehr an den Zöpfen ziehen.« Sie streckte ihrem Spiegelbild die Zunge raus. »Was sagt wohl die Mutti, wenn sie mich wiedersieht? Egal. Hauptsache, mir gefällt es.«

Becim trat neben sie und betrachtete ihr Spiegelbild nachdenklich. »Weißt du, was mich interessiert?«, meinte er.

Yasmin schaute in das Gesicht von Becims Spiegelbild. Ihre Augenbrauen waren zarte, blonde Linien, die nun auf ihrer ungewohnt hohen, ausrasierten Stirn viel zu weit nach oben rutschten.

»Mich interessiert, ob du jetzt auch so gut beim Fußball bist wie ein Junge.«

Yasmin lachte. »Klar bin ich so gut wie ein Junge. Das können wir morgen ausprobieren, wenn du dich traust!« Sie fühlte sich stark und verwegen und durchsuchte alle Hosentaschen. Es waren sehr viele. Noch waren sie leer, aber bald schon würden sie sich mit Schätzen füllen. Yasmin probierte, breitbeinig zu gehen – so wie ein echter Kerl. Sie fühlte sich fast so stark wie ein Pirat und sie wollte, dass die anderen das auch merkten.

»Mal sehen«, sagte Tata. »Mal sehen, ob wir morgen chaben Zeit für Fußball. Aber jetzt zuerst, wir gehen einkaufen. Magst du?« Er streckte seine große Hand aus.

»Klar«, sagte Yasmin und griff nach ihren Stiefeln. »Wohin gehen wir? Jetzt ist doch Abend. Da haben alle Geschäfte zu.«

»Ist guter Freund«, erklärte Tata. »Macht er für uns Türe hinten auf, und wir können in Laden ohne Störung.«

»Toll«, freute sich Yasmin. »Gibt es da auch etwas für Kinder zu kaufen?« Sie zog ihre Jacke an.

»Glaube ich nicht«, meinte Tata. »Komm, wir gehen. Rucksack mit Hase kannst du hier lassen. Brauchen wir nicht. Ist auch keine weite Weg.«

Als sie hinaus auf die Straße traten, war der Lärm ungeheuerlich. In der Wohnung hatte Yasmin nichts gehört, denn alle Fenster gingen nach hinten, auf einen dunklen, stillen Hinterhof.

»Ist West-Straße«, schrie Tata gegen das Brüllen und Aufheulen der Motoren, das nur dann weniger wurde, wenn die Ampel weiter vorne auf Rot schaltete. »West-Straße ist große Ausgang für ganze Stadt Zürich. Fahren hier alle, die wollen raus hier.«

Es wollten unglaublich viele Leute raus. Der Strom der Autos riss nicht ab, kaum, dass es einmal eine Lücke gab.

»Wirst du sehen, später, kommt hohe Brücke, und nach Brücke kommt Schild. Auf Schild steht geschrieben *Gotthard*. Und da müssen wir hin – und noch weiter. Aber Gotthard ist auch wieder wie eine große Ausgang.«

»Wieso ›Gott‹ und ›hart‹«, unterbrach ihn Yasmin. »Geht die Straße zum lieben Gott? So eine Straße gibt es doch gar nicht, oder? Und wieso hart? Das ist total verkehrt. Gott ist lieb. Gott ist nicht hart.«

Das ist echt voll hart, hatte der kleine Max im Kindergarten manchmal gesagt, aber die Erzieherinnen hatten ihm eine solche Ausdrucksweise verboten. Dabei wusste Max noch ganz andere Wörter – aber davon bekamen die Erzieherinnen nichts mit.

»Nein, hat nichts zu tun mit Gott«, erklärte Tata. »Ist eine hohe, hohe Berg und haben sie gemacht große Tunnel mitten in Berg. Und du kannst fahren durch Tunnel und kommst in ganz neue Land.«

Ein neues Land. Yasmin blieb stehen und legte den Finger an die Nase. Ein neues Land. Konnte man ein Land neu machen oder etwa neu kaufen? Das ging doch nicht. So etwas hatte sie noch nie gehört.

»Komm jetzt«, sagte Tata und zog an ihrer Hand.

Es war wohl besser, nicht zu viel zu fragen. Schade, dass sie nur die Gummistiefel dabei hatte und keine anderen Schuhe. Wenn sie die Stiefel nachher auszog, würden ihre Füße wieder schlecht riechen.

»Weißt du, was ist am schönsten?«, fuhr Tata fort, und seine Stimme war gegen den Straßenlärm so leise, dass Yasmin nicht alles verstand. »Auf andere Seite von Tunnel, kommt neues Land. Und da ist immer schöne Wetter. Scheint immer die Sonne. Kannst du mir glauben.«

Yasmin war bereit, das mit der Sonne zu glauben. Das mit dem neuen, dem funkelnagelneuen Land, glaubte sie nicht.

»Wie heißt denn dieses Land?«, fragte sie.

»Heißt einfach Süden«, sagte Tata und lachte sein schmales Piratenlachen.

Süden – so einfach war das. Das konnte sie sich merken. Wahrscheinlich meinte er auch nicht »neues Land«. Sicher meinte er »anderes Land«. Er konnte ja nicht so gut Deutsch.

»Gleich sind wir da«, sagte Tata.

Sie standen vor einem kleinen Eckladen. Das Mauerwerk war alt und schwarz verfärbt. Hinter den Fenstern war kein Licht zu erkennen, und schwere Rollgitter waren heruntergelassen. Yasmin tippte auf die Metallbögen der Rollgitter und zog den Finger schnell wieder zurück. Ihre Fingerspitze war schwarz geworden. Ein fettiges, ekliges Schwarz war das.

»Wenn der Berg nur hoch genug ist«, dachte sie laut. Ein Lastwagen röhrte direkt neben ihnen auf. Yasmin zuckte zusammen.

»Was ist mit Berg?«, fragte Tata. »Komm, können wir nicht stehen bleiben. Müssen wir hier lang.« Sie bogen um die Ecke und traten durch einen Torbogen. Yasmin fröstelte im plötzlichen Durchzug. An der Hauswand standen eine lange Reihe Mülltonnen. Ihre Deckel waren mit Vorhängeschlössern gesichert, aber alle waren gewaltsam aufgebogen worden. Graue und blaue Müllsäcke buckelten oben aus den Tonnen heraus. Die Säcke sahen aus wie müde gebeugte Rücken von Menschen, die auf dem Grunde der Mülltonnen nach irgendetwas suchten. Eine Taube mit struppigem, feuchtem Gefieder saß neben den Mülltonnen auf dem Boden.

»Ich finde es hier aber total eklig«, flüsterte Yasmin. Die Taube atmete mit offenem Schnabel und zitterte heftig. Wenn die Taube starb, würde sie sicher in einer der Mülltonnen landen und kein ordentliches Grab bekommen. Es war sicher nicht richtig, sich zu ekeln. Die Taube konnte ja nichts dafür, dass sie krank war. Aber auch der Dennis hatte eklig ausgesehen, damals, kurz bevor er starb. Kahlköpfig war er gewesen, und er hatte eingerissene Mundwinkel gehabt, aus denen es blutete, wenn er versuchte zu sprechen. Er hatte überall blaue Flecken gehabt, sogar um die Augen herum. Yasmin hatte ihn nicht mehr anschauen wollen, als er so aussah, obwohl sie wusste, dass das gemein von ihr war. Aber auch Yasmin war ständig krank. Vielleicht war diese Krankheit, an der Dennis starb, ansteckend? Vielleicht war der falsche Arzt, dieser Vampir, schuld daran, und vielleicht suchte der sich unter den Kindern auf seiner Abteilung schon ein neues Opfer aus? Sie wandte den Blick von der Taube ab.

»Musst du nicht so viel rumgucken«, sagte Tata.

Mit den kurzen Stoppelhaaren fror Yasmin am Kopf. Sie stiegen ein paar feuchte Betonstufen hinab, und Tata klopfte an eine graue Metalltür. Er klopfte dreimal kurz und dreimal lang. Das war sicher ein Geheimzeichen. Ein Mann öffnete und ließ sie hinein. Nachdem sie eingetreten waren, verriegelte er die Tür sofort wieder. Sie standen in einem hohen, mit Möbeln und Dingen vollgestopften Zimmer. Das war sicher dieser Laden, von dem Tata gesprochen hatte. Yasmin sah stabile Holzregale, die bis zur Decke reichten. Dann gab es dort auch noch schwere Schränke mit vielen Fächern hinter staubigen Glastüren. Es schien ein ziemlich altmodischer Laden zu sein. Jedenfalls sah er total anders aus als alle Läden, die Yasmin kannte. Der Besitzer trug eine speckige Lederweste und genau so eine Soldatenfleckenhose wie Yasmin. Er hatte einen langen, schwarzen Bart. Wäre der Bart weiß gewesen, hätte man den Mann für eine Art verkleideten Weihnachtsmann halten können. Er zwinkerte Yasmin freundlich zu und versenkte seine Hand in einer Hosentasche. Er hatte an seiner Hose auch so viele Taschen wie Yasmin an ihrer.

Als er die Hand wieder herausholte und öffnete, lag ein Streifen Kaugummi darin. »Wotsch?«, fragte er und das hieß wohl »Willst du?«

Yasmin nickte und griff zu. Vielleicht gab es hier noch andere Sachen für Kinder, zumindest ein paar Kleinigkeiten, mit denen man die vielen leeren Hosentaschen füllen konnte.

Im vorigen Jahr hatte Yasmin einen Adventskalender gehabt. Der Kalender war zum Aufklappen. Mutti stellte ihn auf das Fensterbrett im Wohnzimmer. *Beim Weihnachtsmann zu Hause*, so hieß der Kalender. Innendrin war auch so eine Art Laden gewesen. Mit hohen Regalen und Schränken, die waren so hoch wie ein Zimmer. Da hatte es Teddybären gegeben und Puppen, Eisenbahnen und Bilderbücher – solche Sachen eben, die sich Kinder früher wohl gewünscht hatten. Es war ein wirklich sehr altmodischer Kalender gewesen. Es gab zum Beispiel keine Spielkonsolen oder Maschinengewehre. Es gab auch keine Fernseher und natürlich keinen einzigen MP3-Player – also solche Dinge, die sich die Kinder im Kindergarten sehnlichst wünschten.

Tata und der Bärtige verhandelten halblaut. Der Bärtige hatte eine Glasvitrine geöffnet und zeigte Tata verschiedene Gegenstände. Yasmin trat an einen der Schränke und schaute durch die Glastür. Säuberlich parallel ausgerichtet, Holz an Holz und Metall an Metall geschmiegt, lagen dort Jagdgewehre wie Löffel und Gabeln in einer Küchenschublade. In einem anderen Schrank waren Pistolen ausgestellt, samt Munition und in einer herausziehbaren Ablage eine Vielzahl von Messern mit so seltsam geformten Griffen und Schneiden, wie sie Yasmin noch nie vorher gesehen hatte. Aber sie hatte sowieso nicht viel Ahnung von Messern. Die Mutter hatte ihr niemals erlaubt, eines der großen Messer zu berühren.

Tata hob eine klobige Pistole hoch und wog sie in der Hand. Dann kniff er ein Auge zu, hob die Pistole mit waagerecht ausgestrecktem Arm und zielte in Richtung des Bärtigen. Der Bärtige blieb ruhig stehen.

Yasmin trat neben Tata und zupfte an seiner Jacke. Tatas Hand machte einen Schlenker, seine linke Hand schoss nach oben und stützte die rechte.

Der Bärtige rieb seine Nase und trat einen Schritt zur Seite. »Die liegt gut in der Hand«, meinte er. »Ist ein hervorragender Nachbau; meiner Meinung nach vom Original nicht zu unterscheiden. Wird gerne genommen. Das Reservemagazin kostet sechs Franken. Die Bausätze zum Auftunen gibt es schon ab zwanzig Franken.«

»Auftunen brauche ich nicht«, sagte Tata. »Aber du kannst mir geben zweimal Reservemagazin.«

»Darf ich auch mal?«, fragte Yasmin.

»Wie heißt der denn?«, fragte der Bärtige.

»Yasim«, sagte Tata, und zwinkerte ihr zu. »Ist schon große Junge dieser Yasim.«

»Sieht dir wirklich sehr ähnlich«, meinte der Bärtige. »Ich hätte geschworen, der ist dein Sohn.«

Yasmin hielt sich die Hand vor den Mund. Sie erstickte fast vor unterdrücktem Lachen, aber keinen Mucks würde sie von sich geben. Wenn sie kicherte, hätte sie alles verraten. Nur Mädchen kichern blöd rum. Es war toll, dass der Waffenhändler sie für einen Jungen hielt, für einen richtigen Kerl. »Darf ich auch mal schießen?«, bat sie, nachdem sie endlich wieder Luft bekam.

»Ja, darfst du«, sagte der Bärtige und grinste. »Für richtige Jungs in deinem Alter habe ich eine Armbrust. Aber es ist was Besonderes, komm mal mit.« Sie gingen in ein Nebenzimmer. Auf ein Gestell montiert stand dort ein bunt bemaltes Huhn aus Sperrholz mit einer Zielscheibe auf dem Bauch. Der Bärtige drückte Yasmin eine Armbrust in die Hand. Es war gar nicht schwierig. Yasmin traf fast jedes Mal. Und immer, wenn das Huhn getroffen war, legte es ein knallrotes Ei in einen Korb, der unter seinem Schwanz befestigt war.

»Letzte Woche habe ich mit dem Ding auf die Tauben im Hof geschossen«, sagte der Bärtige. »Aber ich habe einige Bolzen nicht mehr wiedergefunden. Also lasse ich es jetzt lieber bleiben.«

Die Pfeile hießen also Bolzen und ein Holzhuhn war ein Stück Holz und keine echte Taube. Die echte Taube saß draußen und atmete mit offenem Schnabel. Yasim war auf einmal wieder Yasmin und legte die Armbrust auf den Tisch. »Dankeschön«, flüsterte sie und konnte sich nicht erklären, warum ihre Stimme auf einmal so leise war. »Das hat Spaß gemacht«. »Kommst du«, sagte Tata. »Gehen wir zurück.« Die Pistole hatte er irgendwohin gesteckt, wo Yasmin sie nicht sehen konnte. Vielleicht in den anderen Stiefel?

»Wenn du das nächste Mal kommst«, meinte der Bärtige, »dann darfst du mal mit einer echten Luftpistole schießen. Du hast ein gutes Auge und eine ruhige Hand. Habe ich sofort gesehen. So einer wie du hat Talent.« Er schloss die Tür auf und ließ sie nach draußen.

»Ja«, sagte Yasmin. Jetzt war ihre Stimme wieder normal. »Geht in Ordnung. Wenn ich das nächste Mal komme.«

Sie gingen durch die Toreinfahrt raus auf die Straße. Der Verkehr war genauso dicht und genauso laut wie vorher. Erst als sie wieder zu Nermas Wohnung hinaufstiegen, fiel Yasmin ein, das sie auf dem Rückweg vergessen hatte, noch einmal nach der kranken Taube zu sehen.

13. Kapitel

Bis zum Eintreffen der Ermittler war das Pathologische Institut menschenleer gewesen. Feierabendbetrieb, hatte der Nachtwächter gemurrt, bevor er sie ins Gebäude hineinließ. Die Gäste, die nach 18 Uhr angeliefert würden, hätten normalerweise auch bis zum nächsten Morgen Zeit.

Er betätigte ein paar Schalter und setzte sich, ohne weiter das Gespräch zu suchen, in die Pförtnerloge. Dort zog er einen Miniaturbildschirm aus der Jackentasche und vertiefte sich in das laufende Fußballspiel.

»Bundesliga«, wusste der stets gut informierte Cenk. »Zwölfter Spieltag. Gladbach gegen Werder – kein Wunder, dass der Nachtwächter keine Zeit für uns hat.«

»Also gut, gehen wir rüber«, sagte Bloch und deutete mit dem Kopf in Richtung des Besprechungszimmers, das sich rechts neben der Pförtnerloge befand. Der Leichenkeller und die Obduktionssäle lagen ein Stockwerk tiefer. Bloch richtete sich auf eine längere Wartezeit ein und begann seine Notizen durchzusehen. Fürs Erste war er froh, der nebelfeuchten Kälte des Seeufers entkommen zu sein.

Cenk stand auf und warf einen Blick nach draußen. Auch ohne ihm über die Schulter zu schauen, wusste Bloch genau, welches Bild sich ihm bot. Der Pförtner hatte die sparsamste Beleuchtungsvariante gewählt, und so tupften lediglich einige wenige Spotlampen verloren wirkende Lichtflecken in die Vorhalle der Pathologie. Frau Leimer saß auf einem orangefarbenen Kunststoffstuhl genau in der Mitte eines flauen Lichtflecks. Sie hatte kinnlange, silberweiße, vollkommen glatte Haare.

»Wie hieß diese Comicfigur?«, fragte Cenk. »Dieser androgyne, elegante Ritter. Du bist doch noch aus der Generation, die das gelesen hat.«

»Prinz Eisenherz«, sagte Bloch.

»Stimmt. Genauso sieht diese Frau aus. Wie Prinz Eisenherz. Mit einem Helm aus Haaren.«

Bloch stand auf und warf ebenfalls einen Blick durch den Türspalt. Hoch aufgerichtet saß die Frau auf dem Stuhl, der sicher unbequem war. Sie saß dort wie eine Musterschülerin, die ihre Hausaufgaben immer gemacht hatte und jetzt eine Belohnung erwartete. Nur der Blick ihrer weit aufgerissenen Augen passte nicht dazu. Dieser Blick ohne Tränen und ohne einen einzigen Wimpernschlag. Sie war überaus korrekt gekleidet, dunkle Hose und dunkler Wollmantel – kein Schwarz, aber gedeckte Farben. Schwarz würde noch kommen. Schwarz kam immer noch früh genug.

Ihre Hände hielt Frau Leimer im Schoß gefaltet, nur die Verschränkung ihrer Finger wies auf eine gewisse seelische Anspannung hin, aber auch dies war eine im Grunde genommen unzulässige Interpretation, denn die Finger waren locker ineinandergelegt, verkrampften sich nicht, zerknüllten auch kein Papiertaschentuch oder was es sonst noch so gab an Requisiten, die einen Trauerprozess begleiteten.

Die Kollegin Kronawitter saß in einem üblichen Abstand neben Frau Leimer. Sie saß dort wie im Wartezimmer eines Arztes auf einem unbequemen Plastikstuhl. Es war ein Stuhl dieser Sorte, an der man im Sommer festklebt und die im Winter lange braucht, um warm zu werden.

»Jaahh«, rief der Nachtwächter in der Pförtnerloge und riss die Arme hoch. Er rief so laut, dass es durch den geschlossenen Glaskasten drang. Frau Kronawitter schaute in seine Richtung. »Ausgleich!« kam es dumpf aus der Loge heraus.

Kronawitter schloss kurz die Augen, ob aus Desinteresse

oder Ärger über das unangemessene Verhalten des Pförtners, war nicht auszumachen.

Nun beugte sie sich hinüber zu Frau Leimer und redete leise auf sie ein. Die Frau nickte und holte langsam den Blick zurück aus der Tiefe des Raums, ohne dass sich jedoch ihr Gesichtsausdruck nennenswert geändert hätte. Im gläsernen Aufzugsschacht surrte es. Ein schweres Kontergewicht fuhr in die Tiefe. Kurz darauf glitt die Tür zurück und Dr. Schmitz stand vor ihnen. Er trug grüne OP-Kleidung und darüber einen sauberen, weißen Kittel. Er sah aus wie der Arzt aus einer unterhaltsamen, zu Herzen gehenden Vorabendserie, ein Arzt, der Leben rettet und sich von Zeit zu Zeit zum Zwecke der Spannungssteigerung in eine Patientin verliebt.

Wie einladend trat Dr. Schmitz zur Seite und sagte: »Wir können.«

Frau Leimer wehrte es mit einer eckigen Bewegung ab, als Frau Kronawitter sie am Ellbogen stützen wollte.

»Eisenherz«, murmelte Bloch und setzte sich wieder. »Wollen wir mal hoffen, dass es ihr hilft.«

Normalerweise befanden sich die Angehörigen eines Opfers für einen mehr oder minder langen Zeitraum in einer schützenden Umhüllung, in einer Art Blase, die sie vor einer allzu deutlichen Wahrnehmung der Tatsachen bewahrte.

Manche nannten es Schock. Bloch wusste es besser. Die Außenhaut dieser Blase wurde durch den Schrecken gebildet. Der Schrecken lag eng an und presste einem die Arme an den Körper. Manchmal zog sich der Schrecken auch weit zurück, sodass man die Arme ausstrecken konnte, sich um die eigene Achse drehte, ja, in mutwilliger Anmaßung sogar meinte, sich innerhalb der Blase, die gebildet wurde von übergroßem Schrecken, frei bewegen zu können. Aber das war ein trügerischer Zwischenzustand, denn innerhalb der

Blase befand sich nur eine Art Vakuum, eine Atmosphäre, die zu wenig bot zum Leben und nur einen Hauch zu viel zum Sterben.

»Eigentlich leben wir alle wie in einer riesigen Blase, Cenk«, sagte Bloch.

Cenk wandte, nur mäßig interessiert, den Kopf. »Wie meinst du das, Erich?«

»Ich habe mir schon oft überlegt, wie die Angehörigen mit so einer Situation umgehen.«

»Ich auch. Aber das ist sowieso alles hypothetisch. Vor allem, wenn man so was noch nie am eigenen Leibe erfahren hat.«

»Aber wir machen das doch permanent«, sagte Bloch. »Sonst könnten wir gar nicht überleben. Ich meine seelisch.«

Cenk schaute so, wie er immer schaute, wenn nichts Besonderes los war. Jedenfalls schaute er nicht sonderlich interessiert.

»Die Mordopfer, die wir sehen. Diese grauenhaften Verkehrsunfälle, vielleicht sogar mal ein Amoklauf an einer Schule, diese ständigen Selbstmordattentate im Fernsehen. Da muss man sich doch irgendwie schützen, oder? Sonst würde es einen ständig überschwemmen.«

»Gott sei Dank tut es das eben nicht«, meinte Cenk. »Ich gucke übrigens sowieso kaum noch Nachrichten.«

»Dich überschwemmt es nicht?«, fragte Bloch.

»Nein.« Cenk wirkte unglaublich lässig. »Zumindest bis jetzt noch nie. Ich könnte allerdings auch nicht gerade behaupten, dass ich mich besonders gut in andere Menschen einfühlen kann.«

Er war noch jung. Waren die Polizisten heutzutage anders? Blochs Generation hatte doch beileibe nicht nur aus feinfühligen Sozialromantikern bestanden. Aber ob er jemals so abgebrüht wie die jungen Kollegen gewesen war?

Aber die Sache mit Sonja hatte Cenk tief getroffen. Das war

zwar nur privat. Aber hier saß auch der junge Kollege in einer Blase – wahrscheinlich ahnte er es noch nicht einmal. Das war dann so eine weite Blase, in der man mit ausgestreckten Armen um die eigene Achse taumelte. Es war eine große Kunst, die Außenhülle der Blase nicht zu berühren. Drinnen herrschten zwar Luftnot und ständiger Mangel, aber draußen war es schlimmer. Draußen war das Unnennbare. Draußen war das nackte Entsetzen.

Vielleicht hatte Bloch sein halbes Leben in solch einer Blase verbracht. Ganz sicher die letzten vier Jahre. Seit Eva aus seinem Leben verschwunden war.

Als sie zurückkam, hielt sich Frau Leimer immer noch sehr aufrecht. Sie hatte das Entsetzen nicht hereingelassen. Ihr Gesicht wirkte unverändert. Nur wenn man genau hinschaute, konnte man erkennen, dass es eine Maske war. Die beiden Frauen betraten das Besprechungszimmer.

»Ein Glas Wasser?«, fragte Cenk.

Frau Leimer lächelte kurz. Es war ein Lächeln wie ein Messerschnitt im unteren Drittel ihres angespannten Gesichtes. »Ja, bitte«, sagte sie. Der Messerschnitt, der ein Lächeln nachahmte, verschwand wieder.

»Sie hat ihren Mann anhand der Kleider identifiziert«, erklärte Frau Kronawitter. »Dazu kam noch eine alte Narbe am rechten Zeigefinger.«

»Unverwechselbar.« Frau Leimer hatte eine warme, ziemlich dunkle Stimme, die auf mehr Temperament schließen ließ, als ihr Äußeres eingestand.

»Er hat sich als Junge einmal mit einer Axt beim Holzhacken verletzt. Der Finger war an der Kuppe gespalten und der Fingernagel verkrüppelt. Ich hoffe, das reicht aus, um die Identität festzustellen.« Sie hatte dem Entsetzlichen nicht ins

Gesicht gesehen. Die Außenhülle der Blase war intakt und würde es voraussichtlich auch bleiben, denn Frau Leimer machte nicht den Eindruck, als ob sie die Arme ausstrecken und viel Raum für sich beanspruchen wollte.

»Eine Narbe an der rechten Hand«, hakte Cenk nach. »Wie konnte das denn passieren?«

»Er war Linkshänder«, sagte Frau Leimer und schaute die Anwesenden der Reihe nach ruhig an. »Wie geht es denn jetzt weiter? Es gibt sehr viel zu tun. Ich muss die Anzeigen aufgeben, die Familie informieren und die Freunde. Ja, und dann auch die Kollegen. Wir müssen die Beerdigung regeln, einen Termin festlegen.« Frau Leimer machte den Eindruck, als habe sie große Routine darin, die Beerdigungen naher Angehöriger zu organisieren.

Kronawitter warf Bloch einen raschen Blick zu. Ihre Lippen formten tonlos das Wort »Schock«.

Bloch nickte. Aber er wusste es besser. »Zum jetzigen Zeitpunkt können wir noch gar nicht sagen, wann der Leichnam Ihres Mannes zur Bestattung freigegeben wird«, sagte Bloch so sanft wie möglich. »Das entscheidet der Staatsanwalt in Zusammenarbeit mit den Ermittlungsbehörden.« Seine Wortwahl war amtlich, neutral, wohltuend distanziert.

»Hatte Ihr Mann denn Feinde?«, fragte Kronawitter und trieb damit den Gang der Dinge vorwärts. Vielleicht war es ein Serienmörder. Vielleicht war er noch in der Nähe, was die Fahndungschancen vergrößerte, gleichzeitig aber auch den Zeitdruck. Vielleicht hatte er das Kind. Höchstwahrscheinlich hatte er das Kind. Es galt keine Zeit zu verlieren. Schon gar nicht mit pietätvollem Geplänkel.

»Selbstverständlich hatte mein Mann Feinde«, sagte Frau Leimer mit ihrer ruhigen, warmen Stimme und zog einen mehrfach zusammengefalteten Zettel aus ihrer Manteltasche.

»Er hatte einen Beruf, in dem er sich ständig unbeliebt machte und zwischen alle Stühle setzte. Sorgerechtsbescheide, Aufenthaltsbestimmungen, Ärger zwischen Herkunfts- und Pflegefamilien. Väter, die ihre Kinder nicht anerkannten, und Mütter, die sich nicht um ihre Kinder kümmerten, sie aber trotzdem nicht hergeben wollten. Kinder unter entsetzlichen Lebensbedingungen, die man kaum schützen kann und die dann zu Jugendlichen heranwachsen, die schlussendlich bei Ihnen zu Dauerkunden werden. In einem solchen Beruf kann man eigentlich nur Fehlerminimierung betreiben. Richtig machen kann man jedenfalls nur sehr wenig – und das bedeutet natürlich, dass man sich ständig ganz konkret auch Feinde macht.«

Bloch nickte zustimmend. Diese resignierte Zusammenfassung entsprach in etwa auch seiner eigenen Lebens- und Berufserfahrung. Lediglich Kronawitter wunderte sich: »Ich dachte, das ist hier ein vorwiegend ländliches Umfeld. Wir leben doch hier im viel beschworenen Musterländle – ich dachte immer, hier wäre das alles ein bisschen weniger schlimm.«

Die Kronawitter war eben noch neu und hatte bisher in Frankfurt gelebt und gearbeitet. Großstadtpflaster, die ganz harte Schule – sie bildete sich wohl etwas darauf ein, dachte Bloch. »Bei uns ist es genauso schlimm wie anderswo«, resümierte er, ohne auf ihre Bemerkung weiter einzugehen. »Einmal ganz abgesehen von unserem chronischen Lehrermangel hat die Finanzkrise Baden-Württemberg besonders hart getroffen. Es gäbe auch noch viel zu sagen zu Ghettos in Kleinstädten, Perspektivlosigkeit und Drogen, die in Massen über die grüne Grenze kommen. Vielleicht sind unsere Probleme anders strukturiert als in Hessen, aber sicher genauso gravierend.« Noch während er sprach, waren ihm seine

Äußerungen peinlich. Es klang so, als wolle er sein Musterländle verteidigen, indem er es schlecht redete. Außerdem war es nicht gerade die feine Art, eine Kollegin dermaßen abzukanzeln. Immerhin leitete sie den Fall Leimer. Es war so gut wie sicher, dass Graf ihr die Ermittlungen sowieso über kurz oder lang abnehmen würde. Für eine Neue, die sich erst einmal einarbeiten sollte, was dieser Fall eine Nummer zu groß. Logischerweise musste die Mordsache Leimer mit dem Fall Nürtinger in einer Sonderkommission zusammengefasst werden. Eine Sonderkommission, die selbstverständlich unter Blochs Leitung stehen würde. Kronawitter würde ihm dann als zweite Assistentin zugeteilt werden. Es war besser, sie fand sich schon jetzt mit einer eher untergeordneten Position ab.

Der Kronawitter waren solch taktische Erwägungen offenbar fremd, denn sie führte die Befragung weiter, als wäre sie mit Frau Leimer alleine im Raum: »Sie haben da etwas Schriftliches mitgebracht«, sagte sie. »Hat das mit dem Fall zu tun?«

»Vielleicht.« Frau Leimer strich das Papierstück glatt. Es war ein beidseitig bedruckter Computerausdruck.

»Ich habe das sofort eingesteckt, als ich hörte, dass meinem Mann ...« Sie zögerte, und ihr Blick schweifte wieder ab. »Dann wurde die Maske wieder undurchdringlich, und sie beendete den angefangenen Satz. »... dass meinem Mann etwas zugestoßen ist. Das hier kam vor gut einer Woche bei uns an. Es wurde uns ohne Umschlag in den Briefkasten gesteckt. Ich habe mir sofort Sorgen gemacht, aber mein Mann hat das nicht so ernst genommen. So etwas komme immer wieder vor, hat er gesagt. Er erwähne diesen Dreck mir gegenüber nicht, da solche Dinge üblicherweise direkt zu ihm ins Büro kämen. Ich solle mich nicht verrückt machen.«

Frau Leimer sah nicht so aus, als ob sie dazu neigte, sich verrückt zu machen, dachte Bloch.

»Ich fand es aber ungewöhnlich, dass so ein Brief zu uns nach Hause kam. Ehrlich gesagt, ich wollte damals schon die Polizei verständigen. Aber dann ist ja nichts passiert, und es sind auch keine neuen Drohungen gekommen. Dann musste ich auf diese Weiterbildung und ...« Frau Leimer schob den Brief zu Frau Kronawitter. »Bitte lesen Sie das vor«, sagte sie und legte ihre blassen, schmalen Hände wie zwei äußerst zerbrechliche Gegenstände auf der Tischplatte ab.

Frau Kronawitter las:

»an den leiter des jugendamtes konstanz

ich sage dir: hör endlich damit auf mein leben zu zerstören!

vielleicht wunderst du dich dass dieser brief an deine private adresse geht. aber du kannst mir glauben ich habe meine gründe:

erstens: du bist nämlich nicht nur ein beamtenarsch sondern auch ein privatmensch mit einem privaten leben und mit einer eigenen familie (frau und kinder und enkel. du würdest dich echt wundern was ich so alles weiß!).

was würde der privatmann leimer denken wenn in seinem leben so herumgeschnüffelt würde wie in meinem? wenn intime infos die meiner meinung nach unter schweigepflicht stehen an personen weiter gegeben werden die das nun wirklich nichts angeht? viel schlimmer noch: an personen die ganz konkret SCHADEN anrichten.

würdest DU das nicht auch UNERTRÄGLICH finden und dich WEHREN?

zweitens: ich will dass du eins ganz genau weißt: ich kenne deine adresse. ich kenne auch dein autokennzeichen und das von deiner tochter und ich weiß auch dass sie jeden mittwochnachmittag die kleine zum babysitten bei euch vorbeibringt.

du brauchst keine angst zu haben.

NOCH NICHT

aber vielleicht bekommst du mal eine kleine ahnung davon wie es ist wenn man ausspioniert wird und wenn einem das leben systematisch durch ein feindseliges system zerstört wird.

willst du wissen wer ich bin?

wenn deine scheiß-schikanen nicht aufhören dann melde ich mich in kürze wieder bei dir.

PASS BLOSS AUF!«

Sie ließ den Zettel sinken. »Originelle Rechtschreibung und Zeichensetzung«, sagte sie in das Schweigen hinein und schob den Brief ihren männlichen Kollegen zu.

»Sie haben wohl keine konkrete Ahnung, wer das gewesen sein könnte?«, fragte Bloch.

Frau Leimer hob die Schultern und betrachtete weiter ihre Hände. »Es gab Andeutungen, aber das waren völlig unterschiedliche Fälle, und es waren sehr allgemeine Andeutungen. Im Gegensatz zu dem, was da im Brief steht, hat mein Mann nämlich die Schweigepflicht sehr wohl ernst genommen. Man müsste in den aktuellen Akten schauen und mit den Mitarbeiterinnen sprechen, die vor Ort arbeiten und die Familien betreuen. Vielleicht lässt sich die Suche auf diese Weise am schnellsten konkretisieren. Dann können wir immer noch schauen, ob die Andeutungen, die ich mitbekommen habe, zu einem aktuellen Fall passen.«

Bewundernswert war ihre Selbstbeherrschung, ihre analytische Herangehensweise. Sie wirkte beinahe gefühlskalt. Aber Bloch wusste es besser: Der Knacks kam schon noch. Nur nicht dann, wenn die Beamten der Kripo Konstanz danebensaßen. Andererseits konnte man froh sein, dass sie so besonnen reagierte. Ihre Aussagen waren präzise. Sie achtete auf Details, die später wichtig sein könnten. Man sollte dankbar sein für das Volumen der Blase, in der Frau Leimer sich befand. Noch hatte sie Luft. Nicht nur zum Atmen. Anscheinend reichte es sogar zum Denken.

Es klopfte, und ohne eine Reaktion abzuwarten, trat Meyer von der Spurensicherung ein. Direkt hinter ihm drängelten sich Dr. Schmitz und Dezernatsleiter Graf.

»Sie können jetzt nach Hause«, sagte Bloch etwas zu hastig zu Frau Leimer. »Soll Sie ein Kollege fahren?«

»Nein, lassen sie nur«, wehrte Frau Leimer ab. »Ich werde meine Tochter anrufen.« Sie holte ein winziges, zusammenklappbares Handy aus ihrer Manteltasche und ging zum Telefonieren nach draußen.

Erst jetzt fiel Bloch auf, dass sie keine Handtasche hatte. Offensichtlich transportierte sie alle Habseligkeiten in den tiefen Taschen ihres Wintermantels.

14. Kapitel

»Darf ich in dein Bett kommen?«, fragte Yasmin.

Mirela rutschte zur Seite und schlug die Bettdecke zurück.

»Du brauchst mich aber nicht in den Arm zu nehmen.« Yasmin achtete darauf, dass ein genügend großer Abstand zwischen ihnen blieb. »Es ist nur, damit ich mich nicht so alleine fühle.«

»Verstehe ich«, sagte Mirela.

Yasmin schaute hinauf zu den Postern, die über dem Bett hingen. Auf dem einen Poster war Shakira, die kannte sie. Den Typen daneben hatte sie noch nie gesehen. Es war ein düster blickender Junge in viel zu weiten Klamotten, der dem Betrachter eine mit schweren, silbernen Ringen geschmückte Faust entgegenstreckte. »Wenn die Mutti mit mir kuscheln wollte, war mir das manchmal zu doll«, sagte Yasmin leise. »Aber so, wie wir jetzt liegen, ist es genau richtig. Da kann ich noch atmen.«

Mirela schwieg und guckte an die Wand. Die Tür des Kinderzimmers war nur angelehnt, und ein schmaler Lichtstreifen fiel auf die mit Postern geschmückte Wand.

Vor einigen Minuten war Tatas Bruder auch nach Hause gekommen. Yasmin hatte gehört, wie sie sich begrüßt hatten, aber die Worte waren vollkommen unverständlich gewesen. Nur so viel hatte sie verstanden, dass diesmal nicht geweint und geküsst wurde. Diese Begrüßung war anders gewesen.

Yasmin lag auf dem Rücken und hatte die Hände auf ihrem Bauch gefaltet. Mirelas Wärme kroch zu ihr herüber und machte sie schläfrig. Aber noch wollte Yasmin nicht schlafen. Noch hatte sie Fragen. »Warum stehen eigentlich bei euch so viele Betten?« In Mirelas ansonsten nur spärlich möbliertem Zimmer standen zwei Stockbetten, und in Becims Zimmer ein Stockbett und ein Schlafsofa. Hinzu kamen noch das Babybettchen im Elternschlafzimmer und das riesige Sofa im Wohnzimmer, auf dem sogar drei Leute Platz fanden. »Ihr seid doch kein Hotel.«

Mirela lachte leise. »Nein, sind wir nicht. Aber wir haben eine große Verwandtschaft. Tanten und Onkels aus Deutschland und die Verwandten aus Belgien. Und so viele Cousins und Cousinen ...« Mirela begann, an den Fingern die Cousinen abzuzählen, aber es waren zu viele, sie gab es auf und sprach weiter: »Und die bleiben schon mal einen ganzen Monat bei uns. Dann brauchen wir viel Platz zum Schlafen.«

Diese Familie war wirklich völlig anders, als alles, was Yasmin bisher kannte. Sie bekamen nie Besuch. Geschwister gab es nicht, ganz zu schweigen von Tanten und Onkels. Von Cousins oder Cousinen hatte sie noch nie gehört. Yasmin hatte nur den kleinen Max aus ihrer Kindergartengruppe gehabt. Aber der gehörte nicht zur Familie. Außerdem gab es da noch Lisa. Aber Lisa zickte ziemlich rum und wollte dauernd bestimmen. Deshalb gab es oft Streit zwischen den Mädchen. »Streitet ihr euch denn nicht dauernd?«, wollte Yasmin wissen. »Bei so vielen Kindern?«

»Nein, das ist nicht so tragisch«, sagte Mirela. »Wenn ich mal mit jemandem Streit habe, dann sind ja immer noch genug andere da, mit denen ich keinen Streit habe. Normalerweise streiten sich sowieso nur die Buben.«

Aus dem Wohnzimmer drangen plötzlich laute Stimmen. Es waren die beiden Männer, nein, eigentlich war es nur Tatas Bruder, der dort sprach. Er schimpfte. Yasmin kannte diesen Tonfall und zitternd schob sich ihre Unterlippe nach vorn.

Mirela hörte genau zu und riss die Augen weit auf.

»Was sagen sie?«

»Erkläre ich dir gleich«, sagte Mirela. »Aber zuerst musst du mir auch eine Frage beantworten.«

»Von mir aus.« Yasmin legte ihre Hände auf das Deckbett. Der Bezug war weiß und am Rand mit einem durchbrochenen Spitzenmuster verziert. Yasmin begann, ihre Finger abwechselnd in die Spitzenlöcher hineinzustecken.

»Mach es nicht kaputt«, mahnte Mirela. »Die Spitze hat meine Mutter selber gehäkelt, als sie noch ein junges Mädchen war. Und die Bettwäsche hat Großmutter genäht, für die Hochzeit.«

Erschrocken zog Yasmin ihr Finger zurück. Normalerweise konnte sie weiße Bettwäsche nicht ausstehen. Die erinnerte sie nämlich an das blöde-blöde Krankenhaus. Aber auf diesem Weiß von Mirelas Bettwäsche konnten sich Yasmins Augen ausruhen. Es war ein friedliches, gut riechendes Weiß, eine Zu-Hause-Farbe und kein Krankenhaus-Weiß. »Was willst du denn wissen?«, fragte Yasmin, aber Mirela legte den Finger an die Lippen und lauschte wieder angestrengt auf die Stimmen im Wohnzimmer.

Der Wortwechsel zwischen den Männern steigerte sich zum Streit. Nerma versuchte zu schlichten, aber ihre liebevolle Stimme ging völlig unter.

»Verrat mir mal, warum du ihn Tata nennst.«

»Weil er so heißt«, sagte Yasmin. »Das ist eben sein Name.«

»Nein«, widersprach Mirela. »Tata ist kein Name, sondern in unserer Sprache ist es das Wort für Vater. Ich sage zu meinem Vater auch Tata.«

»Was für eine Sprache ist das denn?«

»Bosnisch«, flüsterte Mirela. »Normalerweise sprechen wir in unserer Familie alle Bosnisch. Deswegen leben wir auch in so vielen verschiedenen Ländern. Fast alle von uns sind nämlich aus Bosnien geflohen. Wir haben sogar Verwandte in Kanada. Nur noch die Mutter von meiner Mutter lebt in Bosnien. In Sarajevo – das ist die Hauptstadt.«

»Warum seid ihr denn alle weggegangen? Ist es denn bei euch in Bosnien nicht schön?«

»Ich weiß es nicht so genau. Seit wir in der Schweiz wohnen, bin ich noch niemals dort gewesen. Keiner von uns war dort. Mein Vater sagt immer, die Schweiz ist gut zum Arbeiten, und nur Bosnien ist gut zum Leben. Und auch meine Mutter sagt, Bosnien hat die schönste Natur von Europa. So viele Flüsse und Wasserfälle wie in unserem Land findest du nirgends sonst.«

»Gibt es bei euch auch ein Meer?«, fragte Yasmin und dachte an Tatas Versprechen, ihr das Meer zu zeigen.

»Nein«, sagte Mirela nach kurzem Nachdenken. »Ein Meer hat es in Bosnien nicht, aber große Seen.«

»So wie der Bodensee?«

»Mindestens«, behauptete Mirela.

»Schön«, sagte Yasmin, aber ihre Stimme klang etwas enttäuscht.

»Aber wenn man hinfährt, auf der Reise nach Bosnien, da sieht man das Meer«, ergänzte Mirela. »Da bin ich mir total sicher.«

»Das ist toll«, freute sich Yasmin. Also hatte Tata nicht gelogen. Er würde ihr das Meer zeigen.

»Und Sarajevo ist die schönste Stadt überhaupt. Haben sie uralte Häuser dort, alles aus Holz und innen mit Lampen aus Gold und handgeschnitzte Möbel, und das nannte sich früher Cham[1] und ist wie in 1001 Nacht.«

»Was ist 1001 Nacht?«, fragte Yasmin, verwirrt von all den

---

[1] *Karawanserei*

Worten, die sie noch nie vorher gehört hatte.

»Schöne Märchen aus dem Morgenland«, sagte Mirela. »Morgen zeige ich dir die Bilder, die ich von Bosnien habe. Hast du vielleicht im Wohnzimmerschrank gesehen ein Bild von Haus von Großeltern? Es ist ein großer Bauernhof mit Brunnen und grüne Fensterläden vor den Fenstern und eine Tür, die war auch angestrichen mit grüne Farbe. Ist ein schönes Haus. Leider war ich noch niemals dort. Vielleicht hast du auch die goldenen Tassen und die Teller gesehen, und die anderen schönen Sachen? Das ist alles Andenken aus Bosnien. Früher waren meine Eltern mal sehr reich; glaube ich jedenfalls – sie sprechen aber fast nie über die Vergangenheit.«

»Wenn es so wunderschön ist in Bosnien, warum wohnt ihr nicht mehr dort?«, fragte Yasmin. »Warum seid ihr alle umgezogen – die ganze Familie?«

»Das ist ja das Blöde«, sagte Mirela. »So richtig habe ich es auch nicht kapiert, ich war damals ja noch gar nicht geboren. Aber sie sind nicht freiwillig gegangen. Damals war Krieg, und wenn sie nicht gegangen wären, dann hätte man uns alle umgebracht.«

»Dich auch?«, flüsterte Yasmin, und etwas drückte ihr die Kehle zu.

»Ja, ich glaube, haben sie damals auch viele Kinder getötet«, sagte Mirela in sachlichem Tonfall.

Yasmin überlegte lange und gründlich. Dabei bohrte sie wieder ihre Finger in die Spitzenbordüre. Diesmal sagte Mirela nichts.

»Meinst du, Tata ist mein Vater?«, flüsterte Yasmin schließlich.

Mirela zuckte mit den Schultern. »Ich sage dir jetzt erst mal, was die im Wohnzimmer besprochen haben. Vielleicht hilft dir das weiter. Hör gut zu. Sie haben sich gestritten, weil dein Tata gesagt hat, er verkleidet dich jetzt als Junge und du sollst Yasim heißen. Da hat mein Vater mit ihm geschimpft und gesagt, er soll sich schämen, weil ein Mädchen ist genauso viel wert wie ein Junge. Dein Tata hat gesagt, er hat ja keine Ahnung, und da hat mein Vater gesagt, er ist froh, er hat zwei Mädchen und nur einen Jungen, weil das ganze Unglück mit Krieg sowieso nur von den jungen Männern kommt. Und noch was hat er gesagt.« Mirela zögerte.

»Los, sag schon«, bohrte Yasmin, und Mirela seufzte.

»Hat mein Vater gesagt, dein Tata muss es eigentlich besser wissen, weil er ist gewesen auch Soldat so viele Jahre.«

»Ist der denn nicht damals auch aus Bosnien geflüchtet?«, fragte Yasmin.

»Nein«, erwiderte Mirela. »Dein Tata hat gekämpft und ist erst viel später geflüchtet. Er durfte aber nicht hier bleiben. Sie haben ihn wieder nach Bosnien zurückgeschickt. Er wollte gar nicht zurück, aber er musste, haben sie gesagt. Keine Ahnung, warum die einen bleiben dürfen und die anderen müssen gehen. Es gibt viele dort, die im Krieg gekämpft haben, sagen meine Eltern. Zu viele, sagt meine Mutter. Die sind nicht zur Schule gegangen und haben die auch keinen Beruf gelernt. Das gab es ja alles im Krieg nicht. Die haben nur gelernt schießen und Militär und all das. Und heute gibt es für so welche keine Arbeit mehr. In Bosnien nicht und nirgendwo.«

Yasmin verschränkte die Arme hinter dem Kopf und dachte nach. Eigentlich war es gar keine so schlechte Idee, einen Vater zu haben. Ein Pirat wäre natürlich viel besser gewesen als ein Soldat. Aber wenn es in Bosnien kein Meer gab, dann war es sowieso aussichtslos, wenn Tata als Pirat arbeiten wollte. Wahrscheinlich war es dann sowieso besser, ein Soldat zu sein. Ob die bei den Soldaten auch Frauen nahmen? Oder Mädchen, die manchmal ein bisschen krank waren?

»Wenn Tata mein Vater ist«, sagte Yasmin. »Wären wir beiden dann Cousinen?«

Mirela wandte den Kopf zu ihr und nickte und lächelte. Sie war wunderschön.

Yasmin betrachtete sie lange. Dann fragte sie: »Was meinst du, Mirela? Können Cousinen auch Freundinnen sein?«

Da nahm Mirela sie in ihre Arme. Ganz fest hielt sie Yasmin und ließ sie gar nicht mehr los.

Wenn die Mutti sie so fest in die Arme geschlossen hatte, strampelte Yasmin immer und drehte ihren Kopf weg, weil sie keine Luft mehr bekam. Es dauerte trotzdem immer eine Ewigkeit, bis Mutti sie dann wieder losließ. Und wenn Mutti sie loslassen musste, dann wurde sie immer furchtbar traurig. Manchmal war sie sogar wütend. Du undankbares Kind, hatte Mutti immer wieder gesagt. Undankbares Kind – genau wie die blöde Frau Assmann-Burger aus dem Kindergarten. Arschmann-Burger hatte Max heimlich gesagt. Der traute sich was, der Max.

Als Yasmin nun bei Mirela in den Armen lag, geschah etwas Neues, etwas Wunderbares: Yasmin musste nicht strampeln, sie musste sich nicht wehren, und das Beste war: Sie bekam genug Luft zum Atmen.

Und Mirela roch wunderbar.

Kurz vor dem Einschlafen flüsterte Yasmin: »Und weißt du, was das Allerbeste ist?«

»Mhm«, murmelte Mirela und verschränkte ihre Finger mit denen Yasmins.

»Seit ich bei euch bin, fühle ich mich gar nicht mehr krank.« Sie war zu müde, um weiterzusprechen.

Eng aneinandergeschmiegt schliefen die beiden Mädchen ein.

15. Kapitel

Kronawitter begleitete Frau Leimer nach draußen und übergab sie der Obhut des Nachtwächters. Dann kam sie zurück ins Besprechungszimmer. »Werder Bremen hat verloren«, sagte sie und zog die Tür hinter sich zu. »Und wenn ich den Herrn da draußen richtig verstanden habe, dann hat der VfB Stuttgart dadurch realistische Chancen, die Tabellenführung zu übernehmen. Also mir persönlich ist diese Bundesliga-Arithmetik zu hoch, aber der Nachtwächter war jetzt wesentlich lockerer drauf.«

»Können wir?«, fragte Dezernatsleiter Graf, ohne darauf einzugehen.

Meyer nickte und schlug sein Notizbuch auf.

Dr. Schmitz lächelte kurz in Richtung der Kollegin und zog ein quadratisches, transparentes Plastiktütchen aus der Kitteltasche, das er sorgfältig vor sich auf den Tisch legte. »Ja, dann fange ich wohl am besten an«, sagte er. »Ich glaube, ich bin sowieso schneller fertig. Ich habe im Grunde genommen nur diese eine Sache. Die Inspektion der Leiche bei besseren Lichtverhältnissen hat zumindest was das Verletzungsmuster angeht keine wesentlichen, neuen Erkenntnisse gebracht. Es bleibt also dabei, dass wir die Obduktion abwarten müssen. Ich denke, dass wir morgen Mittag die ersten Resultate haben werden. Eine Sache jedoch war ausgesprochen interessant, und ich hoffe sehr, dass sie uns weiterbringen wird.« Dr. Schmitz hielt das Plastiktütchen hoch. Auf den ersten Blick schien es leer zu sein.

Graf beugte sich steifrückig nach vorne und rückte die Brille zurecht. »Ist das ein Haar? Wo haben Sie denn das gefunden?!«

»Eigentlich hat Frau Leimer es gefunden, dat muss ich zu

meiner Schande jestehn«, sagte Dr. Schmitz in plötzlich rheinischem Tonfall.

Bloch dachte, dass er selber das anders formuliert hätte. Er hätte niemals einen Fehler eingestanden. Aber wenn Schmitz so gemütlich sagte »dat muss ich jestehn«, hörte sich das unverbindlich an und überhaupt nicht wie ein Schuldeingeständnis.

»Die Frau Leimer hat darauf bestanden, dass wir das Jesicht ihres Mannes abdeckten. Ist ja auch zujejebenermaßen kein besonders schöner Anblick: die Augenlider und die Lippen sind von irjendwelchen Viechern völlig abjefressen worden.«

Jetzt übertrieb Dr. Schmitz es mit dem rheinischen Dialekt. Auch Graf horchte auf. Vielleicht war es aber auch nur ein unfreiwilliger Fauxpas, verursacht durch eine nicht zugegebene emotionale Beteiligung?

»Weiter«, sagte Graf. »Was Sie da erwähnen, sind doch völlig überflüssige Details. Wo steckte denn dieses Haar?«

Dr. Schmitz räusperte sich, sah hinüber zu Kronawitter, die jedoch ostentativ zur Seite schaute. In der Folge reduzierte sich die Frequenz seiner rheinischen Dialekteinlagen merklich.

»Die Frau Leimer hat die rechte Hand ihres Mannes inspiziert, wegen dieser alten Narbe, nicht wahr. Und da hat sie es dann gefunden. Es hing in der Querfalte unter den Fingern.« Dr. Schmitz beugte seine Finger zu einer lockeren, halb geschlossenen Faust und demonstrierte, wo sich das Haar befunden hatte. »Es ist abgerissen worden«, erklärte er. »Wir haben es bereits lichtmikroskopisch untersucht; das geht völlig problemlos, man braucht es dafür noch nicht einmal aus dem Plastikbeutel herauszunehmen. Gott sei Dank war die Haarwurzel noch dran. Die haben wir auch schon weitergeleitet zur genetischen Untersuchung.«

»Und sonst?«, fragte Kronawitter. »Was haben Sie sonst noch gesehen?«

»Über die Haarlänge können wir nichts Genaues sagen, da es abgerissen wurde. Der Haarschaft ist völlig zerfasert. Nur so viel, dass es länger gewesen sein muss als fünf Zentimeter.«

»Also kann es sowohl von einem Mann stammen, als auch von einer Frau«, meinte Kronawitter.

»Ja, aber ich hoffe doch sehr, dass wir ein genaueres Profil durch den genetischen Fingerabdruck erhalten«, ergänzte Meyer. »Ich habe Frau Pfaff drangesetzt. Sie steht bereits im Labor und wird eine Nachtschicht einlegen. Sie macht uns allerdings nicht allzu große Hoffnungen: Die Lagerungsbedingungen waren alles andere als ideal. Feuchtigkeit und Kälte während der Nacht und tagsüber eine ungewöhnlich starke Erwärmung für diese Jahreszeit. Vor zwei Tagen hatten wir noch 18 Grad plus, und nachts gab es dann Bodenfrost. Das ist so ungefähr das Schlimmste, was man mit einer DNA-Spur machen kann: wiederholtes Einfrieren und Wiederauftauen. Aber wir wollen erst mal abwarten. Frau Pfaff hat schon so manches Wunder vollbracht. Wenn es jemand schafft, eine Spur zum Sprechen zu bringen, dann sie.«

»Kann das Haar nicht auch vom Opfer stammen?«, fragte Bloch.

»Wir haben selbstverständlich eine Vergleichsprobe genommen«, meinte Dr. Schmitz. »Aber das ist völlig unwahrscheinlich. Das Opfer hatte graue, stoppelkurze Haare, und das Fundhaar ist schwarz und, wie gesagt, viel länger.«

»Naturfarbe schwarz?«, fragte Kronawitter.

»Sieht ganz danach aus. Bevor wir die Haarwurzel für die genetische Untersuchung abtrennten, haben Herr Meyer und ich und dann auch noch die Frau Pfaff, also wir alle drei haben uns das Haar noch mal akribisch unter dem Mikroskop angeschaut.«

»Frau Pfaff ist eine absolute Haarexpertin«, ergänzte

Meyer. »Sie wird gelegentlich sogar für externe Expertisen herangezogen. Sie ist vollkommen sicher, dass dieses Haar nicht gefärbt wurde.«

»Damit wären wir zumindest ein winziges Stückchen weiter.« Graf lehnte sich im Stuhl zurück, war jedoch noch immer aufs Äußerste angespannt und wachsam. »Wenn wir den genetischen Fingerabdruck haben, können wir ihn auch mit Spuren aus der Nürtinger-Wohnung vergleichen.«

»Das wird dann aber ein recht großes Puzzlespiel.« Meyers Tonfall klang nicht im Geringsten so, als spreche er über einen Berg belastender Arbeit, sondern über die Möglichkeit, in naher Zukunft ziemlich viel Spaß zu haben.

»Was gibt es denn sonst noch?«, fragte Graf und deutete auf Meyers umfangreiche Liste.

»Nun, da sind vor allem diese Substanzen aus dem Küchenschrank. Wir sind bei Weitem noch nicht durch mit den Analysen, aber ein paar interessante Aspekte haben sich schon ergeben. Beginnen wir mit dem Einfachsten: Es waren jede Menge Medikamente in dem Schrank. Darunter sehr viele Psychopharmaka, besonders von der Sorte, die bei Schizophrenie eingesetzt wird. Die Packungen waren angebrochen, aber sie lagen weit hinten im Schrank und waren auch schon alle übers Verfallsdatum hinaus.« Meyer schaute auf seine Notizen: »Um genau zu sein: drei Jahre übers Verfallsdatum.« Er schaute auf. »Herr Bloch, das müssen wir unbedingt genauer wissen. Hatte diese Frau Nürtinger eventuell eine psychische Erkrankung? Sie hatte doch sicher einen Hausarzt.«

Vor Kurzem hatte Kommissar Bloch in einem Zeitungsartikel gelesen, dass psychische Krankheiten stark zunahmen. Vor allem bei Frauen. Eva war auch in der Psychiatrie gewesen, aber er hatte mit niemandem darüber gesprochen. Es war immer noch etwas vollkommen anderes, ob man Schmerzen am Rücken hatte oder Schmerzen an der Seele. »Das klären wir ab«, sagte er.

»Geht klar«, bestätigte auch Cenk und schrieb sich die unaussprechlichen Namen der Medikamente auf. Teilweise musste Meyer sie buchstabieren.

»Dann gab es auch noch eine angebrochene Packung Beta-Blocker«, fuhr Meyer fort. »Diese Tabletten sind noch nicht abgelaufen.«

»Ist das nicht fürs Herz?«, fragte Bloch.

»Gegen zu hohen Blutdruck«, sagten Dr. Schmitz und Kronawitter gleichzeitig, sahen sich an und lachten. »Man kann es auch zur Beruhigung nehmen«, ergänzte Kronawitter. »Es dämpft die Stressreaktionen im Organismus und macht nicht abhängig, wie zum Beispiel viele Psychopharmaka.«

»Herzlichen Dank, Frau Kollegin«, sagte Meyer. »Sie nehmen mir das Wort aus dem Munde. Ich wusste gar nicht, dass wir eine pharmakologische Expertin in unserem Ermittlerteam haben.«

»Ein profundes Allgemeinwissen verhilft nicht nur in Quizshows zu Erfolg«, meinte Kronawitter leichthin.

Die Kollegin war sicher auch so eine, die ständig unter Strom stand und Medikamente nahm, um seelisch im Gleichgewicht zu bleiben. Sonst wüsste sie auf diesem Gebiet nicht so genau Bescheid. Mit ziemlicher Sicherheit war sie den beruflichen Belastungen auf Dauer nicht gewachsen. Das alles klang verdächtig nach Überforderung. Man musste nur genau auf die Zwischentöne achten, dachte Bloch. Auch Graf machte sich so seine Gedanken über die neue Kollegin, das merkte man daran, dass er immer wieder zu ihr hinüberschaute, wenn sie eine ihrer druckreifen Bemerkungen machte. Graf schaute dann lauernd und misstrauisch, schien aber gleichzeitig auch irritiert. Kein Zweifel: Er würde Bloch die Leitung der Sonderkommission übertragen. Da konnte die Kronawitter noch so forsch und kompetent auftreten. Sie hatte keine realistische Chance.

»Ich erinnere mich an einen Fall in Frankfurt«, sagte Kronawitter. »Da war ein Drogenabhängiger zu Tode gekommen, weil er zu viele Betablocker eingenommen hatte. Der nahm das Zeug zum Beruhigen und nicht wegen irgendeiner Herzkrankheit. Damals fand ich das ziemlich beeindruckend.«

»Eine typische Form von Medikamentenmissbrauch«, bestätigte Meyer. »Die Pillen werden nicht indikationsgerecht eingesetzt, und wir beobachten dann natürlich auch jede Menge Nebenwirkungen, die normalerweise kaum auftreten. Erinnern Sie sich an die Grapefruits, die wir in der Küche gefunden haben?«

»Ja, genau«, sagte Cenk. »Das war doch so ziemlich die einzige Vitaminquelle in diesem seltsamen Haushalt.«

»Dabei bin ich mir aber überhaupt nicht sicher, ob diese Grapefruits dafür gedacht waren, einfach so gegessen zu werden. Es gibt Studien, die eindeutig zeigen, dass Grapefruitsaft die Wirkung vieler Medikamente deutlich verstärkt. Bei einigen Medikamenten haben wir Wirkungsverstärkungen um fast 300 Prozent – natürlich mit der entsprechenden Rate an unerwünschten Nebenwirkungen. Relativ häufig beschrieben sind Symptome wie Kopfschmerzen, Gesichtsrötung und Benommenheit. Vereinzelt hat es sogar Todesfälle gegeben.«

»Sie denken also an eine Vergiftung?«, fragte Graf.

»Zumindest muss man das in die Überlegungen einbeziehen. In diesem Zusammenhang erscheint es aber reichlich seltsam, dass die Tabletten zermörsert wurden. Das weiße Pulver in dem Glas mit Schraubverschluss scheint eine Mixtur aus verschiedenen Tabletten zu sein. Die Schnelltests haben auf fast alle Substanzen angesprochen, aber wir brauchen noch etwas Zeit, um das alles genau auseinanderzudividieren.«

»Wenn ich Sie richtig verstehe, Herr Meyer, dann schiebt Ihr komplettes Team zurzeit eine Nachtschicht?« Grafs Stimme klang ungewohnt milde.

Meyer strahlte ihn an wie ein Kind, das ein unverhofft großes Geschenk erhalten hat. »Vollkommen richtig, Herr Graf – und die Kollegen *hassen* mich dafür!«

Alle, außer Kronawitter, grinsten. Gerade Meyers Abteilung war für ihr gutes Arbeitsklima geradezu berüchtigt. Jeder wusste, dass seine Mitarbeiter für ihren Chef durchs Feuer gingen. Gelegentliche Nachtschichten, bei denen auch Spezialisten hinzugerufen wurden, die eigentlich frei hatten, aber als unverzichtbar eingestuft wurden, galten in Meyers Abteilung geradezu als Ehrensache.

»Und sonst?«, fragte Bloch. »Da waren doch noch diese Flüssigkeit und das dunkle, krümelige Zeug. Können Sie uns dazu etwas sagen?«

»Darüber wissen wir leider noch nicht allzu viel. Cenk, Sie haben ja vermutet, dass das Zeug explosiv ist. Das ist auch absolut richtig. Nicht nur der Eisessig bildet mit dem Luftsauerstoff ein hochexplosives Gemisch. Auch die dunklen Krümel brennen wie Zunder. Selbst bei allergrößter Skepsis ist nicht auszuschließen, dass diese Substanzen zum Bau eines Zündsatzes geeignet sind.«

»Bombenbau in Konstanz«, äußerte Graf mit einem zweifelnden Unterton.

»Diese These überzeugt mich auch nicht gerade«, meinte Meyer. »Wir müssen herausfinden, wozu man das Zeug sonst noch gebrauchen könnte. Eisessig wird zum Beispiel übers

Internet vertrieben, als Tötungsmittel für Schmetterlinge.«

»Wie bitte?« Das war die Kronawitter, diese lästige Expertin für indikationsfremde Verwendung von Substanzen.

»Ja, ich habe mich da ein wenig kundig gemacht. Normalerweise nimmt man zum Betäuben und Abtöten von Insekten Essigsäureethylester und Chloroform. Man kann aber auch Eisessig verwenden. Die Substanz wird übrigens auch als Mittel gegen Schimmelbefall bei präparierten Käfern eingesetzt. Bei einigen Internetanbietern kann man das Zeug in kleinen Mengen problemlos bestellen. Es ist noch nicht einmal besonders teuer. In größeren Mengen benötigt man auf jeden Fall einen Legitimationsnachweis. Das Zeug ist hochgefährlich.«

»Aber das ist völlig absurd«, sagte Graf. »Hatte die Frau denn eine Insektensammlung?«

»Nein, natürlich nicht. Deswegen können wir es nicht völlig ausschließen, dass sie das Zeug zum Bombenbau verwenden wollte, auch wenn es absurd klingt. Vielleicht hatte sie gerade erst begonnen herumzuexperimentieren. Für einen Amoklauf zum Beispiel tun es auch kleinere Mengen. Sie lebte zurückgezogen und war sehr angepasst – ein Persönlichkeitsprofil, das wir ja in letzter Zeit immer wieder zu fürchten gelernt haben. Wer weiß, vielleicht hatte sie Feinde in der Agentur für Arbeit oder wollte sich an den Ärzten rächen, die ihre Tochter nicht heilen können? Das sind natürlich nur Gedankenspiele. Aber mittlerweile weiß doch jedes Kind, dass Bauanleitungen für Bomben im Internet kursieren.«

»Oder sie wollte mit dem Eisessig einfach nur eine verschimmelte Ecke in ihrer Wohnung behandeln«, warf Kronawitter ein.

Ganz die praktische Hausfrau, dachte Bloch und fragte

zurück: »Bewahren Sie Ihre hochgiftigen Haushaltsreiniger auch direkt neben Medikamenten und Gewürzen im Chuchechästle[2] auf, Frau Kronawitter?«

Die zuckte wieder auf ihre unnachahmlich leichte Art mit den Schultern: »Es gibt nichts, was es nicht gibt, Herr Kollege Bloch. Mein ehemaliger Chef sagte immer: ›Frauen benutzen ein Messer, um Schrauben festzudrehen. Aber wenn sie ihren Ehemann umbringen wollen, nehmen sie dafür den Schraubenzieher.‹«

Auch Dezernatsleiter Graf beachtete die Idee mit dem Haushaltsreiniger nicht weiter. »Wenn sie wirklich eine Bombe bauen wollte, müssen wir auch die islamistische Seite in Betracht ziehen. Ich erinnere an die Sauerland-Bomber. Aber wie soll eine alleinerziehende Mutter mit einem kranken Kind zu einer islamistischen Organisation Kontakt aufnehmen? Das ist nicht plausibel.«

»Übers Internet ist alles möglich«, meinte Cenk. »Es klingt zwar absurd, aber wir können diese Variante nicht einfach unter den Tisch fallen lassen. Hatten wir nicht 2006 Verhaftungen in einem unserer Studentenwohnheime? Mitten in Konstanz saßen ein paar Studenten, die für Al-Kaida Bomben basteln wollten. Und Frauen als Attentäterinnen sind mittlerweile auch traurige Realität geworden. Bloß weil wir hier in der Provinz leben und ein ländliches Umfeld haben, kann so etwas trotzdem passieren.«

»Ja, aber das Profil«, warf Kronawitter ein. »Das Täterprofil passt doch vorne und hinten nicht. Hier haben wir, mit Verlaub gesagt, eine völlig normale deutsche Frau, eine Mutter noch dazu – die hatte ja noch nicht mal einen Migrations-

---

[2] *Dialektausdruck für »Küchenschrank«. Dieses Wort wird im Südwesten Deutschlands und speziell in der Schweizer Grenzregion gerne als kleiner Sprachtest für Zugezogene verwendet.*

hintergrund.« Sie stockte, ihr Blick fiel auf Cenks dunkle Haut und seine maulwurfskurzen, pechschwarzen Haare. »´tschuldigung«, murmelte sie und senkte den Blick. »Nicht dass Sie denken, Cenk, dass ich per se gegen Ausländer bin. Also, ich habe natürlich keine Vorurteile, aber Sie müssen verstehen ...«

»Kein Problem«, grinste Cenk und wirkte womöglich noch lockerer und jungenhafter als sonst. »Solche wie ich sind manchmal sogar die deutscheren Deutschen, Frau Kollegin, das können Sie mir glauben.«

Nichts an sich ranlassen. Sich bloß nicht überschwemmen lassen. Erkauft um den Preis, sich nicht gut in andere einfühlen zu können – etwa so hatte Cenk das ausgedrückt. Vielleicht übte er diese Geisteshaltung schon seit Kindertagen und hatte sie in seinem Beruf dann immer weiter perfektioniert. Ob die Polizeiarbeit eigentlich schon immer Cenks Traumberuf gewesen war? Bloch nahm sich vor, ihn bei Gelegenheit danach zu fragen.

»In diesem Zusammenhang fällt mir auch dieser russische Agent ein. Damals in London, das war doch wochenlang in allen Medien. Der wurde total verstrahlt.«

Bis jetzt hatte Dr. Schmitz nichts zum Gespräch beigetragen. Was sollte diese Bemerkung? Russenmafia, das war völlig abwegig. Wollte er nur möglichst unauffällig der Kollegin aus einer peinlichen Situation heraushelfen?

»Spontan würde ich sagen, das ist völlig irre«, meinte Dr. Schmitz. »Aber bevor das damals passierte, hätte man so etwas auch eher im Kino als im echten Leben vermutet. Wenn diese Frau Nürtinger zurückgezogen lebte, dann spricht das nicht per se gegen Unterweltkontakte. Ganz im Gegenteil, vielleicht waren das ihre einzigen tragfähigen, sozialen Bindungen, wer weiß? Von diesen Kontakten sollte die Nachbarschaft dann allerdings besser nichts wissen. Vielleicht musste sie sterben, weil sie aussteigen wollte.«

»Mafia? Terrornetzwerke? Was sollen denn das für Kontakte sein?«

»Weiß man denn irgendetwas über das Vorleben dieser Dame?«, fragte Graf. »Es hört sich zwar absurd an, aber wenn es die Mafia wäre, würde das nicht gerade unsere These von einem psychopathischen Serienkiller stützen.«

»Aber egal, wer oder was er ist – er hat das Kind in seiner Gewalt«, erinnerte Kronawitter mit ungewohnt müder Stimme.

Bloch hörte diesem Wortwechsel gespannt zu. Jetzt wäre wohl der richtige Zeitpunkt, etwas Kluges zu sagen. Er müsste sich profilieren, ähnlich wie die eloquente Kollegin. Aber ihm fiel nur Churchill ein. Der Hund wartete jetzt schon über zwei Stunden im Dienstwagen. Armer Hund, dachte Bloch. Aber er dachte es gewohnheitsmäßig mehrere Male am Tag, auch wenn Churchill nicht krank war oder lange auf ihn warten musste. Manchmal hatte er sich bei dem Gefühl ertappt, dass er gar nicht das Tier meinte, sondern sich selbst.

»Polonium«, rief Meyer mit einer Geste der plötzlichen Eingebung. »So hieß das Zeug damals. Radioaktives Polonium. Das könnte eine Erklärung für den Eisessig sein. Darüber habe ich bisher noch gar nicht nachgedacht.« Er stand auf und ging hinüber zur Wandtafel, um seine Erklärungen mit einer Skizze zu erläutern. »Das radioaktive Material kann man keinesfalls in einer Metalldose oder einem Briefumschlag transportieren. Es entwickeln sich dermaßen hohe Temperaturen, dass ein Briefumschlag sofort in Flammen aufgehen würde. Aber mit einer Säure kann man es vollkommen abkapseln und einschließen, ein paar Tropfen reichen dafür vollkommen aus. Diese Tropfen kann man dann in einer anderen Flüssigkeit völlig gefahrlos transportieren.

Dafür kann man alles nehmen: Shampoo, Creme, ein Getränk, da sind der Phantasie keine Grenzen gesetzt. – Wenn ich in diesem Zusammenhang an die Islamisten in einem Konstanzer Studentenwohnheim denke, dann sollten wir wohl die Wohnung der Frau Nürtinger auf radioaktive Kontamination überprüfen, was meinen Sie, Herr Graf?«

Nach diesen Ausführungen kam eine gewisse Unruhe in den Raum. Fast alle rutschten auf ihren Stühlen hin und her. Cenk stand auf und öffnete das Fenster. Bloch wischte sich die Hände an der Hose ab.

Meyer musste lachen: »Hautkontakt ist übrigens problemlos. Nur die orale Aufnahme ist gefährlich, also wenn Sie das Zeug in den Mund bekommen und es runterschlucken. Nur in diesem Fall kann es zur Strahlenkrankheit kommen.«

»Was sind denn so die ersten Symptome einer Strahlenkrankheit?«, fragte Cenk mit belegter Stimme.

»Übelkeit, Erbrechen, Durchfall, Müdigkeit und Apathie«, referierte Dr. Schmitz reflexhaft.

Das waren genau die Krankheitssymptome, die Churchill zeigte. Aber das war völliger Blödsinn. Diese Symptome hatte er bereits, bevor sie die Nürtinger-Wohnung betreten hatten. Aber hatte Churchill nicht Blochs Hände abgeschleckt, als er aus der Wohnung herausgekommen war? Diese Gedanken waren absurd, aber gleichzeitig von einer solch perversen Folgerichtigkeit, dass man sie nicht zur Seite schieben konnte. Warum wurden Menschen getötet? Meistens reichte es doch, eins und eins zusammenzuzählen. Meistens kam der Täter aus dem direkten Beziehungsumfeld. Meist ging es um Liebe und Eifersucht, oder es ging um Geld. Da bei Frau Nürtinger kein Geld zu holen war, blieb nur die Liebe. Aber ob Liebe im Leben dieser isolierten Frau überhaupt eine Rolle spielte? In einem solchen Fall musste man die spärlichen sozialen Bindungen schichtweise freilegen und hoffen, dass sich etwas darunter fand. Vielleicht sogar etwas, das außerhalb des gutbürgerlichen Milieus anzusiedeln war. Dann käme wieder das leidige Geld ins Spiel und damit die Mafia und diese ganze vertrackte Geschichte mit einem Sprengsatz – oder Rache. Zum Beispiel die Vorbereitung zu einem Amoklauf.

»Reicht denn schon eine kleine Menge Radioaktivität aus, um eine dreckige Bombe zu bauen?«, fragte Graf.

»Keine Ahnung«, meinte Meyer. »Dazu müssten wir auch erst einmal herausfinden, ob der Tatort kontaminiert ist.«

»Wie ich sie einschätze, Herr Meyer, können Sie uns auch dafür einen Experten empfehlen.«

Meyer lächelte zwar, aber längst nicht mehr so fröhlich wie zuvor. »Ich kann da jemanden kontaktieren. Aber das läuft über das Landeskriminalamt in Stuttgart. Das dauert ein paar Stunden.«

»Na dann mal los.« Grafs Stimme klang nun wieder knarrend und verbraucht.

»Was mich stört, ist folgende Frage«, meldete sich Bloch endlich zu Wort. »Wenn wir vom selben Täter ausgehen – welche logische Verbindung besteht dann zwischen dem Leiter des Jugendamtes und dieser Frau Nürtinger?«

»Genau«, sagte die Kronawitter. »Das ist ein anderer Aspekt, über den ich auch schon nachgedacht habe. Mir fällt da spontan das Stichwort Kinderhandel ein. Vielleicht geht die Verbindung gar nicht in Richtung Terrorismus, sondern dorthin?«

Es war nicht zum Aushalten mit dieser Frau. »Ja, vielleicht ist es gar nichts Politisches«, suchte Bloch ungewohnt lahm wieder den Anschluss ans Gespräch.

»Liebe Kollegen«, sagte Graf, räusperte sich und fuhr so

steif wie üblich fort: »... und natürlich liebe Kollegin, da liegt noch ein ziemlicher Berg Arbeit vor uns. Ich schlage vor, während das Team der Spurensicherung arbeitet und der Fachmann für Nukleares aktiviert wird, schauen wir, dass wir ein paar Stunden Schlaf kriegen. Ich habe den Eindruck, dass wir unsere Kräfte gut einteilen müssen. Das wird kein Spaziergang. Wann haben Sie die Laborergebnisse, Herr Meyer?«

Meyer schaute auf die Uhr. Überlegte. Rechnete. »Sieben Uhr«, sagte er mit einem zweifelnden Unterton. »Wenn alles glatt geht. Ich werde dann aber in Freiburg bei den Obduktionen sein.«

»Können wir das denn nicht ausnahmsweise mal hier«, begann Graf, wurde aber von Dr. Schmitz abrupt unterbrochen.

»Auf gar keinen Fall. Ich brauche das Equipment unseres Instituts und unsere Sektionsgehilfen. Die sind einfach besser ausgebildet. Gastobduktionen in der Pathologie sind für einen Rechtsmediziner einfach nichts Halbes und nichts Ganzes. Außerdem sind die beiden Särge schon auf dem Weg.«

»Ja dann«, meinte Graf resigniert. »Dann müssen wir es also wieder mal auf Distanz hinbekommen.«

»Zwölf Uhr«, sagte Dr. Schmitz munter. »Bis zum Mittag haben wir sicher die ersten Ergebnisse. So wie ich unsere Leute kenne, fangen die nicht vor acht an. Aber dann geht's sicher rasant vorwärts.« Er sagte »sischer« mit einem feucht klingenden »sch«. In seinem gestärkten, blendend weißen Kittel wirkte er mehr denn je wie ein TV-Arzt, den man nach Belieben ein- und ausschalten konnte und der immer gleich frisch und zuverlässig auf der Bildfläche erschien. Auf keinen Fall sah er so aus, als benötige er mehr als vier Stunden Schlaf pro Nacht.

Wenn Bloch sich zurückerinnerte, überschattete ein Gefühl

bleierner Müdigkeit fast alle seine Lebensabschnitte. Vielleicht war er allein aus diesem Grund nie für diesen Beruf geeignet gewesen.

»Also um acht Uhr?«, fragte Bloch und erhob sich.

»Sagen wir Viertel nach«, antwortete Graf ungewohnt gnädig. »Alles wie sonst, sofern es keine besonderen Vorkommnisse gibt. Es hat keinen Zweck, wenn wir uns jetzt schon aufreiben. Aber vergessen sie nicht, den Piepser einzuschalten. Sie sollten auf jeden Fall erreichbar sein.«

Der Nachtwächter ließ sie hinaus. Bevor er das Licht löschte, meinte er: »Haben Sie das übrigens mitbekommen? Kam gerade eben im Nachtmagazin. Da hat wieder so ein Perverser ein Kind entführt. So ´ne süße Kleine mit blonden Haaren. Die sollte man alle einen Kopf kürzer machen, wenn Sie mich fragen.«

»Kein Mensch hat Sie gefragt«, blaffte die Kronawitter.

Sie schüttelte sich, als sie zum Parkplatz gingen. »Einen Kopf kürzer machen, das sagt sich so leicht. Der sollte sich mal die Leiche vom Leimer anschauen. Dem war der Kopf fast vollständig abgesäbelt worden. Ob er das dann immer noch so gut finden würde, das mit dem Kopfabhacken?«

Bloch zog die Schultern hoch. Welche Gedanken hatte wohl so ein Nachtwächter? So einer hatte glattrasierte und unausgeschlafene Gedanken im Kopf und einen Minifernseher in der Jackentasche. Im Aufenthaltsraum warteten Vesperdose, Thermoskanne und die Zeitung mit der fetten Schlagzeile und dem knackigen Mädel auf Seite eins. Er war ein elender Simpel, dieser Nachtwächter. Dem könnte man noch so viele entstellte Leichen zeigen. So einer wäre immer noch für die Todesstrafe. Vielleicht erst recht.

Als Bloch das Auto aufschloss, seufzte Churchill tief, wurde aber nicht wach. Bloch legte seine Hand auf die Hundeschnauze. Sie war feucht und kühl. Genauso wie eine Hundeschnauze sich anfühlen musste.

16. Kapitel

Ein paar Stunden Ruhe, hatte Dezernatsleiter Graf gesagt. Sie könnten sich nicht schon am Anfang vollkommen aufreiben. Graf hatte erwachsene Kinder, die seine Nachtruhe schon längst nicht mehr störten. Außerdem hatte Graf eine Frau, die ihm den Rücken freihielt. Graf hatte keine Haustiere, schon gar keinen kranken Hund – oder, genauer gesagt, einen Mops, der sich krank und vernachlässigt fühlte und nach Dienstschluss die dringend vermisste Zuwendung nachholen wollte. Dezernatsleiter Graf schlief wahrscheinlich schon seit über zwei Stunden beneidenswert tief und fest.

»Das haben wir beide doch schon tausendmal diskutiert«, brummte Bloch, tappte mit nackten Füßen über den Linoleumboden und schloss nachdrücklich die Schlafzimmertür. »Du schläfst draußen im Wohnzimmer auf deiner Decke, und wenn du keine Ruhe gibst, dann sperre ich dich ins Badezimmer.«

Andere Leute hatten Teppichboden im Schlafzimmer. Bloch hatte Linoleum. Linoleum war wieder schwer im Kommen, hatte er gelesen. Ein natürlicher Baustoff, wärmedämmend und ohne Ausdünstungen schädlicher Chemikalien. Linoleum gab es im Handel in vielen gefälligen Farbtönen. Der Linoleumboden in Blochs Schlafzimmer jedoch war alt und hatte Risse. Die Farbe war von einem stumpfen Behördengrau, durch das sich gegenseitig heftig bekämpfende, schlangenartige Schlieren zogen. Im Grunde genommen war die Farbe vollkommen egal, denn nachts war es sowieso dunkel, und Bloch kam fast nur zum Schlafen und Wäschewaschen nach Hause. Aber hätte man einen Teppichboden verlegt, dann wäre das Schlafzimmer nicht so fußkalt gewesen.

Es war nachvollziehbar, dass der Hund es nicht auf dem Boden aushielt und ständig in Blochs Bett wollte.

Um zwei Uhr nachts hatte er Churchill endgültig in den Flur verbannt. Seine Füße waren eiskalt. Wenn er noch einmal aufstünde und sich dicke Socken aus dem Schrank holte? Aber dann müsste er Licht machen und wäre endgültig wach. Außerdem könnte der Hund sein nochmaliges Aufstehen falsch interpretieren. Also blieb Bloch, wo er war. Und fror.

Er wohnte in einem alten Gründerzeithaus. Die letzten Renovierungsarbeiten mochten wohl in den Sechzigerjahren durchgeführt worden sein. Immer wieder fiel die Heizung aus. Aber mindestens genauso oft vergaß Bloch auch, sie anzustellen. Wenn er im Winter nach Hause kam, war die Wohnung meist vollkommen ausgekühlt. Da Bloch jedoch selten daheim war, hatte ihn der fast schon provisorische Zustand seiner Wohnung seit Jahren kaum gestört. Nur der Hund reklamierte hartnäckig einen gewissen Anspruch auf Komfort. Und wenn es in der Wohnung zu kalt war, wollte er eben zu Bloch ins Bett. So einfach war das.

Besonders an einem solchen Tag, den er fast ausschließlich wartend, krank, durstig und ohne menschliche Ansprache verbracht hatte. So saß der große Mops nun vor der Schlafzimmertür, kratzte unermüdlich – und zwar genau an der Stelle, wo das Holz von ähnlichen Aktionen schon völlig abgewetzt war. Dabei winselte er leise aber durchdringend.

Bloch zog sich das Kissen über den Kopf. Aber er fühlte sich schlecht im schalen Geruch seiner eigenen Ausdünstungen, und schnell wurde ihm die Luft knapp. Irgendwo lagen Ohrenstöpsel herum. Aber er war zu müde zum Suchen. Außerdem hörte er dann immer den eigenen Herzschlag und das Rauschen des Blutes, wie einen ständigen, lästigen Strom. Dieses Pochen und Strömen machte ihn nervöser als alle Umgebungsgeräusche es vermochten. Draußen kratzte es, und es winselte.

Churchill wollte nichts Unmögliches. Er forderte lediglich das, was ihm zustand.

Erziehung habe sehr viel mit konsequentem Verhalten zu tun, hatte Bloch einmal gelesen. Manchmal kam Bloch dazu, einen Blick in die Zeitung zu werfen. Ein Buch hatte er schon seit Jahren nicht mehr gelesen. Er hätte auch nicht gewusst, warum er ein Buch lesen sollte. Der Zeitungsartikel damals hatte von Kindererziehung gehandelt, ein Thema, das in Blochs Leben keine sonderliche Rolle gespielt hatte, und voraussichtlich auch nie spielen würde. Er hatte den Artikel trotzdem gelesen und sich gefragt, ob diese Angaben auch für die Erziehung von Hunden galten. Aber Churchill war viel zu alt für jegliche Form der Erziehung. Außerdem wurde er sowieso von sämtlichen Kollegen der Abteilung hoffnungslos verwöhnt, was seiner Charakterbildung auch nicht gerade zugute kam.

Heute war Churchill krank und viel zu lange allein gewesen. Jetzt saß er mopsfidel im ungeheizten Flur und verstand die Welt nicht mehr. Ein wenig Trost, das war wirklich nicht zu viel verlangt. Bloch konnte sich zwar einigermaßen in die Seele des Hundes einfühlen, aber er war nicht im Geringsten bereit, nachzugeben. Wenn er nicht bald einschlief, würde er beginnen über den Fall Nürtinger nachzudenken. Und dann konnte er seine Nachtruhe komplett abschreiben.

Churchill kratzte und winselte ausdauernd. Er hatte schon in anderen Nächten unter Beweis gestellt, dass er dieses Verhalten stundenlang durchhalten konnte. »Jetzt sperre ich dich wirklich ins Badezimmer«, sagte Bloch leise. Aber das war keine Lösung. Er hatte es bereits mehrfach ausprobiert. Wenn sich die Badezimmertür schloss, ging Churchills Winseln meist in lautstarkes Heulen über, und da die Badezimmer der einzelnen Stockwerke über Luftschächte miteinander verbunden waren, schallte dieses Heulen zu nächtlicher Stunde durchs Haus. Bloch hatte zwar nicht viel Kontakt zu seinen Nachbarn, und es handelte sich meist um duldsame Menschen, von denen einige auch regelmäßig nachtaktive Kleinkinder hatten, aber dieses nächtliche Heulen ging ihnen dann doch zu weit. Das hatten sie ihm bereits mehrmals unmissverständlich mitgeteilt.

Bloch zählte innerlich bis drei.

Churchill winselte.

Bloch zählte bis zehn.

Churchill kratzte und schnaufte.

Da stand Bloch auf, tappte über den eiskalten Boden und öffnete die Tür. Churchill gab einen tiefen, fast knurrenden Laut der Erleichterung von sich und sprang mit einem Satz ins Bett.

»Aber ich liege an der Wand, Freundchen, damit das klar ist. Mich wirfst du nicht noch einmal aus dem Bett, so wie das letzte Mal.«

Churchill rollte sich grunzend auf die Seite und stemmte alle vier Pfoten gegen Blochs Brust und Bauch. Dann leckte er ihm einmal quer über das Gesicht und schlief fast unmittelbar ein. Bloch blieb noch einige Minuten wach. Aber es waren nur sehr wenige Minuten. Der Druck der Pfoten war eher unangenehm, und Churchill roch intensiv nach Hund. Auch die Wand, an die Bloch seinen Rücken presste, strahlte eine unangenehme Kälte aus. Bloch zog sich die Decke über die Schultern. Churchill japste im Schlaf und zog die Lefzen nach oben, als ob er über etwas lachen müsse. Völlig unerwartet fühlte Bloch, wie seine Füße mit einem Schlag so warm wurden, als habe er sie in ein heißes Fußbad getaucht.

Gleich darauf wurde er schläfrig und mit einem diffusen Gefühl von Dankbarkeit rutschte er hinüber in einen vollkommen traumlosen Schlaf.

* * *

Normalerweise wurde Max morgens um halb neun in den Kindergarten gebracht. Dann schaffte es seine Mama noch rechtzeitig zur Arbeit. Wenn sie etwas später dran waren, verlor sie trotzdem selten die Geduld. Max wusste auch warum: Die alten Leute, denen seine Mama beim Waschen und Anziehen half und denen sie dann das Frühstück richtete, die waren bestimmt sogar froh, wenn die Mama mal später kam. Dann durften sie nämlich länger schlafen. Heute jedoch war es anders. Als er geweckt wurde, fühlte er sich sehr müde, und es war auch noch ziemlich dunkel draußen.

»Tut mir leid, Max«, sagte die Mama. »Heute musst du früher als sonst in den Kindergarten – gleich um sieben, wenn sie aufmachen.«

»Mhm«, murmelte Max schläfrig und presste seinen Teddybären an sich. Mama half ihm beim Anziehen. »Ich habe nämlich einen Anruf bekommen und muss heute früh wegfahren.«

»Wohin denn?«, brabbelte Max und hielt mühsam die Augen offen. »Und wie lange bleibst du weg?«

Es war eigentlich überflüssig zu fragen. Max kannte dieses blöde Aufstehen am frühen Morgen bereits. Die Mama musste immer wieder mal weg. Sie ging dann in eine Schule für große Leute und lernte dort etwas. Meistens lernte sie etwas für ihren Beruf, zum Beispiel über gesundes Essen. Und weil seine Mama über gesundes Essen so gut Bescheid wusste, gab es bei ihnen auch immer nur selbst gebackenes Brot und selbst gemischtes Müsli. Darauf war die Mama besonders stolz. Alles biologisch, sagte sie immer. Am Essen und an der Gesundheit solle man nicht sparen. Max hätte manchmal furchtbar gerne etwas Ungesundes gegessen; einen Hamburger zum Beispiel oder Cornflakes mit richtig viel Zucker drauf. Aber da ließ Mama überhaupt nicht mit sich reden.

Wenn sie in der Schule war – sie nannte es Weiterbildung – dann durfte Max mittags zu Lisa nach Hause. Am liebsten wäre er ja zu Yasmin gegangen, weil die seine beste Freundin war. Aber leider war Yasmin jetzt weg, und außerdem erlaubte ihre Mama sowieso nie, dass Besuch kam. Wahrscheinlich deswegen, weil Yasmin so oft krank war.

»Wie lange bissn du weg?«, wiederholte Max seine Frage und hoffte inständig, dass es lange dauerte. Wenn Mami bis abends wegblieb, dann würde Lisas Mutter vielleicht Pizza machen oder sogar Ravioli aus der Dose – kulinarische Höhepunkte, die in Max' Leben äußerst selten waren.

»Ich weiß es nicht so genau. Diesmal kann es sein, dass ich sogar ein paar Tage weg bin.«

Ein paar Tage? Das war bisher noch nie vorgekommen. Ob er dann bei Lisa schlafen durfte? Aber die hatten gar kein zweites Bett.

Seine Mutter packte ein paar Sachen in eine blaue Reisetasche und schaute sich im Kinderzimmer um. Aufräumen war nicht gerade das, was Max am besten konnte, aber meistens fand er, was er brauchte.

»Willst du ein Kuscheltier mitnehmen?«

»Ja«, sagte Max. »Mein Teddy und mein Flauschkissen.« Er stopfte beides in die Tasche.

»Und die Sahnebürste brauche is auch«, sagte er und lispelte absichtlich. Normalerweise verbesserte ihn seine Mutter. Heute Morgen war wirklich kein normaler Morgen, denn sie überhörte sein Lispeln.

»Weißt du, was diesmal die tollste Überraschung ist, die du dir vorstellen kannst?«, fragte Mama, während sie ihn in die Küche bugsierte und aus einer braunen Glasflasche einen Schwupp Milch über sein Müsli goss.

Die Milch kaufte sie extra für ihn auf einem Bauernhof, wo es den Kühen viel besser ging als auf anderen Bauernhöfen. Aber die Milch durfte man nicht einfach so trinken. Die musste zuerst abgekocht werden.

Max überlegte, was die tollste Überraschung sein konnte. Er grub mit dem Löffel eine Höhle in sein Müsli. Die Höhle lief sofort mit Milch voll. Mama trank morgens nur Tee. Die Kräuter hatten sie im Sommer gemeinsam gesammelt und sie zum Trocknen in dicken Büscheln im Flur aufgehängt. Max kannte niemanden, in dessen Wohnung getrocknete Kräuter herumhingen. Aber der Tee schmeckte wirklich prima. Besonders dann, wenn man haufenweise Honig hineinrührte.

»Was soll denn so toll sein?«, fragte er und erweiterte die Müslihöhle zu einem unterirdischen See.

»Das Tolle ist, dass du heute deinen Opa kennen lernst«, sagte die Mama und wischte mit der flachen Hand ein paar Milchspritzer von der Tischplatte. »Kannst du nicht essen ohne herumzuspritzen?«

»Meinen Opa«, sagte Max mit mampfiger Stimme. »Seit wann habe ich denn einen Opa?«

Mama musste lachen. »Schon immer, also das heißt, seit du auf der Welt bist, mein Sohnemax«, sagte sie.

Er mochte es, wenn sie ihn Sohnemax nannte. Dann fühlte er sich wie ihr Kumpel und nicht wie ein kleines Kind.

»Dein Opa hat bis heute bloß nie Zeit für uns gehabt. Weißt du, er hatte so viel zu tun. Er hat nämlich einen furchtbar wichtigen Beruf.«

»Aber du hast auch immer viel zu tun«, meinte Max und

legte den Kopf schief. »Und dein Beruf ist auch irre wichtig. Ohne dich würden die alten Leute gar nicht aus dem Bett rauskommen, hast du doch immer gesagt. Aber du hast immer Zeit für mis.«Diesmal tat er nicht so. Wenn Max aufgeregt war oder wenn er etwas nicht verstand, musste er immer lispeln, auch wenn er sich noch so viel Mühe gab, ordentlich zu sprechen.

»Für mich«, verbesserte Mama ihn auch prompt, und Max wurde rot.

»Ich bin ja auch deine Mama, da muss ich doch eine Menge Zeit für dich haben. Aber der Opa hat einen noch viel wichtigeren Beruf. Ehrlich gesagt, da hat es auch sehr viele Geheimnisse. Vielleicht hat er sich deswegen noch nicht bei uns gemeldet. Aber jetzt ist er auch schon älter, und er hat etwas mehr Zeit. Und da dachte ich, es wäre eine gute Idee, wenn ihr beide euch mal so richtig kennen lernen würdet, oder?«

»Was hat'n der für'n komischen Beruf?«, fragte Max und kratzte mit dem Löffel auf dem Schüsselgrund.

»Er ist bei der Polizei«, sagte die Mama.

»Meinst du, er ist ein echter Geheimpolizist, und dann fängt der auch Mörder?«

»Weiß ich nicht«, sagte die Mama. »Das kannst du ihn ja heute Mittag alles selber fragen.«

»Is der denn überhaupt nett?«, fragte Max.

»Das will ich aber meinen«, lachte die Mama und stopfte ihm die Hände durch die Anorakärmel hindurch. Zähneputzen fiel heute aus. Erstens weil sie es eilig hatten, und zweitens weil die Sahnebürste schon in der Reisetasche steckte. Ganz zuunterst. »Klar ist der nett. Dein Opa ist nämlich mein Papa, musst du wissen.«

»Na gut«, sagte Max großzügig. »In unserer Familie sind sowieso alle supernett.«

Bis heute gehörten zu seiner Familie nur Max und Mama. Jetzt noch ein Opa. Das war schon okay. Nicht so unübersichtlich wie bei Dennis. Dennis sagte zu seiner Familie »Patschwörk«, und bei ihm waren es so viele Leute in der Familie, dass noch nicht mal Dennis alle Namen wusste, oder wer jetzt mit wem verheiratet war.

Sie gingen die Treppe runter, und draußen stellte Mama die Reisetasche auf dem Beifahrersitz ab.

»Also, wenn ich später mal Kinder habe und ein Papa bin, bist du dann eine Oma?«, fragte Max nachdenklich.

Mama pustete ihm ins Gesicht und nickte lächelnd. Sie schnallte ihn im Kindersitz an, und so hatte er Gelegenheit, ihr Gesicht aus der Nähe zu betrachten. Mama hatte lange, schwarze Haare. Wie eine Indianerprinzessin oder wie Schneewittchen, fand er. Aber sie war nicht so traurig wie Schneewittchen, sondern meistens ziemlich lustig. Das gefiel Max.

»Eins musst du aber wissen, Mama«, sagte er und streckte sich im Sitz. »Wenn ich groß bin, dann heirate ich sowieso nur dich.«

»Nee«, lachte die Mama und schnallte sich auch an. »Wenn du erwachsen bist und heiraten willst, dann bin ich schon alt und total schrumpelig.«

»Das stimmt nicht! Auf gar keinen Fall. Du bis nämlich sowieso die Sönste.« Leider musste er wieder lispeln. Aber diesmal verbesserte sie ihn nicht, sondern achtete auf den Verkehr.

An der Kreuzung war die Ampel rot. Da drehte sie sich um und meinte: »Du findest schon noch eine andere Schöne. Wenn du mal Kinder haben willst, dann musst du heiraten, sonst funktioniert das nicht.«

Die Ampel sprang auf Grün, und der Wagen rollte langsam an.

»Nee, das stimmt so nicht. Du bis' nämlich auch nis verheiratet und has mich trotzdem bekommen. Dann mach ich mir auch selber ein Kind. Genau wie du. Und dann gehe is arbeiten und verdiene das Geld und du bleibst zu Hause und passt auf mein Kind auf und dann brauchs du auch nis mehr so viel arbeiten.« Als er das sagte hatte Max ein warmes und gutes Gefühl im Bauch und war sehr stolz auf sich.

Seine Mama erstickte hinter dem Steuer fast vor Lachen. »Sei mir nicht böse, Max«, prustete sie. »Ich lach ja gar nicht über dich.«

»Sondern?«

»Ach, nur so – eigentlich lache ich über mich selber.«

Dann waren sie am Kindergarten, und es blieb keine Zeit mehr, darüber nachzudenken.

Im Kindergarten waren fast alle Räume dunkel, und auch die Erzieherinnen waren noch nicht da. Nur Frau Assmann-Burger war da, aber die wohnte sowieso in ihrem Büro und hatte kein richtiges Zuhause.

Sie runzelte die Augenbrauen, als sie Max und die große Reisetasche sah. »Was soll denn das?«, fragte sie.

Heute trug Frau Assmann-Burger eine Art Kleid in Lila und Dunkelrot und dazu eine schwarze Flatterhose. Sie sah aus wie ein nächtlicher Vampir, der noch nicht zurück in seinen Schlafsarg gefunden hatte. Yasmin hatte Max immer viel von Vampiren erzählt, auch von solchen, die sich als Ärzte verkleideten. Max war ziemlich sicher, dass die blöde Assmann-Burger auch so ein verkleideter Vampir war.

»Max wird heute von seinem Großvater abgeholt«, erklärte Mama und gab der Kindergartenleiterin einen Brief. »In dem Brief steht alles drin: Name, Adresse, Telefon privat und Telefon im Büro. Ich muss dringend wegen einer Familienangelegenheit weg.« Max' Mutter kniepte die Augen zusammen und zog Grimassen. Es sah so aus, als wolle sie der Assman-Burger ein Geheimnis mitteilen.

Familienangelegenheit, so was Blödes. Sie beide waren doch die ganze Familie, mal abgesehen von diesem Opa. Max kapierte aber sofort, warum Mama nicht zugeben wollte, dass sie wieder in die Schule für große Leute ging. Diesmal ging sie sogar mehrere Tage – so was gefiel der Assmann-Burger nämlich überhaupt nicht. Die meckerte sowieso immer an seiner Mutter rum, und ein paar Mal war sogar eine fremde Frau zu ihnen nach Hause gekommen und hatte in alle Schränke geschaut und viel zu viele Fragen gestellt. Max hatte aber nicht geantwortet. So blödes Zeug wollte die immer von ihm wissen: ob er genug zu essen bekam und ob die Mama ihn schlagen würde. Die Assmann-Burger steckte ihre Nase überall rein, sagte die Mama und so viel hatte auch Max schon kapiert: Dem Kindergartenvampir war nicht zu trauen, ganz egal, ob sie fröhliche bunte Kleider trug oder lila-rote, so wie heute. Das war sowieso alles nur Tarnung.

»Ich habe mehrfach versucht, Max' Opa daheim zu erreichen«, sagte die Mama. »Leider war er auch gestern bis spätabends unterwegs. Würden Sie bitte so freundlich sein und die Dienstnummer anrufen und ihm mitteilen, wann hier im Kindergarten Schluss ist? Er weiß zwar Bescheid, dass er ihn abholen soll, aber sicher ist sicher, oder?« Mama lächelte unecht.

»Wer ist denn dieser Großvater überhaupt?«, murmelte Frau Assmann-Burger und riss den Briefumschlag auf. »Seien Sie mir nicht böse, aber ich habe da ein ungutes Gefühl. Ich kann das Kind doch nicht einfach irgendeinem wildfremden Menschen ...«

»Er arbeitet bei der Kripo – das dürfte auch Ihnen als Referenz genügen«, sagte die Mama. Sie kniete sich vor Max auf den Boden und schloss ihn fest in die Arme. »Tschüss, mein Sohnemax«, sagte sie und tupfte abwechselnd mit ihrem Zeigefinger auf ihre eigenen Lippen und in sein Gesicht. Augenlider, Nasenspitze, Mund und Stirn. Max zählte mit: »Eins, zwei, drei, vier, fünf.«

Punkt, Punkt, Komma, Strich, fertig ist das Mondgesicht. Weiter, als bis fünf konnte er noch nicht zählen. Es blieb bei fünf Fingerküsschen.

»Bleibst du denn fünf Tage weg, Mama?«, fragte er. Was war, wenn dieser Opa doch nicht nett war?

»Ich hoffe nicht, dass es so lange dauert«, sagte die Mama. »Ich denke, in drei Tagen bin ich spätestens wieder zurück. Ich habe dir aber noch zwei Küsschen in Reserve gegeben. Für abends.«

»Sicher is sicher«, lispelte Max.

»Das tut dem Kind aber gar nicht gut, wenn sie die Verabschiedung so in die Länge ziehen.« Frau Assmann-Burger war von hinten an sie herangetreten.

Die Mama verdrehte die Augen.

»Die blöde Arschmann-Burger«, flüsterte Max in Mamas Ohr. »Die hat uns garnist zu sagen.«

Mama musste lachen, klapste ihm aber gleichzeitig freundschaftlich mit der Hand auf den Po. »Immer schön brav bleiben, mein Großer«, meinte sie und stand auf. »Und ich will keine schlimmen Wörter hören, verstanden?«

»Is in Ordnung«, sagte Max. »Du kanns dis auf mis verlassen.«

Dann ging sie.

Frau Assmann-Burger sah ihr durchs Fenster nach. Max sah ihr auch nach. Mama stieg ins Auto und winkte ihm noch einmal zu. Max hob die Hand und hielt sie oben, bis sie losfuhr.

»Das stellt die sich so einfach vor, deine Mutter«, sagte Frau Assmann-Burger. »Aber so geht das nicht. Kripo, dass ich nicht lache. Das stimmt doch wieder vorne und hinten nicht.« Strafend schaute sie Max an. Dabei konnte Max nichts dafür, dass die Arschmann-Burger wieder mal gar nichts kapiert hatte. Aber er hatte keine Lust, ihr alles noch mal zu erklären. Die Mama hatte ja extra einen Brief geschrieben. Sogar auf dem Computer. Den konnte der Vampir sich ja noch mal durchlesen.

»Und du ziehst dir jetzt die Hausschuhe an, aber dalli«, befahl die Assmann-Burger und drehte das Licht in einem der Spielzimmer an. »Die anderen Kinder und die Erzieherinnen kommen in ein paar Minuten. Solange wirst du es wohl mal schaffen, dich alleine zu beschäftigen.« Sie wedelte mit dem Brief. »Ich muss telefonieren.«

17. Kapitel

In der Frühbesprechung wurden die bisherigen Ermittlungsergebnisse noch einmal zusammengefasst. Die Suchmeldung wurde seit dem Vorabend zu jeder vollen Stunde im Radio gebracht. Trotzdem waren bisher noch keine verwertbaren Hinweise aus der Bevölkerung eingegangen.

Im Laufe des Vormittags sollte es eine Pressekonferenz geben, und das Bild des Mädchens samt Foto der Tatwaffen würde an die Presseagenturen gehen. Erfahrungsgemäß konnte man sich von den Printmedien einiges an zusätzlicher Breitenwirkung erhoffen.

Zumindest die Tatwaffen standen fest. In beiden Fällen war es ein Messer gewesen. Und in beiden Fällen gingen sie fürs Erste davon aus, dass die Messer aus der Nürtinger-Wohnung stammten. Dr. Schmitz hatte bereits bestätigt, dass die Wunden zu den jeweiligen Messerschneiden passten. Im Mordfall Nürtinger handelte es sich um ein sogenanntes Allzweckmesser, das genauso gut zum Gemüserüsten wie auch zum Fleischschneiden dienen konnte. Das Messer war wohl vom Mörder nach vollbrachter Tat in die Badewanne geworfen worden und hatte zwischen den Beinen der Leiche gelegen. Das Brotmesser, mit welchem dem Leiter des Jugendamtes, Sebastian Leimer, die Kehle durchschnitten wurde, war unweit des Tatorts gefunden worden. Die zwei leeren Fächer in der Küchenschublade der Nürtinger-Wohnung, genau passend für zwei Messer, waren ebenfalls als deutliches Indiz zu werten.

Leider gab es keine verwertbaren Fingerabdrücke. Auch das Foto gab nicht viel her. Wie zu erwarten, hatten sie vor allem die Fingerabdrücke der Nachbarin gefunden. Die alte Dame hatte ziemlich empört reagiert, als ein Beamter sie in ihrer Wohnung aufsuchte, um ihre Fingerspitzen mit einem Sensor zu scannen. Zuerst hatte sie gar nicht verstanden, dass dies lediglich zu Vergleichszwecken geschah. Sie sei in heller Aufregung gewesen und habe sich nur mühsam wieder beruhigen lassen. Aber all dies hatte die Ermittlungen auch nicht weitergebracht. Ein paar verwischte Blutantragungen auf dem Bild stammten vom Mordopfer, was ebenfalls keine Überraschung war. Die anderen Fingerabdrücke waren zu verwischt, um sie auswerten zu können. Sie hätten genauso gut vom Opfer als auch vom Täter sein können. Lediglich die Aufschrift war deutlich lesbar und mittlerweile auch übersetzt: *ne više! – Kraj!* stand dort. Cenk hatte herausgefunden, dass das auf Jugoslawisch soviel hieß wie: *Nie wieder! Schluss, aus, fertig.*

»Jugoslawisch ist nicht korrekt«, merkte Cenk an. »Eigentlich ist es Serbokroatisch. Jedenfalls ist es eine Sprache, die früher in allen Landesteilen gesprochen wurde, zum Beispiel auch in Bosnien, in Montenegro und so weiter. Das mit dem Kreuzsymbol ist schwieriger. Da werde ich noch recherchieren müssen.«

»Dann war es also doch nicht die Russenmafia.« Graf zeigte die Andeutung eines Lächelns.

»Aber auch wenn es Jugoslawen waren, ist damit ein Mafiahintergrund oder sogar eine Verbindung zu islamistischem Terror immer noch nicht widerlegt«, warf die Kronawitter forsch ein. »Die Leute vom Balkan, mit denen wir in Frankfurt polizeilich zu tun hatten, waren jedenfalls meist Muslime – wenn ich mich nicht täusche«, setzte sie, plötzlich zögernd und mit Seitenblick auf Cenk hinzu.

Cenk sah für einen kurzen Moment so aus, als wolle er etwas sagen. Bloch lächelte ihm begütigend zu, und Cenk hielt den Mund.

Auch die Medikamentenbefunde, die Meyer am Vorabend noch als provisorisch dargestellt hatte, bestätigten sich nach mehreren Testreihen: Psychopharmaka aus der Gruppe der Neuroleptika und der Sedativa, Blutdrucksenker aus der Gruppe der Beta-Blocker, diese Mischung auch in fein zermahlener Form bunt gemischt in dem Glas mit Schraubverschluss, zusätzlich Grapefruits, deren Saft zu einer unkontrollierbaren Wirkungsverstärkung verschiedener Medikamente führen könnte.

Meyer befand sich noch in Freiburg und assistierte bei den Obduktionen der beiden Mordopfer. Deshalb wurde ihnen die komplizierte Mixtur aus Spuren und Indizien von Frau Pfaff erläutert, der fähigsten Kraft in Meyers Laborteam. Obwohl sie nach der kurzfristig eingeschobenen Nachtschicht ziemlich müde sein musste, gelang ihr das Kunststück, die Ergebnisse ihrer medizintechnischen Untersuchungen so frisch und anschaulich zu vermitteln, dass man geradezu Spaß an biochemischen Zusammenhängen bekam.

Graf hüstelte und griff zum dampfenden Kaffee. »Sehr schön, Frau Pfaff, sicher erklären Sie uns jetzt auch die Bedeutung dieser schwarzen Krümel und was es mit dem Eisessig auf sich hat.«

»Gerne. Die Rolle des Eisessigs erscheint uns leider immer noch unklar. Aber diese schwarzen Krümel konnten wir identifizieren. Es ist gar nichts Exotisches: Es sind Bestandteile von Zündholzköpfchen.«

Dieses Ergebnis rief in der Runde zunächst Ratlosigkeit hervor.

»Wer macht sich denn die Mühe, Hunderte von Zündholzköpfchen abzuschaben?«, rätselte Kronawitter. »Haben Sie denn eine Ahnung, wofür man das Zeug gebrauchen könnte – ich meine, außer um eine Zündvorrichtung zu bauen? Für diese Spur haben wir doch immer noch keine konkreten Anhaltspunkte, oder?«

»Noch nicht«, knarrte Graf. »Aber wir dürfen das keinesfalls aus den Augen verlieren. Das LKA ist bereits an der Sache dran.«

»Ich denke, dass wir die genaue chemische Zusammensetzung des Granulats überprüfen werden«, sagte Frau Pfaff. »Viel mehr kann ich Ihnen von Seiten des Labors im Moment auch nicht anbieten. Vielleicht ergeben sich ja noch ein paar neue Anhaltspunkte.«

»Bleibt das Haar«, sagte Bloch. Und danach kam das Organisatorische an die Reihe. Sobald Frau Pfaff fertig war, würde er die Neubildung einer gemeinsamen Sonderkommission ansprechen. Unter seiner Leitung. Etwas anderes kam nicht infrage.

Die Ergebnisse der Haaruntersuchung, auf die sich ihre Hoffnungen konzentriert hatten, waren jedoch enttäuschend.

»Leider ist es genauso, wie Kollege Meyer und ich es bereits gestern in unserem *Worst-case*-Szenario befürchteten«, leitete Frau Pfaff die Angelegenheit ein. »Die DNA war fast völlig zerstört. Das Einzige, was wir zweifelsfrei feststellen konnten, war, dass dieses Haar von einer Frau stammt.«

»Von einer Frau?« Bloch beugte sich über den Tisch. »Sind Sie sich da auch ganz sicher?« Das warf alle inneren Bilder um, die er sich insgeheim vom Täter gemacht hatte.

Kronawitter lächelte maliziös: »Auch Frauen können morden, Herr Kollege Bloch«, meinte sie.

»Ja aber, Sie werden doch zugeben, dass das ein etwas ungewöhnliches Szenario für eine Täterin ist, oder?«

»Meine Berufserfahrung sagt mir nur eins«, meinte die Kollegin mit den stets frisch geschminkten Lippen. »Nichts ist unmöglich.«

Aber noch gab Bloch sich nicht geschlagen. »Wäre es denn nicht denkbar, dass ein Mann und eine Frau diese Morde gemeinschaftlich begingen?«

Graf zeigte während ihres Wortwechsels keinerlei Zeichen von Ungeduld. Im Gegenteil: Rund um seine Augenwinkel bildeten sich strahlenförmige Knitterfältchen, als er sich in die Diskussion einmischte: »In der Kriminalistik ist tatsächlich nichts unmöglich. Vorerst können wir also unsere Suche auf eine Frau eingrenzen. Das würde auch erklären, warum es einen solchen Kampf in der Nürtinger-Wohnung gegeben hat. Ein männlicher Täter mit einer gewissen körperlichen Überlegenheit wäre sicher auf weniger Gegenwehr gestoßen. Und der Leimer-Mord lässt sich aufgrund des vorliegenden Spurenbildes sowieso nur durch ein starkes Überraschungsmoment erklären.«

»Also eine Frau«, sagte Bloch und machte sich ein paar nichtssagende Notizen.

»Es gibt da übrigens eine neue Methode.« In Frau Pfaffs Stimme schwang ein Zögern mit. »Aber das dauert länger, und das Verfahren ist auch noch nicht sehr erprobt. Wir benötigen für diese Untersuchung eine separate Freigabe durch die Staatsanwaltschaft. Und ich gebe zu bedenken, dass die Ergebnisse auch nicht so hundertprozentig sind wie die der Zellkern-DNA.«

»Nun reden Sie nicht so um den heißen Brei herum, Frau Pfaff«, fuhr sie Graf nun wieder mit gewohnter Ungeduld an. »Was ist das denn für eine Wundermethode, die Sie uns da anpreisen?«

»Wunder sind in unserer Abteilung leider auch nicht zu haben«, antwortete Frau Pfaff mit der Geduld einer Biochemikerin, die jahrelang gegen naturwissenschaftlichen Unverstand angekämpft hat. »Nein, Wunder gibt es nicht, aber wahrscheinlich könnten wir im Haarschaft noch Spuren von mitochondrialer DNA finden, sogenannte MT-DNA. Die ist zum einen wesentlich robuster gegen Umwelteinflüsse, und außerdem ist sie auch in wesentlich größeren Mengen vorhanden als die Kern-DNA.«

»Aber das ist doch fantastisch«, freute sich der Dezernatsleiter. »Warum haben Sie denn noch nicht mit diesen Analysen begonnen?«

»So einfach ist das leider nicht. Sie erlauben, dass ich mich setze? Ich war die ganze Nacht auf den Beinen.« Sie übersah den Stuhl, den Graf ihr in plötzlich erwachter Servilität zurechtrücken wollte, und setzte sich zwischen Kronawitter und Cenk. »Im Zellkern finden wir einen fünfzigprozentigen Anteil des Vaters und ein fünfzigprozentiges genetisches Erbe der Mutter. Bei der MT-DNA handelt es sich um einen Teil der Erbsubstanz, der ausschließlich über die mütterliche Abstammungslinie vererbt wird. Sie ist in den Mitochondrien der Zelle lokalisiert. Man hat auch noch relativ wenig Erfahrung mit der Auswertung dieser Spuren. Aus diesem Grunde ist die spurenkundliche Nutzung der MT-DNA noch nicht Routine, einzig das Bundeskriminalamt führt solche Untersuchungen durch, und ich weiß nicht, inwiefern sie als Beweismittel vor Gericht überhaupt akzeptiert wird. Man müsste Präzedenzfälle ...«

»Herrgott noch mal«, Graf schlug jetzt mit der flachen Hand auf den Tisch. »Wenn ich eins hasse, dann ist es diese ewige Bedenkenträgerei. Ihr Chef, der Herr Meyer, hätte da schon längst gehandelt.«

»In Abwesenheit von Herrn Meyer leite *ich* das Labor«, erwiderte Frau Pfaff spitz. »Und selbstverständlich habe ich meinen Chef, wie sie ihn zu nennen pflegen, bereits vor drei Stunden über die Sachlage informiert. Ich nenne ihn übrigens äußerst selten Chef, wenn ich mir diese Bemerkung erlauben darf, Herr Dezernatsleiter. In unserem Team pflegen wir einen deutlich kollegialeren Umgangston.«

Da musste die Kollegin Kronawitter plötzlich husten und verschwand mit Kopf und Schultern unter dem Tisch, um in ihrer Aktentasche nach einem Halsbonbon zu kramen. »Wollen Sie auch eins?«, fragte sie und hielt Cenk eine mit Alpenkräutern bedruckte Papiertüte hin. Auch Cenk hatte nämlich begonnen, sich vernehmlich zu räuspern.

»Danke, sehr gern.« Cenk bediente sich.

»Also, um zum Thema zurückzukommen, Herr Graf«, nahm Frau Pfaff den Faden wieder auf. »Herr Meyer ist bereits informiert, und er teilt meine Einschätzung absolut. Er wird sich im Laufe des Vormittags mit dem zuständigen Staatsanwalt in Verbindung setzen, und wir werden dann gemeinschaftlich das weitere Procedere besprechen.«

Bloch meldete sich zu Wort. »Ich hätte da sozusagen gesamtorganisatorisch noch eine Anmerkung.« Jetzt war der richtige Zeitpunkt die Einrichtung einer Sonderkommission zu besprechen.

Graf schaute auf. »Und die wäre, Herr Bloch?«

Es klopfte. Die Sekretärin Frau Oexle kam herein und sagte: »Es tut mir furchtbar leid, Sie jetzt zu stören, aber da ist eine Frau – eine sehr energische Frau, das muss ich schon sagen. Die hat schon mehrmals angerufen und lässt sich absolut nicht mehr hinhalten. Sie will unbedingt Sie sprechen, Herr Bloch. Ob Sie vielleicht so freundlich wären und ...«

»Hat es denn etwas mit diesem Fall zu tun?«

»Ich glaube nicht – es ist – ich glaube, es ist privat.«

Bei Bloch gab es nichts Privates. Schon gar nicht mit Frauen. »Die wird sich verwählt haben«, murmelte Bloch und stand auf. »Wahrscheinlich eine Namenverwechslung. Bin gleich wieder da.«

»Gesamtorganisatorische Anmerkung, Herr Kollege«, rief ihm Graf durch die angelehnte Tür nach. »Ich habe es mir notiert.«

Es war ein gutes Gefühl, wenn man mit seinen Anliegen vom eigenen Chef verstanden wurde.

»Hier Hauptkommissar Bloch«, bellte er ins Telefon aber die Stimme, die zurückbellte, ließ keinen Zweifel daran, dass unmissverständlich nur er gemeint sein könnte.

»Erich Bloch«, tönte es aus dem Hörer. »Wohnhaft Kreuzlinger Straße. Name der Tochter Eva. Ist das so richtig?«

»Ja, das stimmt«, sagte Bloch, ebenfalls um einen energischen Tonfall bemüht, was ihm aber nicht recht gelingen wollte. »Schließen Sie die Tür«, flüsterte er zur Sekretärin, die Hand über die Sprechmuschel gelegt, wie auf frischer Tat ertappt, ohne zu wissen, was ihm zur Last gelegt wurde.

»Können Sie sich ausweisen?«, bellte es aus dem Telefon.

»Ja, natürlich, worum geht es denn überhaupt?«

»Sie sollen heute Mittag den kleinen Max abholen. Kindergarten Sonnenrain. Das ist direkt am Stadtgarten, dürfte Ihnen wohl bekannt sein. Ich denke, Ihre Tochter hat Sie bereits informiert. Behauptete sie zumindest heute Morgen.«

»Sonnenrain. Ja, genau«, stammelte Bloch. »Den Kindergarten kenne ich.« Da fiel ihm ein, dass Cenk gestern dort gewesen war. Das war der Kindergarten der kleinen Yasmin, die spurlos verschwunden war. Und direkt in der Nähe war Sebastian Leimer ermordet worden, der joggende Leiter des Konstanzer Jugendamtes. Wurde der nicht gefunden von Kindern aus ebendiesem Kindergarten? Bloch versuchte sich zu erinnern. Sein Gehirn war jedoch wie leergefegt.

»Geht das in Ordnung?«, fragte die Stimme am anderen Ende der Leitung und klang deutlich ungeduldig.

»Wie bitte? Entschuldigung. Ich war wohl einen Moment

unaufmerksam. Könnten Sie das Letzte noch mal wiederholen?«

»Ich sagte, spätestens um 12.30 Uhr ist hier Schluss. Bis dann müssen Sie den kleinen Max abgeholt haben. Sonst informiere ich das Jugendamt. Wäre ja nicht das erste Mal. Und noch eins: Bringen Sie unbedingt Ihren Ausweis mit. Ich kenne Sie ja nicht, und Ihre Tochter hat mich mal wieder in ihrer unnachahmlichen Art vor vollendete Tatsachen gestellt. Na ja, Sie werden solche Situationen vermutlich besser kennen, als ich – Sie sind ja schließlich der Vater.«

Der Vater, dachte Bloch. Von wem? Wieso eigentlich Eva? Die gab es doch schon über vier Jahre nicht mehr in seinem Leben. Und wer war dieser Max, von dem diese Frau ununterbrochen sprach?

»Hat meine Tochter sonst noch etwas gesagt?«, fragte er vorsichtig und hoffte, sich keine Blöße zu geben.

Die Frau mit dem energischen Bellen durchschaute ihn sofort: »Ihnen geht es also genauso wie mir – das habe ich mir gleich gedacht!«

»Wie meinen Sie denn das?«

»Na ja, das ist doch wohl die einzige verlässliche Charaktereigenschaft Ihrer Tochter, oder? Dass sie unzuverlässig und emotional labil ist. Keinerlei Erziehungskompetenz, wenn Sie mich fragen. Aber das ist ja auch kein Wunder, bei dieser Vorgeschichte.«

Wie kam es, dass diese Frau, von der er noch nie vorher etwas gehört hatte, bestens über intime Details im Leben der Familie Bloch informiert war? Es schien so, als könne sie endlos mit ihrem peinigenden Monolog fortfahren.

»Ich kenne ja noch nicht mal Ihren Namen«, unterbrach Bloch.

»Wie bitte? Sie kennen noch nicht einmal den Namen Ihrer

eigenen Tochter?«, entgegnete die Frau spitz. »Die ist ja noch nicht mal verheiratet. Also heißt sie immer noch genau so wie Sie – Bloch heißt sie.«

»Das soll wohl ein Witz sein«, versuchte sich Bloch in gerechter Empörung. »Als ob ich den Namen meiner eigenen Tochter nicht – nein, Ihren Namen, sehr verehrte Dame – ich nehme an, dass Sie die Leiterin des Kindergartens sind?« Endlich bekam er wieder so etwas wie Kontrolle über das Gespräch. Besser ging es ihm dadurch aber nicht. Wer zum Teufel war der kleine Max? Und wieso hatte er noch nie etwas von ihm gehört?

»Assmann-Burger«, schmetterte es in sein Ohr. »Assmann-Burger. Sie müssen klingeln, wenn sie rein wollen. Und vergessen Sie nicht den Ausweis. Wir sehen uns dann, heute Mittag, wenn Sie ihren Enkel abholen.« Dann legte sie auf.

Im Nebenzimmer tat die Sekretärin Frau Oexle so, als habe sie nichts mitbekommen.

Bloch ging wieder ins Besprechungszimmer zurück.

»Dann können wir ja weitermachen, Herr Bloch«, begrüßte ihn Graf mit Blick auf seine Notizen.

»Wie siehst du denn aus, Erich?«, fragte Cenk. »Soll ich dir einen Schluck Wasser holen?«

»Nicht nötig.« Bloch ließ sich auf seinen Stuhl fallen und zog die Tasse mit dem längst kalten Kaffee zu sich heran. »Nein, lass mal, Cenk. Vielen Dank.« Er schaute in die Runde. »Es ist nur so – ich habe gerade erfahren – um es kurz zu machen: Ich bin gerade Opa geworden.«

Eine Weile herrschte verwirrtes Schweigen in der Runde.

Dann räusperte sich Cenk und beugte sich nach vorne: »Du siehst aber nicht gerade aus, als ob man dir gratulieren könnte – oder täusche ich mich da?«

Bloch nahm einen Schluck. Der Kaffee schmeckte scheußlich. »Tja«, sagte er langsam. »Ich weiß auch nicht so richtig. Wie sagt man so schön. Ich bin dazu gekommen, wie die Jungfrau zum Kinde. Max heißt er, und er geht sogar schon in den Kindergarten. Meine Tochter ...« Er brach ab und widmete sich wieder seinem Kaffee.

Alle schwiegen und schauten konzentriert aneinander vorbei.

Bloch nahm einen neuen Anlauf. »Ja, meine Tochter – die meisten von euch erinnern sich wohl noch an diese Geschichte. Vier Jahre ist das jetzt her, dass wir uns damals begegnet sind.«

Es war keine Begegnung gewesen. Es war eine alte Schuld gewesen und ein Gefühl der Unzulänglichkeit, das sein Leben seither verätzt hatte. Eva war bewusstlos gewesen, halb tot, und er trug Schuld daran. Über vier Jahre hatten sie nichts mehr voneinander gehört, und gerade jetzt hatte sie auf diese seltsame Weise wieder mit ihm Kontakt aufgenommen und war gleichzeitig sofort wieder verschwunden. Er kenne seine Tochter doch, hatte diese Frau Assmann-Burger gesagt. Nein, er hatte Eva noch nie gekannt. Und jetzt auch noch dieses Kind. Max war sein Name.

Frau Oexle klopfte wieder. Sie versuchte aufrichtig, zerknirscht auszusehen, aber die nackte Neugierde sprach aus ihrem Gesicht. »Da ist noch ein Anruf für Sie, Herr Bloch.«

Bloch schrak auf. »Was? Wieso für mich? Wer ist es denn diesmal?« Er wusste es genau.

Es war nur ein kurzer Aufschub, als die Sekretärin die Schultern hob und sagte, den Namen wisse sie nicht, nur, dass es eine Frau sei. Es sei angeblich wieder privat. Die Frau habe sich geweigert, ihren Namen zu nennen. Man müsse ja im Rahmen der Ermittlungen auch anonyme Gespräche annehmen, ob sie ...

»Nein lassen Sie nur«, sagte Bloch müde. »Ich kümmere mich darum.«

Der gleiche Gang. Die gleiche Anzahl spärlich bemessener Schritte. Der gleiche Apparat. Viele Tasten für Kurzwahlnummern. Das blinkende Lämpchen. »Ich stelle durch«, sagte die Sekretärin und schloss die Tür. Ein Knacken in der Leitung.

Schweigen am anderen Ende.

Atmen.

»Bist du es?«, fragte Bloch schließlich.

»Das Gleiche könnte ich auch fragen«, sagte die Stimme einer Frau.

Wieder Schweigen.

»Eva, bist du es?«

»Wer sonst?«

»Wie geht es dir?« So eine Frage, so eine blöde Frage wie die nach dem Wetter. Nur, damit irgendetwas gesagt war.

»Nicht so wichtig«, antwortete sie. Ja, das war seine Tochter, wie er sie kannte. Genau so. Es war fast ein Gefühl der Erleichterung. Diese Frau Assmann-Burger hatte recht: Er kannte seine Tochter.

»Haben die aus dem Kindergarten schon angerufen?«

»Ja«, sagte Bloch. Es war jetzt an Eva, etwas zu sagen, vielleicht etwas zu erklären, irgendetwas.

»Schaffst du das? Zwei, drei Tage maximal. Max ist schon ein großer Junge, und er freut sich sehr auf seinen Opa.«

»Wie kommst du eigentlich dazu ...«, begann Bloch. Er blickte auf die blinkenden Lämpchen und überlegte kurz, ob die Sekretärin mithörte. »Ja«, sagte er, »ehrlich gesagt, freue ich mich auch. – Ein bisschen«, setzte er hinzu. »Ehrlich gesagt, ein bisschen habe ich auch Angst.«

»Ehrlich gesagt ...«

Äffte ihn die Stimme am anderen Ende der Leitung nach?

»Ehrlich gesagt, das sagst du immer – weißt du noch, wie ich dich früher genannt habe?«

»Erich-Ehrlich, hast du mich genannt.«

»Ja.«

»Ja, dann.«

»Ich melde mich wieder.«

»Meinst du nicht, dass du mir eine Erklärung, irgendetwas ... Kann nicht vielleicht auch Brigitte ... Ich meine, kann deine Mutter nicht irgendwie helfen? Ich meine ja nur. Mir so einfach ein Kind vor die Tür zu setzen.« Vielleicht legte sie jetzt auf. Wenn sie die Eva war, die er von früher kannte, bestand ein realistisches Risiko, dass sie auflegte. In der Leitung rauschte es. Ein leiser, steter Strom, wie das Rauschen des eigenen Blutstroms, wenn er die Außenwelt mittels Ohrenstöpseln aussperrte.

»Vergiss Brigitte. Mit der habe ich seit damals keinen Kontakt mehr. Ist besser so. Das kannst du mir glauben. Aber da ist tatsächlich noch etwas, was du wissen solltest. Ich habe es mir lange überlegt, ob ich es dir sagen soll. Es ist nur so ...«

Pause. Rauschen.

Ob es einen Unterschied machte, wenn sie jetzt auflegte oder später?

»Es ist nur so, dass ich überhaupt kein Vertrauen mehr habe zu Institutionen und Behörden und dem ganzen Mist.«

»Und ich bin auch ein Teil von diesem ganzen Mist, willst du sagen?«

»Vielleicht. Ja, wenn ich es genau überlege, bist du auch ein Teil von diesem ganzen Mist. Weißt du, was der Max von dir denkt?«

»Was denkt Max von mir?«

»Der denkt, du bist ein Geheimpolizist und jagst ständig

irgendwelche Bankräuber und Mörder. Er stellt sich das ziemlich aufregend vor.«

Max hatte recht. Bloch jagte ständig hinter irgendwelchen Menschen her. Aber aufregend war das schon längst nicht mehr. Es war nur noch ermüdend. Manchmal wünschte er, es wäre vorbei.

»Was hat das denn damit zu tun, dass du mir das Kind einfach so überlässt?«

»Ja und nein. Also gut, ich sage es dir. Aber lasst mich bloß in Ruhe, versucht auf keinen Fall, mich zu finden, dann geht nämlich alles schief, so viel ist sicher. Ich brauche zwei Tage, wenn ich Glück habe nur ein paar Stunden.«

»Eva, es tut mir leid, aber ich verstehe gar nichts.«

»Dieses kleine Mädchen. Diese Yasmin. Ich habe die Meldung gestern Abend in den Nachrichten gesehen.«

Es war wie ein elektrischer Schlag. Was hatte Eva mit der Sache zu tun? »Ja?« Blochs Atem reichte nur für dieses eine Wort.

»Ich weiß, wo sie ist. Ich werde mich darum kümmern, dass sie wieder in gute Hände kommt.«

»Was meinst du mit guten Händen?«

»Das lass mal meine Sorge sein.«

In der Leitung knackte es. Sie hatte aufgelegt.

Ein Mensch lebt in Zeiträumen. Manche dieser Zeiträume entsprechen Blasen. Es sind große, schillernde Blasen, die den trügerischen Anschein haben, unendlich weit zu sein, oder es sind beengende Blasen, die den Atem abschnüren und deren Außenhülle man nicht berühren darf. Um keinen Preis.

Bloch fand den Weg zurück ins Besprechungszimmer.

»Setz dich«, sagte Cenk. »Ich hol dir was zu trinken.«

Es rauschte. Ein unaufhörlicher Strom von Leben pochte

rings um ihn herum. Es hatte nur nichts mit ihm zu tun. Nicht direkt. Wie auch immer. Ich fasle, dachte Bloch und hatte doch gar nichts gesagt.

»Was ist denn passiert?«, fragte Dezernatsleiter Graf.

»Ich bin mir nicht ganz sicher – aber ich habe Grund zu der Annahme, dass die kleine Yasmin bei meiner Tochter ist«, sagte Bloch, und es war so, als ob ein anderer Mensch diese Worte aussprach.

»Welche Haarfarbe hat denn Ihre Tochter?«, fragte Frau Pfaff.

Bloch blickte auf seine Hände. Knorrige Wurzelstöcke. Unter der Oberfläche durchzogen von fadenartigem Gewebe und verzweigten Röhrensystemen. Seine Hände. Große, nutzlose Gegenstände. Fremd.

»Schwarz«, flüsterte er. »Ich glaube, die Haare meiner Tochter sind schwarz.«

Dezernatsleiter Graf stand auf und öffnete das Fenster. Dann lehnte er sich mit dem Rücken an die Wand und betrachtete Bloch. Er stand unfassbar weit entfernt von Bloch. Weiter weg wäre in dem Zimmer und auf dieser Welt gar nicht möglich gewesen.

»Sie sind raus aus dem Fall, Herr Kollege Bloch«, sagte Graf. »Tut mir leid, aber Sie sind draußen – das wissen Sie doch hoffentlich?«

Bloch schaffte es gerade noch zu nicken. Dann platzte die Blase.

18. Kapitel

Da war ein Raum. In dem Raum stand ein Tisch. Da saß Cenk. Ihm gegenüber saß Erich Bloch.

Da war kaum Bewegung. Wenn man von den gelegentlichen Atembewegungen absah. Der Atem überwölbte den Raum mit einer Art dünner Haut. Es war wie eine zarte Membran, etwas, das gerade erst zu wachsen begann. Eine embryonale Hülle. Nackt und verletzlich.

Bei genauerer Betrachtung – wobei nicht klar wurde, ob eine genauere Betrachtung überhaupt vonnöten war – gab es innerhalb des eingefrorenen Standbildes auch noch Handbewegungen, die im Kreise herumführten; es entsprach dem Rühren mit einem Löffel in einer dunklen Flüssigkeit.

Ein klirrendes Geräusch kam hinzu, als Cenk den Löffel auf dem Tellerrand ablegte. Das Klirren drang in Blochs Kopf ein, setzte sich dort fest und vermischte sich mit dem leidigen Rauschen und Knacken der Röhrensysteme in seinem Inneren.

Brüchige Installationen.

Nicht mehr zeitgemäß.

Renovierungsbedürftig. Den Aufwand nicht mehr lohnend.

Bloch wandte den Blick. »Was ist eigentlich passiert, Cenk?«

»Ich glaube, du warst kurz weggetreten, Erich.«

»Haben die anderen was gemerkt?« Seltsam, wie ungelenk ihm die Zunge im Mund lag. Und das Klirren, tief im Inneren seines Schädels, wollte einfach nicht aufhören.

Cenk schüttelte den Kopf. »Ich glaube nicht.«

Vor Bloch stand ein Glas mit einer farblosen Flüssigkeit. Bloch griff nach dem Glas. Und griff vorbei. Seine Hand schien größer zu sein als normalerweise. Groß und fremd.

»Irgendetwas stimmt nicht, Cenk.« Seine Stimme, ein Flüstern.

»Der Schock, Erich. Das ist nur der Schock. Ich bringe dich nach Hause.«

Es war kein Schock. Es war etwas Fremdes. Da war aber noch etwas, an das er sich nur mühsam erinnerte. »Zuerst müssen wir den Kleinen abholen, Cenk. Ich will nicht zu spät kommen.«

Bloch starrte auf die angestoßene, dickwandige Tasse, die vor Cenk stand. Geschirr wie damals daheim. Unverwüstlich, hatte seine Mutter immer gesagt, und es klang so, als müsse man darauf stolz sein. Solche Tassen gab es auch bei der Bundeswehr und in Jugendherbergen. Oder in einem Kloster. Oder in einem Kinderheim. Als seine Mutter dann endlich gestorben war, wurden diese Tassen weggeworfen.

Bloch betrachtete die Tischplatte, auf der seine Hände lagen. Eine Tischplatte aus imitiertem Granit. Konfektionierte Einsprengsel, eingebettet in eine vom täglichen Gebrauch zerkratzte Oberfläche.

Bloch erinnerte sich mühsam.

Echter Granit war hart und kühl.

Echter Granit war Millionen Jahre alt und kam aus den Alpen.

Diese Tischplatte hier war viel zu weich und sie war lauwarm. Tischplatten wie diese kamen aus der Fabrik. Gebrauchsfertig, abwaschbar und mit einer befristeten Lebensdauer, nach deren Ablauf sie geschreddert, zu Granulat verarbeitet und wieder eingeschmolzen würden. Dann wurden Gartenmöbel daraus gemacht, oder Untersetzer in Form eines Spitzendeckchens für die Tabletts, auf denen sie Kaffeekännchen an der Seeuferpromenade servierten. Draußen nur Kännchen, dachte Bloch, und es durchzuckte ihn so etwas wie ein Wiedererkennen der Welt. Puppenköpfe konnte man auch aus Kunststoffgranulat herstellen. Viel zu harte Puppenköpfe. Auch Klobrillen. Oberflächen. Abwaschbar und benutzerfreundlich. Nicht übermäßig schwer.

»Oberflächen«, sagte Bloch und Cenk zog die Augenbrauen zusammen.

»Was meinst du, Erich?«

»Nichts.«

Bloch war die Putze, die die Oberflächen sauber hielt, diese normalen bürgerlichen Oberflächen, blank poliert und frisch gestrichen, vor denen die anderen dann ihr normales bürgerliches Leben gestalteten, während er, Bloch, hinter den Kulissen hockte und sich die Finger dreckig machte. Bodensatz, hatte Graf einmal gesagt. In jeder Gesellschaft gibt es diesen Bodensatz. Dem war nichts hinzuzusetzen.

Bloch hatte niemals irgendetwas gestaltet. So weit war er mit seinem Leben hinter den Oberflächen noch gar nicht gekommen. Bloch hatte nur immer reagiert. Und sich die Finger dreckig gemacht. Vielleicht noch mehr als nur die Finger.

Seine Tochter Eva, die hatte einmal damit begonnen, etwas zu gestalten. Meinte sie zumindest. Puppenköpfe hatte sie fotografiert. Damals, in dieser seltsamen Ausstellung. Aufgebrochene Oberflächen.

Diese Ausstellung.

Damals.

Sie war wohl sehr stolz gewesen.

Er hatte das nicht ausgehalten.

Nicht diese Bilder. Nicht diese offenen Köpfe. Nicht den Stolz dieser fremden Tochter.

Bloch hatte immer nur reagiert.

Auch damals.

Er hatte sich verboten, darüber nachzudenken, ob es in diesem einen Fall, im Falle seiner Tochter nämlich, ein Fehler gewesen war. Es ist nur zu deinem Besten, hatte er gesagt. Und: Das musst du doch verstehen.

Bloch hatte sich den Kopf immer nur an Oberflächen eingerannt. Gebrauchsfertig, abwaschbar, recyclingfähig – unzerbrechlich.

Gab es etwas, das er bedauerte? Vielleicht bedauerte er diesen Mangel an Schönheit in seinem Leben. Metastasenartig hatte sich in seinem Leben die Hässlichkeit breitgemacht. Zerkratzte, missfarbene, stinkende Hässlichkeit, überzogen mit einem Schmierfilm aus Gewohnheit und Gleichgültigkeit.

Er hatte es hingenommen. War auch das eine Form von Schuld? Vielleicht war es auch eine Form von Buße.

Du weißt schon wofür, hatte die Mutter immer gesagt, und der Lehrer wie ein Echo: Alle zusammen in einen Sack stecken und kräftig draufhauen – da trifft es schon die Richtigen.

Was würde man aus ihm, aus Bloch, herstellen, wenn es einmal ans Recyceln ginge?

Zum Organspenden tauge er nicht, hatte der Arzt schon vor mehreren Jahren gesagt. Er hatte keine Ahnung, wie damals das Gespräch ausgerechnet auf das Spenden von Organen gekommen war. Weit über das biologische Alter hinaus verbraucht seien seine Innereien, verfettet und außerdem stark verkalkt. Nichts zu machen.

Ausschuss.

Und in seinen Ohren klirrte es wie zerbrechendes Porzellan.

Aber die rechte Hand funktionierte wieder. Bloch bewegte, wie zum Trotz, vorsichtig seine Finger. »Ich glaube, es geht wieder, Cenk. Wir gehen den Kleinen holen. Und dann setzt du mich zu Hause ab. Ich hoffe, du hast noch ein wenig Zeit. Ich hätte dich gerne dabei, wenn ...« Er ließ die Schultern fallen.

Cenk deutete es auf seine Art. »So gefällst du mir schon viel besser«, lachte er. »Klar komme ich mit in den Kindergarten. Du wirst schon sehen, das mit Eva ist ein einziges großes Missverständnis. Ich würde das nicht so nah an mich ranlassen.«

Überraschend war, wie gut Cenk lügen konnte. Er hatte so ein ehrliches Gesicht.

»Wie geht es jetzt weiter, Cenk?«

»Die Kollegin Kronawitter ist schon unterwegs zur Wohnung von Eva. Das lässt sich leider nicht vermeiden.«

Es bestand nicht die geringste Chance, das Aufbrechen der Oberflächen zu vermeiden. Sich quälend genau und bis ins Detail anschauen, was sich dahinter verbarg. Das Banale und das Schmutzige. Erschreckend waren all diese Dinge einzig durch ihre Gleichförmigkeit. Nein, nicht erschreckend. Langweilig. Vielleicht war es diese Langeweile, die wieder und immer wieder zum Aufbrechen der immer gleichen Oberflächen führte? Diese Sehnsucht nur ein einziges Mal etwas anderes zu finden?

Es lohnte nicht, darüber zu spekulieren. Hinter den Oberflächen fand sich niemals etwas anderes, als das, was eben zu erwarten war. Bloch wusste es. Er war lange genug im Geschäft.

Wichtig war nur, diese Blase nicht zu zerstören. Die Membran. Mit einem Anflug von Befriedigung registrierte Bloch, wie sich die Hülle um ihn herum wieder zu schließen begann. Es ging überraschend schnell. Vielleicht gab es sogar wieder eine Chance auf Rückkehr ins alte Leben.

»Wenn ich dich abgesetzt habe, fahre ich auf die Reichenau«, hörte er Cenks Stimme, und die Reichenau erschien Bloch als etwas unerhört Fremdes, ein Begriff jenseits jeglicher Vorstellungskraft, wie eine Insel. »Du kannst dir sicher denken, warum«, fuhr Cenk in diesem alltäglichen Tonfall fort. »Ich muss die Krankheitsgeschichte von Eva noch mal genau recherchieren. Der Psychiater, der sie damals behandelt hat, arbeitet noch dort und nimmt sich extra Zeit für dieses Gespräch. Er kennt übrigens auch die Frau Nürtinger. Vielleicht ergibt sich da ja auch noch etwas – ein neuer Aspekt, ach was, das ist ja alles Spekulation. Wir müssen abwarten.« Cenk schob seine Tasse zur Seite. Er hatte nichts getrunken.

Auf der Oberfläche der schwarzen Flüssigkeit schoben sich konzentrische Ringe nach einer festgelegten Gesetzmäßigkeit gegeneinander, zitterten eine Weile, kamen zur Ruhe und versanken unter die Oberfläche. Bloch wusste es mit peinigender Gewissheit: Die Ringe waren noch vorhanden. Sie waren lediglich unsichtbar geworden. Derjenige, der in der Lage war, im Kaffeesatz zu lesen, war sicher auch in der Lage, diese Ringe vom Grund der Tasse heraufzuholen.

»Cenk, kannst du mir einen Gefallen tun?«

Cenk hob leicht die Augenbrauen. Er antwortete nicht.

»Ich weiß, ich bin draußen. Ich habe keine Akteneinsicht mehr. Das habe ich verstanden. Aber du verstehst mich sicher.«

»Du meinst ...«

»Ja genau. Niemand wird es merken. Wie auch? Wir treffen uns – zum Beispiel heute Abend in der Kronenstube. Bei mir gegenüber an der Ecke. Was ist schon dabei, wenn wir nach Feierabend ein Bier zusammen trinken?«

»Ja, was soll schon dabei sein?«, fragte Cenk. »Bloß, dass wir es in all den Jahren noch kein einziges Mal geschafft haben, nach Feierabend zusammen ein Bier zu trinken. Ja, ich verstehe dich, Erich. Lass mich nur noch darüber nachdenken. Ich brauche etwas Zeit. «

»Ja«, sagte Bloch. »Komm, wir gehen.«

* * *

Sie standen viel zu früh vor dem Kindergarten. Mit gefurchter Stirn hatte Frau Assmann-Burger Blochs Ausweis kontrolliert und dann Max holen lassen.

Max sah aus wie alle Jungen in seinem Alter, was bei Bloch ein diffuses Gefühl der Enttäuschung auslöste, unmittelbar gefolgt von Schuldbewusstsein.

Der kleine Max betrachtete ihn abwartend, aber aufmerksam.

Als Bloch im gleichen Alter war, hatte seine Mutter ihm die Haare immer mit Wasser glatt gekämmt. Wenn es auf Besuch ging, benutzte sie sogar Zuckerwasser, was eine helmartige Kruste auf seinem Kopf gebildet hatte. Max hatte einen nichtssagenden Kurzhaarschnitt. Auffällig waren lediglich zwei Wirbel, an denen das Haar störrisch und nestartig wirr nach oben stand.

Sah er Eva ähnlich? Eva war viel kleiner gewesen. Da fiel ihm ein, dass Eva noch ein Baby gewesen war, als er sie verlassen hatte. Eigentlich sah der Junge recht wach und verständig aus. Er war schon ein richtiger Mensch.

»Hallo Max«, sagte Bloch und steckte die Hände in die Jackentasche. »Weißt du, wer ich bin?«

»Du bis mein Opa«, antwortete Max und grinste kurz. »Und den da« – er wies auf Cenk. »Den da kenne is sson. Is der dein Freund?«

Hatte der Kleine einen Sprachfehler?

Bloch schaute zu Cenk, und das Echo eines Lächelns glitt um seine Mundwinkel. »Ja, das kann man schon so sagen, dass der mein Freund ist.«

Cenk sagte nichts. Die Leiterin des Kindergartens schaute genau hin und sagte auch nichts. Ihr Gesichtsausdruck ließ jedoch keinen Zweifel daran, dass sie gerne etwas gesagt hätte.

»Und stimmt das?«, fragte Max. »Stimmt das, du bis ein Geheimpolizist?«

Die beiden Männer tauschten einen Blick.

Diesmal grinste Cenk geradezu unverschämt und beugte sich hinunter zu Max. »Ja Kumpel«, sagte er. »Stimmt genau.« Und leiser, fast geflüstert: »Dein Opa, der ist von uns allen der Beste.«

»Dann is es ja gut«, meinte Max und streckte eine kleine, schmuddelige Hand aus.

»Kaufs du mir Pommes zum Mittagessen? Die kriege ich nämlich bei meiner Mama nie!«

19. Kapitel

Genau betrachtet«, sagte Dr. Schwarz und wies mit der rechten Hand auf einen freien Stuhl. »Genau betrachtet, geht es in unserem Beruf eigentlich immer nur darum, hinter das allzu Offensichtliche zu blicken, wenn Sie verstehen, was ich meine.«

»Ich glaube schon«, sagte Cenk, zog seine Jacke aus und hängte sie über die Stuhllehne, bevor er sich setzte. Dann blickte er sich schweigend um.

Auch Dr. Schwarz war nicht übermäßig gesprächig. Wahrscheinlich schlug es jedem Arzt, auch einem berufserfahrenen Psychiater, auf die Stimmung, wenn eine seiner ehemaligen Patientinnen abgestochen in der Badewanne lag und eine andere unter Mordverdacht stand, egal wie vage die Hinweise auch sein mochten. Und wenn dann noch gleichzeitig in der Boulevardpresse Hinweise auf einen Serienmörder breitgetreten wurden, verhagelte das wohl endgültig auch die optimistischste Therapeutenlaune. Da spendete auch das äußerst großzügig geschnittene Büro keinen Trost. Es lag in einem repräsentativen Gründerzeitbau, wirkte mit der hohen Stuckdecke hell und luftig, wären da nicht die Möbel gewesen, die wohl noch aus den Siebzigern stammten, das gelblich verfärbte Telefon mit der ausgeleierten und vielfach verdrehten Schnur und andere Kleinigkeiten, die erst auf den zweiten Blick den erbarmungswürdigen Eindruck verpasster Renovierungschancen vermittelten. Ein großes Fenster öffnete den Blick nach draußen in eine Art Parklandschaft. Winterlich kahle Baumriesen und wie zufällig verteilte Hecken vermittelten ein Gefühl von Geborgenheit und Weite gleichzeitig. Der Bodensee mit seinen trügerischen Oberflächen war außer Sichtweite. Zwischen der Psychiatrie und dem See lag eine der Bahnlinien, deren Züge regelmäßig wegen technisch bedingter Probleme ausfielen. »Technisch bedingt« hieß im Jargon der Deutschen Bahn Personenschaden; ein reiner Euphemismus, wie jeder wusste, der einmal eine Bahnleiche zu Gesicht bekommen hatte.

Cenk verbot sich diese abschweifenden Gedanken und wandte den Blick. Dr. Schwarz trug, genau wie der Kinderarzt, keinen weißen Kittel. Dieses Berufsmerkmal kam offenbar immer mehr aus der Mode. Das Alter des Arztes war schwer zu schätzen. Jung geblieben, dieser Ausdruck umschrieb seine Erscheinung wohl am besten. Eine sportliche Figur, gebräunte Gesichtshaut mit vielen Fältchen um die Augen herum, die sowohl von häufigem Lachen, als auch vom Blinzeln in die Sonne kommen konnten. Segler, entschied Cenk. Segeln, Wandern und Mountainbiken – die komplette Palette an Freizeitaktivitäten der Bodenseeregion. Wem, wenn nicht einem Psychiater am Bodensee, sollte es gelingen, eine ideale Balance zwischen Arbeit und Freizeit herzustellen? Der Fachausdruck dafür war *Work-Life-Balance*. Cenk hatte davon in einem von Sonjas Ratgebern gelesen. Sie hatte sehr viele solcher Bücher besessen und fast alle bei ihrem Auszug aus Cenks Wohnung mitgenommen.

Da Dr. Schwarz schwieg, führte Cenk das begonnene Gespräch weiter. »So wie Sie das beschreiben, haben unsere beiden Berufe ziemlich viele Parallelen. Auch wir Ermittler können uns nicht mit dem Augenschein zufriedengeben. Hinter dem, was wir präsentiert bekommen, steckt in der Regel viel mehr, als man auf den ersten Blick erkennt.«

Dr. Schwarz zeichnete mit dem Zeigefinger unsichtbare Muster auf die Tischplatte. Der Tisch war, abgesehen von drei unterschiedlich dicken Aktenmappen, vollkommen leer.

»Sicher gibt es Parallelen zwischen Ermittlern und Psychiatern«, sagte er. »aber da gibt es einen gravierenden Unterschied, über den wir beide uns erst einmal klar werden müssen – sonst kommen wir auch mit den Patientengeschichten nicht weiter, um die Sie mich gebeten haben.«

»Und das wäre?« Cenk hatte Durst. In dem penibel aufgeräumten Büro fand sich weder eine Kaffeemaschine noch irgendetwas anderes, das auf Trinkbares hatte schließen lassen. Da standen nur ein stummer Monitor, über den ein Bildschirmschoner mit dem Logo der Klinik glitt, sowie einige weiße Regale mit Büchern, deren Rücken so gerade ausgerichtet waren, als habe sie nach dem Einsortieren nie mehr eine Hand berührt.

»Sie suchen einen Täter.« Dr. Schwarz' Augen verengten sich leicht.

»Richtig«, antwortete Cenk. »Die Opfer haben wir ja bereits. Ich hoffe nicht, dass das jetzt irgendwie zynisch klingt.«

»Nicht im Geringsten«, sagte Dr. Schwarz. »Haben Sie Durst?«

Das war wohl ebenfalls eine Parallele zwischen Ermittlern und Psychiatern: die Fähigkeit Menschen zu durchschauen. Bei polizeilichen Verhören kam es sehr wohl vor, dass die Beamten Kaffee tranken und der Verdächtige nur Wasser bekam. Ausgesprochen knapp bemessenes Wasser.

Hier wurde kein Druck ausgeübt. Nur der Zeitdruck war eine Tatsache, die man nicht wegdiskutieren konnte. Mochte der Blick aus dem Fenster noch so sehr eine Gleichförmigkeit der Umgebung fern von Raum und Zeit suggerieren, die Tatsachen sprachen eine andere Sprache. In der Wohnung von Eva Bloch wartete Kronawitter auf weitere Hinweise.

Auch Bloch wartete. Bloch wartete auf andere Art.

Dr. Schwarz öffnete ein Fach seines Schreibtisches und entnahm ihm eine Wasserflasche und zwei Gläser. Mit beinahe fürsorglicher Geste goss er ein und schob Cenk ein Glas zu. Cenk trank, achtete aber darauf, nicht den ganzen Inhalt auf einmal hinunterzustürzen.

»Sehen Sie – genau das ist der Unterschied«, nahm Dr. Schwarz den Gesprächsfaden wieder auf. »Sie suchen einen Täter, und hier in dieser Klinik behandeln wir Opfer. Für uns sind alle, die hierher kommen, zuerst einmal Opfer.«

»Wirklich alle? Ohne Ausnahme?«

»Unbedingt. Wissen Sie, sonst könnte man diese Arbeit hier gar nicht durchhalten. Eine gewisse ...« Der Blick des Psychiaters schweifte zum Fenster hinaus. Dr. Schwarz zeigte eine irritierende Neigung zu unvermittelt auftretenden Gesprächspausen.

Cenk blickte auf seine Uhr. »Könnten wir vielleicht etwas konkreter werden?«

»Lassen sie mich nur schnell den Satz zu Ende führen. Ich wollte sagen: Ohne eine gewisse positive Voreingenommenheit kämen wir in der Behandlung unserer Patienten keinen Schritt weiter. Dann wäre alles nur Drill, und es würde nicht gelingen, unsere Patienten wieder fit zu machen für das Leben da draußen.«

»Schaffen Sie das denn?«, fragte Cenk, wider Willen interessiert.

»Oh ja, das kann man schon sagen. Man muss eine psychiatrische Erkrankung eben vorurteilslos betrachten. Sie kann jeden Menschen treffen. Manche sind einfach seelisch verwundbarer und reagieren mit einer Psychose auf gewisse ...« Sein Blick schweifte schon wieder nach draußen. »... auf gewisse, nun, nennen wir es mal Herausforderungen des Lebens. Menschen mit einem anderen seelischen Webmuster bekommen dann vielleicht einen Hörsturz oder einen Herzinfarkt. Der Unterschied ist aber, dass der Herzinfarkt nicht gesellschaftlich stigmatisiert ist. Bei manchen Berufsbildern, nehmen wir zum Beispiel die Manager, gehört ein Infarkt ja schon fast zum guten Ton. Was man von einer Psychose oder einer Depression nicht gerade behaupten kann.«

»So gesehen verstehe ich es, dass Sie Ihre Patienten erst einmal als Opfer betrachten«, sagte Cenk. »Kann man es so ausdrücken? – Opfer der Umstände? Oder ist das zu allgemein?«

»Lassen wir es mal dabei – ich denke als Arbeitsgrundlage für den Fall, über den Sie hier Informationen haben wollen, ist es ausreichend.« Dr. Schwarz griff nach den Akten und zog sie zu sich heran.

Cenk unterdrückte ein Aufatmen und griff hastig nach dem Wasserglas.

»Nehmen Sie nur so viel Sie wollen«, ermunterte ihn Dr. Schwarz, blätterte mit der einen Hand in den Papieren und schob ihm mit der anderen die Wasserflasche zu. »Wasser ist reichlich da.«

Er griff in die Brusttasche seines Hemdes und zog eine schmale Lesebrille heraus. Wer eine Lesebrille benötigt, ist mit ziemlicher Sicherheit über fünfzig. Dr. Schwarz wirkte auf irritierende Weise jünger. Cenk goss sich das Glas wieder voll. Das Wasser war geruchlos, geschmacklos und völlig ohne Kohlensäure.

»Es wird Sie vielleicht überraschen«, sagte Dr. Schwarz, »dass ich drei Patientenakten mitgebracht habe. Es gibt tatsächlich eine Verbindung zwischen den beiden Frauen, Eva Bloch und Sabrina Nürtinger.«

Sabrina, das war einer der Namen, die Frau Nürtinger auch ihrer Tochter gegeben hatte – dieser Name mit einem sozialen Stigma.

Als Cenk am Telefon gehört hatte, dass die Nürtinger und Eva vor vier Jahren in der gleichen Psychiatrieabteilung behandelt wurden, hatte er nur an seinen Kollegen gedacht und daran, wie Bloch diesen erneuten Schlag verkraften würde. Cenk hatte mit einem Beschützerreflex reagiert, in diesem Moment war er nur Freund gewesen und nicht Ermittler. Erst jetzt, in diesem Büro, das bis in den hintersten Winkel durchleuchtet wurde von einer klaren, unbarmherzigen Wintersonne, wurde ihm die Tragweite dieser Information klar. Selbst das Undenkbare schien auf einmal möglich: Eva in einen Tatzusammenhang zu bringen mit dem Mord an der Nürtinger. Cenk biss sich auf die Lippen.

»Und obwohl ich in der Kürze der Zeit vielleicht nicht alles vollständig beieinander habe«, fuhr Dr. Schwarz fort, »ergeben sich dennoch zusätzliche Hinweise auch auf eine dritte Person: und zwar auf einen Mann, den ich Ihnen sozusagen auf keinen Fall unterschlagen möchte.«

»Mit wem fangen wir an?«, fragte Cenk. »Welche Reihenfolge halten Sie für sinnvoll, Herr Schwarz?«

»Ich schlage vor, wir nehmen uns zuerst mal Frau Nürtinger vor – ein Opfer im mehrfachen Sinne.« Dr. Schwarz schlug die dickste Akte auf. An den Seiten und Registerkarten waren zahlreiche farbige Reiter und selbstklebende Notizzettel befestigt, was der Akte ein buntscheckiges Aussehen verlieh. »Sabrina Nürtinger, insgesamt drei jeweils mehrmonatige Klinikaufenthalte bei uns. Einmal war sie über ein Jahr hier. Jeweils Einweisung nach Suizidversuchen.« Dr. Schwarz schaute über den Brillenrand. »Was ihr auch zweimal beinahe gelungen wäre.«

»Depressionen«, warf Cenk im Ton einer Feststellung ein.

»Dieser Fall ist etwas komplizierter. Sabrina Nürtinger wurde über Jahre hinweg von mehreren Familienmitgliedern sexuell missbraucht. So etwas kommt vor, man hat es früher totgeschwiegen, heutzutage stellt man die Täter vor Gericht, und das Opfer erhält auf diese Weise eine Art Genugtuung. Für uns gehören solche Geschichten sozusagen zum klinischen Alltag. Manche Frauen werden besser damit fertig, andere bleiben ein Leben lang traumatisiert.«

»Ich nehme mal an, Frau Nürtinger gehörte zu der letzten Gruppe«, versuchte Cenk das Gespräch zu beschleunigen.

»Ja und nein. Frau Nürtinger war einer der ersten Fälle Ende der Achtzigerjahre, die nicht einfach nur diskret vor Gericht verhandelt und dann ad acta gelegt, sondern durch die Talkshows gezerrt wurden – vielleicht erinnern Sie sich? Das Privatfernsehen war damals noch relativ neu, und so ein Fall war ein echter Quotenbringer.«

Cenk konnte sich dunkel an eine solche Geschichte erinnern. Das Opfer war ein junges, hübsches Mädchen gewesen. Dunkle Haare, Mittelscheitel, schmales Gesicht – eine madonnenähnliche Erscheinung. Da bestand nicht die geringste Ähnlichkeit mit dem aufgequollenen Gesicht der Wasserleiche, die sie gestern aus der Badewanne gezerrt hatten.

»Und dann?«, fragte er. »Was passierte dann? War das denn nicht auch eine Art Therapie für die junge Frau? Ich kann mir vorstellen, dass das nicht unbedingt schadet, nachdem einem so etwas Schreckliches zugestoßen ist: die Aufmerksamkeit der Medien, die Zuwendung der Massen – und sie hat ja sicher auch Geld dafür erhalten, oder?«

»Das ist gerade das Problem«, sagte Dr. Schwarz. »Frau Nürtinger hat das genauso empfunden, wie Sie es gerade geschildert haben. Nur – irgendwann passierten andere schreckliche Dinge auf dieser Welt, die Entführung von Gladbeck, das Massaker auf dem Platz des Himmlischen Friedens, der Mauerfall – was ist dagegen eine missbrauchte junge Frau? Wie Sie schon sagten, das kommt täglich vor – man berauscht sich für kurze Zeit daran, ekelt sich vielleicht, guckt weg, guckt woanders hin.«

»Das ist der Lauf der Dinge«, meinte Cenk.

»Ja, genau. Nur – Frau Nürtinger hat das nicht einsehen wollen – konnte es vielleicht auch gar nicht verstehen. Sie fühlte sich prominent, das erste Mal in ihrem Leben war sie etwas wert. Man hörte ihr zu. Ihre Meinung zählte. Dass dies alles nur eine mediale Schaumblase war, hat sie nie erkannt. Sie wurde sozusagen ein zweites Mal missbraucht – diesmal von den Medien. Verbraucht, verdaut und wieder ausgespuckt. So kam sie dann zu uns.«

»Deswegen hat sie versucht sich umzubringen?«

»Ja und nein. Dieser erste Suizidversuch war eher appellativer Art. Sie wollte auf sich aufmerksam machen. In der Therapie stellte sich dann heraus, dass ihr gesamtes Selbstkonzept, sozusagen ihr inneres Drehbuch, nach dem sie dann ihr Leben auch konsequent gestaltete, auf der Fiktion beruhte, ein Opfer zu sein.«

»Was heißt hier Fiktion – wenn Frau Nürtinger kein Opfer ist, wer soll es dann sein? Was Sie sagen, ist wirklich hochspannend – aber zuerst einmal interessiert mich an der ganzen Sache lediglich, ob sich Eva Bloch und Frau Nürtinger schon damals kennen gelernt haben.«

»Nein.« Dr. Schwarz blätterte in der Akte ein gutes Stück weiter. »Das war erst bei Frau Nürtingers zweitem Krankenhausaufenthalt. Damals ist es ihr sicher ernst gewesen mit dem Suizidversuch. Sie blieb dann auch, wie gesagt, etwa ein Jahr bei uns. Zwischen Frau Bloch und Frau Nürtinger bestand eigentlich nur eine lockere Beziehung – nichts Spezielles. Frau Bloch war schwanger, und Frau Nürtinger hatte bereits ein Kind – vielleicht ergaben sich auf dieser Ebene Anknüpfungspunkte zwischen den beiden Frauen. Aber eine Freundschaft? Etwas tiefer Gehendes? Nein, sicher nicht. Ich weiß auch gar nicht, ob Frau Nürtinger damals dazu in der Lage war.«

»Wo war denn die kleine Yasmin zu dieser Zeit?«, fragte Cenk.

»In einer Pflegefamilie. Das wurde über das Jugendamt vermittelt. Als die Mutter wieder entlassen wurde, war die Kleine drei Jahre alt und kam in den Kindergarten. Frau Nürtinger hat das mit dem Kind im weiteren Verlauf auch sehr gut hinbekommen. Wenn man einmal von den vielen Krankheiten der Kleinen absieht, die kurze Zeit später begannen. Aber das Jugendamt hat nie etwas beanstandet, und ich habe auch später in einem Gutachten ausführlich begründet, dass eine weitere behördliche Begleitung in diesem Fall nicht mehr notwendig sei.«

Cenk schrieb einige Jahreszahlen auf und begann zu rechnen. »Wenn ich mich nicht vertan habe«, meinte er, »dann muss Frau Nürtinger während ihres ersten Klinikaufenthaltes schwanger geworden sein – stimmt das?«

»Das ist richtig«, bestätigte Dr. Schwarz. »Bereits kurz nach der Einweisung lernte Frau Nürtinger Hamza Alic kennen. Herr Alic war damals auch Patient in unserer Klinik.«

Cenk schrieb mit. Er zog einen Pfeil von Nürtinger zu Alic.

»Das ist dann wohl dieser Mann, den Sie mir nicht unterschlagen wollten«, sagte er. »Ist er Türke?«

»Nein«, sagte Dr. Schwarz. »Herr Alic war, oder besser, er ist immer noch Bosnier. Muslim. Er kam als Flüchtling und war schwerst traumatisiert. Das komplette therapeutische Team hat sich damals sehr für ihn eingesetzt. Leider konnten wir seine Abschiebung nur etwas hinauszögern, aber nicht verhindern.«

»Warum?«

»Nun ja, sehen Sie, Herr Alic war sozusagen ein Grenzfall. Ich habe Ihnen ja bereits gesagt, dass wir immer positiv und unvoreingenommen auf unsere Patienten zugehen müssen.« Dr. Schwarz machte wieder eine seiner Gesprächspausen. Als er weitersprach hatte sich eine deutliche Querfalte über seiner Nasenwurzel gebildet. »Im Fall des Herrn Alic war es zugegebenermaßen nicht einfach, diese positive Grundhaltung durchzuhalten.«

»Wieso?«

»Nun«, erneutes Zögern. Ein Blick über den See. Eine Federwolke. Ein zartes und haltloses Zufallsprodukt. Seltsamerweise veränderte die Wolke ihre Form nicht.

Cenk schoss plötzlich das Wasser in die Augen, und er musste blinzeln. Als er den Blick wieder zum Fenster wandte, war die Wolke verschwunden.

»Um es kurz zu machen: Hamza Alic war Söldner, ein Scharfschütze, um genau zu sein. Nach gängiger juristischer Auffassung kann man auch sagen, er war ein mehrfacher kaltblütiger Mörder.«

»Und in welcher Beziehung steht er zu unserem Fall?«

»Ist das nicht klar? Frau Nürtinger und er lernten sich nicht nur kennen, sondern – wie man so schön sagt – auch lieben. Keine Ahnung, was die beiden zueinander geführt hat. Herr Alic ist wesentlich älter und, verglichen mit der eher kapriziösen und extrovertierten Art von Frau Nürtinger, geradezu verschlossen und einzelgängerisch.«

»Gegensätze ziehen sich an«, meinte Cenk.

»Da mögen Sie vielleicht recht haben«, stimmte Dr. Schwarz zu. »Obwohl ich mir nicht so sicher war, ob Frau Nürtinger nicht auch wieder diese Beziehung im Sinne ihres inneren Drehbuchs benutzte: Die Sache hatte doch von vorneherein keine Zukunft. Zu groß waren die kulturellen und sprachlichen Barrieren. Dann noch die drohende Abschiebung und die finstere Vergangenheit des Herrn Alic. Als treu sorgenden Ehemann und Vater konnte ihn sich hier niemand vorstellen. Aber es kam, wie es kommen musste: Herr Alic ist der Vater von Frau Nürtingers Tochter Yasmin.«

»Hat er seine Tochter jemals kennen gelernt?«

»Frau Nürtinger hatte schon während der Schwangerschaft den Kontakt zu ihm völlig abgebrochen. Es kam zu einer geradezu innigen Feindschaft, wenn ich das mal so salopp ausdrücken darf. Wenn sie ihn geheiratet hätte, wäre er mit großer Wahrscheinlichkeit nicht abgeschoben worden, aber das stand nie ernsthaft zur Diskussion. Nachdem sie von ihm schwanger war, wollte sie nichts mehr von ihm wissen. Er hat das nie verstanden. Als das Kind zwei Jahre alt war, wurde er abgeschoben. Interessanterweise löste diese Nachricht bei Frau Nürtinger einen erneuten Krankheitsschub aus, und sie kam wieder eine Weile stationär zu uns. Aber danach hat sie sich wirklich sehr erfreulich stabilisiert. Um auf Ihre Frage zurückzukommen, Herr Alic hat seine Tochter nie gesehen. Aber er hat ihr jahrelang geschrieben – zuerst an die Adresse der Klinik und dann an das Jugendamt in Konstanz. Keiner dieser Briefe hat das Mädchen je erreicht. Die Mutter wollte nie, dass die beiden Kontakt aufnehmen.«

»Von der Motivlage her würde das also schon zusammenpassen, dass er Frau Nürtinger umbringt und im Anschluss daran das Kind entführt«, sagte Cenk.

»Ich gebe es nicht gerne zu«, sagte Dr. Schwarz in seiner bedächtigen Art. »Aber in diesem speziellen Fall ist das nicht völlig von der Hand zu weisen.«

Cenk schrieb mehrere Zeilen, strich das Geschriebene größtenteils wieder durch und unterstrich einzelne Wörter. Kreiste den Namen Yasmin ein und zog einen Pfeil von Yasmin zu Alic.

Dies alles erschien ihm viel zu glatt, die Indizienkette zu logisch und forderte gerade deswegen seinen Widerspruch heraus: die Männerstimme in der Wohnung der Nürtinger, die vielleicht zu Alic, dem Profikiller, gehörte. Dann der erbitterte Kampf mit einem körperlich überlegenem Gegner, zum Schluss der Vater, der sein eigenes Kind entführt. Cenk blinzelte angestrengt; irgendetwas passte nicht zusammen. In dieser Aneinanderreihung steckte ein Detail, das ihn störte.

»Das Täterhaar«, sagte er im Ton einer plötzlichen Eingebung und klopfte energisch mit dem Stift auf den Schreibblock. »Das Täterhaar stammt eindeutig von einer Frau. Bis jetzt hatten wir nur Eva Bloch im Visier – aber trotzdem ist nicht von der Hand zu weisen, dass dieser Alic eine kranke Persönlichkeit ist und ein Motiv hat. Gibt es ein Foto von diesem Mann?«

Dr. Schwarz blätterte in der Akte. »Leider nein.«

Cenk zückte sein Handy und rief im Dezernat an. Er sprach leise und eindringlich, lauschte angestrengt, buchstabierte den Namen Alic und ließ den Beamten am anderen Ende offenbar alles wiederholen.

»Sie suchen alle Informationen zusammen, die sie bekommen können. Vielleicht gibt es doch irgendwo ein Foto von Alic«, sagte er und setzte beinahe versonnen hinzu: »Bisher gingen wir nur von einem Täter aus – um genau zu sein: von einer Täterin. Seltsam, wie man sich schon nach so kurzer Zeit in einer Hypothese verrennen kann, nicht wahr.«

»Zweifellos«, antwortete der Arzt. »Auch uns fällt die Entscheidung manchmal nicht leicht, wie groß das Gefährdungspotenzial ist, das von einem Menschen ausgeht. Nehmen wir zum Beispiel Eva Bloch.« Er zog die dritte Akte zu sich heran.

Cenk beugte sich nach vorne, aber noch zögerte der Arzt,

die Akte aufzuschlagen. Ihm schien noch etwas anderes einzufallen.

Cenk biss sich wieder auf die Unterlippe. Die Zeit drängte, wer konnte wissen, was jetzt, gerade jetzt in diesem Augenblick, mit Yasmin passierte? Sie saßen hier im Warmen und schauten hinaus in das kalte, klare Winterlicht. Vielleicht war die Kleine dort draußen und fror – hoffentlich fror sie, hoffentlich spürte sie überhaupt noch etwas. Cenk zwang seine Ungeduld nieder. Er durfte den Arzt nicht zu sehr drängen, er war der Typ Mensch, der unter Druck immer langsamer wurde und verstockt reagierte. Und er spürte, wie ihm auf einmal der Schweiß ausbrach, im Gesicht, unter den Achseln, entlang der Wirbelsäule; es rann zuerst warm, dann unangenehm kühl über seine Haut. Cenk wand sich auf seinem Stuhl und atmete geräuschvoll aus.

Der Arzt blickte irritiert auf, fuhr dann aber in gewohnter Gemächlichkeit in seinem Gedankengang fort: »Eins erscheint mir noch wichtig zum Verständnis der Nürtinger-Geschichte: Ich erwähnte bereits, dass Frau Nürtinger sich und ihr Leben quasi inszenierte – vorzugsweise in der Opferrolle. Mit der Geburt der kleinen Yasmin kam aber ein völlig anderer Aspekt in ihr Leben hinein. Man kann wirklich sagen, dass sie durch das Kind menschlich gereift ist. Dieses Kind ist, wie sie schon wissen, häufig krank. Mehrfache Tests haben inzwischen bewiesen, dass die Kleine fast an der Grenze zur körperlichen und geistigen Behinderung ist. Andere Mütter, vor allen Dingen mit dieser Vorgeschichte, und dann auch noch alleinerziehend – andere Mütter würden an einer solchen Aufgabe vielleicht zerbrechen. Nicht so Frau Nürtinger – ich drücke mich nicht gerne so bombastisch aus, aber in ihrem Fall kann man schon sagen, dass sie über sich hinausgewachsen ist. Halten Sie mich nicht für zynisch, aber für die seelische Gesundung dieser Frau waren die Krankheiten der Tochter geradezu ein Glücksfall.«

Cenk ließ diese Äußerung unkommentiert, tippte lediglich leicht gegen den Deckel der Akte Eva Bloch.

Dr. Schwarz blätterte in der Akte, die deutlich dünner war als die von Frau Nürtinger und Hamza Alic.

»Eva Bloch – ja, lassen Sie mich nachdenken. Das war diese Guru-Geschichte, nicht wahr? Dieser angebliche Heiler, der mit jungen Frauen irrwitzige Hungerrituale durchführte? Der wird, glaube ich, noch einige Jahre dafür im Knast sitzen.«

Cenk erinnerte sich mit fast peinigender Genauigkeit an die damalige Szene: die langsam aus dem Nebel auftauchenden Überreste der niedergebrannten, indianischen Schwitzhütte, aus der sie die bewusstlose junge Frau herausgezogen hatten. Ihre runtergehungerte, völlig ausgezehrte Gestalt war unter Ruß und Dreck nahezu unkenntlich. Bloch jedoch hatte in dieser kahlgeschorenen Jammergestalt sofort Eva erkannt. Als Cenk das klar wurde, hatte er nicht gewusst, ob er dort hinschauen durfte, ob er weggehen oder besser bleiben sollte. Damals hatte er zum ersten Mal diesen peinigenden Konflikt zwischen der Rolle des Freundes und des Ermittlers gespürt. Obwohl er gar nicht wusste, ob er überhaupt als Freund gefragt war. Bloch schien keine Freunde zu brauchen, er wirkte meist unnahbar, manchmal sogar bis zur Unhöflichkeit abweisend – aber da waren auch diese anrührenden Momente der Schwäche, Momente, in denen klar wurde, dass hinter dieser griesgrämigen Fassade noch ein anderer Mensch verborgen war – einer, von dem Bloch vielleicht selber kaum etwas ahnte. Eva war ein Hinweis auf dieses verborgene Innenleben, sie verursachte immer wieder Risse in Blochs Fassade. Ihre ganze Jugend hindurch schien sie nur ein Ziel zu kennen: sich gegen den ungeliebten Vater aufzulehnen. Und darin war sie äußerst effektiv gewesen. Ihre Leidensgeschichte kannte Cenk nur allzu gut: Sucht, Anorexie, und vor vier Jahren diese lebensgefährlichen Ausflüge in die Esoterik, welche sie schlussendlich in die Psychiatrie brachten. Dieser verdammte Guru, dem sie sich damals bis zur Selbstaufgabe unterworfen hatte. Dieser Scharlatan, der eine unheimliche Macht über ihre Seele gewonnen hatte und dem sie vertraute wie einem Vater – mehr vertraute als Bloch, ihrem Erzeuger. Selbstverständlich musste es da eine Vorgeschichte geben. Aber Bloch war nicht der Typ, der seine väterlichen Sorgen vor anderen ausbreitete. Nein, nachdem klar war, dass Eva ihre Eskapaden überleben würde, hatte er nie mehr über seine Tochter gesprochen. Vier Jahre Funkstille. Oder Waffenruhe, wie auch immer man den Zustand nennen wollte. Wie würde es nun weitergehen? Würde Eva nun Blochs Fassade endgültig zum Einsturz bringen?

»Hören Sie mir überhaupt zu?« Der Arzt betrachtete Cenk prüfend über die Ränder seiner Lesebrille. »Sie waren gerade in Gedanken ganz woanders.« Er lächelte nachsichtig.

»Selbstverständlich«, antwortete Cenk viel zu hastig. »Ich höre Ihnen genau zu.«

»Wie gesagt«, fuhr der Arzt fort. »Als Eva Bloch damals zu uns kam, war sie erst einmal ein Fall für die Internisten. Halb tot, völlig runtergehungert, nur noch Haut und Knochen, aber trotzdem – wir konnten es kaum glauben – trotzdem stellte sich kurz darauf eine Schwangerschaft heraus.«

»Schwanger?«, wunderte sich Cenk. »Ich denke das geht nicht, wenn man so runtergehungert ist. Kommt da nicht die weibliche Biologie total durcheinander?«

»Normalerweise schon«, bestätigte Dr. Schwarz. »Aber Ausnahmen bestätigen auch hier die Regel – die Gewichtsabnahme ging offenbar schnell vonstatten, und die junge Frau war insgesamt nur wenige Wochen so stark untergewichtig. Man kennt sogar aus KZs Fälle, dass vereinzelt Frauen schwanger wurden, trotz extremer Mangelernährung.«

»Hat sie Angaben zum Vater gemacht?«

»Nein«, sagte Dr. Schwarz. »Da sich in der fünften Woche ihres Aufenthaltes diese Schwangerschaft herausgestellt hat, nehme ich aber an, dass dieser Guru der Vater ist. Wurde Sie nicht damals aus einer Hütte am Seeufer geborgen? Wer weiß, was die in dieser Hütte getrieben haben. Eine andere denkbare Variante wäre, dass dieser Bosnier, Hamza Alic, auch der Vater dieses Kindes ist. Frau Bloch kam zu uns, kurz bevor er abgeschoben wurde. Sie hatten auch Kontakt, aber Genaues weiß ich nicht. Wir sind kein Gefängnis. Frau Bloch hat sich jedenfalls immer hartnäckig geweigert, den Namen des Vaters anzugeben. Obwohl ihr das nur eine Menge Nachteile eingebracht hat. Da hat sie einfach auf stur geschaltet.«

»In dieser Beziehung kommt sie ganz auf ihren Vater«, rutschte es Cenk heraus.

»Ach ja?«, sagte Dr. Schwarz. »Mit ihren Eltern hat die Frau Bloch aber gebrochen, soweit ich das mitbekommen habe. Sie ist ein sehr spezieller Charakter, hat sich nie in die Karten schauen lassen, war sozusagen therapieresistent.«

Dr. Schwarz´ Tonfall war in der Beschreibung von Eva Bloch deutlich weniger wohlwollend als bei Frau Nürtinger und bei diesem Bosnier. Waren seine Sympathien eher bei Patienten, die sich als therapeutisch zugänglich erwiesen? War Eva Bloch ein Therapieversager? Eine Kränkung des behandelnden Arztes?

»Wer hat denn die Therapie bei Frau Bloch durchgeführt?«, fragte Cenk.

»Ich«, antwortete Dr. Schwarz und wies auf die schmale Akte. »Lange ist sie ja nicht bei uns geblieben, wie Sie sehen.

Aber ich habe schon dafür gesorgt, dass sie der Kontrolle nicht vollständig entglitten ist – das habe ich als meine Verantwortung angesehen – vor allem dem Kind gegenüber.«

»Wie meinen Sie das? Welcher Art von Kontrolle wurde Eva Bloch unterzogen?«

»Wie Sie sich vorstellen können, haben wir ausgesprochen gute Verbindungen zum Jugendamt. Ich habe dafür gesorgt, dass Frau Blochs Sohn sich unter der ständigen Kontrolle eines hervorragenden Mitarbeiters befand – ich wollte mir nichts vorwerfen lassen. Frau Bloch war infantil, therapieresistent, psychisch absolut instabil. Verdachtsdiagnose Borderline-Syndrom, vielleicht auch psychotische Episoden. Sie war immer extrem verschlossen, ließ nie jemanden an sich heran. Sie zeigt auch heute noch immer ein teilweise bizarres Verhalten, vor allem, was die Ernährung angeht. Sie hat zum Beispiel bei dem Kind sämtliche Impfungen verweigert und die Leiterin des Kindergartens, übrigens eine sehr erfahrene Frau, geht inzwischen davon aus, dass der Kleine deutlich entwicklungsverzögert ist. Ehrlich gesagt, ich hätte es von Anfang an für vernünftiger gehalten, das Kind in eine Pflegefamilie zu geben. Aber heutzutage versucht man, die Kinder möglichst lange bei den Eltern zu lassen und wartet dann die weitere Entwicklung erst einmal ab.«

»Sie halten nicht allzu viel von dieser Strategie, Herr Schwarz?«

»Ich möchte nicht schlecht über das Jugendamt reden – aber manchmal ist es schon extrem, was da abläuft. Jeder weiß, welcher Personalmangel auf der Behörde herrscht. Die Sozialarbeiterinnen und Familienhelferinnen müssen sich um viel zu viele Familien kümmern. Eigentlich geht es mich auch nichts an. Weder ich noch die Kollegen beim Jugendamt haben irgendwelche Möglichkeiten der Budgetaufstockung.

Ich will mich da nicht zum Richter aufspielen. Geld ist heutzutage überall knapp. Ich glaube, oft ist man einfach nur froh, wenn es einigermaßen läuft. Wenn nichts passiert, solange die Kinder noch klein sind. Wenn sie noch so klein sind, dann kann man sie verhungern lassen; man kann sie totschlagen und sogar verschwinden lassen, einfach so, als ob es sie nie gegeben hätte. Wenn sie sich erst mal selber versorgen können – und glauben Sie mir , diese Kinder werden sehr schnell selbstständig, wenn nicht mehr die Gefahr besteht, dass sie ganz konkret verhungern und verdursten oder dass man sie totmacht wie junge Katzen –, dann entspannt sich auch die Situation für das Jugendamt. Dann sind andere dran.«

»Wer denn?«, fragte Cenk naiv.

»Na ja - Ihre Kollegen zum Beispiel. Diese Kinder beginnen mit zehn Jahren zu klauen, Sechzehnjährige stechen mit Messern um sich, fahren besoffen Auto und knallen sich mit Drogen zu. Die eine Fraktion landet bei Ihnen, der Rest kommt zu uns. Jugendpsychiatrie – das ist wirklich ein Thema mit Zukunft. Diese vielen verwahrlosten und traumatisierten, jungen Menschen, die müssen doch irgendwo aufbewahrt werden, damit sie keinen größeren Schaden anrichten. Man kann sie ja nicht alle ins Gefängnis stecken.«

»Wahrscheinlich nicht«, sagte Cenk. »Aber wenn ich richtig informiert bin, dann werden in Deutschland zurzeit auch jede Menge neuer Jugendknäste gebaut. Es ist frustrierend.«

Eine Weile schauten beide schweigend zum Fenster hinaus.

»Um wieder auf unseren Fall zurückzukommen, Herr Schwarz. Wer war der Betreuer von Frau Blochs Sohn?«

»Das war Joachim Leimer. Dr. Joachim Leimer – der hat sich das nicht nehmen lassen. Er war zwar eigentlich nicht mehr ›an der Front‹ tätig und stand auch kurz vor dem Ruhestand. Aber dieser Fall interessierte ihn persönlich, und er hat ihn nicht an eine Sachbearbeiterin weitergegeben.«

Cenk seufzte und zog das Handy hervor. »Ich denke, ich muss jetzt noch einmal telefonieren. Sicher haben die Kollegen schon erste Ermittlungsergebnisse – mal sehen ob sich da ein Zusammenhang findet.«

Zuerst erreichte er Frau Kronawitter. Sie meldete sich aus Eva Blochs Wohnung. Cenks Angaben ergänzten wie fehlende Puzzleteile die Funde, die sie dort gemacht hatte. Cenk atmete scharf ein, legte die Hand über die Tastatur und flüsterte: »Sie haben tatsächlich in Evas Wohnung den Drohbrief gefunden, den die Witwe von Dr. Leimer hergezeigt hatte.«

Ein handschriftlicher Entwurf lag im Papierkorb, berichtete die Kronawitter, zerrissen zwar und mit vielen durchgestrichenen Wörtern, aber unzweifelhaft der gleiche Text, und außerdem hatten sie die entsprechende Textdatei im Computer gefunden. Es gebe überhaupt keinen Zweifel, Eva sei die Hauptverdächtige, es sei keine Zeit zu verlieren, aber dennoch müsse man mit allergrößter Umsicht vorgehen, immerhin war da ja noch dieses Kind. Man wisse nicht, zu was diese Frau noch fähig sei.

Aber das sei noch nicht alles.

Cenk klemmte sich das Handy zwischen Schulter und Kinn, blätterte hastig um, geriet ins Kritzeln und seine Zeilen in bedenkliche Schieflage. Aber die Zeit lief ihnen davon, Schönschrift war jetzt nicht wichtig. Auf Evas Telefon waren die Nummern der letzten Anrufe gespeichert, die bei ihr eingegangen waren. Eine Schweizer Nummer tauchte zweimal auf. Der Anschluss gehörte einer gewissen Familie Alic in Zürich. Cenk legte die Hand über die Tastatur und teilte Dr. Schwarz dieses Ergebnis mit.

»Ja, ich erinnere mich«, sagte Dr. Schwarz. »Hamza Alic

hat einen Bruder drüben in der Schweiz. Der hat damals mit seiner ganzen Familie Asyl bekommen.«

Die Schweizer Kollegen seien schon informiert, sagte Kronawitter, und sie wolle sich auch gleich auf den Weg machen. Sorgsam, fast als fürchte er, ein zusätzliches Geräusch zu machen, klappte Cenk das Handy zu.

»Jetzt haben wir zwei Verdächtige. Diesen Alic, der eine Art Phantom ist – bisher haben wir von ihm als einzige Spur lediglich eine alte Krankenakte und eine Schweizer Telefonnummer – und dann Eva Bloch, deren Haar wir vermutlich auf Leimers Leiche gefunden haben. Jetzt mal ganz ehrlich: Halten Sie Eva Bloch für fähig, einen Menschen zu töten?«

Diesmal wich Dr. Schwarz seinem Blick nicht aus. »Absolut«, antwortete er. »Ich halte jeden Menschen für fähig, einen anderen Menschen zu töten.«

»Bitte, Herr Schwarz. Geht es nicht etwas präziser? Sie kennen Eva Bloch so gut wie wohl kaum jemand sonst. Wir haben vollkommen klare Indizien – verstehen Sie, die Kollegen werden diese Frau jetzt jagen. Sie werden nicht lockerlassen – und sie hat dieses Kind. Wir haben da eine riesige Verantwortung. Wir müssen unbedingt wissen, ob sie auch in der Lage ist, diesem Kind etwas anzutun.«

Dr. Schwarz ließ den Blick wieder schweifen, diesmal aber nur für Sekundenbruchteile. Er klappte die Akten zu und stand auf. »Bitte kommen Sie mit«, sagte er. »Um diese Frage zu beantworten, muss ich etwas weiter ausholen, und deshalb möchte ich Ihnen etwas zeigen.«

Er führte Cenk einen langen, stillen Gang hinunter. Das Geräusch ihrer Schritte wurde von einem harten, noppigen Teppichboden geschluckt.

Das Brummen der Leuchtstoffröhren war das einzige Geräusch. Am Ende des Gangs lag eine doppelflügelige, schwere Tür, die Dr. Schwarz zuerst vorsichtig einen Spaltbreit öffnete und dann, als er sah, dass er niemanden bei der Arbeit störte, schwungvoll aufstieß.

Sie betraten einen großen, lichtdurchfluteten Raum, in dem mehrere Schreibtische mit Computerbildschirmen und anderen Gerätschaften standen, die Cenk nicht zuordnen konnte. In der Mitte des Raums stand eine separate Kammer, eine Art überdimensionale, liegende Tonne, aus der mehrere dicke Kabel herausführten, die mit den Geräten an den Tischen verbunden waren. Die Tonne erinnerte ihn vage an ein U-Boot.

Dr. Schwarz öffnete die schwere, kreisrunde Tür, die in die Kammer hineinführte. Sie war auf der Innenseite mit einer dicken Schaumstoffschicht ausgepolstert. Neonlicht flammte auf. Sie betraten den zylindrischen Raum, in dem sich eine Liege befand. Eine große Projektionsfläche hing an der dem Eingang gegenüberliegenden Wand. Ein kleines Schaltpult und armdicke Kabelbündel vervollständigten die karge Einrichtung.

»Die technischen Details erspare ich Ihnen«, sagte Dr. Schwarz. »Nur so viel: In dieser Kammer führen wir Untersuchungen im Rahmen einer Studie über Traumapatienten durch. Die Methode nennt sich Positronen-Emmissions-Tomographie, kurz PET. Eine Markierungssubstanz, meist ist es radioaktiv markierte Glukose, wird dem Patienten verabreicht und von stoffwechselaktiven Zellen aufgenommen. Mithilfe eines Computerprogramms lässt sich das Aktivitätslevel der einzelnen Zellen bildgebend darstellen, sodass wir sehr schöne Bilder vom arbeitenden Gehirn bekommen. Schauen Sie.« Dr. Schwarz schaltete einen Computer ein und holte eine papageienbunte Bildserie auf den Bildschirm. »Alles Querschnitte durch ein arbeitendes Gehirn«, erklärte er. »Natürlich kann man damit keine

Gedanken lesen, aber es sind sozusagen echte Liveaufnahmen, nichts Statisches.«

»Was hat das denn mit Eva Bloch zu tun?«

»Unter Umständen sehr viel. Ich erkläre Ihnen die Versuchsanordnung.« Er deutete auf die Projektionsfläche. »Auf der Liege befindet sich der Proband, und wir präsentieren ihm ultrakurze Bildsequenzen. Ich zeige Ihnen das einmal in einer verlangsamten Version.«

Auf der weißen Fläche tauchten nacheinander auf: eine mit Löwenzahnblüten gesprenkelte, sattgrüne Wiese, ein schlafender Löwe, ein Strand, ein Panzer. Eine Schildkröte, eine Sonnenfinsternis, spielende Kinder, marschierende Soldaten. Cenk begann sich zu langweilen. Ein sich küssendes Paar, ein lachendes Paar mit zwei blonden Kindern, ein von Artillerietreffern durchsiebtes Haus ohne Dach. Cenk schaute aufmerksam hin. Ein Sonnenuntergang, ein Erschießungskommando, der Delinquent zusammengesackt an einem Pfahl hängend, ein kaputter Regenschirm an einem Mülleimer hängend, ein junger Hund, mit riesigen, weit aufgerissenen Augen, drei Kinder mit Beinstümpfen.

»Ich glaube, das reicht.« Dr. Schwarz schaltete die Anlage aus. »Es ist im Prinzip eine einfache Versuchsanordnung.«

»Ich bin mir nicht sicher, ob ich alles genau verstanden habe.«

»Das kann man auch nur in Zusammenhang mit den PET-Bildern verstehen. Das Prinzip ist, dass wir unterschiedlichen Probanden dieselbe Bildsequenz, die Sie eben gesehen haben, vorführen. Das Faszinierende ist, dass ein traumatisiertes Gehirn und ein nicht-traumatisiertes Gehirn vollkommen unterschiedlich auf diese Bilder reagieren. Ein nicht traumatisiertes Gehirn wird auf die Kriegsbilder mit einer gewissen erhöhten Aufmerksamkeit reagieren, was wir bildgebend auf diese Weise darstellen können: Warten Sie einen Moment, die Datei wird geladen.«

Auf dem Bildschirm erschienen Bilder von Gehirnen, die blaugrünlich eingefärbt waren, mit vereinzelten roten und gelben Flecken.

»Rot und gelb zeigen eine erhöhte Stoffwechselaktivität an. Hier, bei diesem nicht-traumatisierten Probanden sehen Sie diese Verfärbungen vorwiegend im Bereich der Sehrinde, also eine völlig normale Reaktion beim Betrachten von visuellem Material. Hier sehen Sie dazu im Gegensatz Aufnahmen aus einem traumatisierten Gehirn.« Dr. Schwarz klickte weiter. Es erschienen Schnittbilder, die zuerst den vorherigen in der Farbgebung sehr ähnlich waren. Cenk entzifferte die Bildunterschriften: dort stand *N, N, N*, dann kam ein *K*, dann wieder dreimal *N*.

»Sehen Sie.« Dr. Schwarz deutete auf die Bilder. »N bedeutet neutraler Bildinhalt, also Sonnenuntergänge, Ferienbilder et cetera. K bedeutet Kriegsbilder. Die ersten drei Bilder waren neutral, dann kam ein Kriegsbild, dann wieder eine Serie neutraler Bilder. Und nun schauen Sie mal genau hin, was in einem traumatisierten Hirn geschieht.«

Es war eine einfache Aufgabe. Cenk murmelte: »Alles gelb und rot.«

»Ja, genau.« Dr. Schwarz Stimme hatte einen geradezu euphorischen Unterton. »Alles hoch aktiviert. Es ist nicht nur so, dass einzelne Teile des Gehirns mit erhöhter Aufmerksamkeit reagieren, nein, das gesamte System wird geradezu überschwemmt. Vollkommen egal, ob es die Bereiche für emotionale Kontrolle sind, für verbales Formulieren oder für motorische Kontrolle der Muskulatur – alles, alles wird überschwemmt von einem Flush traumatischer Inhalte. Sie kennen den Ausdruck ›sich vor Angst in die Hose machen‹? Das schildert einen möglichen Kontrollverlust der Muskulatur sehr drastisch, aber durchaus zutreffend. Und dieser Zustand dauert nicht etwa ein paar Sekunden, sondern sehen Sie mal ...« Er klickte sich durch eine nicht enden wollende Reihe von rotgelben Hirnaufnahmen. »Es endet nicht – dieser pathologische Erregungszustand bleibt über Minuten erhalten, völlig unabhängig von den Bildinhalten. Das letzte Bild – hier, der kaputte Regenschirm – wird dann zum Beispiel als verstümmelter Mensch wahrgenommen. Zusammengefasst bedeutet das: Wenn Sie bei einem traumatisierten Menschen einen bestimmten Reiz angetriggert haben, dann fallen alle Kontrollsysteme aus.«

»Um auf unseren Fall zurückzukommen«, sagte Cenk. »Sie meinen also, dass Eva Bloch in diese Gruppe von traumatisierten Menschen gehört?«

»Ich habe Anhaltspunkte dafür«, sagte Dr. Schwarz. »Hier, das ist die Datei von Eva Bloch. Überraschenderweise war sie damals mit dieser Untersuchung einverstanden.«

»Aber da tut sich gar nichts«, meinte Cenk, der mit Kennermine die Bilder betrachtete. »Erst mal tut sich nichts«, sagte Dr. Schwarz. »Das ist auch nicht anders zu erwarten. Kriegsbilder waren für diese Patientin auch nicht der geeignete Trigger. Aber jetzt kommt es, schauen Sie!«

»Tatsächlich«, sagte Cenk.

Eine Welle von flammendem Rot mit züngelnden, weißgelben Spitzen überzog auf einmal Eva Blochs Hirnscans.

»Was war denn hier der Auslöser?«

Dr. Schwarz blendete das entsprechende Bild ein. Es war ein Polizist in Uniform. Blitzende Jackenknöpfe, diskret an der Seite die schwarze Pistolentasche. Ein freundlich lächelnder Polizist, einer von der Sorte, an den sich bedenkenlos ein Kind wenden würde, wenn es sich verlaufen hat.

»Seltsam«, meinte Cenk.

»Ganz meine Meinung«, sagte Dr. Schwarz. »Ich denke mal, Ihre Kollegen können nicht mit einem allzu freundlichen Empfang rechnen, wenn Sie Eva Bloch in Uniform gegenübertreten.«

»Gibt es auch Bilder aus dem Gehirn dieses Bosniers?«

»Ja, natürlich. Aber die sind nichts Besonderes. Sein Hirn reagierte schon beim ersten Hinweis auf Militärisches und klinkte total aus, wenn ich das mal so sagen darf. Er ist durch seine Kriegserlebnisse schwerst traumatisiert, das wussten wir immer schon, und auch er wird bei der geringsten Bedrohung, zum Beispiel durch uniformierte Polizeikräfte oder beim Anblick einer Waffe, voraussichtlich ziemlich schnell die Kontrolle verlieren. Ich kenne aus der Literatur Fälle, bei denen ein beliebiges Geräusch ausreichte, um einen Kriegsveteranen in die traumatische Situation zurückzuversetzen. Wir nennen das *Flashback*. Das heißt, der Betreffende erinnert sich nicht nur an die Angst auslösende Situation, sondern er ist wieder mittendrin – einhundertprozentig und ohne die Möglichkeit auszusteigen. Er wird genauso reagieren wie damals, das heißt ...«

»Wenn er damals gelernt hat zu töten, wird er das auch wieder tun«, ergänzte Cenk. »Wissen Sie, was ich vermute? Ich wage es mal, die Hypothese aufzustellen, dass dieser Bosnier wieder zurückgekommen ist. Dass Eva Bloch sich damals mit dem Guru eingelassen hat, von dem Sie sprachen, halte ich für unwahrscheinlich. Er war doch gewiss eine Art Vaterfigur für sie. Vielleicht ist tatsächlich der Bosnier der Vater ihres Kindes. Was halten Sie von dieser Konstellation, Herr Schwarz: Die beiden haben gemeinsam alle aus dem Weg geschafft, die ihrer kleinen privaten Familienzusammenführung im Wege standen? Ich habe die Idee, dass die beiden jetzt mit dem Kind unterwegs sind nach Bosnien.«

Dr. Schwarz wiegte den Kopf. »Das klingt bestechend«, meinte er. »Aber es ist zu simpel. Irgendetwas stimmt nicht.«

»Ist auch nur so eine Hypothese«, sagte Cenk, schon im Hinausgehen begriffen.

Dr. Schwarz stand in der Luke seiner Untersuchungskammer und schaute ihm nach. »Sie finden den Weg?«

Cenk nickte und tippte gleichzeitig eine Nummer in sein Handy. Er musste unbedingt mit Kronawitter Kontakt aufnehmen. Ob er Bloch fragen sollte? Bloch war doch der Vater! Es schien alles so absurd. Aber waren nicht alle Tötungsdelikte in ihrem Kern absurd?

In dem Augenblick, als die Kollegin Kronawitter sich meldete, fiel es ihm ein: Eva konnte unmöglich zusammen mit Hamza Alic nach Bosnien flüchten, um dort eine neue Familie aufzubauen. Niemals würde ein Mann wie Alic auf seinen Sohn verzichten. Und den Sohn hatte Eva nicht mitgenommen. Der saß nämlich jetzt ganz woanders. Hoffentlich bei Pommes mit extra viel Ketchup.

»Entschuldigung«, sagte Cenk und drückte die rote Taste. Und mehr zu sich selbst: »Ich habe mich verwählt.«

20. Kapitel

Nachdem sie Max' Reisetasche in Blochs Wohnung gebracht hatten, entschlossen sie sich zu einem Spaziergang in die Altstadt.

»Zu McDonald´s«, gab Max die Richtung vor. »Der ist direkt am Bahnhof und da gibs prima Pommes.«

»In Ordnung«, sagte Bloch. »Ich muss sowieso noch einkaufen. Ich habe nur noch Kaffee im Haus.«

Sie gingen langsam. Max hielt Churchill an der Leine und ließ sich von dem Hund gemächlich von Laternenpfahl zu Laternenpfahl ziehen. Den Namen des Hundes sprach er auf seine Art aus: »Tschö-tschill«. Aber das war einerlei, der Hund gehorchte sowieso nur, wenn er es wollte.

»Is der gefährlich?«, hatte Max sofort gefragt, als Churchill ihm vor dem Kindergarten schläfrig entgegengeblinzelt hatte.

Da war Bloch kurz in Versuchung gewesen, aus Churchill einen Polizeihund zu machen, eine Superspürnase der Drogenfahndung oder einen Schutzhund, der jeden Einbrecher verjagte. Aber nach kurzem Zögern, dem eine flüchtige Betrachtung von Churchills Gestalt und Gesichtsausdruck vorausgegangen war, blieb Bloch dann doch lieber bei der Wahrheit. »Der wird vermutlich nur dann richtig gefährlich, wenn du versuchst, ihm ein Stück Schokolade wegzunehmen. Aber ehrlich gesagt, das habe ich mich noch nie getraut. Normalerweise ist er eigentlich eher faul und auf jeden Fall sehr verschmust.«

»Also isser ein Freund«, fasste Max zusammen und rief: »Tschö-tschill, komm mal her.« Und der Hund hatte sich schnaufend erhoben, hatte nicht nur mit dem gekringelten Schwänzchen, sondern mit dem ganzen Hinterteil gewackelt, war zu Max getappst und hatte sich brav an die Leine nehmen lassen.

»Ich habe mir schon immer einen Hund gewünscht«, erklärte Max das Verhalten des ansonsten so störrischen und schwerhörigen Mopses. Auch während des Spaziergangs unterhielt er sich ohne Unterbrechung mit dem Hund. Bloch hörte genau hin, und stellte fest, dass sich das Lispeln im Gespräch mit Churchill vollkommen verlor.

Seine Portion Pommes teilte Max brüderlich mit dem Hund. Er bestand darauf, draußen auf der Straße zu essen, weil er es unfair fand, den Hund angeleint, in der Kälte frierend und hungrig draußen sitzen zu lassen.

»Der friert nicht«, hatte Bloch gesagt. »Und er frisst sowieso zu viel.«

Aber Max hatte keinen Einwand gelten lassen. Sowohl der Hund als auch das Kind hatten Bloch mit dem gleichen, flehenden Gesichtsausdruck angeschaut, einem Gesichtsausdruck, der ihm bis hin zur in Querfalten aufgeworfenen Stirn absolut spiegelbildlich erschien. Bloch musste nicht draußen in der Kälte stehen, denn Max schickte ihn wieder in die Warteschlange vor dem Tresen zurück. Eine einzige Portion Pommes sei entschieden zu wenig für den gemeinsamen Hunger der beiden. Bloch erfüllte seinen Auftrag ohne Murren, beobachtete Max durch die großen Fenster und wusste nicht so genau, ob man ein vierjähriges Kind einfach so auf der Straße stehen lassen durfte.

Die kleine Yasmin war auch alleine auf der Straße gewesen, als sie verschwand, einfach so.

Max stand dort, lässig an die Laterne gelehnt, die Winterjacke offen, die Mütze weit nach hinten geschoben, sodass ein Busch blonder Haare wirr nach vorne ragte. Er hielt die heißen Kartoffelstäbchen mit Daumen und Zeigefinger am äußersten Ende fest und war damit beschäftigt, Churchill das Männchen-Machen beizubringen. Churchill tat ebenfalls sein Bestes und schnappte mit Zartgefühl nach der fettigen Prämie.

Wenn das nur gut ging. Gestern war der Hund noch krank gewesen.

»Wenn du ein Polizist bist«, meinte Max später, nachdem er sich die fettigen Finger abgeleckt hatte. »Dann musst du immer alles richtig machen, stimmt´s?« Max steckte die rechte Hand in die Jackentasche, ohne dabei die Hundeleine loszulassen. Seine linke Hand blieb draußen. Max schaute schräg nach oben.

»Na ja, man gibt sich Mühe, nicht wahr«, brummte Bloch und zog seine Hand aus der Wärme der wattierten Jacke.

Sie standen dicht nebeneinander, ein kleines Bollwerk, mitten auf dem Bürgersteig, umwogt von Passanten, die ihnen auswichen, ohne sie eines weiteren Blickes zu würdigen. Köpfe zogen vorbei, Gesichtsscheiben tauchten auf, wandten sich ab, versanken. Ein Schäferhund beschnupperte Churchill von hinten, woraufhin Churchill sich hinsetzte und ein beleidigtes Gesicht zog.

»Komm, wir gehen weiter«, sagte Bloch.

»Wohin denn?«, fragte Max, und seine kleine Hand schlüpfte in Blochs große, knotige Hand. Auf einmal wurde es sehr warm. Max ließ sich an der Hand führen, als wäre es schon immer so gewesen, und auch Churchill trottete ungewöhnlich brav neben ihnen her. Kein einziges Mal musste Max an der Leine zerren.

Sie schwiegen sich um mehrere Hausecken, bis Bloch meinte: »Magst du Kartoffelpüree, oder was isst du so am liebsten?«

»Kartoffelpüree ist schon voll okay«, meinte Max großzügig. »Meine Mama macht unser Brot immer selber, wusstest du das?«

»Nein«, sagte Bloch. »Aber ich glaube nicht, dass ich auf meine alten Tage noch das Brotbacken lerne.«

»Das macht nichts«, tröstete ihn Max. »Dafür bist du ja mein Opa.« Diese Logik erschloss sich Bloch nicht auf Anhieb, aber er stellte fest, dass das Lispeln des Jungen mittlerweile völlig verschwunden war.

Sie waren in einer ruhigen Seitenstraße, als Churchill mitten auf dem Gehweg sitzen blieb und ein klägliches Gesicht zog.

Sie warteten eine Weile.

»Dieses fettige Zeug, was er eben gefressen hat. Das konnte ja nicht gut gehen«, sagte Bloch und zog Max eilig weiter.

Max widersetzte sich. Er löste seine Finger aus Blochs Hand und blieb stehen. »Du, Opa?«

»Hm?«

»Du hast doch gerade eben gesagt, dass ein Polizist immer alles richtig machen muss, oder?«

»Ja schon, aber was meinst du jetzt damit?«

»Meine Mama sagt immer, die Leute müssen den Hundekaka wegmachen, weil man sonst da reintritt, und das ist dann total eklig. Hast du nicht so einen kleinen Beutel, wo man den Kaka reinmachen kann?«

»Max«, sagte Bloch und bemühte sich, möglichst dienstlich zu klingen. »Durchfall kann man nicht wegräumen. Komm jetzt, wir hauen ab, bevor es einer merkt.«

Max kicherte und zog kräftig an der Hundeleine. Seine Nase lief entsetzlich.

Zwei Straßenecken weiter zog Bloch die rechte Hand aus der Jackentasche und wedelte mit einem Papiertaschentuch. »Komm mal her, junger Mann. Wir müssen deine Nase putzen.«

Max streckte ihm die Hundeleine entgegen. »Das kann ich schon alleine. Aber dafür brauche ich beide Hände. Hältst du mal den Hund?«

Bloch übernahm die Leine und reichte Max das Taschentuch. Max schnaubte sich lange und gründlich die Nase und betrachtete danach ausgiebig das Produkt seiner Anstrengungen im Taschentuch.

»Muss das sein?«, meinte Bloch. »Du kannst es doch einfach wegschmeißen.«

»Auf den Boden?«

»Nein, natürlich nicht. Da hinten ist ein Papierkorb.«

Er zwinkerte ihm zu. »Du weißt doch, ein Polizist macht keine Fehler.«

»Es ist ja nicht wegen der Rotze«, Max schaute weiter in das Taschentuch hinein. »Nur – ich habe manchmal Angst, wenn ich so doll meine Nase putze, dann fliegt mir mal ein Stück vom Gehirn raus.«

»Wie kommst du denn auf so einen Blödsinn?«

»Die Arschmann-Burger, also ich meine, die Frau Assmann-Burger im Kindergarten, die hat mal gesagt, pass auf, dass dir dein bisschen Gehirn nicht auch noch verloren geht. Die ist nämlich voll gemein, musst du wissen.«

»Ja, das kam mir auch so vor«, bestätigte Bloch. »Ich glaube, die ist nicht so nett zu Kindern.«

»Echt wahr. Und du bist wirklich sicher, da kommt kein Gehirn raus beim Naseputzen?«

»Todsicher. Komm weiter, wir müssen noch einkaufen. Also – Kartoffelpüree geht in Ordnung. Und was hältst du von Würstchen? Oder vielleicht lieber Spiegeleier?«

»Das schmeckt eigentlich alles total lecker, Opa. Bloß keinen Salat. Salat mag ich nämlich überhaupt nicht.«

»Musst du denn bei deiner Mama keinen Salat essen?«

»Doch«, sagte Max kleinlaut. »Doch, muss ich bei meiner Mama Salat essen, aber ich dachte, weil du so supernett bist ...«

Es war ein winzigkleiner schräg nach oben geworfener Blick, der Bloch traf. Ein Blick, der jeglichen Gedanken an gesunde Kinderernährung unmittelbar ad absurdum führte.

»Ach, weißt du Max, ich glaube in Eiern und Kartoffelpüree sind auch jede Menge Vitamine drin, da mach dir mal keine Sorgen!«

Sie betraten einen kleinen, türkischen Laden. Bloch kaufte oft hier ein. Er mochte die großen Supermärkte und Einkaufszentren nicht. Die wenigen altmodischen Tante-Emma-Läden, die sich in den Wohngebieten noch gehalten hatten, gehörten meistens Ausländern. Diese engen und vollgepfropften Läden führten auch ein üppiges Sortiment an Instant-Produkten wie Kartoffelpüree und Tütensuppen, sodass Großvater und Enkel problemlos das fanden, was sie brauchten. Die Würstchen enthielten zwar kein Schweinefleisch, aber das war vermutlich sogar gesünder. Bloch trug seine Einkäufe in einem Drahtkörbchen zur Kasse, und Max zeigte auf ein buntes Sortiment von Dauerlutschern.

»Zwei«, sagte Bloch. »Für heute zum Nachtisch und für morgen.«

»Ich bleibe aber vielleicht fünf Tage.« Max warf wieder einen seiner Blicke nach schräg oben. Dann nahm er zwei rote, zwei grüne und einen gelben Lutscher.

Bloch zahlte.

Als sie draußen Churchill losbanden, meinte Max: »Die Straße hier kenne ich. Von hier aus ist es gar nicht weit zu mir nach Hause.«

»Ach so«, sagte Bloch. »So nah haben wir die ganzen Jahre beieinander gewohnt? Ist aber komisch, dass wir uns vorher noch nie begegnet sind.«

»Hm, schon komisch«, bestätigte Max, nestelte das Papier von einem roten Dauerlutscher und schob ihn sich in den Mund. Er fuhrwerkte mit dem Zuckerzeug in wildem Auf und Ab auf seiner Zunge herum. Es klapperte so laut gegen seine Zähne, dass es Bloch kalt über den Rücken lief. Dann streckte Max ihm die Zunge raus. »Sieht man was?«, fragte er.

»Was soll man denn sehen?«

»Ist die Zunge rot?«

Natürlich war die Zunge rot. Welche Farbe sollte sie auch sonst haben.

»Der färbt nämlich ganz doll, der Dauerlutscher. Am dollsten färben die blauen, aber die hatten sie nicht in dem Laden. Gehen wir zu mir nach Hause? Ich zeige dir, wo ich wohne.«

Warum sollten sie eigentlich nicht dort vorbeigehen? Die Einkaufstasche war nicht übermäßig schwer. Es sah auch nicht nach Regen aus. Keine Sturmwarnung für den See.

Was sollte das Kind auch spielen in Blochs Wohnung? Er besaß noch nicht einmal einen Fernseher.

Man könnte sagen, dass man Spielzeug holen müsse für den Jungen. Das würde auch die Kollegin Kronawitter einsehen müssen. Sofern sie überhaupt noch dort war.

Bloch wickelte sich die Henkel der Plastiktüte um das Handgelenk.

»Das ist eine sehr gute Idee, Max. Dann zeig mir mal, wo du wohnst.«

Rein theoretisch war es auch möglich, dass sie ihn dort erwarteten. Dass die Kollegen dort standen und sagen würden: Sorry. Genau das würden sie sagen. Sorry, Bloch altes Haus, wir haben uns geirrt. Da war gar nichts mit deiner Tochter. So ein Blödsinn. *Welcome back home*. Oder so ähnlich.

Wer weiß.

»Weißt du, was ich mir gerade überlege, Opa?«

»Was denn?«

»Ich meine ja nur, wenn es ginge, dass man das Gehirn beim Naseputzen rausholt. Ich habe schon kapiert, dass das nicht geht – das hast du mir ja eben erklärt. Aber wenn es möglich ist, man kann sich das ja einfach mal so vorstellen, oder?«

»Ja, das kann man. Vorstellen kann man sich alles, Max.«

»Also gut. Wenn ich mir vorstelle, dass mein Gehirn im Taschentuch drin ist, dann könnte ich auch meine Gedanken lesen. Da steht dann ja alles drin geschrieben. Meine Mama sagt immer, alle Gedanken kommen aus dem Gehirn. Das wäre doch toll, oder, Opa?«

»Ich weiß nicht, Max. Im Gehirn lesen, so wie in einem Buch? Ob das so toll wäre? Dann sieht man doch auch alle Geheimnisse.«

Max dachte nach. »Ich habe, glaube ich, gar keine Geheimnisse«, sagte er dann. »Also keine schlimmen, meine ich. Aber die Mama, die hat welche. Zum Beispiel meine Geburtstagsgeschenke – die könnte ich dann vorher sehen. Das wäre lustig, oder?«

Bloch antwortete nicht, guckte aber wie ein Polizist. Max wurde rot.

»Trotzdem«, beharrte er. »Ich würde mir gerne mal beim Denken zugucken. – Da!«, rief er. »Da vorne ist unser Haus. Guck mal, die Tür steht sogar offen!«

21. Kapitel

Die grenzüberschreitende Zusammenarbeit der Konstanzer Polizeikräfte mit den kantonalen Behörden in Zürich funktionierte schon seit vielen Jahren reibungslos.

Als Kronawitter das Treppenhaus in der Zürcher Weststraße betrat, war alles vorbereitet. Der Zugriff erfolgte nur wenige Sekunden später. Nachdem die Korridortür der fraglichen Wohnung auch auf dreimaligen Zuruf hin verschlossen blieb, warf sich einer der jungen, schwarz vermummten Polizisten der Spezialeinheit gegen das Holz, welches unmittelbar zersplitterte.

In dieser Phase der Sonderaktion hielt sich Kronawitter im Hintergrund. Die Schweizer Kollegen waren optimal ausgerüstet. Einerseits in defensiver Hinsicht, mit Gesichtsmasken zur Verschleierung der eigenen Identität sowie mit Helmen und schusssicheren Westen zum Schutz lebenswichtiger Organe, andererseits auch mit Instrumenten zur Selbstverteidigung: Reizgas und klobige Abschussvorrichtungen für Gummigeschosse, die auf nahe Distanz durchaus in der Lage waren, schwere innere Verletzungen hervorzurufen. Die obligatorische, diskret im Holster getragene Dienstwaffe fiel da kaum noch auf.

Die Zurückhaltung der ermittelnden Kriminalkommissarin in der aktiven Anfangsphase einer solchen Aktion verbesserte das Arbeitsklima nach Erstürmung einer Wohnung erheblich. Das wusste Kronawitter aus der Erfahrung früherer Einsätze. Die jungen Polizisten wurden zwar ausgiebig in Strategien zur Deeskalation geschult, aber waren sie erst einmal in voller Kampfmontur, gleichermaßen überschwemmt von Adrenalin wie auch von Testosteron, dann gab man ihnen auch wohlweislich die Möglichkeit sich auszutoben. Selbstverständlich nur im Rahmen des Erlaubten. Das Zertreten der Eingangstür gehörte genauso dazu wie das Herauszerren von Schubladen und die Zerstreuung ihres Inhalts. Höhepunkt war dann die Niederwerfung des Verdächtigen auf Teppichboden oder kalte Fliesen, je nachdem wie es die Umstände ergaben. Dies alles waren relativ stereotype Drehbuchelemente, die aber jedes Mal zuverlässig zur seelischen Ausbalancierung der jungen, männlichen Kollegen beitrugen.

Frau Kronawitter hörte aus der Wohnung ein kurzzeitiges Anschwellen verschiedener Geräusche. Ein Rufen war darunter, das Schreien eines Säuglings, Worte in einer fremden Sprache, auch in Schweizerdeutsch, soweit sie das mit ihren rudimentären Kenntnissen der hiesigen Dialekte beurteilen konnte. Dann herrschte Ruhe.

Kronawitter betrat die Wohnung, ging rasch durch eine enge Diele und gelangte ins Wohnzimmer. Die Einrichtung entsprach in etwa der, die sie auch aus türkischen Haushalten in den Wohnblocks von Frankfurt-Sossenheim kannte. Das Zimmer wurde von einem riesigen Fernseher und einer wuchtigen Schrankwand dominiert, die mit Kitsch und Nippes vollgestopft war. Teppiche überall. In der Mitte des Raums ein ebenso überdimensioniertes Schlafsofa mit einer Unzahl Kissen. Es war diese Art von Sofa, auf der auch mehrere unerwartete Gäste problemlos übernachten konnten.

In der Mitte des Sofas saß ein dicklicher, unrasierter Mann. Er war mit einer dunkelblauen Trainingshose und einem Unterhemd bekleidet. Auf seinen Knien schaukelte er einen Säugling. Mit der rechten Hand hielt er einen Schnuller im Mund des Babys fest, offensichtlich, um es am Schreien zu hindern. Das Baby kniff die Augen zusammen, runzelte die Stirn, bewegte die Lippen und schien mit der Zunge wiederholt gegen den Schnuller zu stoßen, um ihn aus dem Mund hinauszubefördern.

Neben dem Mann saß ein etwa sechsjähriger Junge mit strähnigen, schwarzen Haaren. Sein Gesicht schien nur aus Augen zu bestehen. Er hatte die Beine eng an den Körper gezogen und das Kinn auf die Knie gepresst.

Neben dem Sofa standen zwei Polizisten, unkenntlich durch ihre schwarzen Gesichtsmasken.

»Herr Alic?«, fragte Kronawitter.

»Ja«, antwortete der Mann auf dem Sofa. »Alic, das bin ich. Aber bin ich nicht Mann, was Sie suchen.«

»Er behauptet, er sei nur der Bruder des Flüchtigen«, sagte einer der Polizisten. »Die Kollegen überprüfen gerade die Papiere.« Er wies mit dem Kinn durch die offenstehende Küchentür, wo sich ebenfalls einige Polizisten aufhielten.

»Unser Vogel ist wohl ausgeflogen«, stellte der Polizist fest.

Das Baby wedelte mit beiden Armen, griff in die Luft und stieß quietschende Laute aus.

»Ich nehme sie mal.« Der Junge streckte die Arme aus und der Mann übergab ihm das Baby. Der Schnuller rollte auf den Boden. Das Baby hob sein flaches Gesicht, das mit roten Flecken überzogen war, und lächelte Kronawitter an. Der Mund des Babys war sehr breit. Es hatte noch keine Zähne.

Frau Kronawitter fuhr sich rasch mit der Zungenspitze über die Lippen, die wie üblich perfekt geschminkt waren. Am Morgen hatte sie einen klaren Rosé-Ton gewählt. Eine sauber wirkende, unaufdringliche Farbe.

»Habe ich doch schon vielmal gesagt.« Der Mann sprach mit monotoner Stimme und vermied den direkten Blickkontakt. Meistens starrte er auf seine Hände, die reglos auf den Oberschenkeln lagen.

»Habe ich gesagt, hat vor einer Stunde telefoniert andere

Frau mit Hamza. Hat sie gewusst, er ist hier. Warum sie hat gewusst das, habe ich keine Ahnung. Dann Hamza hat er genommen meine Lieferwagen, und hat er auch genommen diese Kind. Kleine Mädchen, heißt Yasmin. Hat er nichts gesagt. Ist einfach weg. Hat er sogar gelassen diese Rucksack von kleinen Mädchen, können Sie selber sehen. Hängt noch draußen an Garderobe. Ist er einfach gegangen, mit mein Auto, und ich weiß nicht wohin. Ich glaube, hat diese Frau gesagt, dass kommt Polizei. Hat meine Bruder immer gehabt große Angst vor Polizei. Sie müssen verstehen.«

Der kleine Junge wiegte das Baby und kitzelte es unter dem Kinn. Das Baby gluckste und gurrte und versuchte durch Blicke mit Kronawitter Kontakt aufzunehmen.

Kronawitter lächelte.

Im gleichen Augenblick ertönte aus dem Nebenzimmer ein unerhörter Schrei. Ein Schrei, hoch und heulend, der unmittelbar darauf in einem Schluchzen zerfaserte.

Es waren nur wenige Schritte. Der schwarze Polizist öffnete die Tür.

»Moment«, flüsterte Kronawitter. »Nicht reingehen!«

Ein überraschend großes Schlafzimmer, rosa und weiß, ein zerwühltes Doppelbett. Neben dem Schrank ein Spiegel. Der Spiegel leer.

Am Fenster ein Mädchen. Lange, schwarze Haare, schlank. Man sah nur den Rücken. Sie mochte zehn Jahre alt sein oder fünfzehn. Die Fensterflügel weit offen. Eine Gardine wehte nach draußen.

Auf dem Fensterbrett, ihnen den Rücken zuwendend, stand in aufrechter Haltung eine Frau mit Kopftuch, eine grob gestrickte Weste spannte sich über ihre Schultern, Stoff bauschte sich um ihre Hüften und Beine, Stoff hing auch in reichen Falten um die Handgelenke herab. Die Arme hielt sie waagerecht, die Hände, für den Betrachter unsichtbar, schienen sich am Mauerwerk festzukrallen oder – es gab Kronawitter einen Stich – sie war kurz davor, sich an der Fensterlaibung abzustoßen, gleich einem Kunstspringer, der die Arme in einer eleganten Bewegung nach hinten zusammenführt, um Schwung zu holen, unmittelbar vor dem Schritt ins Leere. Die Frau wippte in den Knien und kippte ihren Körper in einer abgehackten Bewegung nach vorne, das Mädchen folgte ihr leise keuchend, ließ jedoch nicht locker, umklammerte weiter mit verbissener Energie die Unterschenkel der Mutter, um die musste es sich ja handeln, und verhinderte auf diese Weise, dass sie komplett abstürzte.

Was war das? Ein Fluchtversuch? Ein Suizidversuch? Die Bemühungen der Kleinen waren hilflos. Wenn die Frau ernst machte, würde die Kleine mit ihren schwachen Kräften nicht die geringste Chance haben, den Sturz aufzuhalten. Ganz im Gegenteil: Es bestand die Gefahr, dass die Mutter ihre Tochter mit sich in die Tiefe riss. Kronawitter überschlug die Entfernung von der Tür bis zum Fenster, erinnerte sich an ein Baugerüst, über das man eventuell von außen bis zum Schlafzimmerfenster gelangen konnte, verwarf diesen Gedanken jedoch unmittelbar. Das Baugerüst befand sich am Nachbarhaus, fiel ihr ein, das Schlafzimmerfenster war unerreichbar. Außerdem würde die Frau es sofort sehen und nicht zögern zu springen, wenn sich von außen einer näherte. Das Fenster erschien Kronawitter unfassbar weit weg, ganz so, als betrachte sie es durch ein umgedrehtes Fernglas. Je länger sie zögerte, desto unmöglicher erschien es ihr, diese Distanz unbemerkt zu überwinden. Selbst wenn sich einer der Beamten vom SEK mit aller Vorsicht anschliche – die Frau würde es doch bemerken. Und die Katastrophe wäre unvermeidbar.

Kronawitter stand im Türrahmen. Sie spürte genau, wie ihr

das Blut aus dem Gesicht wich und die Kälte anflutete. Gegen eine solche kalte Blässe half kein Lippenstift dieser Welt.

»Kann deine Mutter mich verstehen?«

Das Mädchen nickte.

Deeskalationsstrategien, schoss es Kronawitter durch den Kopf. Man muss miteinander im Gespräch bleiben. Das galt für Täter wie für Opfer gleichermaßen.

Eigentlich war es am Anfang egal, was man sagte. Hauptsache, man bekam eine Antwort. Das war der erste, der wichtigste Schritt. Alles Weitere würde sich finden.

»Frau Alic, hören Sie mich?«

Sprich nur ein Wort, dachte Kronawitter, und meine Seele wird wieder gesund. Als Kind musste sie jeden Sonntag in den Gottesdienst. Sie hatte schon lange nicht mehr gebetet. Beten galt im Allgemeinen als unprofessionell.

Da waren Worte in einer fremden Sprache. Geflüsterte Worte, nach draußen in den Hinterhof gesprochen, wo tief unten die Mülltonnen standen. Taubengurren. Das Klatschen von Flügeln. Das Rauschen des Verkehrs. Motorengeräusche.

Die Stimme der Frau, rau und heiser vor Anstrengung, die Worte in den Umgebungsgeräuschen fast unverständlich, aber sie wiederholte sich in einem Lamento, einer Litanei der nicht endenden Leiden.

»Bist du vielleicht gekommen in meine Haus um zu retten Leben«, sagte sie. »Ich will aber nicht mehr diese Leben, weil es tut weh, das Leben. Immer und immer tut es weh, und halte ich nicht mehr aus diese Schmerzen.« Ihre Stimme erlosch.

Ich bin nicht würdig, dass du eingehst unter mein Dach, hallte es in Kronawitters Schädel, und sie sah sich in der harten Kirchenbank knien, spürte, wie sie das Gewicht vom rechten auf das linke Knie verlagerte. Und sprich nur ein Wort, rief es. Aber irgendein beliebiges Wort war nicht genug. Es mussten andere Worte fallen, bessere, verbindliche, solche, die diese Frau wieder zurückholten, wenn schon nicht ins Leben, dann doch wenigstens in dieses Zimmer.

»Frau Alic«, Kronawitter atmete tief ein. »Denken Sie doch an Ihre Kinder.«

Jetzt weinte das Mädchen. Tonlos, ohne Schluchzen, aber das Gesicht, als sie es wieder in Richtung der Schlafzimmertür wandte, war nass.

»Mama sagt, hat sie lange genug durchgehalten, und wenn ich nicht loslasse, sie nimmt mich mit.«

Die Entscheidung fiel in Sekundenbruchteilen. Eine kurze Kopfbewegung, ein Schritt zurück in den Gang. Zwei Beamte des Einsatzkommandos, geschult und mit hervorragenden Reflexen, ließen die Distanz zwischen Tür und Fenster in Sekundenbruchteilen zusammenschrumpfen. Es musste gelingen, es gab nur diese einzige Chance. Als jedoch die Körper ins Rutschen gerieten, begann eine Glocke in Kronawitters Kopf zu schrillen, gellte weiter und übertönte das »Nein«, das irgendjemand schrie, laut schrie, und es hörte einfach nicht auf, es geschah alles wie in Zeitlupe: die Falten des geblümten Kleiderstoffes, welche durch die sich öffnenden Finger des Mädchens glitten, wie sie sich vergeblich vorbeugte, um sich wieder festzukrallen, der Blick eines gejagten Tieres, den sie kurz über die Schulter warf, die Hände der Beamten, gestreckt bis in die Fingerspitzen, weit geöffnet, die pechschwarzen Pupillen des Mädchens, welche die Sturzhöhe bereits vorwegnahmen, wenn sie fielen, dann würde auch dies in Zeitlupe geschehen, unerträglich lange würde es dauern, und Kronawitter wusste, sie würde dieses Bild niemals wieder los, und alles in ihr schrie »Nein«, und die Glocke gellte in ihrem Kopf, und es waren nur noch Millimeter, welche die rettenden Hände der Polizisten von den Schultern des Mädchens trennten und dann kam dieser Wimpernschlag, der die Szene unterbrach. Für Kronawitter wäre es ein Leichtes gewesen, die Augen nun zu schließen, aber irgendetwas in ihr zwang sie, genau hinzusehen.

Durch meine Schuld, hörte sie. Durch meine übergroße Schuld.

Und dann löste sich alles auf.

Alles sah so einfach aus. Ein Körper glitt über das Fensterbrett, die Brutalität des Zugriffs ging unter im gellenden Geläut der Glocke, und Kronawitter konnte nicht erkennen, welche Richtung der gleitende Körper nahm. Erst als die Frau auf dem Zimmerboden zusammensackte, verstummte das Geschrill der Glocke. Mit dem dumpfen Geräusch, das der Körper beim Aufprall machte, wurde schlagartig wieder so etwas wie Routine spürbar.

Zurück auf Null, dachte Kronawitter und wusste, dass sie sich selber anlog. Wir machen ganz einfach dort weiter, wo wir bei der Erstürmung der Wohnung aufgehört haben. Aber nun war alles anders. Alle Kaltblütigkeit und Routine war von den Handelnden gewichen, Testosteron und Adrenalin gleichermaßen verpufft. Lediglich die schwarzen Masken wahrten vordergründig die Professionalität der Beamten. Retter wie Gerettete keuchten mühsam und boten einen eher jämmerlichen Anblick.

Das Mädchen war in die Arme seines Vaters geflüchtet und musste nun mit ansehen, wie zwei Beamte den schlaffen, massigen Körper der Mutter auf das zerwühlte Doppelbett zerrten. Die Bewegungen der Polizisten wirkten rücksichtslos, fast als seien sie wütend auf die Frau.

Währenddessen betrat ein anderer Kollege das Zimmer. Er

hatte seine Gesichtsmaske ins verschwitzte Haar zurückgeschoben, warf einen kurzen Blick auf das Bett und schloss behutsam das Fenster, nicht ohne vorher noch einen Blick in die Tiefe zu werfen. Blass und mit verschränkten Armen blieb er vor dem verschlossenen Fenster stehen. »Das war knapp«, sagte er, und seine Stimme schwankte.

Die Frau lag nun quer auf dem Bett. Ihre Beine hingen schlaff über die Kante der Matratze herab. Es war unmöglich, ihr Alter zu schätzen. Durch ihre traditionelle Kleidung wirkte sie schwer und plump. In ihren bunt geblümten Pluderhosen, mit Bluse, Weste und Strickjacke, die nun verrutscht und teilweise nach oben geschoben waren, sah sie aus wie eine Figur auf Fotos der Kriegsberichterstattung, eine dieser formlosen Gestalten, die üblicherweise in Massengräbern verscharrt werden. Sie atmete hechelnd und roch durchdringend nach Urin. Im Moment höchster Not hatte sie wohl das Wasser nicht mehr halten können.

Der Ehemann trat neben das Bett, kniete nieder und versuchte ihre Kleidung wieder zurechtzuschieben. Der junge Polizist blieb noch eine Weile, starrte schweigend, wandte den Blick zur Tochter, die mit verheulten Augen im Türrahmen lehnte. Auf einmal schoss ihm eine helle Röte ins Gesicht. Der schmale Streifen Gesichtshaut, den die schwarze Maske freiließ, glühte heiß auf, und mit einer gemurmelten Entschuldigung verließ er den Raum.

»Ich glaube, wir brauchen einen Arzt«, sagte Frau Kronawitter.

»Nein, brauchen wir keinen Arzt«, sagte der Mann, in ruhigem, alltäglichen Tonfall. »Kenne ich mich aus damit, können wir nicht immer Arzt rufen, wenn passiert solche Krise.« Er zog eine Nachttischschublade auf, und holte eine Plastiktüte heraus. »Hat meine Frau auch manchmal in der Nacht kleine Krise«, sagte er erklärend, während er seiner Frau die Tüte vor Nase und Mund hielt.

Sie öffnete kurz die Augen und atmete dann weiter. Die Tüte beschlug von innen. Niemand sagte etwas. Der Atem der Frau wurde ruhiger. Die Tochter trat neben das Bett und setzte sich ans Fußende. Ganz sicher war das Mädchen älter als zehn. Eine Hand legte sie neben den rechten Fuß der Mutter, ohne ihn zu berühren. Der linke Fuß der Frau steckte in einem groben, selbst gestrickten Wollstrumpf. Der rechte Fuß war nackt, blaurot verfärbt und von dicken, aufgequollenen Adern überzogen. Die Fußnägel waren bizarrerweise in einem dunklen Rot lackiert.

Die Frau auf dem Bett versuchte den Kopf zu heben. Ihr Mann flüsterte etwas in dieser fremden Sprache, und sie ließ den Kopf wieder sinken. Dabei verrutschte ihr Kopftuch.

Kronawitter zog die Luft zwischen den Zähnen ein. Der Kopf der Frau war übersät mit kreisrunden kahlen Stellen. Die Kopfhaut schimmerte dort perlmuttfarben, weißlich, vernarbt. »Was ist denn mit ihren Haaren passiert?«, fragte sie leise.

Das Mädchen antwortete. »Seit damals reißt sie sich immer wieder die Haare aus. Sie kann nicht anders, obwohl sie sich dafür schämt. Deswegen trägt sie auch immer ein Kopftuch. Bevor das passiert ist, hat sie nie ein Kopftuch getragen.«

Der Junge betrat schüchtern das Schlafzimmer. In seinen Armen hielt er immer noch das Baby. Er legte das Baby der Frau in die Arme. Sie sagte nichts, hielt den kleinen Körper aber fest. Atmete immer noch in die Tüte. Der Junge legte sich an ihre Seite und schmiegte sich fest an seine Mutter. Herr Alic zog sanft die Tüte vom Gesicht seiner Frau.

»Passt du auf Mama auf?«, fragte er. Der Junge nickte und schloss die Augen.

»Jetzt ist keine Gefahr mehr.« Herr Alic stand auf, ging zum Fenster und zog die Gardine vor. »Sie wird jetzt schlafen.«

»Können wir sie denn in diesem Zustand alleine lassen?«

»Ist sie nicht alleine«, sagte Herr Alic. »Becim passt auf. Mirela passt auch auf. Wir können reden. Will ich aber nicht reden hier in diese Zimmer.«

* * *

»Er hatte alles in einer Mappe beieinander«, sagte einer der Polizisten. »Als ob er mit einer Hausdurchsuchung gerechnet hätte.«

Im Wohnzimmer lagen die Dokumente der Familie auf dem Tisch ausgebreitet. Asyl seit 1994. Die Fotos stimmten mit dem Aussehen überein. Alle Kinder in der Schweiz geboren. Mietvertrag, Sozialversicherungsnachweise, Krankenkasse. Alles lückenlos, vollständig.

»Oder als ob er auf gepackten Koffern gesessen hat«, sagte Kronawitter.

Herr Alic saß auf dem Sofa. War sein Gesicht vorher von einer bleichen, unbewegten Ruhe gewesen, so hatte sich sein Ausdruck nun völlig verändert. Die Haut seiner Wangen war verfärbt, erschien nun dunkler, stärker durchblutet, mit Flecken übersät, die sich bis auf seine Halshaut ausbreiteten.

»Kann ich jetzt offen reden«, sagte er. »Wann das hört endlich auf? Sind wir nicht Bürger hier, zahlen die Steuern und nie sind wir Kriminelle gewesen, habe ich noch nicht einmal falsch geparkt hier in diese Land – habe ich mich nie getraut falsch zu parken. Will ich nichts zu tun haben mit die Polizei, verstehen Sie? Meine Frau verträgt keine Uniformen. Nein.«

»Herr Alic«, sagte Frau Kronawitter in einem sorgfältig

kontrollierten Tonfall. »Immerhin haben Sie Ihrem Bruder zur Flucht verholfen.«

»Habe ich niemand zur Flucht geholfen. Ist er gekommen von alleine mit seine Kind und ist er auch wieder gegangen von alleine. Habe ich ihm gesagt, ich finde nicht gut, was er getan hat, aber ist er eigener Mensch. Haben wir auch Gesetz von Gastfreundschaft. Habe ich diese Gesetz eingehalten, aber kann ich nicht aufpassen auf meine Bruder ein ganzer Leben lang, verstehen Sie?«

»Ich hoffe mal für Sie, Herr Alic, dass Ihre Version stimmt. Wissen Sie, dass ihr Bruder unter Mordverdacht steht? Und die Frau, mit der er da offensichtlich gemeinsam geflüchtet ist, die steht ebenfalls unter Verdacht. Wussten Sie das?«

Herr Alic sprang auf. Er schrie: »Hört das nie auf?« Gleich darauf zügelte er sich jedoch, setzte sich auf das Sofa, dicht neben die Kriminalhauptkommissarin. Seine Stimme, nun ein Zischen, aber dieses Zischen genauso intensiv wie der Schrei aus dem Schlafzimmer vorhin. »Weiß ich sehr gut, dass mein Bruder hat getotet viele Menschen. Aber war im Krieg, was ist große Unterschied. Vielleicht Sie werden das nie verstehen. Aber ich, ich habe nie eine Mensch getotet, und habe ich auch Grund dazu gehabt, das können Sie glauben. Habe ich Grund gehabt, so etwas zu tun. Aber bin ich gegangen mit meine Frau hierher in Schweiz und habe ich Asyl. Wissen Sie, was ist Asyl? Geht nur, wenn man ist von Tode bedroht. Habe ich Asyl, meine Kinder Asyl und meine Frau hat Asyl. Niemand darf uns das wieder wegnehmen. Niemand darf.«

Herr Alics Stimme versagte. Er schwieg eine Weile und starrte auf seine Hände, die mit gespreizten Fingern auf den Oberschenkeln lagen. Er holte Luft und sprach weiter. Diesmal mit Mühe, so als falle es ihm noch schwerer als sonst, in der fremden Sprache die richtigen Ausdrücke zu finden. »Und habe ich nie Fragen gestellt. Der Weg von meine Bruder und meine Weg haben sich getrennt, damals. Habe ich versucht, eine neue Leben anzufangen. Meine Bruder, hat er versucht eine Weg mit Rache und Ehre. Ist er gewesen illegal viele Jahre, ich weiß. Soll ich ihn deswegen wegschicken von meine Haus, wenn er kommt? Ist er immer noch geblieben meine Bruder. Ist er Familie und ist er Gast. Gastfreundschaft ist bei uns heilig, Sie müssen wissen.«

»Ich weiß«, sagte Kronawitter. »Ich weiß auch, dass Ihr Bruder Soldat war in Bosnien. Aber ich spreche nicht von den alten Geschichten. Ich spreche von zwei Morden in Konstanz, die erst vor wenigen Tagen geschehen sind.«

»Ich nicht weiß«, sagte Herr Alic. »Mich auch nicht interessiert. Mich interessiert meine Frau und meine Kinder und mich interessiert, warum das niemals aufhört in unsere Leben, warum immer Soldaten kommen und machen kaputt meine Hause. Machen kaputt meine Frau.« Seine Stimme versank in einem Flüstern.

Im Gang krächzte ein Sprechfunkgerät. Die Schweizer Kollegen hatten die Ringfahndung nach dem weißen Lieferwagen bereits ausgelöst. Für Kronawitter blieb im Moment nichts zu tun. Wahrscheinlich war es am besten, diesem Mann hier in seinem mit Möbeln vollgestelltem Wohnzimmer zuzuhören. Es bestand eine gewisse Chance, Hinweise auf das Verhalten von Hamza Alic zu bekommen. Wie tickte sein traumatisiertes Gehirn? Würde er dem Kind etwas antun? Sie würden ihn finden, vor allem, wenn er die Autobahn benutzte. Vielleicht würde er aber auf Nebenstrecken unterwegs sein. Vielleicht würde er zu Fuß weitergehen. Dann verschlechterten sich die Fahndungschancen erheblich.

Sie musste versuchen, die Denkweise von Hamza Alic zu

verstehen. Nur dann würde es ihnen gelingen, den Mann zu finden. Rechtzeitig. Das Kind war krank und nicht belastbar. Sie musste Hamza Alics Bruder zuhören. Auch wenn es schwierig war.

»Alle Männer in Uniform, sind sie Teufel«, flüsterte Herr Alic wieder mit dieser Stimme, die gerade durch ihr Flüstern intensiv und bedrohlich wirkte.«

Kronawitter schwieg.

»Sind sie Teufel und gerade Sie, wo Sie eine Frau sind, müssen Sie sehr vorsichtig sein, zu kommen in die Nähe von solche Teufel.« Herr Alic griff in die Hosentasche. Er zog ein verknautschtes Zigarettenpäckchen hervor, klopfte eine Zigarette heraus, strich sie glatt und bot sie der Kommissarin an. Die schüttelte den Kopf. Herr Alic zuckte mit den Schultern und schob sich die Zigarette zwischen die Lippen. Vergaß sie anzuzünden. Redete weiter, indem die zerknitterte Zigarette hin und her baumelte und sich ihr dünnes Papier allmählich mit Speichel vollzusaugen begann.

»Wenn Sie wissen, was haben Soldaten mir und meine Familie angetan, verstehen Sie vielleicht besser. Mag ich nicht erzählen, aber muss ich erzählen. Muss ich erzählen, zu schützen meine Frau und meine Bruder.«

Er legte die Hände wieder auf die Oberschenkel, so als wolle er sich abstützen um aufzustehen und wegzugehen. Blieb aber sitzen und sprach weiter. »Sind wir gewesen damals bei die Tiere, meine Bruder und ich. Sind wir gegangen auf Weide, weil die Schafe haben bekommen Junge, Sie verstehen. Ist immer viel Arbeit dann bei die Tiere. Waren wir unter Beschuss gewesen ein paar Tage und haben wir nicht gegangen zu die Tiere. Wir sind am Morgen gegangen und das hat gerettet unsere Leben, Sie verstehen?«

»Als sie bei der Herde waren, ist daheim etwas Schlimmes

passiert?«, fragte Frau Kronawitter bemüht sachlich.

»Ist gekommen Teufel, ist gekommen Soldaten in unsere Dorf und haben sie getotet, wen sie haben gefunden. Haben sie getotet alle.« Er zog die Zigarette aus dem Mund und legte sie vor sich auf den niedrigen Glastisch. Er korrigierte die Lage der Zigarette, bis sie exakt parallel zum Tischrand ausgerichtet war.

»Haben Sie damals Ihre Frau schon gekannt?«, fragte die Kollegin Kronawitter.

»Gekannt, ja. Habe ich meine Frau schon gekannt. Sind wir gewesen halbe Jahr verheiratet. Haben wir gelebt in Haus von meine Eltern. Mein Bruder Hamza ist er auch gewesen verheiratet, hat er aber gelebt in Stadt. War gewesen mit seine Frau zu Besuch. Ist die Frau gewesen schwanger und haben sie sich sehr gefreut auf die erste Kind. Ja. So ist gewesen.«

»Wo war denn Ihre Frau, als der Überfall stattfand, Herr Alic?«

»Ist meine Frau gewesen in Stall, als gekommen Soldaten. Hat versucht zu verstecken. Aber haben sie gefunden meine Frau. Natürlich haben sie gefunden meine Frau.« Herr Alic griff nach der Zigarette und zerknüllte sie. Tabakkrümel rieselten auf die Tischplatte. Er wischte die Tabakkrümel ordentlich zusammen, schob sie über die Tischkante in die hohle Hand und betrachtete sie.

»Haben sie gemacht so Sachen mit meine Frau. Haben sie gemacht solange, bis war wie tot. Haben sie dann geworfen in die Brunnen. Hat sie überlebt, weiß ich aber nicht wie. Knochen gebrochen und auch Kopf kaputt. Hat sie nicht mehr gesprochen viele Monate. Erst wieder in Schweiz hat sie gesprochen. Hat sie immer wieder Gefühl von Sturz in Brunnen, wenn Sie verstehen.« Er suchte eine Stelle, um die Tabakkrümel unterzubringen. Schüttete sie dann, sorgfältig darauf bedacht, dass nichts danebenfiel, wieder zurück in die Zigarettenpackung. Steckte sich das Zigarettenpäckchen in die Hosentasche. Saß da wie vorher. Hände auf den Oberschenkeln. Sprungbereit.

Aus dem Schlafzimmer drang kein Laut. Wo waren die Einsatzkräfte des Spezialkommandos? Zwei Männer saßen noch in der Küche. Die anderen waren nach unten gegangen und warteten im gepanzerten Fahrzeug.

»Was geschah mit Ihrem Bruder an diesem Tag?«

»Ist er auch geworden getotet, an diese Tag. Sie müssen mich richtig verstehen. Ist nicht seine Körper getotet. War es seine Herz.«

»Ihre Frau war die einzige Überlebende?«

»Ja, haben sie getotet alle anderen in unsere Vater Haus. Haben wir gefunden die alte Mutter in die Küche und den Vater neben Stall. Haben sie getotet, weil er wollte helfen meine Frau? Ich weiß es nicht. Frau von Hamza lag neben Brunnen. Was soll ich sagen? Ich kann nicht sagen, wie war. Nur so viel. Bin ich gegangen und habe gefragt Asyl in Schweiz, und ist meine Bruder gegangen und hat gesucht die Rache. Sind wir gegangen verschiedene Straße. Aber ist er immer noch mein Bruder, wenn Sie verstehen wollen, bitteschön.«

Kronawitter stand auf und ging zur Schrankwand. Nippes, Kitsch, Familienfotos. Die in der Schweiz geborenen Kinder lächelten aus goldenen Bilderrahmen. Die in Bosnien totgeschlagenen Eltern. Sonnengegerbte Gesichter mit stillgelegten Lachfältchen schauten in zwillingshafter Ernsthaftigkeit aus dem Fenster eines dunkelgrünen Plastikrahmens.

»War es das?« Kronawitter erwartete keine Antwort.

Es war das kleinste Foto. Abgegriffen und an den Rändern zerknittert, immer wieder sorgfältig glattgestrichen und schließlich in einen Bilderrahmen gesteckt. Das Bild eines schmucken Bauernhauses. Weißgekalkt die Wände, grüngestrichen die Haustür. Auch die Fensterläden in diesem hoffnungsvollen Grün. War Grün nicht auch die Farbe der Propheten? Die Farbe islamistischen Terrors? Auf dem gepflasterten Hof ragte ein altmodischer Ziehbrunnen empor. Kein Blut am Boden. Alles still, sauber und unbeschädigt. Der Brunnen wie ein Einstieg in die Unterwelt.

Kronawitter ging hinüber zur Schlafzimmertür. Schob sie einen Spaltbreit auf. Die Kinder und die Mutter befanden sich immer noch in unveränderter Position. Der Junge und das Baby waren eingeschlafen. Ob die Mutter schlief, war nicht zu erkennen. Das Mädchen starrte in Richtung der Tür. Ihre Lippen formten stumm ein Wort. Es hätte »Danke« sein können oder auch »Tür zu«. Was hieß Danke auf Bosnisch?

Frau Kronawitter schloss die Tür.

»Gibt es eigentlich eine bosnische Sprache?«, fragte sie Herrn Alic.

»Jetzt gibt es«, antwortete der. »Früher war alles Serbokroatisch. Aber haben sie nach Krieg gemacht unterschiedliche Sprachen für die Serben und die muslimische Bosniaken. Auch Kroaten sprechen andere Wörter. Ist künstliche Sprache, verstehen Sie?«

»Nein«, sagte Frau Kronawitter. »Ich finde, das ist sehr schwer zu verstehen.« Sie erhob sich zögernd, als habe sie etwas sehr Wichtiges vergessen, wandte sich zum Gehen.

Alic starrte auf den Boden. »Frau?«

»Ja, Herr Alic? Wollen Sie mir noch etwas sagen?« Hanna Kronawitters Stimme klang sehr sanft.

»Meine Bruder ...« Alic verknotete seine Finger, seine Stimme versagte fast ihren Dienst. »Meine Bruder ... ich glaube, er hat Waffe.«

Sie berührte ihn leicht an der Schulter. »Herr Alic?«
Sein Blick nun wie ein wildes Erschrecken.
»Was heißt denn in Ihrer Sprache Danke?«
»Hvala«, sagte Herr Alic.

22. Kapitel

Noch war Evas Wohnung nicht versiegelt. Vielleicht war Meyer von der Spurensicherung noch dort und räumte die letzten Gerätschaften zusammen. Diese abschließende Arbeit am Tatort vollzog er immer auf die gleiche, fast ritualisierte Weise: ein letzter Rundgang durch die Zimmer, ein Öffnen der Türen, ein Lauschen, vielleicht auf das Atmen der Wände oder auf ihr Schweigen. Es war wie ein Ausklingen, eine schrittweise Überleitung zu den Außengeräuschen. Er brauche dies, hatte er Bloch einmal gesagt. Er nannte es kritische Reflexion und Resümee. Reflexion, das kam aus dem Lateinischen und beschrieb eine Beugung nach hinten. Unklar blieb, ob die Beugung so weit ging, dass etwas zerbrach. Licht bricht sich in den Splittern eines Spiegels, es reflektiert sich in einer zerbrochenen Fensterscheibe oder auch in der blank geputzten Klinge eines Brotmessers. Ob Eva ein Brotmesser besaß? Ob dieses Brotmesser noch in der Wohnung lag? Oder lag es an einem anderen Ort, dort, wo normalerweise keine Brotmesser herumlagen? Bloch war die Treppen gemächlich emporgestiegen und lehnte sich jetzt an die Wand neben Evas Wohnungstür. Max zog an seiner Hand.

»Geht es dir nicht schnell genug?«, fragte Bloch.

Max drückte die Tür auf und zog Churchill in den schmalen Gang hinein, bevor Bloch ihn zurückhalten konnte. Die Plastikhenkel der Einkaufstüte schnitten schmerzhaft in Blochs Handgelenk. Aber die Schmerzen waren immer noch besser als dieses taube Gefühl, das er vorhin gehabt hatte.

Unter der Decke in der Diele hingen, an Haken aufgereiht, getrocknete Kräuterbüschel. Es roch intensiv, aber nicht unangenehm. Wie damals beim Heuen. Ein fast vergessener

Geruch, ähnlich auch den Ausdünstungen in der Apotheke seiner Kindheit, die eher ein Kramladen gewesen war. Hunderte von Schubladen, alle säuberlich beschriftet.

»Bleib hier, Max«, sagte Bloch und zog die Hand aus der Plastikfessel. Die Tüte raschelte viel zu laut, als er sie neben der Eingangstür abstellte. »Tut mir leid, aber der Hund muss draußen warten.« Bloch griff nach der Leine.

Max nahm sie ihm jedoch aus der Hand. Sanft, aber nachdrücklich.

»So, du bist also der Max. Na, das ist aber eine nette Überraschung!« Meyer stand in der am weitesten entfernten Tür, ihnen genau gegenüber, am Ende des Gangs. Er lächelte, als seien sie ein lieber, lange erwarteter Besuch.

»Wieso bis denn du in unserer Wohnung?«, fragte Max. »Is meine Mama denn wieder da?«

»Nein, sagte Meyer. Aber sie hat mir den Schlüssel gegeben. Ich soll auf die Wohnung aufpassen, solange sie weg ist.«

Lügen haben kurze Beine. Und lange Nasen. Und eine schwarze Zunge haben Lügen auch. Manchmal muss man lügen, um durchzukommen. Wann lernt ein Mensch eigentlich das Lügen? Mit vier? Oder mit vierzehn? Bloch log schon zu lange. Er hatte vergessen, wann er damit angefangen hatte. Alle in einen Sack und kräftig draufschlagen, hatte der Lehrer immer gesagt. Und samstags ging man zur Beichte. Ob man wollte oder nicht. Frisch gewaschener Hals und frisch gewaschene Seele. Auf dass der heilige Sonntag kommen konnte.

»Ich kenne dich aber gar nicht.« Max schaute schräg nach oben zu Bloch.

»Das ist schon in Ordnung«, sagte Bloch. »Ich kenne ihn. Das ist der Kollege Meyer. Er ist auch bei der Polizei, musst du wissen, und er hat mir schon oft geholfen.«

Meyer begann auf seinen Jackentaschen herumzuklopfen. »Warte mal, Max. Dann wollen wir mal sehen, ob ich nicht irgendwas für dich dabei habe, nicht wahr.«

Churchill, der dieses Ritual schon gut kannte, wedelte euphorisch.

»Tatsächlich.« Meyer zog zwei Schokoladenbonbons aus der Tasche. »Ich bin ja selber Opa und ich weiß genau, was einem Buben in deinem Alter gut schmeckt. Wie alt bist du denn? Sieben?«

»Nein«, sagte Max und wurde tiefrot. »Iss werde ers später fünf.« Er pulte sein Bonbon aus dem Papier und steckte es in den Mund.

Churchill fiepte herzzerreißend.

»Da alter Junge, das ist für dich«, sagte Meyer und warf ihm einen Schokoladenbrocken zu, den er mit schnappenden Kiefern auffing.

»Donnerwetter, Max, so wie du aussiehst – ich hätte gewettet, dass du schon zur Schule gehst.«

Max strahlte. »Iss kann aber sson sehr superssöne Bilder malen«, sagte er. »Soll is?«

»Das ist echt eine tolle Idee, Max. Weißt du, dein Opa und ich, wir haben noch eine klitzekleine Kleinigkeit zu besprechen.«

Bloch warf ihm einen raschen Blick zu, zog den Reißverschluss seiner Jacke herunter und machte eine Bewegung, als wolle er die Jacke ausziehen, hielt dann jedoch inne und zog den Reißverschluss wieder hoch.

Max ging zu einer verschlossenen Tür. An der Tür klebte ein Zettel mit Polizeistempel.

»Halt, halt junger Mann. Da darfst du leider nicht rein.«

»Das iss aber mein Kinderzimmer«, widersprach Max. »Da hab ich alle meine Farben und so.«

»Also ich hab da eben mal so reingeguckt«, sagte Meyer. »Und jetzt mal ganz ehrlich, Max – also sei mir nicht böse – aber dein Zimmer müsste mal wieder so richtig aufgeräumt werden, oder?«

Max schaute nach unten und scharrte mit den Fußspitzen auf dem Boden. Er druckste herum, sagte aber keinen Ton.

»Also ich finde das Zimmer sieht so schlimm aus, das gehört direkt polizeilich verboten, wenn du mich fragst. Da kann man kein Kind reinlassen. Da besteht ja echt die Gefahr, dass du verloren gehst.«

»Iss ja gar nich wahr«, empörte sich Max, schaute aber sofort wieder nach unten. Die helle Röte stand ihm im Gesicht.

»Na ja, aufräumen könnt ihr auch noch später. Aber jetzt schlage ich vor, du setzt dich erst mal an den Küchentisch, und ich gebe dir aus meinem Spezialistenkoffer ein großes Stück Malpapier. Und dann leihe ich dir sogar meine Spezial-Polizei-Farbstifte. Na, ist das ein Angebot?«

»Einverstanden«, sagte Max und ging in die Küche. Dort setzte er sich an den Tisch. Zwei Ringe aus eingetrockneter Flüssigkeit waren noch auf der Tischplatte zu sehen, einer schokoladenbraun und der andere verwischt und von einer unbestimmbaren, wässrigen Farbe. Gedankenverloren fuhr Max die zwei Ringe mit seinem Zeigefinger nach. Danach war seine Fingerspitze ziemlich schmutzig.

Meyer breitete sorgfältig mehrere große Papierbögen vor ihm aus und legte vier Stifte zurecht. Bloch kannte die Farben. Auf Tatortskizzen und den Körperschemata der Opfer wurde Rot verwendet, um Schnitt- und Stichwunden zu markieren. Blau stand für Hämatome, Grün für Schussverletzungen und Schwarz für Hautabschürfungen.

Max überlegte nicht lange und griff nach dem roten Stift.

Bevor er anfing, warf er noch einen Blick zu Bloch. »Macht ihr jetzt Geheimgespräche?«

»Genau«, sagte Meyer, der professionelle Lügner, und legte seinen Finger an die Lippen.

Das Wohnzimmer war äußerst karg eingerichtet. Ein rauer Webteppich bedeckte den abgestoßenen Laminatboden nur unzulänglich. Als einzige Sitzgelegenheit lagen in einer Ecke ein paar große Kissen in matten Gelb- und Orangetönen. Davor stand ein improvisierter Tisch aus Ziegelsteinen und einer daraufgelegten Holzplatte. Das Ganze wirkte wie die Karikatur eines bürgerlichen Wohnzimmers. Eine Lampe mit einem wild marmorierten Plastikschirm baumelte von der Decke. Sie sah aus, als habe sie schon dem Vormieter gehört. Auch im Leben seiner Tochter war ein eklatanter Mangel an Schönheit spürbar. Ob dies ein genetisch bedingter Mangel war? Der Einzige, wenn nicht schön zu nennende, so doch üppig verzierte und neu wirkende Gegenstand in diesem Zimmer war ein großer Traumfänger, der vor dem Fenster baumelte.

Alle Wände waren mit Raufaser tapeziert und weiß gestrichen. Kalt und nichtssagend. An der Längswand, mit der Rückseite nach vorne, stand eine lange Reihe gerahmter Bilder, alle im selben Format, aber regellos übereinandergeschoben. Auf der Rückseite der Rahmen klebten Zettel mit Nummern.

Meyer folgte Blochs Blick und sagte: »Das sind alles Fotos. Die sind schon ein bisschen schräg für meinen Geschmack – salopp ausgedrückt könnte man auch sagen, abartig. Nichts als kaputte Puppen. Meist die Köpfe. Wenn ich mir vorstelle, dass das Kind vielleicht diese Bilder täglich – na ja geht mich ja nichts an – willst du vielleicht mal eins sehen, Erich?«

»Nein«, sagte Bloch. »Ich kenne die Bilder. Die sind schon

einige Jahre alt. Sie hatte mal eine Ausstellung. Es soll wohl Kunst sein.«

Meyer stieß missbilligend Luft durch seine Nase aus. »Über Geschmack lässt sich eben nicht streiten.«

»Du weißt, dass ich draußen bin?«, fragte Bloch. »Du darfst mir nichts sagen. Eigentlich dürfte ich noch nicht einmal hier sein.«

»Weiß ich«, sagte Meyer. »Aber vielleicht gibt es noch irgendetwas, das du loswerden willst?«

»Im Grunde genommen habe ich nur einen Haufen Fragen.«

Sie schwiegen.

»Zum Beispiel?«

Bloch betrachtete seine Hände. Sie schienen ihm inzwischen wieder gleich groß zu sein, und auch die Taubheit im Inneren seines Fleisches war verschwunden. »Zum Beispiel, ob ich nicht eine Blutprobe abgeben könnte, um meine Tochter zu entlasten. Es hängt wohl einiges von dieser genetischen Untersuchung ab, oder?«

»Du meinst diese Sache mit der MT-DNA, nicht wahr? Diese Analyse, die meine Mitarbeiterin Frau Pfaff auf den Weg gebracht hat.«

»Ja, genau – mal immer vorausgesetzt, Eva und ich sind genetisch miteinander verwandt.« Bloch grinste schief. »Kann man durch den direkten Vergleich unseres Erbgutes nichts erkennen? Ihr habt doch sicher hier in der Wohnung einiges an genetischem Material gefunden.«

Bloch hob die Schultern, behielt sie oben, saß dort, als friere er. In den Heizungsrohren knackte es. In der Küche knarrte der Stuhl, auf dem Max rhythmisch hin und her schaukelte.

Meyer betrachtete die zur Wand gedrehten Bilder. »In diesem Fall ist es leider so, Erich, dass uns eine Blutprobe von dir überhaupt nicht weiterhilft. Denn die MT-DNA, soweit wir da überhaupt fündig werden, spiegelt ausschließlich die genetische Linie der mütterlichen Verwandtschaft wider. Ihr müsstet also gemeinsame weibliche Vorfahren haben, Eva und du – und das kann man ja wohl ausschließen, oder?«

»Also, wenn ich dich recht verstehe, dann müsste Evas Mutter eine Blutprobe abgeben?«

»Zum Beispiel.« Meyer starrte immer noch an Bloch vorbei auf die Bilder.

»Ich habe aber nicht die geringste Ahnung, wo Brigitte wohnt. Seit der Geschichte damals habe ich den Kontakt zu ihr endgültig verloren.«

»Wie auch immer«, schloss Meyer und schaute Bloch direkt ins Gesicht. »Die größte Chance auf Entlastung ergibt sich durch den direkten Vergleich mit den biologischen Proben, die wir hier in der Wohnung gefunden haben. Zahnbürste, Haarbürste und so weiter.« Er schaute Bloch zwar ins Gesicht, aber nicht in die Augen. Vielleicht schaute er auf Blochs Hals. Bloch zog die Schultern noch etwas höher. Meyer, der Lügner. So klar hatte er das noch nie gesehen. Aber das Lügen gehörte zum Job dazu.

»Und die Obduktionen?«

»Nichts, was wir nicht erwartet hätten.«

»Opa? Soll ich auch noch eine Sonne malen?«

»Ja, tu das.«

»Aber ich habe kein Gelb.«

»Dann nimm doch den roten Stift!«, sagten Meyer und Bloch gleichzeitig und sahen sich dabei in die Augen.

»Als Großvater bist du sicher besser in Übung als ich«, sagte Bloch.

»Kunststück – ich mach das ja auch schon seit ein paar Jahren. Eine Sache war bei dieser Frau Nürtinger dann doch noch interessant. Erinnerst du dich an das eingeritzte Kreuz auf ihrer Brust? Es ist übrigens das gleiche Kreuz wie auf dem Foto, das du mir gegeben hast. Dieses Kreuz, das mit schwarzer Farbe auf die Hauswand dieser Bauernhofruine geschmiert wurde.«

»Ja, genau, das war so ein seltsames Kreuz, fast quadratisch und in den Armen waren diese kleinen Markierungen, es sah aus wie vier Cs oder auch wie Dreiecke. So etwas habe ich vorher noch nie gesehen.«

»Ich auch nicht, aber wir wissen jetzt, wo es herkommt. Cenk hat es herausgefunden.«

»Esoterisch?« Esoterisch, das wäre ziemlich schlecht für Eva. Seine Tochter war anfällig für esoterische Irrwege gewesen. Vielleicht ein Rückfall?

»Nein, nicht esoterisch. Ganz im Gegenteil. Es ist sogar eher handfest.«

Blochs Schultern sackten nach unten.

»Ich bin fertig mit dem Bild, Opa. Können wir jetzt gehen?«

»Zeig mal dein Kunstwerk, junger Mann.« Meyer winkte den Jungen zu sich her.

Der breitete das Papier vor ihnen auf dem Boden aus und begann, seine Zeichnung zu erklären. Sie sahen zwei riesige und zwei kleine flachgesichtige Ballonköpfe. Mittendrin paariges Kritzelgewimmel, rund und immer wieder rundherum, das sollten die Augen sein. Stereotyp die Münder, breit gezogen mit nach oben gebogenen Mundwinkeln, was wohl einem Lächeln entsprach. Oben in der rechten Ecke ein fünfter Kopf, der eigentlich keiner war, eher ein Insekt. Eine Spinne vielleicht mit dürren Beinen, hineingesteckt ins Rund, wie Stöcke, als Arme hineingerammt in den Rumpf eines Schneemanns. Noch war November. In den Läden verkauften sie zwar schon seit Wochen Spekulatius und spielten *Jingle Bells* in Endlosschleifen, aber trotz all dieser Beschwörungen wollte sich nicht die leiseste Ahnung von Winter einstellen. Würden die Kinder in diesem Winter Schneemänner bauen?

Wenn Erich Bloch damals vom Schlittenfahren nach Hause kam, heiß und rot, dann wartete die Mutter bereits.

Heiß und rot.

»Opa, das bist du«, erklärte Max. »Und das ist die Mama.« Die Architektur der mütterlichen und der großväterlichen Gestalt war, im Grunde genommen, dieselbe. Bei der Figur der Mutter hatte Max lediglich den Abstand zwischen den beiden Stöckerbeinen durch eine horizontale Linie geschlossen, was offenbar ein Kleid andeuten sollte. Auch trug diese Figur längere Haare. Schwarze Haare. Es gab Bloch einen Stich. Als Phantombild für die Fahndung war dieses Konterfei dennoch ungeeignet.

»Unverkennbar, diese Familienähnlichkeit«, meinte Meyer. »Und wer ist das?« Er deutete auf die beiden kleineren Figuren.

»Das bin ich selber«, sagte Max, völlig ohne Lispeln. »Und das daneben, das ist Tschö-tschill.«

Auch der Hund zeigte dasselbe geklonte Grinsen in seinem Mondgesicht. Punkt – Punkt – Komma – Strich. So einfach konnte Vielfalt sein. Vom Hundegesicht zeigten vier Beine nach unten und eine lange, geschlängelte Linie führte unmissverständlich zu den dreifingrigen Händen der Max-Gestalt.

»Das hast du sehr schön gemacht«, lobte Meyer.

»Das hänge ich morgen in meinem Büro auf«, sagte Bloch. Dann fiel ihm ein, dass er auf unbestimmte Zeit sein Büro nicht mehr betreten durfte.

»Ich mal dir auch ein Bild«, sagte Max großzügig, und Meyer sagte: »Ja, toll, mach das nur, da freue ich mich.«

Und Bloch dachte, er habe Zeit gewonnen, wusste aber nicht, wofür.

Max drehte sich noch einmal um und sagte: »Weißt du eigentlich, dass meine Mama immer unser Brot selber macht?«

»Nein«, sagte Meyer. »Das habe ich nicht gewusst. Das finde ich aber toll. Brotbacken – so was kann nicht jeder.«

»Na ja«, sagte Max. »Ich mag ja eigentlich am liebsten Laugenbrezeln und Rosinenwecken vom Bäcker. Aber die kauft meine Mama leider nie.«

»Die ist wohl so ein Radikal-Öko, deine Tochter«, wisperte Meyer. »Das ist doch ein Alptraum für Kinder, oder?«

»Morgen früh kriegst du frische Brötchen, Max«, rief Bloch. Der Junge saß inzwischen schon wieder in der Küche. »Für die Brötchen sorgt dein Opa.«

»Du bist der tollste Opa auf der ganzen Welt«, sagte Max. Dann sagte er lange nichts mehr und widmete sich seinem zweiten Werk.

»Habt ihr hier eigentlich ein Brotmesser gefunden?«, fragte Bloch.

»Wieso?«

Bloch schwieg. Die Vokabel »toll« kam in seinem üblichen Leben so gut wie nie vor. Der tollste Opa der Welt. Das musste erst einmal verdaut werden.

»Ach so, jetzt verstehe ich. Du hast absolut recht, Erich. Da war ein Brotmesser. In der Schublade, völlig normal eigentlich. Wir müssen es unbedingt mit der Tatwaffe vergleichen. Dass ich da nicht selber drauf gekommen bin. Ich sag es ja: Es zahlt sich so gut wie jedes Mal aus, wenn ich noch eine Zeitlang alleine am Tatort bleibe. Neue Aspekte, du verstehst?«

Bloch nickte. »Das Kreuz«, sagte er. »Du wolltest noch etwas zum Kreuz auf der Brusthaut dieser Frau Nürtinger sagen.«

Meyer musterte ihn prüfend. »Sagt dir der Name Alic etwas?«

Bloch blickte verständnislos. »Nie gehört. Klingt nach Migrationshintergrund, wenn du mich fragst. Muss ich den Namen kennen?«

Meyer lächelte schief. »Ich glaube schon, dass du ihn kennen solltest. Alle Spuren, die in Zusammenhang mit diesem Kreuz stehen, führen zu ihm. Er ist übrigens Bosnier. Aber offiziell habe ich dir nie etwas gesagt, verstanden?«

Bloch verdrehte die Augen. »Nun mach es doch nicht so spannend. Wer ist dieser Alic? Und welche Bewandtnis hat es mit dem Kreuz?«

»Das hat Cenk herausgefunden. Es ist ein serbisches Kreuz.«

»Ich dachte dieser Alic stammt aus Bosnien? Bosnien und Serbien – das sind doch zwei völlig verfeindete Völker. Deswegen haben die sich doch damals bekämpft. Vielleicht ist der in Wirklichkeit ein Serbe und hat nur in Bosnien gewohnt? Oder er tut nur so?«

»Keine Ahnung. Diese Balkangeschichten waren mir, ehrlich gesagt, sowieso immer viel zu kompliziert. Da blickt doch niemand so richtig durch. Wie gesagt, es ist ein Symbol der Serben. Ein Kreuz für den christlich-orthodoxen Glauben, wenn ich mich nicht irre. Diese kleinen zusätzlichen Zeichen entsprechen vier Cs. Das sind kyrillische Schriftzeichen und wenn man das in unserer Schrift schreibt, sind es vier S.«

»S oder C – ist das denn so wichtig?«

»Und ob. Warte mal, ich habe es aufgeschrieben: Es heißt: *Samo sloga Srbina spašava,* das bedeutet auf Deutsch: *Nur Eintracht rettet den Serben.*«

»Ich verstehe ja nicht sehr viel«, sagte Bloch langsam. »Aber so viel verstehe ich immerhin: Wenn das wirklich stimmt, was du da erzählst, dann kann Eva unmöglich diese Frau Nürtinger getötet haben, oder sehe ich das falsch?«

»Ja und nein«, meinte Meyer und klappte sein Notizbuch zu. »Pass mal auf, was sagst du zu dieser Hypothese: Deine Tochter und dieser Bosnier stecken unter einer Decke. Cenk hat berichtet, dass die Nürtinger, der Bosnier und deine Tochter eine gewisse Zeit zusammen in der Klinik waren. Der Bosnier ist der Vater der kleinen Yasmin.«

»Mach weiter.«, knurrte Bloch.

»Du weißt, dass ich in Teufels Küche kommen kann, weil ich dir das alles erzähle?«

»Komm Max, wir gehen.« Bloch stand auf.

»Aber ich bin noch nicht fertig, Opa«, protestierte Max.

»Mach nur weiter, Max«, rief Meyer und zog Bloch wieder auf das Kissen herunter. »Hör es dir doch erst einmal an. Der Bosnier will sein Kind – es wäre ja nicht das erste Mal, dass ein ausländischer Vater sein Kind aus Deutschland entführt.«

»Aber was hat Eva damit zu tun?«

»Eva hatte schon lange einen Hass auf den Leiter des Jugendamts. Der hat sie nämlich höchstpersönlich auf dem Kieker gehabt, wie man so schön sagt. Und das seit Jahren – eigentlich schon seit der Geburt von Max. Hinzu kommt, dass diese Leiterin des Kindergartens, die Frau Assmann-Burger, ihn immer schön regelmäßig mit negativen Berichten über die häusliche Situation versorgt hat.« Meyer wies mit der Kinnspitze in Richtung Küche, und Bloch nickte. »Deine Eva kam eigentlich seit damals nicht mehr aus dieser Psychiatrie-Nummer raus. Dann kam auf ihrer Seite noch ein gewisser Hang zum Querulantentum dazu. Die hat sich einfach nichts sagen lassen. Ihre etwas unkonventionelle Lebensführung, Impfverweigerung beim Kind – eigentlich fand sich für unangemeldete Kontrollen des Jugendamts immer wieder ein Grund. Absolut nachvollziehbar, dass deiner Tochter irgendwann einfach mal der Kragen geplatzt ist. Im Kinderzimmer steht auf dem Schreibtisch ein Computer.«

»Manchmal darf ich da ein Spiel machen«, rief Max aus der Küche. »Aber nicht so oft, wie ich eigentlich will.«

»Bist du still«, dröhnte Meyer, »du Lausebengel, hast du vergessen – das ist ein Geheimgespräch – da darfst du nicht zuhören!«

Aus der Küche drang unterdrücktes Kichern.

Meyer stand auf und schloss die Tür.

»Auf dem PC haben wir den Drohbrief gefunden«, fuhr er mit gedämpfter Stimme fort. »Sie hat sich noch nicht einmal die Mühe gemacht, die Datei zu löschen. Ziemlich naiv, das Ganze. Die handschriftlichen Entwürfe lagen zerrissen im Papierkorb. Da gibt es kein Drumherumreden, Erich. Sie hat den Brief geschrieben.«

»Aber da liegen doch Welten dazwischen«, sagte Bloch. »Zwischen dem Schreiben eines Drohbriefes und ...«

Meyer wich seinem Blick aus.

»Ihr meint also – der Bosnier hat die Frau Nürtinger auf dem Gewissen und Eva ...« Bloch schwieg.

Auf den Rücken der umgedrehten Fotos tanzten ballongesichtige, lächelnde Gesichtsklone mit kreisförmig hineingekritzelten Augenlöchern.

Familienähnlichkeit hatte Meyer gesagt. Waren Bloch und seine Tochter wirklich so außerordentlich hässlich?

»Dem ist dann wohl im Moment nicht viel hinzuzusetzen, oder?« Bloch stand wieder auf.

Diesmal nötigte ihn Meyer nicht zum Sitzen. »Sieht ganz so aus. Ich denke mal, die beiden sind jetzt gemeinsam mit dem Kind auf der Flucht. Tut mir leid, Erich. Das ist keine schöne Situation.«

»Komm, Max«, sagte Bloch müde. Max kam ohne Widerspruch, obwohl sein Bild offensichtlich immer noch nicht fertig war. Stumm ließ er es zu, dass Bloch ihn in seine Jacke hineinbugsierte und ihm den Reißverschluss hochzog. Dann stülpte ihm Bloch die Mütze über die Ohren und wandte sich wortlos zum Gehen.

Max schaute Meyer an und schwieg.

Meyer ließ die Arme hängen und schaute über ihren Köpfen hinaus ins leere Treppenhaus.

Erst, als sie auf die Straße hinaustraten, fiel es Bloch ein. Irgendetwas stimmte nicht. Meyers Hypothese war auf den ersten Blick glasklar und von bestechender Logik, aber sie musste falsch sein – niemals wäre seine Tochter ohne das Kind fortgegangen. Eva würde ihren Sohn niemals alleine lassen, so viel war sicher.

»Opa«, sagte Max. »Was ist das eigentlich: ein Drohbrief?«

Bloch schaute schräg nach unten. Familienähnlichkeit, dachte er. Doch, die gab es. Aber nicht nur in den Gesichtern. Auch er hatte damals sein Kind verlassen. Flucht, dachte er. Flucht als Familientradition.

»Ich weiß auch nicht, was der Kollege Meyer damit gemeint hat«, sagte er. »Komm jetzt, wir gehen nach Hause, und ich koche uns etwas Leckeres.«

Meyer war nicht dumm – warum war er nicht selber auf die Idee gekommen, dass Eva Max niemals verlassen würde? War es eine Art Betriebsblindheit? War er zu nah dran an dem Fall? Kaum. Einen gewiefteren Routinier als Meyer gab es im ganzen Team nicht.

Während sie weiter die Straße entlangstapften, ein kleiner und ein großer Mensch, Hand in Hand und schweigend wie langjährig vertraute Freunde, verstand Bloch allmählich, was Meyer gemeint hatte. Es gab eine schmeichelhafte Variante und eine weniger schmeichelhafte. Die unwahrscheinlichere war, dass Eva genügend Vertrauen zu ihm, dem treulosen Vater und ungeübten Großvater besaß, um ihm das Kind auf unbestimmte Zeit anzuvertrauen, und dass sie Max vielleicht nachholen wollte, wenn alles vorbei war. Eine Flucht mit zwei Vorschulkindern war kein Zuckerschlecken. Eigentlich nachvollziehbar, dass die beiden zuerst das eine Kind in Sicherheit brachten und sich erst dann um das zweite kümmerten. Yasmin hatte ja außer dem Jugendamt und dieser fürchterlichen Kindergärtnerin niemanden mehr auf dieser Welt. Für Max hingegen gab es eine Anlaufstelle. Für einen sehr kurzen Moment sonnte sich Bloch im Gefühl der eigenen Unentbehrlichkeit und großelterlichen Zuverlässigkeit.

Aber er kam nicht drum herum auch die zweite Variante in Betracht zu ziehen. Widerwillig hörte er in Gedanken Meyers Stimme, wie er seine These in der Kollegenrunde formulierte: Wir dürfen nicht vergessen – Eva Bloch ist Psychiatriepatientin, sie hat eine undurchschaubare Persönlichkeitsstruktur und ist vollkommen affektlabil. Sie neigt dazu, sich Männern auf Gedeih und Verderb auszuliefern. Und wer es schafft, kaltblütig einen Mord zu begehen, der ist wahrscheinlich auch fähig, sein eigenes Kind zu verlassen. Kurz und gut: einer solchen Frau ist einfach alles zuzutrauen ...

Inzwischen war ein starker Wind aufgekommen. Er blies aus Nordost und hatte die Temperaturen unter den Gefrierpunkt gedrückt. Für den Abend und die Nacht wurde eine Sturmwarnung für den Bodensee herausgegeben.

23. Kapitel

Sie hatten den Hasenrucksack vergessen. Aber sie konnten nicht zurückfahren, weil sie schon zu lange unterwegs waren. Überhaupt war alles so furchtbar schnell gegangen. Yasmin hatte noch nicht einmal Zeit gehabt, sich richtig von Nerma und den Kindern zu verabschieden. Der Vater, also Tatas Bruder, war ihnen noch ein Stück im Treppenhaus nachgelaufen und hatte laut irgendetwas in dieser seltsamen Sprache gerufen. Tata hatte ebenso laut etwas zurückgerufen. Die Sprache hieß Bosnisch und Bosnien war das schönste Land der Welt.

Wenn man nach Bosnien wollte, musste man nach Süden fahren, immer nach Süden, bis der große Tunnel kam. Und wenn man durch den Tunnel durch war, dann kam man in einem Land an, in dem immer die Sonne schien. Und dann war auch das Meer nicht mehr weit. So hatte es Tata erklärt und auch wie lustig es wäre, dass sie jetzt ein Junge sei. Nur für die Reise, hatte er gesagt. Kannst es mal ausprobieren, wie es ist, Junge zu sein. Und dann hatte er sein Piratenlachen gelacht. Ich kaufe dir einen anderen Rucksack, hatte er gesagt. Einen, für große Junge. Chasenrucksack ist für kleine Mädchen. Sind wir jetzt richtige Kumpel, oder? Und er hatte ihr über den Kopf gestrichen. Yasmins Kopf war jetzt so leer und leicht. Da waren keine langen Haare mehr, sondern nur noch Strubbel-Stoppeln. Und sie hieß auch nicht mehr Yasmin, sondern Yasim, was fast das Gleiche war und gleichzeitig ganz anders.

Dann hatte Tata lange Zeit gar nichts mehr gesagt und sich auf das Fahren konzentriert. Muss ich mich konzentriere, hatte er gesagt und den Hals total geradegemacht. Tata war wie ein Pirat. Er trug ein Messer im Stiefel und eine Pistole in der Jackentasche. Er hatte sie ihr gezeigt. Die Pistole war nicht echt. Kann aber keiner erkennen, hatte er gesagt und gegrinst wie ein Pirat. Sieht doch total echt aus, oder? Und Yasmin hatte genickt.

Unruhig rutschte sie auf ihrem Sitz hin und her. Sie spürte es schon eine Weile, aber es schien ihr besser, nichts zu sagen. Noch nicht. In dem Lieferwagen gab es keine Rückbank und keinen Kindersitz. Es gab noch nicht einmal eine Sitzerhöhung. Yasmin durfte vorne sitzen, direkt neben Tata. Das war schön. Man saß so hoch oben und konnte auf die anderen Autos herunterblicken. Außer den anderen Autos gab es aber nicht viel zu sehen. Da waren zwar Berge, die Tata ihr gezeigt hatte. Guckst du, hatte er gesagt, sind höchste Berge von Europa, ganzes Jahr mit Schnee drauf. Aber die Berge hatten sich nur kurz gezeigt. Dann kamen wieder dichte Regenwolken und legten sich oben auf die Berge drauf, sodass sie wie ausgewischt waren. Das Land draußen war wie eine Tafel, auf der ständig Bilder auftauchten und kurz darauf ausgewischt wurden. Alles erschien in Streifen. Sie fuhren so schnell, dass Yasmins Augen nichts von dem, was da draußen war, festhalten konnten. Regentropfen machten waagerechte Streifen am Fenster und die Wischblätter schaufelten kleine Portionen Wasser auf der Windschutzscheibe hin und her.

»Schlechte Wischer«, schimpfte Tata. »Sieht man gar nichts bei diese verdammte Regen.«

Yasmin schaute nach draußen. Da waren verwischte Streifen in Grün, dann kamen Lichterstreifen, dann Grau und noch mehr Grau. Sie fuhren sehr schnell. Hinten in dem Wagen klapperte etwas, wie ein Gurt, der lose auf Metall schlug. Yasmin war noch nie vorher im Leben so schnell gefahren. So schnell, dass draußen alles verwischte.

Dann wurden sie langsamer, denn es kam ein Dorf. An einer Ampel hielten sie sogar an. Tatas Hals wurde noch länger und noch gerader. Ein Bahnhof. Da verluden sie Autos auf einen Zug. Dann ruckte der Lieferwagen wieder und der Gurt hinten im Auto klapperte wie verrückt.

»Müssen wir bald tanken«, sagte Tata. »Will ich aber zuerst raus aus diese verdammte Dorf.«

Yasmin konnte nicht erkennen, warum das Dorf verdammt sein sollte. Das waren total normale Häuser mit Gartenzäunen davor und eine total normale Straße mit Menschen, die bunte Regenschirme aufgespannt hatten. Erst, als sie aus dem Dorf herausfuhren und wieder auf den Autobahnzubringer einbogen, erkannte es Yasmin: die Berge waren auf einmal so nahe herangerückt wie noch niemals vorher. Dunkle, von Nässe glänzende Steinhaufen. Klippen wie Zähne, ein gefräßiges Riesenmaul, dort am Ende des Dorfes. Ein Rachen, der nur darauf wartete, die Häuser und die Gartenzäune und die Menschen zu verschlingen.

Auch als sie durch das Dorf fuhren, hatte Yasmin sich immer noch nicht getraut etwas zu sagen. Jetzt waren sie wieder auf der Autobahn, die Landschaft wurde wieder zur Tafel, auf der Streifen in verschiedenen, matten Farben ineinanderliefen.

Tata drehte am Radio. »Kein Empfang«, sagte er. »Sind zu viele Berge hier.«

Und Yasmin erkannte: Auch neben der Autobahn rückten die Berge immer näher. Die Berge waren unten weich und grün, und kleine Häuser standen dort wie angeklebtes Spielzeug. Aber das war nur Tarnung. Weiter oben wurden die Berge spitz und hatten Zähne. Sie waren gefährlich und rückten immer näher. Tata drückte auf das Gaspedal und fuhr wie verrückt. Aber die Berge hatten Zeit. Ob die Straße hinten immer enger wurde? Wenn der Regen stärker würde, und die Wolken dichter, dann würden sie die Berge bald gar nicht mehr sehen. Vielleicht hatte das Maul schon eine Zunge herausgestreckt, eine graue, steinerne Zunge wie ein Band. Vielleicht fuhren sie auf dieser Zunge und Tata hatte es nur noch nicht gemerkt, dass sie in Wirklichkeit mitten hineinfuhren in dieses Maul, mit den Zähnen, mit den spitzen Zähnen.

Man musste das verhindern. Man musste wenigstens diese verwischten Streifen geraderücken und wieder ein richtiges Bild ansehen, das Bild von der Welt, wie sie wirklich war.

Deswegen sagte Yasmin es genau in diesem Moment. »Ich muss mal, Tata«, sagte sie. »Können wir irgendwo anhalten?«

»Muss das sein?«

»Bitte. Und Hunger habe ich auch.«

»Meinetwegen. Haben wir schon große Stück geschafft. Muss ich auch tanken. Da kommt Raststätte in zwei Kilometer.«

Yasmin schwieg und schaute zum Fenster raus. Die Streifen wurden breiter, und man konnte draußen wieder Dinge erkennen. Grau-Grün-Wasserstreifen. Wasserstreifen wurden zu Tropfen, die eng an das Glas gepresst nach hinten liefen, einen langen Schwanz hinter sich herzogen, dann langsamer wurden und ihren Schwanz verloren. Viele Wassertropfen waren es, sehr viele, und dann, als Tata den Wagen anhielt, da ruckelte es diese Tropfen noch einmal so richtig durch und sie rannten alle gleichzeitig los, rannten nach unten und waren so froh, dass sie nicht mehr eng an die Scheibe gepresste Streifen sein mussten.

Das Wasser kommt aus den Wolken, hatte die Kindergarten-Erzieherin einmal erzählt. Es fällt auf die Erde, und dann macht es eine lange Reise bis zum Meer. Und im Meer schwimmt es dann herum, bis es wieder Lust bekommt, nach oben zu steigen in den Himmel. Und dann hatten sie gesungen. Und dann fängt das Ganze schon wieder von vorne an.

»Tschüss«, sagte Yasmin zu den Wassertröpfchen. »Vielleicht sehen wir uns wieder – am Meer.«

Dann stiegen sie aus.

»Komm unter meine Jacke«, sagte Tata und machte ein Dach für sie.

Dann rannten sie los. Das Haus mit der Raststätte drin war ein Stück weit weg. Yasmin spürte die ganze Zeit, als sie rannten, wie die Pistole in Tatas Jackentasche auf ihren Rücken klopfte. Die Pistole war ziemlich schwer. Es tat sogar ein bisschen weh. Aber Yasmin wusste, dass es besser war, nichts zu sagen.

Sie gingen zusammen auf die Toilette für Männer. Weil sie ja jetzt ein Junge war. Alles andere wäre aufgefallen. »Wir dürfen nicht auffallen, verstehst du?«, sagte Tata, als Yasmin nicht auf das Männerklo gehen wollte.

Nein, das verstand Yasmin nicht, war dann aber doch mitgegangen. Gott sei Dank waren da keine anderen Männer gewesen. Aber sie war mit angehaltenem Atem in eine der Kabinen geschlüpft und hatte die Tür schnell zugemacht. Sie hatte sich aber nicht getraut abzuschließen. Wer weiß, ob sie die Tür dann wieder aufbekam? Einen kurzen Moment war sie in Versuchung gewesen im Stehen zu pinkeln, hatte sich dann aber normal hingesetzt.

Später durfte sie sich etwas zum Essen aussuchen. Es gab unglaublich viele leckere Sachen, aber sie durften nicht viel Geld ausgeben. Also wählte Yasmin Pommes und ein dünnes Würstchen. Tata legte noch ein Stück Brot dazu, weil es billig war, und füllte ein großes Glas mit Wasser. »Musst du aber auch essen gesunde Sachen«, sagte er, nachdem er noch mal auf ihren Teller geguckt hatte. Sie standen schon in der Schlange vor der Kasse, da sagte er: »Warte mal, ich chole noch was«, und ging zurück an die Theke, dorthin, wo es am buntesten leuchtete. Als er zurückkam, trug er einen Teller mit Salat und reihte sich wieder neben Yasmin ein. Er grinste wie ein Pirat. Wie ein sehr netter Pirat. Für sich selber hatte er nur eine Tasse Kaffee geholt. »Ist so teuer hier«, stöhnte er nach einem Blick in seinen Geldbeutel. »Kannst du nicht glauben, wie ist teuer hier.«

Sie setzten sich an einen freien Tisch. Eine junge Frau kam und sagte »Grüezi.« Dann wischte sie mit einem feuchten Lappen über die Tischplatte.

Tata sagte nichts, sondern schaute zum Fenster raus, als ob es da etwas Besonderes zu sehen gäbe.

Also sagte Yasmin: »Dankeschön.«

Da lächelte die Frau und sagte: »Scho' rächt.« Sie griff in ihre Schürzentasche und gab Yasmin ein Bonbon. »Da, Junge«, sagte sie. »Für die lange Reise.«

Yasmin konnte genau hören, dass auch diese Frau ein anderes Deutsch sprach und aus einem anderen Land kam.

Yasmin begann die Pommes zu essen und biss zwischendurch von ihrem Würstchen ab. Durch das lange Warten an der Kasse waren die Pommes kalt und schlapp geworden. Aber da sie so teuer gewesen waren, beschwerte sie sich nicht und stopfte alles schweigend in sich rein. Wenigstens wurde sie satt.

Tata riss ein Plastiktütchen auf und kleckerte eine grüne, wässrige Soße über den Salat. »Ist leckere italienische Soße«, sagte er. »Musst du auch essen Vitamine.« Er schob ihr den Teller rüber.

Yasmin schaute sich den Teller genau an. Es lagen dort frische, knackige Salatblätter in glattem Grün und in gekräuseltem Grün. Dann gab es auch noch Salatblätter, die waren nur in der Mitte grün und am Rand lila. Manche Salatblätter hatten weiße Adern, so wie die Vampire und Zombies auf den Sammelbildchen, die die Jungen manchmal in den Kindergarten mitbrachten. Zombiesalat.

»Komm, probier mal.« Tata nahm mit spitzen Fingern ein Salatblatt und schob es sich in den Mund.

Yasmin beugte den Kopf über den Teller, schnüffelte, machte die Augen zu und zog den Geruch der Soße tief ein. Man musste vorsichtig sein. Man musste aufpassen, sonst passierte etwas Schlimmes. Sie stupste ihren Zeigefinger in die Salatsoße und leckte ihn zögerlich ab.

Tata nahm noch ein Salatblatt. »Komm, musst du essen«, sagte er. »Schmeckt gut.«

»Nein«, sagte Yasmin und schob den Teller zur Seite. »Das esse ich nicht. Du sollst das auch nicht essen, Tata. Da wirst du nur krank von.« Mit ihrem Gesicht musste irgendetwas los sein, denn Tata sah sie auf einmal total anders an. »Wieso wirst du da krank von?«, fragte er.

»Ich glaube, es ist die Soße«, sagte Yasmin. Sie wusste auch nicht, warum es auf einmal in ihr drin so fürchterlich brannte. Wie Feuer brannte es in ihr drin. Im Hals und auch im Bauch. Sie war nicht mehr krank gewesen, seit Tata sie abgeholt hatte. Sie hatte so sehr gehofft, dass sie nun endlich, endlich gesund sei, so wie alle anderen Kinder. Und jetzt brannte es. Es brannte und tat weh, und es fing wieder an, und sie hatte doch so sehr aufgepasst und war immer vorsichtig gewesen. Nur einen winzigen Tropfen von der Soße hatte sie probiert. Wieso hatte es wieder angefangen, dieses Feuer, das sie von innen heraus auffressen wollte? Die Tränen schossen ihr in die Augen.

Tata stellte den Teller weit weg. »Musst du nicht essen,

wenn du nicht willst«, sagte er. »Weiß schon. Habe ich genommen falsche Soße. Ist italienische Soße mit bisschen zu viel Essig drin. Ist nicht so lecker für Kinder, weiß ich schon. Nächste Mal hole ich weiße Soße mit Sahne drin oder Joghurt. Musst du nicht weinen.«

Yasmin beschloss, tapfer zu sein. Mutti hatte sie immer gezwungen, die Soße aufzuessen. Und bei Mutti war sie ständig krank gewesen, bei Tata noch nie. Tata war derjenige, der sie weit wegbrachte vom Arzt, der ein Vampir war. Wenn sie nur endlich weit genug weg wären, am Meer und im Süden, in dem Land, wo es immer nur Sonne gab. Wenn sie das geschafft hätten, dann würde Yasmin für immer gesund werden, das spürte sie genau. Dann würde sie auch ihre Haare wieder wachsen lassen. Vielleicht würde Tata ihr dann auch erlauben, wieder ein Mädchen zu sein. Aber wenn Mädchen sein gleichzeitig bedeutete, krank zu sein, dann würde sie nie mehr Yasmin heißen und ein Junge bleiben und für immer Yasim heißen, so viel war sicher. Die Fahrt würde ja noch eine ganze Weile dauern. Da hatte sie noch viel Zeit zum Nachdenken.

»Gehst du bisschen spielen. Ich trinke noch Kaffee zu Ende und rauche eine«, sagte Tata, und Yasmin nickte.

Nur wenige Meter von ihrem Platz entfernt stand eine Rutschbahn, die in ein mit bunten Bällen gefülltes Bassin führte. Dort oben würde sie sich hinsetzen und nachdenken. Wenn Tata rübergucken würde, dann würde sie runterrutschen, um ihm einen Gefallen zu tun. Er sollte sich wegen ihr keine Sorgen machen. Aber solange das Feuer in ihrem Hals und in ihrem Bauch drin war, konnte sie nicht normal spielen.

Yasmin kletterte auf die Plattform der Rutschbahn und schaute durch die Panoramafenster nach draußen. Von hier aus konnte sie den weißen Lieferwagen sehen. Direkt daneben parkte gerade ein kleiner, roter Wagen ein. Yasmin überlegte, wo sie dieses Auto schon einmal gesehen hatte. Erst als die Frau ausstieg, die am Steuer gesessen hatte, fiel es Yasmin wieder ein und sie erschrak so sehr, dass sie sich die Hand vor den Mund schlug.

Die Frau aus dem kleinen, roten Auto lief quer über den Parkplatz. Es regnete noch immer. Die Frau hatte sich nicht ihre Jacke über den Kopf gezogen. Sie hatte auch keinen Regenschirm. Ihr langes, schwarzes Haar flatterte hinter ihr her wie Finger oder wie Schlangen. Der Weg bis zum Eingang war ziemlich weit. Als sie dort ankam, lag das Haar schwer und nass auf ihren Schultern.

Da rutschte Yasmin schnell nach unten und verkroch sich im hintersten Winkel unter den bunten Plastikbällen. Da war viel Rot, viel Gelb und Blau. Auch Grün war dort. Ein Mädchen mit pinkfarbenem T-Shirt fragte sie etwas, das sie nicht verstand, und lachte dabei. Aber Yasmin schüttelte den Kopf. Das Brennen im Hals wurde weniger, nur im Bauch tat es noch weh. Vielleicht hatte sie Glück und wurde doch nicht krank.

Die Frau mit den nassen, schwarzen Haaren war an Tatas Tisch getreten. Aber Tata schaute zum Fenster raus. Er hielt eine Zigarette zwischen den Fingern. Man durfte hier nicht rauchen. Überall standen Schilder mit durchgestrichenen Zigaretten.

Die Frau sagte etwas, und Yasmin biss sich auf die Fingerknöchel, sonst hätte sie sich verraten.

24. Kapitel

Auch nach einigen Berufsjahren hatte Dr. Schmitz nach Abschluss einer Obduktion immer noch das dringende Bedürfnis, lange und sehr heiß zu duschen. Heute war dies nicht möglich gewesen. Besprechung um 13 Uhr, hatte es geheißen, Anwesenheitspflicht für alle Mitarbeiter der SoKo, alles müsse unverzüglich auf den Tisch, die Zeit dränge.

Als er abgehetzt und ungeduscht das menschenleere Besprechungszimmer betrat, suchte sein Blick als Erstes die Uhr. 12.51 Uhr behaupteten die Zeiger, und es keimte ein Unbehagen in ihm auf, das tiefer ging, als ihm lieb war. Die Nase leicht rümpfend ärgerte er sich über die schlechte Luft und das Gefühl, dass ihm Leichengeruch aus jeder Pore kroch. Andererseits – und dies hätte er niemals in Worte fassen wollen – hasste er sich wegen seiner unangemessenen Eile, die er als vorauseilenden Gehorsam empfand, als eine Art von Unterwürfigkeit. Dr. Schmitz konnte unterwürfige Menschen nicht leiden. Dicke Luft, dachte Schmitz und überlegte hin und her, ob er das Fenster öffnen sollte, traute sich nicht recht, da er befürchtete, es könne reinregnen, und ärgerte sich gleichermaßen über seine Zögerlichkeit wie über die verbrauchte Luft. Die Uhr zeigte nun 12.59. Aber zumindest hatte er einen seiner besseren Anzüge an. Armani. Hier bei den Kriminalern, wo jeder entweder in Uniform oder in gewollt lässigem Räuberzivil herumlief, kam das vielleicht total *overdressed* rüber, aber man musste die Investition in einen teuren Anzug vollkommen emotionslos und sachlich betrachten: Ein perfekt sitzender Dreiteiler verlieh eine stabile Außenhülle, erlaubte den souveränen Auftritt des Leistungsträgers, und gewandet in Armani würde niemand, absolut niemand auf die Idee kommen, dass es sich bei Schmitz, dem Experten für rechtsmedizinische Spezialfragen, um eine teure Mogelpackung handelte. Der leichte Wollstoff, beste Qualität, knitterarm und temperaturausgleichend, galt als selbstreinigend. Eine nicht zu unterschätzende Eigenschaft in einem Beruf voll bestialischer Gerüche. Außerdem kam Schmitz im Anzug wesentlich smarter rüber als in Freizeitkleidung, und gerade jetzt war das wichtig: In wenigen Minuten würde er dort vorn stehen und seine Untersuchungsergebnisse präsentieren.

Die kommissarische Leiterin der Spurensicherung, Frau Pfaff, betrat den Raum mit harten, kurzen Schritten, grüßte ins Ungefähre, ohne Schmitz direkt anzuschauen, und warf eine Mappe auf den Tisch, die mit diversen Laufnummern beschriftet war. Ein paar Papiere rutschten heraus. Frau Pfaff würdigte ihre Umgebung kaum eines Blickes, schnaubte missbilligend und riss ein Fenster auf. Straßengeräusche drangen herein: gedämpftes Regengepladder, das peinigende Zischen von Autoreifen auf nassem Asphalt, vorübereilende Schritte, fernes Kindergeschrei. Über allem, allmählich verklingend, das langgezogene Geräusch einer Polizeisirene.

Schmitz betrachtete konzentriert den Stapel Papier, der wie eine Schutzmauer vor ihm lag, die frisch gedruckten Blätter säuberlich auf Kante gestapelt. Er hatte noch kein einziges Mal hineingesehen, obwohl er es doch erst vor ein paar Stunden selber diktiert hatte. Wie so oft empfand er auch diesen Bericht als belangloses Geschwätz und hatte viel Mühe darauf verwendet, die Nichtigkeiten und Lücken seiner Darstellung durch einen aufgeblasenen Wissenschaftsjargon zu überdecken. Dass er die scharfsichtigen Kollegen damit blenden würde, war eine Hoffnung, die sich leider nicht immer erfüllte.

»Was für ein elender Mief«, stellte die Pfaff fest, würdigte Schmitz keines Blickes, griff hinter den vergilbten Vorhang, schnappte sich den stinkenden Aschenbecher und verschwand nach draußen.

Was war nur mit Frau Pfaff los? Warum behandelte sie ihn wie Luft? Diese Art, einem Mitarbeiter die kalte Schulter zu zeigen, kannte er nur zu gut.

Hatte sie etwas über seine Vergangenheit herausgefunden? Verachtete sie ihn nun? Oder steckte etwas ganz anderes dahinter? Ihre ganze Körperhaltung hatte Missbilligung ausgedrückt.

Schmitz schnurrte in seinem Anzug zusammen, der ihm auf einmal vorkam wie eine überdimensionierte Haut, die ihm keinerlei Schutz mehr bot, sondern ihn als das enttarnte, was er über kurz oder lang in den Augen sämtlicher Kollegen sein würde: ein geltungssüchtiger, unfähiger Schnösel.

Dieser äußerst unangenehme Zustand hielt jedoch nur wenige Sekunden an. Durch leidvolle Erfahrungen hatte Schmitz inzwischen Routine darin, sich selbst zur Ordnung zu rufen und die Kaskade negativer Emotionen zu unterbrechen. In Gedanken sprach er beruhigend auf sich selber ein, ganz im Tonfall eines väterlichen Freundes: Bleib cool, hier kennt dich doch niemand, sagte er tonlos. Du bist völlig unbelastet. Wahrscheinlich hast du ein wenig zu sehr den jovialen Rheinländer gegeben; vielleicht vertragen sie das hier im Südwesten nicht, die haben eine andere Art von Humor. Du hast es doch gar nicht nötig, dich anzubiedern. Es reicht vollkommen, einigermaßen smart rüberzukommen, du präsentierst ihnen ordentliche Papiere, und der Rest geht niemanden etwas an.

Schmitz atmete auf und bewegte die verspannten Schultern. Ganz richtig: Der Mensch hinter der Fassade ging niemanden etwas an – nicht einmal Schmitz selber schaute da gerne hin.

Viel lieber betrachtete er die Mappe der Kriminaltechniker, die in Reichweite lag, hingeworfen mit der Unbefangenheit desjenigen, der sein Fachgebiet absolut beherrscht. Diese Akte schien ein geheimnisvolles Eigenleben zu führen, steckte mit ihrem geistreichen Besitzer unter einer Decke und zeigte Schmitz hinterlistig Post-it-Zettelzungen in bösartigen Neonfarben.

Schmitz schaute zur Tür. Alles blieb still. Vorsichtig streckte er die Hand aus und öffnete die Mappe: im Gegensatz zu seinem eigenen jungfräulich unberührtem Bericht waren diese Blätter mit Markierungen und Unterstreichungen übersät, die Tabellen protzten mit prahlerisch eingekreisten Spalten, ein Ausrufezeichen war mit Kuli fett an den Rand gesetzt. Ein solcher Text stellte keine offenen Fragen, ein solcher Text strotzte vor Gewissheit. Und auf dem Deckblatt prangte – als Krönung selbstgewisser Lässigkeit – der kreisrunde Abdruck einer versehentlich dort abgestellten Kaffeetasse.

Gleichzeitig mit Frau Pfaff, die den geleerten Aschenbecher vor sich hertrug wie eine Trophäe, betraten die anderen Teammitglieder den Raum. Es war eine sehr kleine Gruppe: Meyer, Graf und Cenk. Blochs Platz blieb leer, und Frau Kronawitter war immer noch in der Schweiz.

Meyer nickte Schmitz mit neutralem Gesichtsausdruck flüchtig zu, und Schmitz, voll neu erwachter Kaltblütigkeit, brachte es fertig zurückzugrüßen. Kaum hatte sich Meyer gesetzt, redete Frau Pfaff mit gesenkter Stimme heftig auf ihn ein, blätterte in der Akte, zog einzelne Blätter heraus, präsentierte Tabellen und wies mit der Kugelschreiberspitze auf die Details verschiedener Messreihen. Meyers Miene blieb unbewegt, und Schmitz bemühte sich, nicht allzu offensichtlich in seine Richtung zu starren. Graf begab sich zur Schmalseite der u-förmig zusammengeschobenen Tische und fingerte am Tageslichtprojektor herum. Cenk schlug einen leeren Schreibblock auf und begann wie üblich, die Papierränder mit wirren Mustern zu verzieren.

»Fangen wir mit den Obduktionsergebnissen an, oder was kommt zuerst?«, knarrte Graf und rückte den blauen Schal zurecht, den er nun ständig trug. »Übrigens herzlichen Dank, dass Sie endlich einmal diesen widerlich stinkenden Aschenbecher geleert haben.« Das ging an Frau Pfaff.

Die gab keinen Kommentar von sich, schaute jedoch auffordernd in Schmitz´ Richtung. Als er jedoch stumm blieb, rollte sie entnervt mit den Augen, erhob sich, strich ihren ohnehin makellosen Laborkittel glatt und sagte: »Einer muss ja wohl anfangen. Ich denke, die kriminaltechnische Untersuchung des Täterhaares bringt uns ein ganzes Stück weiter.« Sie fächerte einen Papierstapel auseinander und griff zielsicher eine Overheadfolie heraus.

Schmitz fand an seiner Unterlippe einen kleinen Hautfetzen, den er energisch zwischen die Schneidezähne klemmte. Hingebungsvoll sog und zuppelte er daran herum. Es tat weh, aber es tat gerade richtig weh. Der Schmerz erlaubte ihm den schützenden Rückzug, denn Schmitz wusste beim Stichwort Täterhaar nur zu genau, dass es jetzt peinlich wurde. Wie schon so oft, hatte er auch in diesem Fall ausgerechnet das wichtigste Beweisstück übersehen. Alle im Team hatten inzwischen begriffen, dass nicht der begnadete Rechtsmediziner Schmitz, sondern die trotz Trauer hellwache Witwe Leimer das schwarze Haar gefunden hatte. Zu allem Überfluss war er auch noch so dämlich gewesen, sein Versäumnis zuzugeben. Beinahe hätte Schmitz schmerzlich aufgeseufzt, aber er unterdrückte jegliches Geräusch, indem er sich heftig auf die Unterlippe biss. Der winzige Hautfetzen entglitt ihm. Er tastete mit der Zungenspitze, fand ihn und ließ ihn nicht mehr los. Wenn er ihn zwischen die Zähne klemmte, gab es im Inneren der Lippe einen ziehenden Schmerz. Nur darauf wollte er sich konzentrieren. Der Schmerz tat ihm gut.

Was die weiß bekittelte, streng dreinblickende Mutterfigur namens Pfaff dort vorne referierte, war unmissverständlich: Eva Bloch war definitiv aus dem Schneider. Die Vergleichsproben aus ihrer Haarbürste bewiesen eindeutig, dass Evas lange Haare künstlich gefärbt waren. Das auf Leimers Leiche gefundene Täterhaar jedoch war naturschwarz.

»Dann war es also doch dieser Bosnier?«, fragte Cenk und fuhr sich mit der flachen Hand über seine Maulwurfsfrisur. »Ich nehme an, die Haare von diesem Alic sind naturschwarz, oder?« Er schlug sich mit der Hand vor die Stirn und grinste entwaffnend: »Ach, so ein Unsinn – es war ja eine Frau! Das hatte ich völlig vergessen.«

Wieso konnte Cenk lässige Kleidung tragen, psychedelische Kringel auf seinen Notizblock malen, Fehler machen und trotzdem ein guter Polizist sein? Niemand wies ihn zurecht, als er Täter und Täterin verwechselte, ganz im Gegenteil; Frau Pfaff nickte ihm freundschaftlich zu und erklärte anhand einer Tabelle, wieso es sich bei dem Haar auf Leimers Leiche um das einer Frau handelte.

»Wir haben nur wenig Zeit«, mahnte Graf. »Ihr wisst ja, wie effektiv die Schweizer Kollegen arbeiten. Sie haben alles kontrolliert: die Strecke zum Flughafen Kloten, die Westumfahrung Richtung Basel und auch die Bernardino-Route, alles negativ. Aber vor wenigen Minuten hat eine Streckenpatrouille den weißen Lieferwagen auf der Gotthardstrecke gesichtet. Sie haben die Verfolgung aufgenommen. Selbstverständlich in einem Zivilfahrzeug. Es ist alles vorbereitet, um notfalls die Autobahn zu sperren. Wir dürfen nicht vergessen: Alic hat das Kind in seiner Gewalt. Die Kleine ist krank, und der Mann ist psychisch schwer gestört. Er war Scharfschütze, so einer hat eine niedrige Hemmschwelle. Er ist ein schneller und präziser Killer, soviel steht fest. Niemand weiß, wie er unter Stress reagieren wird, ob er ausrastet, ob dann das antrainierte Tötungsprogramm abläuft, kurz, wozu dieser Kerl fähig ist. Die italienische Polizei ist bereits informiert, aber vielleicht schaffen es die Schweizer Kollegen, ihn aufzuhalten, bevor er die Grenze erreicht. Je länger die Flucht dauert, desto gefährlicher wird die Sache. Also sollten auch wir Gas geben.«

»Ja, gerne«, meinte Cenk. »Aber in welche Richtung? Jetzt wissen wir wenigstens, wer Leimer *nicht* umgebracht hat. Eva war es nicht, und Alic war es auch nicht. Also alles zurück auf Null? Aber da ist ja auch noch dieser Badewannenmord an der Nürtinger.«

Cenk fuhr sich wieder ungelenk über die stoppelkurzen Haare und schaute auffordernd zu Schmitz, als habe der bei einem Bühnenspiel seinen Einsatz verpasst. Was um alles in der Welt wollte Cenk von ihm?

Schmitz gelang es, ein verbindliches Lächeln in Cenks Richtung zu schicken: »Nun, vielleicht zeigen Sie uns Ihre Ergebnisse zuerst?«

Cenk antwortete mit einem Grinsen, das Schmitz fast aus der Bahn warf. Er kannte diese herablassende Art, vergiftet durch eine Prise Mitleid, nur zu gut, diese ultracoole Lässigkeit, mit der Cenk nun aufstand, um einen Satz Dias in den Projektor zu schieben. Das war wie ein Déjà vu. Es würde nicht mehr lange dauern, und Schmitz würde die Kontrolle verlieren. Er würde anfangen zu zittern, Unsinn reden oder aufstehen und einfach gehen. Er hatte nur diesen winzigen Hautzipfel an seiner Lippe, um sich zu zentrieren, aber allmählich stumpfte er ab, der Schmerz reichte nicht mehr aus.

Wider Erwarten begann Cenk nicht mit einem Bild des stickigen Nürtinger-Badezimmers. In rascher Folge klickte er eine Reihe von Großaufnahmen menschlicher Haut durch. Alle zeigten Ritz-und Schnittverletzungen; Hakenkreuze waren überproportional häufig vertreten.

»Was hat das denn mit unserem Fall ...?«, begehrte Graf auf, aber Cenk hob beruhigend die Hand.

Das nächste Bild zeigte die malträtierte Brusthaut der Nürtinger-Leiche mit dem rätselhaften Kreuz. Als Cenk nun mit seinen Ausführungen begann, wusste Schmitz schon nach dem ersten Satz, dass er vollkommen erledigt war.

»Die wichtigste Frage bei der Untersuchung von Gewaltopfern ist diejenige, ob es sich bei den Verletzungen um eine Selbstbeibringung handeln könnte. Eine Frage, die sich auch im vorliegenden Fall stellt, und wir haben allen Grund zur Annahme, dass Frau Nürtinger hier selber aktiv geworden ist, wenn ich das mal so ausdrücken darf.«

Die Frage nach einer möglichen Selbstverletzung gehörte zweifellos zu den Basics der Rechtsmedizin – und Schmitz hatte sie in diesem Fall noch nicht einmal in Erwägung gezogen.

Er senkte den Blick, nagte an seiner Unterlippe. Sicher starrten ihn jetzt alle an; aber jetzt, nachdem die Katastrophe eingetreten war, gelang es ihm mit überraschender Leichtigkeit, ruhig weiterzuatmen. Er wusste, dass es besser war zu schweigen und keinerlei Mimik zu zeigen, und dass er sich endgültig der Lächerlichkeit preisgab, wenn er nun den Raum verließ. Es galt, weiter mit äußerster Konzentration auf dem Hautfetzen herumzukauen. Die knitterarme und atmungsaktive Außenhülle seines repräsentativen Anzugs würde zuverlässig ihren bewährten Schutz gewähren. Auch dieser schmerzliche Moment würde vorübergehen. Aber dies war kein echter Trost. Denn tief innen wusste Schmitz: Es würde niemals aufhören. Die Welt war und blieb gemein und unfair, sie war unfassbar hässlich und roch fast immer schlecht. Dies alles war keine Entschuldigung, er wusste es. Er war einfach ungeeignet für seinen Beruf.

All die Hakenkreuze, die Cenk da präsentierte, oberflächliche Ritzungen und gruppierte Schnitte zum Beispiel in Wangenfleisch oder Bauchhaut, sollten Beweise fremdenfeindlicher Übergriffe sein, waren aber in Wirklichkeit Phänomene der anklagenden Selbstschädigung, entweder aus Rache oder als Auswuchs seelischer Erkrankung, vereinfacht ausgedrückt: Fälschungen. Die damit einhergehenden statistischen Werte fielen Schmitz auf einmal siedend heiß ein, und er hätte sie mit peinigender Präzision herunterbeten können: Frauen, die eine Vergewaltigung oder sonstige Übergriffe vortäuschten, hatten meist einen niedrigen sozioökonomischen Status, eine schlechte Schulbildung und waren bereits in der Vergangenheit psychisch auffällig gewesen. All dies traf auf Sabrina Nürtinger zu.

Was Schmitz als Abwehrverletzungen im Kampf gegen einen körperlich überlegenen Gegner interpretiert hatte, konnten unter diesem Blickwinkel durchaus selbst beigebrachte Schnitte sein. In der Fachliteratur wurden solche Verletzungen als »Probierschnitte« bezeichnet. Normalerweise waren sie zaghaft, lagen parallel zueinander und blieben oberflächlich. Bei Borderlinepatienten, aber auch bei allzu großer Wut gewannen die Schnitte an Kraft, und es gelang ihnen, die Grenze zu überschreiten, die das eigene Schmerzempfinden setzte, diese Grenze von außen nach innen, von Haut und Unterhautgewebe, sodass endlich lebenswichtige Strukturen durchtrennt wurden und das Innerste sich offen zutage kehrte.

»Aber hätte man das nicht irgendwie, von Anfang an in die Überlegungen mit einbeziehen können?« Graf schaute in die Richtung des Armani-Anzugs, in dessen Falten Schmitz mittlerweile völlig zu versinken drohte. Graf war höflich und formulierte eine Frage. Ganz anders als Schmitz´ letzter Chef. Der war Choleriker gewesen und hatte getobt, Schmitz sei absolut ungeeignet für diesen Beruf, und was er sich eigentlich dabei denke, so zu tun, als ob man in der Rechtsmedizin keine Verantwortung trüge, nur weil die Patienten – er nannte die Leichen tatsächlich Patienten! – tot seien. Dann senkte er die Stimme zu einem gehässigen Zischen, was schlimmer war als die Brüllerei zuvor: Diese verdammten Schlampereien könne er keinen Tag länger dulden, und wenn er Patienten (!) nicht von Biomasse unterscheiden könne, dann solle er doch in Zukunft lieber Mülltonnen leeren. Er sei fristlos gekündigt, und wenn er ein Zeugnis wolle, dann könne er es ja vor dem Arbeitsgericht einklagen, er solle sein Zeug packen, das Büro unverzüglich räumen und möglichst weit wegziehen.

Fast hätte Schmitz auf Grafs Frage laut geantwortet und sich selbst bezichtigt – ein billiger Ablasshandel wäre das gewesen, und noch dazu einer, der die anderen im Team auf seine Kosten entlastet hätte. Nun bekam Schmitz, der doch keine Mimik zeigen wollte, einen trotzigen Zug um den Mund. Er wusste genau, gegen die anderen kam er nicht an. Die alten Hasen würden ihn, den Neuen, der im Arbeitsalltag so überheblich rüberkam, nicht schützen. Es war doch immer das gleiche, frustrierende Spiel. Selbstverständlich hätte man die Möglichkeit der Selbstverletzung von Anfang an in die Überlegungen mit einbeziehen sollen. Aber galt das dann nicht auch für Meyer, den allseits verehrten Halbgott der Spurensicherung, der gemeinsam mit ihm am Obduktionstisch gestanden war? Entweder hatte Meyer auch keine Idee gehabt, oder er hatte Schmitz ins offene Messer laufen lassen. Und dieser Scharlatan aus der Psychiatrie, der Frau Nürtinger zuerst jahrelang behandelte und sie dann für gesund erklärte? Diese Einschätzung war doch auch ein fataler Irrtum, denn die Nürtinger war nicht im Geringsten geheilt gewesen. Es hatte lediglich eine so genannte Symptomverschiebung stattgefunden. Wenn man länger darüber nachgrübelte, hatte es etwas ungemein Beunruhigendes, dass es auch für die abwegigsten Phänomene der menschlichen Psyche genau definierte Fachausdrücke gab – bedeutete dies doch, dass solche Abartigkeiten dermaßen häufig waren, dass man dafür eigens eine Nomenklatur festlegen musste.

Cenk zeigte nun ein Bild vom Fundort der Nürtinger-Leiche und entwickelte seine Theorie zum Tathergang: »Meiner Meinung nach hat Frau Nürtinger mit ziemlicher Sicherheit Suizid begangen und diesen originellerweise als Mord getarnt. Das Motiv? Einerseits Rache an Hamza Alic, der das Kind entführt hat. Aber ich frage Sie: Wäre es nicht eine viel natürlichere Reaktion gewesen, die Polizei vom Verschwinden des Kindes in Kenntnis zu setzen? Hat sie das getan? Nein – so, wie ihre kranke Seele strukturiert war, hat sie die ganze Angelegenheit wahrscheinlich nur als eines begriffen: als eine Riesenchance, ihr Lebensmotto zur Vollkommenheit zu bringen, sich endlich als das totale Opfer zu stilisieren, als eine Opfer-Ikone sozusagen. Ich bin ja kein Seelendoktor, aber ich habe das untrügliche Gefühl, die Nürtinger hatte schon jahrelang nicht mehr so einen Spaß gehabt wie beim Sterben.«

»Ich muss doch sehr bitten«, unterbrach Graf. »Die letzte Äußerung ist unsachlich und zynisch, Herr Kollege.«

Cenk errötete, sein Redefluss stockte aber nur kurz. »Ich versuche mich halt möglichst genau einzufühlen, aber ich gebe zu, es fällt mir schwer, hier Mitleid zu entwickeln. Die Art, wie sie den Verdacht unweigerlich auf Hamza Alic lenkte, hat schon etwas Perfides. Und damit wären wir«, Cenk holte tief Luft und schaltete auf eine Großaufnahme der Brust des Opfers. »Damit wären wir bei diesem ominösen Kreuz. Hier machte die Nürtinger einen kleinen, aber entscheidenden Fehler. Dieses Symbol schmierten nämlich damals die serbischen Eroberer an die Hauswände der bosnischen Häuser, wenn sie die Bewohner vertrieben oder massakriert hatten. Hamza Alic hatte ihr offenbar davon erzählt, und ihr auch an jenem letzten Nachmittag das Foto mit dem besudelten Elternhaus gezeigt. Woher sonst hätte sie so genau gewusst, wie dieses Kreuz aussah? Ein Hakenkreuz wäre ihr kulturell sicher um einiges näher gewesen. Ob Hamza das Foto beim Hinausgehen verlor oder ob Frau Nürtinger es eigenhändig an der Haustür ablegte, bevor sie sich der Zerstörung des eigenen Körpers widmete? Keine Ahnung. Vielleicht hilft uns hier die Kriminaltechnik noch weiter.« Cenk schaute zu Meyer.

Der nickte bedächtig. »Auf dem Foto fanden wir eine DNA-Mischspur. Wir können also davon ausgehen, dass sowohl Frau Nürtinger als auch Hamza Alic das Foto in der Hand hatten. Wenn ich Cenk recht verstanden habe, ist die ganze Angelegenheit mit dem Kreuz also ein einziges groteskes Missverständnis. Frau Nürtinger zeichnete sich vor ihrem Suizid mit dem serbischen Kreuz und hoffte, auf diese Weise den Bosnier zu belasten. Ich muss zugeben, auch mir war dieses Wirr-Warr der Balkan-Geschichten da unten immer viel zu kompliziert. Ich kann mir vorstellen, dass eine Frau wie Sabrina Nürtinger die ethnischen Unterschiede zwischen Serben und muslimischen Bosniern noch weniger interessierte – und so hat sie wahrscheinlich nicht verstanden, dass dieses Kreuz ein Symbol der Schande für Hamza war und nicht das Zeichen seines Triumphes. Aber Hamza Alic war ja, wenn man das mal so salopp sagen kann, auch der ideale Täter: ein psychisch gestörter Illegaler, ehemaliger Heckenschütze, ein Mann, der ein Kind einfach so mitnimmt wie einen beliebigen Gegenstand. Sicher ist er ein Mörder – aber der Mörder von Sabrina Nürtinger? Diese These erscheint mir zum jetzigen Zeitpunkt immer unwahrscheinlicher. Aber da wir offenbar alle in den gleichen Stereotypen denken wie die Nürtinger, haben wir den Köder mit dem eingeritzten Kreuz bereitwillig geschluckt, die Botschaft auf die gewünschte Weise verstanden und uns auf die Jagd gemacht. Aber leider auf die Jagd nach dem Falschen.«

Schmitz nagte an seiner Unterlippe, zog und kaute; sie ließen ihn in Ruhe. Niemand schrie ihn an, forderte ihn auf, sein Büro zu räumen oder etwas in dieser Art. Trotzdem fühlte er sich nicht besser, nein, ganz im Gegenteil. Warum hatte er überhaupt Medizin studiert? Wegen der guten Schulnoten? Lächerlich, als ob Schulleistungen irgendetwas über die Eignung zum Arzt aussagten. Schon früh hatte er erkannt, dass alles Schulwissen nichts mit dem Leben zu tun hatte. Seinen Altersgenossen gelang es scheinbar mühelos, zumindest einen Zipfel Lebendigkeit zu erwischen. Authentizität erschien ihm schon als eine hohe Kunst, als er diese Vokabel noch gar nicht kannte, und obwohl er vieles ausprobierte, ging alles daneben: die Freundschaften, der erste Kuss, das erste Besäufnis, alles war nur ein abgeschmacktes Rollenspiel. Was er anfasste, ging kaputt, was er begann, misslang

– außer in der Schule. Auswendiglernen und Faktenwissen, das war sein Ding. In seinen dunkelsten Stunden musste er sich jedoch eingestehen, kein wirkliches Talent zu haben. Zur Politik fehlte ihm der Mut. In der Politik, da hätte so ein Blender wie er vielleicht noch reüssieren können; also Medizin. Warum nicht Medizin? Galt es doch im Wesentlichen nur Fakten auswendig zu lernen, Messwerte richtig zu interpretieren und möglichst viel Technik zwischen sich und die anderen Menschen zu schieben. Eigentlich konnte es gar nicht schiefgehen.

Aber es ging so grausam schief.

Schmitz, Sie sollten sich unbedingt eine Fachrichtung aussuchen, in der Sie möglichst wenig Schaden anrichten können, hatte ihm der chirurgische Chefarzt nach einem desaströsen Praktikum geraten. Augenheilkunde, hatte er überlegt oder Rechtsmedizin. Das Risiko, dass durch sein Versagen ein Mensch erblinden könne, erschien ihm damals untragbar. Was blieb ihm da anderes übrig, als es mit der Rechtsmedizin zu versuchen? Dort waren die Patienten ja bereits tot. Allzu viel konnte da nicht passieren, dachte er. Ein fataler Irrtum, wie sich jetzt herausstellte. Weil er ein Haar übersehen und ein paar dämliche Schnittwunden falsch interpretiert hatte, hetzten sie jetzt einen unberechenbaren, traumatisierten Mann und ein kleines, schwerkrankes Mädchen quer durch die Schweiz, vielleicht auch durch halb Europa.

Schmitz wagte einen Seitenblick auf Cenk. Der junge Ermittler würde sich nun sicher in seinem Triumph sonnen. Aber da war keine Freude in Cenks Zügen. Schmitz erkannte nichts als Erschöpfung und Schmerz, und er begriff, dass der junge, gut aussehende Kollege einen langen Weg hinter sich hatte, einen Weg, der mindestens genauso mühsam gewesen war wie der eines Hamza Alic. Migrantenseelen.

Nirgendwo daheim, keine Wurzeln. Immer in Gefahr, negativ aufzufallen. Überangepasst und ständig unter Druck. Aber traf das nicht auch auf ihn zu? Gab es einen deutscheren Namen als Schmitz? Gab es eine tiefere Wunde als die Beziehungslosigkeit? Die Verletzungen auf Cenks Dias waren wohl in juristischer Hinsicht Fälschungen – der Begriff der Fremdenfeindlichkeit traf aber dennoch in mehrfacher Hinsicht zu. Die Opfer, welche gleichzeitig zu Tätern wurden, erlebten die Welt als feindlichen Ort – und sich selber als fremd, nicht nur in der Welt, sondern auch in sich selbst.

Schmitz erschrak über sich selbst, und war dankbar, als Graf ihn aus diesen unproduktiven Gedanken riss: »Cenk, wenn ich Sie richtig verstehe, haben wir mit Hamza Alic bisher den Falschen als Mörder gejagt. Sieht das der Rest des Teams genauso?«

Zustimmendes Gemurmel und allgemeines Kopfnicken begleiteten seine Frage.

»Ich werde also mit Frau Kronawitter und den Schweizer Kollegen Verbindung aufnehmen, um sie von der neuen Sachlage in zu Kenntnis setzen. Man wird natürlich weiter dranbleiben, allein, damit das Kind nicht zu Schaden kommt – aber ich denke, man kann das Ganze doch nun deutlich entspannter angehen und dem Mann auch das eine oder andere Angebot machen.«

Das Gefühl der Erleichterung, welches sich im Raum ausbreitete, schien fast mit Händen greifbar. Graf verließ das Besprechungszimmer, um mit den Schweizern zu telefonieren.

Schmitz befühlte vorsichtig seine Unterlippe. Sie war taub und schien leicht geschwollen.

Als Graf nach unerwartet kurzer Zeit wieder zurückkam, war sein Gesicht unnatürlich bleich und schweißüberströmt.

Die tiefen Gesichtsfalten verliehen ihm etwas Maskenhaftes, als er mit versagender Stimme krächzte: »Der Kerl ist bewaffnet! Verdammte Scheiße, er hat eine Pistole!«

Schmitz zuckte leicht zusammen. Auf seinen Lippen schmeckte er Blut.

25. Kapitel

Daheim angekommen, empfand Bloch ein Gefühl von Scham für den Zustand chronischer Unbehaustheit, in dem sich seine Wohnung befand.

Max wiederum waren weder der schale Geruch noch die abgegriffenen Oberflächen der Wohnung einen Kommentar wert. »Wo schlafe ich?«, war seine erste Frage, nachdem er seine Jacke und die Mütze ausgezogen hatte. Man einigte sich auf das Sofa. »Und Tschö-tschill?«, fragte Max, um nach sekundenlangem Überlegen festzulegen: »Der schläft bei mir im Zimmer. Sonst habe ich Angst.« All dies in vollkommen angstfreiem Jargon, das hieß ohne Lispeln.

Bloch beschloss, dass er in der Küche einiges zu tun hatte. Vorher jedoch musste der Hund gefüttert werden. »Wenn Churchill wieder ganz gesund ist, kannst du das übernehmen«, sagte Bloch zu Max. »Pass gut auf, ich zeige dir, wie es geht.«

Die Hundefutterdosen stapelten sich in einem Regal im Vorratsschrank, das auch für kleine Kinder gut erreichbar war. Der Hundenapf stand im Gang, neben der Schuhablage. Wenn man für die Zeit der Fütterung die Türen geschlossen hielt, dann verpestete der Gestank des Dosenfutters nicht auch noch den Rest der Wohnung. Manchmal beherzigte Bloch dieses Detail, noch öfters vergaß er es.

Bloch leerte vorsichtig die fleischähnlichen Brocken in den Metallnapf. *Fleischnebenprodukte und Rohasche* stand auf der Inhaltsangabe. Nie im Leben hätte er gedacht, dass Tiere mit Asche zu füttern seien, aber anscheinend bekam es ihnen. Beim Wort Asche stellte sich eine Gedankenverbindung her, die ihn zum Medizinschränkchen im Badezimmer gehen ließ. Den Napf nahm er mit und stellte ihn ins Waschbecken.

Zahnpastaspritzer bildeten in der Mitte des Beckens eine blättrig verkrustete Schicht. Bloch stellte den Napf direkt darüber. Würde er jemals im Leben aufhören, sich zu schämen?

Er zerbröselte mehrere schwarze, poröse Tabletten über dem Hundefutter. Medizinische Kohle. Ein Medikament, das er neben Aspirin und Tabletten gegen Magenübersäuerung ständig im Haus hatte.

Max sah ihm interessiert zu. »Was machst du da, Opa?«, fragte er.

Bloch betrachtete seine schwarz gewordenen Fingerspitzen. »Das ist Medizin«, erklärte er. »Gut gegen Durchfall. Churchill hat bei Meyer wieder Schokolade gefressen. Wahrscheinlich bekommt ihm das genauso wenig wie die Pommes. Ich möchte jedenfalls heute Nacht nicht raus mit dem Hund. Oder Schlimmeres.« Er überlegte, ob er die Kohle mit einem Löffel unterrühren sollte, schüttelte prüfend den Napf und betrachtete, wie sich die trockenen Kohlekrümel nur wenig bewegten. Sie schienen bereits fest mit dem feuchten Hundefutter verklebt zu sein.

Bloch stellte den Napf an seinen üblichen Platz. Diesmal vergaß er nicht, die Küchentür zu schließen. Max hockte sich auf den Boden und schaute Churchill beim Fressen zu.

Es dauerte nicht lange, bis Bloch die Einkäufe ausgeräumt hatte. Aus dem Gang drang kein Laut. Fast hätte man vergessen können, dass da noch jemand in der Wohnung war. Er öffnete die Küchentür. Max hatte sich einen Bogen Zeitungspapier aus dem Altpapier gezogen, das fertig gebündelt im Korridor lag. Auf diesem Zeitungspapier lag ein Häufchen schwarzer Kohlekrümel, die er sorgfältig aus dem Futter herausgepickt hatte. Der Hund hatte sich das gefallen lassen. Normalerweise knurrte er, wenn Bloch nach dem Futternapf griff, während er fraß.

»Das stinkt«, sagte Max und roch an seinen besudelten Händen.

»Wisch sie bloß nicht an der Hose ab«, sagte Bloch schnell und zerrte ihn am Handgelenk hoch und ins Bad.

»Lass mich«, protestierte Max. »Das kann ich schon alleine.« Er wusch sich die Hände, rieb sie lange unter dem Wasserstrahl und sie beobachteten beide, wie das Schwarz zu hellem Grau wurde und dann verschwand. Dann ließen sie den Wasserstrahl noch eine Weile laufen. Dicke Placken der Zahnpastaablagerungen lösten sich und verschwanden durch den Abfluss.

»Warum hast du das gemacht?«, fragte Bloch ihn, während er ihm das Handtuch hinhielt. »Das ist doch Medizin für Churchill, damit er nicht wieder krank wird.«

»Genau das hat die Mama von Yasmin auch immer gesagt«, meinte Max und legte das Handtuch auf den Rand der Badewanne. »Die Mama von der Yasmin hat aber nicht gewusst, was in der Medizin drin ist. Der Doktor hat gesagt, die Yasmin muss die nehmen. Es ist ja eigentlich ein Geheimnis, aber die Yasmin hat es herausgefunden.«

»Was hat die Yasmin herausgefunden?«, fragte Bloch viel zu hastig.

Man soll ein Kind nicht unterbrechen. Kinder sprechen anders. Max hatte jedoch große Geduld mit ihm. Draußen fraß Churchill. Bloch hatte nicht die geringste Ahnung, wie er jetzt noch die medizinische Kohle in den Hund hineinbekommen sollte.

»Dir verrate ich es, weil du mein Opa bist«, fuhr Max fort. »Aber du darfst es niemand weitersagen, versprichst du das?«

Bloch nickte. Galt ein Nicken als Versprechen? »Weiter«, sagte er.

»Die Yasmin hat herausgefunden, der Doktor ist in echt ein Vampir, und der hat sogar schon Kinder umgebracht.« Max Stimme war zu einem Flüstern herabgesunken.

Alle Kinder haben Angst vor dem Schwarzen Mann. Als Bloch Kind war, saß der schwarze Mann im Stadtpark und verteilte Bonbons. Warum sollte der schwarze Mann dieser Kindergeneration nicht einen weißen Kittel tragen? »Das kann ja schon sein, Max«, sagte er. »Aber ich verstehe immer noch nicht, warum du die Kohlekrümel aus Churchills Futter herausgeholt hast.«

»Diese Sorte Medizin hat die Mama von der Yasmin auch manchmal über das Essen gestreut. Und dann hat die Yasmin immer Feuer im Hals und im Bauch bekommen. Und dann musste sie noch mehr Tabletten einnehmen, damit das Feuer wieder weggegangen ist. Aber davon ist es dann nur noch schlimmer geworden.« Er sah auf.

Bloch schaute ihn an. Max war ein kleiner Mensch, ein sehr kleiner Mensch sogar, aber er war vollkommen.

»Hat sie mir gesagt«, sagte Max. Und dann, nachdem Bloch immer noch nicht antwortete, nur so guckte, wie er vorher noch nie geguckt hatte. »Glaubst du mir etwa niss?«

»Doch«, sagte Bloch und bemühte sich zu lächeln. »Doch, ich glaube dir.« Sie gingen rüber in die Küche. Ein Seitenblick in die Ecke neben den Schuhen zeigte ihnen einen blitzblank ausgeschleckten Futternapf. Daneben das fleckige Zeitungspapier mit den schwarzen Krümeln darauf. Der Hund hatte die Kohle nicht angerührt.

Bloch beschloss, Meyer sofort anzurufen. Es hatte keinen Sinn, dies aufzuschieben. Die anderen machten bei ihrer Jagd auch keine Pause, um zum Beispiel blassgelben Kartoffelpüree aus einer Tüte anzurühren.

»Max, ich muss mal telefonieren. Geh bitte in die Küche.

Wenn ich fertig bin, dann kochen wir.«

»Das ist aber langweilig hier, Opa. Hast du denn keinen Fernseher?«

»Nein, Max, tut mir leid. Der ist schon lange kaputt. Morgen kaufen wir einen neuen.« Er hielt den Hörer schon in der Hand. Die Handynummer kannte er auswendig. Meyer meldete sich sofort.

»Erich, rufst du wegen Eva an? Du musst wissen ...«

»Hör mir zu«, unterbrach er ihn schnell, »ich wollte dich etwas ganz anderes fragen. Was ist eigentlich in Zündholzköpfchen an Chemie drin?«

»Die Sache geht dir auch nicht aus dem Kopf, nicht wahr?«

»Wie giftig ist dieses Zeug?«

»Das ist relativ einfach zu beantworten, Erich. Warte mal ich lese dir die Liste vor: Die Zündmasse enthält circa fünfzig bis sechzig Prozent Kaliumchlorat als Oxidationsmittel, circa vier bis sieben Prozent Schwefel als Brennstoff, circa ein bis vier Prozent Kaliumchromat oder Mangandioxid zur katalytischen Regelung des Brennvorgangs, zudem Füllstoffe, Schlackenbildner und Bindemittel sowie Farbstoffe. In der Literatur ist vereinzelt die Einnahme von Zündholzköpfchen beschrieben worden. Wenn ein Kind mehr als zwanzig Köpfchen isst, dann können Symptome auftreten wie Erbrechen, Bauchschmerzen oder Durchfall.«

»Gibt es auch Angaben über die chronische Einnahme kleinerer Mengen?«, fragte Bloch.

»Nein. Zumindest habe ich nichts gefunden. Ich müsste noch mal eine neue Literaturrecherche machen. Du meinst doch nicht etwa ...?«

»Doch genau, das meine ich«, sagte Bloch. »Es sieht ganz so aus, als ob diese Frau Nürtinger das Zeug an ihre Tochter verfüttert hat. Vielleicht ist das nur Spinnerei, aber ich denke, wir dürfen es nicht außer Betracht lassen. Welcher Stoff macht denn die größten Probleme in diesem Chemiecocktail, den du da eben aufgezählt hast?«

»Kaliumchlorat«, sagte Meyer ohne zu zögern. »Ganz eindeutig Kaliumchlorat. Mal abgesehen davon, dass es explosiv ist – es ist ein starkes Blut- und Nierengift, wenn es im Organismus kumuliert. Es soll antiseptisch wirken und kommt deshalb vereinzelt noch bei Gurgel- und Mundwässern zum Einsatz. Es gibt allerdings nur noch wenige Gurgelmittel, die Kaliumchlorat enthalten, da es aufgrund seiner Toxizität nur noch sehr beschränkt eingesetzt werden darf.«

»War die Kleine nicht blutarm?«, fragte Bloch langsam und jedes Wort betonend.

»Opa«, sagte Max. »Das is voll gemein von dir. Du has das Geheimnis verraten. Iss habe es genau gehört.«

Bloch legte die Hand über die Muschel. »Ich versuche nur, deiner Freundin Yasmin zu helfen«, sagte er.

»Lass mich mal mit dem Jungen reden«, sagte Meyer.

Dann sprachen die beiden miteinander. Das hieß, am längsten sprach Meyer. Max saß auf der Kante des Sofas, presste den Hörer ans Ohr und nickte manchmal. Schaute ernst. Dann nickte er wieder, so als ob Meyer das sehen könnte und schließlich lächelte er. »Iss gut«, sagte er schließlich leise und streckte Bloch den Hörer wieder hin. »Iss bin dir nicht mehr böse«, sagte er und schaute auf die Schlieren des Linoleumbodens. Dann ging er in die Küche.

»Informierst du die anderen?«, fragte Bloch. »Du weißt doch ... ich ...«

»Mache ich«, sagte Meyer. »Und dann werde ich versuchen, diesen Kinderarzt zu erreichen. Die haben sicher noch eingefrorene Blutproben von der Kleinen in der Klinik. Vielleicht werden wir auch da fündig.«

»Ja, mach das«, sagte Bloch, »bitte.«

Dann ging er in die Küche und bereitete das Abendessen zu.

Erst als er den Kartoffelpüree auf Max' Teller schaufelte, fiel ihm ein, dass er Meyer unterbrochen hatte, als dieser ihm etwas über Eva sagen wollte.

Er tippte auf die Taste für Rufwiederholung. Es kam nur die Ansage der Mailbox. Bloch überlegte einen Moment, dann sagte er: »Was ist mit Eva?«

Er unterbrach die Verbindung sofort, als könne er die Antwort auf gar keinen Fall ertragen.

»Was iss los, Opa?«, fragte Max.

Der Kleine sah ihm tief in die Seele hinein. Es war nicht zum Aushalten.

26. Kapitel

Kennst du mich noch?«
»Das war in der Klinik, richtig?«
»Ja, genau. Das war damals. In der Klinik. Darf ich mich setzen?«

Tata machte eine Handbewegung, und Eva setzte sich.

»Wie hast du mich gefunden?«

Eva lächelte. »Ich kenne dich, glaube ich, besser, als du denkst. Wenn man mit dem Auto von der Weststraße aus nach Bosnien will, dann gibt es eigentlich nur diesen Weg. Auf der Passstraße liegt schon Schnee. Und ein guter Autofahrer bist du noch nie gewesen, das hast du selber gesagt. Eigentlich logisch, dass du eine Pause machst, bevor du in den Tunnel fährst.«

Es war natürlich sehr dumm von Yasmin gewesen, die Eva mit Mutti zu verwechseln. Aber das kam nur von all dem Regen und dem Nebel und daher, weil beide gleich lange, schwarze Haare hatten. Eigentlich konnte man die beiden gar nicht miteinander verwechseln. Aber es war besser, wenn Yasmin weiter im Schatten blieb. In der Raststätte war es sehr laut. Vielleicht konnte sie trotzdem etwas von dem verstehen, was die beiden redeten. Yasmin rutschte ein Stück weiter nach vorne. Nur ein kleines Stück. So konnte sie immer noch nicht alles verstehen, was die beiden sprachen, aber sie konnte sie beobachten. Yasmin hatte entschieden, dass es besser war, im Schatten zu bleiben.

»Wie viele Jahre ist das eigentlich zurück? Damals du warst viel dünner.«

»Gefalle ich dir etwa nicht?«

»Ist keine Zeit für Flirt.«

Eva strich sich eine Strähne hinters Ohr. Ihr Haar begann bereits wieder zu trocknen. Am Haaransatz wurde ein schmaler grau-blonder Streifen sichtbar. »Du steckst richtig tief in der Scheiße, weißt du das?«

»Nicht mehr lange. Wenn es ist notwendig, wir gehen zu Fuß über Grenze.« Tata grinste wie ein Pirat. »Weißt du, bin ich geübter Illegaler. Was meinst du, wie viel Zeit habe ich noch?«

»Keine Ahnung. Ich bin euch sofort hinterhergefahren, als du mit dem Lieferwagen aus der Toreinfahrt rausgekommen bist. Soweit ich das beurteilen kann, ist mir kein Polizeifahrzeug gefolgt. Aber vielleicht machen sie das ja auch unauffällig, ohne Blaulicht oder mit Zivilfahrzeugen.«

»Eva, kann ich dich bitten um eine Sache? Kann ich chaben deine Auto?«

Es war ein typisches Erwachsenengespräch. Auch wenn Yasmin fast jedes Wort verstanden hatte, machte das alles keinen Sinn. Und sie kapierte schon gar nicht, warum Tata Evas kleines, rotes Auto haben wollte. Der Lieferwagen war doch viel schöner und praktischer. Yasmin kroch vorsichtig bis an den Rand des Beckens.

Eva machte ihren Autoschlüssel vom Schlüsselbund ab und legte ihn auf den Tisch.

Tata legte seinen Autoschlüssel daneben. »Bringst du den weiße Wagen wieder zurück zu mein Bruder?«, fragte er und wollte nach Evas Schlüssel greifen.

Eva legte mit einer raschen Bewegung ihre Hand auf den Schlüssel. »So einfach geht das nicht, Hamza«, sagte sie.

»Zuerst muss ich sicher sein, dass dem Kind nichts passiert. Wo ist sie eigentlich?«

Tata wies mit einer Kopfbewegung in Richtung Rutschbahn, und Yasmin duckte sich, hob die Hände über den Kopf, grinste und nickte und hoffte, dass Eva nichts merkte.

Evas Augen wurden groß. »Was hast du mit ihren Haaren gemacht?«, fragte sie.

»Sie ist jetzt Junge«, sagte Tata. »Nur solange, bis wir sind über die Grenze. Später kann sie wieder sein Mädchen, du verstehst?«

»Das ist es ja gerade.« Eva schüttelte den Kopf. »Ich bin mir nicht sicher, ob ich das zulassen darf. Du bekommst das Auto, wenn du mir plausibel machen kannst, dass es Yasmin gut haben wird bei dir. Das Einzige, was ich genau weiß, ist nämlich, dass es ihr bei ihrer Mutter nicht gut gegangen ist. Guck mal, was sie jetzt macht: Sie hält sich die Ohren zu und kriecht nach hinten in den Schatten.«

»Will sie nichts hören von Mutter«, sagte Tata. »Chabe ich auch schon lange gemerkt, dass Sabrina ist nicht gute Mutter für meine Kind. Habe ich genau geachtet und gesehen. Bin ich schon gewesen lange Zeit in Konstanz. Illegal, verstehst du. Habe ich gekommen, zu sehen meine Kind, aber habe ich gehabt Sperre, wie heißt?«

»Kontaktsperre«, erklärte Eva kurz.

»Genau, habe ich gehabt diese Kontaktsperre und habe ich nur gesehen, wie Yasmin ist geworden krank und dass Sabrina ist nicht gute Mutter.«

»Und dann hast du sie schnell mal umgebracht«, sagte Eva trocken.

Yasmin saß mittlerweile am weitesten von ihnen entfernten Punkt, mitten in den Plastikbällen und hielt sich noch immer die Ohren zu.

»Hast du recht«, sagte Tata. »Ist schnell umgebracht ein Mensch mit eine Waffe. Aber ist gestorben Sabrina-Mutter nicht schnell. Ist gestorben langsam, wenn du verstehst.«

»Nein«, sagte Eva. »Und ich glaube auch nicht, dass ich das hören will. Und du meinst ernsthaft, dass ich dir das Kind mitgeben werde? Du kannst doch nicht einfach die Mutter umbringen, um dir dann das Kind zu schnappen?«

Seine Augen sahen aus wie schwarze Funken, die rückwärts und rasend schnell in einen Tunnel hineingesogen wurden. Die Hände hielt er auf einmal ein Stück weit hoch, die Handflächen gegen Eva gewandt, die Finger gespreizt. »Ist es nicht so, wie du denkst«, sagte er. »Habe ich sie nicht umgebracht. Ich habe gar nicht gewusst, ist sie tot, als ich gegangen. Hat sie gelebt, hat sie geschrien, wenn du verstehst. Ist sie gewesen sehr, sehr böse mit mir, aber habe ich sie nicht umgebracht. Ist sie gewesen Mutter von meine Kind. Und ist sie gewesen sehr kranke Frau. Krank in Seele und ist sie schon gestorben innen drin vor lange Jahre.«

Eva schwieg. Ihre Hand lag immer noch über dem Autoschlüssel. »Und das soll ich dir glauben?«

»Wenn sie ist gestorben, dann ist gestorben so wie ich.«

»Du bist nicht gestorben, Hamza. Du lebst und atmest und du sitzt hier an diesem Tisch.«

»Bin ich gestorben. Hast du keine Ahnung.«

»Willst du es mir erzählen?«

»Will ich nicht und habe ich keine Zeit. Du hast gesagt, kommt Polizei.«

»Wenn ich dir Yasmin geben soll, dann hast du diese Zeit.«

»Ich mache schnell, ja?«

Eva zuckte mit den Schultern.

»Das hat angefangen damals in diese Krieg. Habe ich immer gedacht, kommt Krieg nicht in unsere Dorf und bin ich gegangen mit meine Frau raus aus die Stadt, wo wir haben gewohnt. Haben wir gedacht, ist besser für Kind, was kommt.«

»Du hast schon ein Kind, Hamza? Das habe ich ja noch gar nicht gewusst.«

»Lass mich sprechen, ja? Wenn du unterbrichst, kann ich nicht mehr sprechen, ja?«

Eva nickte. Jetzt hielt sich Yasmin nicht nur die Hände an die Ohren, sondern sie kniff auch die Augen fest zu. Sie saß da, inmitten der bunten Bälle, wie eine große Puppe, die man schütteln muss, damit sie die Augen öffnet.

»Ist dann gekommen Bombardement mit Granate, ist gekommen auch in Dorf, und wir nicht konnten raus. Haben wir nur gekonnt warten, bis ist vorbei. Dann war Pause und sind wir gegangen zu die Tiere, meine Bruder und ich. Sind wir nicht abgehauen, sondern haben gekümmert um die Schafe, was haben bekommen Junge. Habe ich gedacht, ich muss helfen alte Vater und Mutter mit die Tiere. Auch meine Bruder hat gedacht so. War er auch mit Frau dort. War er jung und noch nicht lange verheiratet gewesen, meine Bruder. Ich bin ältere Bruder, musst du wissen.« Gedankenverloren griff er in die Jackentasche, betastete dort einen größeren Gegenstand, lächelte, was aber gar nicht zu seinem Gesichtsausdruck passen wollte, und zog ein Päckchen Streichhölzer hervor. Er steckte sich die Zigarette zwischen die Lippen und zündete sie an.

Die junge Frau, die Yasmin vor Kurzem das Bonbon geschenkt hatte, kam an ihren Tisch und bat ihn, die Zigarette auszumachen. Sie sprach mit höflichen Worten und hatte eine leise, angenehme Stimme. Ihr Akzent war vom Schweizerdeutsch fast völlig überlagert.

»*Wojwodina?*«, fragte Hamza, und sie wiegte lächelnd den

Kopf. »Meine Eltern«, sagte sie. »Aber sie sind schon lange vor dem Krieg in die Schweiz gekommen.«

»Haben sie gehabt recht.« Hamza drückte die Zigarette auf dem Teller aus. Dort lag sie wie ein schwer verwundetes, bleiches Tier ohne Beine.

»Sind wir gegangen an diese Tag, hat uns gerettet Leben, meine Bruder und ich. Hat gerettet Leben aber ist gestorben Seele an diese Tag. Weil – als wir kamen zurück ...«

Er starrte aus dem Fenster. Es regnete immer noch. Inzwischen war ein starker Wind aufgekommen. Die Menschen auf dem Parkplatz stemmten sich dagegen, griffen nach flatternden Jackenzipfeln und zogen ihre Kinder hinter sich her. Ein älterer Mann stand dort, der ratlos seinen umgeklappten, verbogenen Schirm betrachtete und ihn schließlich schulterzuckend in einen der großen Mülleimer steckte.

Eva schwieg, so wie er es ihr befohlen hatte.

»Ist gewesen getotet meine Vater, ist gewesen tot meine Mutter. Haben sie nicht nur erschossen, oh nein. Haben sie gemacht langsam, wenn du verstehst. Hat gelebt die Frau von meine Bruder. Hat er alleine rausgezogen aus tiefe Brunnen. Hat er gedacht zuerst, ist sie auch tot, weil hat so ausgesehen wie tot. Was soll ich sagen? Habe ich nicht können helfen meine Bruder, weil ich habe gefunden meine eigene Frau.«

»Das habe ich nicht gewusst, Hamza. Willst du nicht besser aufhören zu erzählen? Es tut mir leid.«

»Wieso tut dir leid? Habe ich nicht gesagt, du sollst halten deine Mund. Wieso tut dir leid? Du hast doch nicht getan. Erzähle ich aber jetzt. Und ...« Er atmete tief ein, so als inhaliere er den Rauch einer Zigarette.

»Haben sie gemacht solche Zeichen an Wand von Haus. Solche Zeichen wie serbisches Kreuz.« Hamza tunkte seinen Zeigefinger in den Kaffee-Rest und malte ein Kreuz auf den

Tisch, ein Kreuz, in dessen Armen vier Cs gefangen waren. »Haben Sie geschrieben unter Kreuz: *Samo mrtav povratnik je dobar povratnik.* Heißt: *Nur toter Heimkehrer ist guter Heimkehrer.* Habe ich mal gehabt eine Foto von unsere Haus. Ich weiß nicht, wo ich habe gelassen diese Foto. Weißt du, wie sieht Walnuss aus, wenn offen?«

»Ja, weiß ich«, sagte Eva.

»Ist ganz einfach«, sagte Hamza. »Brauchst du nur fest genug Kopf auf Brunnenrand schlagen. Dann zerspringt wie Schale von Walnuss. Ja.«

Sie schwiegen.

»Weißt du, Eva. Bin ich nicht mehr geworden froh, seit diese Tag. Bin ich erst wieder geworden froh, als Sabrina mir gesagt, sie bekommt Kind von mir. Habe ich gedacht, mache ich alles neu und mache ich besser diesmal. Diesmal ich schütze mein Kind.«

»Welches Kind meinst du eigentlich, Hamza?«

»Damals an Brunnen, habe ich gesehen meine Kind. Lag mein Kind neben meine Frau. Lag in Dreck meine Kind.«

»Ich verstehe, sie haben damals auch dein Kind getötet.«

»Gar nichts du verstehst. Meine Kind – damals, was neben meine Frau lag in Dreck. Meine Kind – es war noch gar nicht geboren.«

Stumm schob ihm Eva den Schlüssel über den Tisch und verwischte auf diese Weise das Kreuz aus Kaffeewasser.

»Bitte pass gut auf die Kleine auf«, sagte sie. »Und ruf mich an. Später. Wenn du angekommen bist.«

Hamza rief: »Yasim! Junge, komm wir gehen.«

Das Kind hörte nichts, sah nichts. Saß zwischen bunten Plastikbällen wie eine große Puppe. Hamza ging vor ihr in die Knie und zog ihr die Hände vorsichtig vom Gesicht. Sprach auf sie ein. Yasmin nickte. Dann winkte sie zu Eva, und Eva hob kurz die Hand, trat dann zögernd näher. Sank ebenfalls in die Knie, lächelte hilflos.

»Was hast du denn mit deinen Haaren gemacht?«

Yasmin hob den Blick und grinste spitzbübisch: »Hast du nicht gewusst, dass die Haare schöner werden, wenn man sie zwischendurch mal ganz abschneidet?«

Eva schüttelte stumm den Kopf. Sprechen konnte sie nicht.

Die Kleine legte den Kopf schief und legte Eva tröstend die Hand aufs Knie. »Du musst nicht traurig sein. Ich habe mir doch schon immer lange Zöpfe gewünscht. Und bis wir dort ankommen, sind die Haare schon wieder nachgewachsen. Ganz sicher.«

»Wo fährst du denn hin?«

Es entging Eva nicht, dass Yasmin und Tata einen Blick des geheimen Einverständnisse tauschten. Einen Kumpelblick voll unverbrüchlicher Treue. Es gab ihr einen Stich.

»Weit weg«, flüsterte Yasmin. »Es ist noch ein Geheimnis.«

Hamza erhob sich, schaute über die Schulter, trat von einem Bein auf das andere. Der Moment ging zu Ende. Sie musste die Kleine loslassen und konnte doch nicht. »Schreibst du mir, wenn du dort angekommen bist?«, fragte, nein, sie bat, sie flehte, und Tränen schossen ihr in die Augen.

»Klar«, sagte Yasmin voll Selbstvertrauen, obwohl sie doch noch gar nicht schreiben konnte. »Ich schreibe dir einen ganz langen Brief.«

Eva blinzelte wie verrückt, um die Tränen zurückzuhalten, als Hamza nun Yasmins Hand ergriff und sie mit einer liebevollen Bewegung hochzog.

»Weinst du?«, fragte Yasmin.

»Nein, nein, das ist nichts. Jetzt macht aber, dass ihr fortkommt, sonst wird es zu spät.«

Sie gingen raus.

»Und vergiss nicht, mir zu schreiben«, flüsterte Eva. Ihre Worte gingen im Stimmengewirr der Raststätte unter.

Mühsam stand Eva auf, ging zum Tisch, nahm die angerauchte Zigarette vom Teller und hielt sie sorgfältig zwischen ihren Fingern. Durch die großen Fenster sah sie, wie Hamza und Yasmin sich gegen den Wind stemmten, als sie über den Parkplatz gingen. Auch Eva ging hinaus, glitt mit dem buntscheckigen Touristenstrom durch die große Vorhalle, trat durch die sich lautlos öffnende Schiebetür und sah zu, wie Hamza aus der Parklücke herausfuhr und erst dann das Licht einschaltete.

Sie zündete die Zigarette an und inhalierte tief. Hamza schaltete, der Motor heulte auf, und der kleine Wagen sprintete in Richtung Ausfahrt.

Eva bewegte den Autoschlüssel in ihrer linken Hand. Sie war noch nie einen Lieferwagen gefahren. Sie stand unter einem Vordach, das den Wind allerdings nicht abhalten konnte. Sie rauchte die Zigarette herunter, bis die Glut ihr fast die Finger verbrannte. Dann warf sie den Stummel in eine Pfütze.

Eva wehrte sich nicht, als sie ihr die Arme auf den Rücken drehten und ihre Hände mit Handschellen fesselten. Sie wurde abgeführt, zu ihrer Verwunderung nicht in das Innere des Gebäudes, sondern in einen blauen Kastenwagen mit vergitterten Fenstern, so wie man ihn von gewalttätigen Demonstrationen kennt. Als man sie über ihre Rechte belehrte, schaute Eva auf ihre Uhr. Hamza hatte genau zehn Minuten Vorsprung. Sie hatte vergessen, ihm die Autopapiere zu geben. Er hatte nur den Schlüssel. Die Papiere trug sie bei sich. Bald würden sie das Kennzeichen des kleinen roten Wagens an die Autobahnpolizei weitergeben. Dann würde der Tunnel gesperrt. Zur Not wollte er zu Fuß über die Grenze, hatte er gesagt. Es war November. In den Bergen lag bereits Neuschnee.

* * *

In Evas Auto gab es einen Kindersitz. Tata hatte Yasmin angeschnallt und das Radio angestellt. Er suchte einen bestimmten Sender. »Wenn wir fahren durch Tunnel«, sagte er. »Müssen wir hören spezielle Radio. Nennt sich Tunnelradio und ist in viele Sprachen.«

Yasmin nickte. Sie musste nachdenken. Vor allem, warum Tatas Gesicht so anders geworden war. So, wie er eben ausgesehen hatte in der Raststätte, da hatte Yasmin Angst vor ihm bekommen. Da war er ein ganz anderer Mann gewesen. Da hatte sie die Augen zumachen müssen.

Man geht nicht mit fremden Männern mit, hatten die immer gesagt. Aber die waren sowieso Lügner. Alle. Wenn man mit einem Fremden mitgeht, dann passiert was Schlimmes.

Aber jetzt war Tatas Gesicht wieder normal.

Und wieder war nichts passiert. Überhaupt nichts. Immer, wenn Tata dieses fremde Gesicht machte und diese löchrigen Augen bekam, hatte sie dolle Angst. Aber jetzt bekam sie keine Angst mehr, so viel war klar. Denn bis jetzt war nichts Schlimmes passiert.

Und das würde auch so bleiben. Jetzt glaubte Yasmin keine Lügen von den großen Leuten mehr.

Außerdem kannte Yasmin jetzt auch so ein Geheimnis, wie es normalerweise nur die Großen hatten. Tata war gar kein fremder Mann. *Tata*, das hieß auf Bosnisch *Papa*. Als sie eben zwischen den vielen bunten Bällen saß und die Augen zumachte, da hatte sie es leise ein paar Mal geflüstert. Tata, hatte sie gesagt. Tata. Das klang nicht schlecht. Wann würde er es ihr verraten? Wenn sie am Meer angekommen waren? Ja, sicher würde er es ihr dann sagen. Und dann würde Yasmin sagen: Das habe ich aber schon lange gewusst, dass du in echt mein Papa bist. Und dann würde er mit den Augen lachen, so wie er es immer tat, wenn er aussah wie ein Pirat.

Und dann würden nur noch schöne Dinge geschehen.

Und nirgendwo war Angst.

Und kein Bauchweh mehr.

Das sollten sich die Großen nur mal merken.

Warum kam die Eva eigentlich nicht mit ihnen? Aber natürlich konnte sie den Max nicht alleine lassen. Es war schade, dass Max nicht da war. Mit ihm wäre es lustiger gewesen.

»Scheiße, verdammte«, murmelte Tata auf einmal und Yasmin blickte auf. Seit sie von der Raststätte weggefahren waren, hatte sie nicht mehr auf die Landschaft geachtet. Aber jetzt sah sie es. Sie sah das Maul.

Vor dem Maul eine Menge Ampeln. Alle Ampeln auf Rot. Blinklichter, verzerrt im Regen. Blaue Blinklichter. Polizei überall. Sie hielten den Verkehr an. Alle Autos standen. Nur Tata fuhr einfach weiter und hörte nicht auf die Polizisten, die winkten und ihn warnen wollten, damit er nicht in dieses Maul hineinfuhr, in dieses Maul mitten im Berg.

»Tata«, schrie Yasmin. »Der Berg will uns fressen!«

»Ist nur große Tunnel«, knirschte Tata und hatte wieder dieses andere Gesicht. »Wenn wir durch sind, ist Süden auf andere Seite. Ist Süden und immer Sonne und zeige ich dir das Meer.«

Da hielt sie sich die Hände an die Ohren und kniff die Augen zu. Aber trotzdem hörte sie das Dröhnen, als sie in den Berg hineinfuhren, tief hinein und immer tiefer. Und die Lichter blitzten lange Zeit orange, und dann hörten die Lichter auf zu blitzen und wurden zu langen, gleichmäßigen Bändern, und Yasmin merkte, dass sie die Augen gar nicht mehr geschlossen hielt. Und eigentlich war es im Inneren des Berges gar nicht so schlimm. Da nahm sie auch die Hände von den Ohren herunter.

Das war genau in dem Moment, als Tata bremste und rechts ranfuhr. Sie stiegen aus. Yasmin sah nur Wände. Der Tunnel war vollkommen leer, und die Luft war sehr warm. Weit hinter ihnen blitzte es. Dann blitzte es noch mal und warf blaue Lichter an die Wand.

»Jetzt sie sind stehen geblieben«, sagte Tata. »Weiß ich aber nicht wie lange. Siehst du Männchen auf das grüne Schild?« Yasmin nickte. »Du rennst genau wie diese Männchen. Dann kommt eine Tür. Du gehst durch Tür und dann du wartest auf mich. Verstanden?«

»Warum kommst du nicht mit?«, fragte Yasmin.

»Komme ich später«, sagte Tata und schaute gar nicht auf Yasmin, sondern schaute immer nur auf das blaue Blitzen, das nun wieder größer wurde und immer heller. Er griff in seine Jackentasche und zog die Pistole raus. Diese unechte Pistole, die aber aussah wie eine echte. »Frag jetzt nicht«, flüsterte er. Und dann schubste er sie gegen die Schultern und schrie auf einmal: »Los! Lauf jetzt! Renn, so schnell du kannst!«

Und Yasmin rannte. Sie rannte wie das grüne Männchen. Rannte an der Tür vorbei, was gewiss ein Irrtum war, aber jetzt wollte sie sich nicht mehr umdrehen. Da vorne sah sie schon Licht. Sicher würde Tata verstehen, dass sie ins Licht rannte, und nicht durch diese blöde Tür hindurch. Wo das Licht war, da kam das Land, das Süden hieß und dort schien die Sonne. Yasmin blieb einen Augenblick stehen, um Luft zu holen. Ganz weit hinten konnte sie Tata sehen. Er stand mitten auf der Fahrbahn und war so klein wie eine Puppe. Er stand direkt vor den blauen Blitzen. Klein und schwarz. Da waren kaum Geräusche. Nur ihr eigener Atem und ein Murmeln wie von weit entfernten Stimmen. Vielleicht kam das Murmeln auch aus dem Berg. Gerade als sie wieder losrennen wollte, hörte sie ein kurzes Husten. Es kam aus den Wänden und war kein richtiges Husten. Es war viel lauter. Es war bösartiger. Es war ein Geräusch, das sie vorher noch nie gehört hatte.

Sie schaute sich kurz um. Tata stand noch genauso da wie vorher. Vielleicht war es aber auch ein anderer Mann, der sich nach vorne beugte. Sich beugte über etwas, das am Boden lag. Yasmin war schon zu weit weg. Sie konnte es nicht richtig erkennen. Tata hatte gesagt: Renn so schnell du kannst. Also drehte sie sich wieder um und rannte.

Als sie draußen ankam, sah sie, dass das Licht nicht von der Sonne kam. Sie hatten große Scheinwerfer aufgestellt, die in den Tunnel hineinleuchteten, und sie blendeten.

Auch hier regnete es in Strömen. Vielleicht hatte sie sich verlaufen.

Yasmin blinzelte in das Licht. Dahinter standen viele Schatten. Einer der Schatten nahm sie in die Arme und trug sie rasch auf die Seite. Sie wurde in eine Decke gewickelt.

Die Decke war schwer und kratzte.

Der Mann sprach mit ihr, aber Yasmin verstand ihn nicht.

»Ich verstehe dich nicht«, sagte sie. »Wie heißt du?«

»Luca«, sagte der Mann. »*Mi chiamo Luca.*« Er trug eine Uniform, wie Yasmin erst jetzt erkannte.

»Wo bin ich hier?«

»*Ticino* – Tessin.«

Von diesem Land hatte sie noch nie gehört. Sicher hatte sie sich verlaufen. Tata würde sie nicht wiederfinden. Die Tränen schossen ihr in die Augen.

»Musse du nicke weine«, sagte Luca, der Polizist. *»Per che piange, piccola?«*

»Tessin – ist das denn Süden?«

Er nickte und lächelte.

Auch im Süden ragten die gefräßigen Berge sehr hoch.

Tata hatte sie angelogen. Auch im Süden regnete es. Niemals würde sie das Meer sehen. Und bald würde auch wieder einer kommen, der ihr das Blut abnahm.

27. Kapitel

Es gab Momente, da hasste Hanna Kronawitter ihren Beruf. Momente wie diesen, als das kleine Mädchen im strömenden Regen aus dem Auto mit der Aufschrift *Polizia* stieg. Die zierliche Gestalt war in eine schwere Decke eingehüllt, unten schauten buntbedruckte Gummistiefel heraus, und ein Beamter hielt mit ausgestreckten Armen eine Plane über sie. Warum eine Plane? Hatten sie bei der Tessiner Polizei keine Regenschirme? Yasmin war doch kein Erdbebenopfer aus den Abruzzen, kein verdammter Flüchtling, der an die Strände Europas gespült worden war. Eine Plane, verdammt sie war doch ein Kind!

Die Kleine blieb vor ihr stehen, den Blick gesenkt.

Kronawitter ging in die Knie und bemühte sich, so etwas wie Freude in ihre Stimme zu legen. »Da bist du ja. Wie schön, dich zu sehen.«

Die Kleine hob den Blick nicht. Ihre unsichtbaren Hände hielten die schwere Decke zusammen, die Stiefelspitzen waren einwärts gedreht. Ein Zeichen der Unsicherheit? Jetzt erkannte Kronawitter, dass die Stiefel mit munter springenden Ponys bedruckt waren. Ob sie im Inneren der Stiefel ihre kleinen Zehen krümmte, um sich festzukrallen?

Und sie erkannte, dass die Kleine gerade ein Erdbeben überlebt hatte, dass sie ein Flüchtling war, durch ihre unselige Abstammung dazu verdammt, wie Strandgut durchs Leben zu treiben.

Ob sie auf der Rückfahrt durch den Tunnel ihren Vater gesehen hatte?

Vermutlich nicht.

Und wenn ja, dann hatte sie nur ein Deckenbündel wahrgenommen, flüchtig und im raschen Vorüberfahren. Beim Bedecken einer Leiche gingen die Kollegen manchmal nachlässig vor, und unten staken die Füße des Opfers heraus. Hoffentlich hatten sie auch Alics Füße zugedeckt, sodass die Kleine nichts erkennen konnte.

Verdammte Scheiße, sie hatten den Bosnier erschossen, kurz nachdem Graf sie informiert hatte, dass Alic nicht der Mörder gewesen sein konnte. Dass sie den Falschen jagten. Der Anruf erreichte sie vor dem Nordportal des Gotthard-Tunnels, und noch während sie ihn entgegennahm, wunderte sie sich, dass sich kein Gefühl der Erleichterung in ihr ausbreitete. Im Gegenteil, sie wusste, dass es bereits zu spät war. Denn da drinnen, im Bauch der Alpen, auf der Grenze zwischen Nord und Süd, dort galten andere Gesetze. Und sie flüsterte in den Hörer, dass Alic bewaffnet war, dachte gleichzeitig, wie blödsinnig es war, sich jeden Morgen sorgfältig zu schminken. Dieser Klecks Make-up, laut Werbung matt abdeckend und ohne Masken-Effekt, und diese zwei Striche Lippenstift können niemals ein Bollwerk gegen das Hässliche der Welt darstellen. Und während ihre Lippen die Worte formten »er ist bewaffnet – verdammte Scheiße, er ist da drin und hat eine Pistole«, genau in diesem Augenblick musste tief in den Eingeweiden der Berge der tödliche Schuss gefallen sein. Natürlich konnte sie nichts hören. Sie hörte nur das unerbittliche Prasseln des Regens, keine Verkehrsgeräusche, den Verkehr hatten sie ja angehalten, diesen nimmermüden Pulsschlag der Autobahnen, dies Rollen und Zischen, das ihr auch in Frankfurt entgegengeschlagen war, wenn sie das Fenster ihrer Wohnung geöffnet hatte, um frische Luft hereinzulassen. Aber es kamen immer nur Staub und Dreck und Flugzeuglärm. Und später, wenn sie mit dem Polizeifahrzeug vor einem dieser gesichtslosen Sozialbauten hielten, wenn sie nur wussten: dreizehnter Stock, rechter Gang, aber keinen Namen, denn die Namen an den Klingelschildern stimmten sowieso nie. Oder noch später, in den Hinterzimmern schmieriger Kiez-Kneipen, wo die Kollegen schweigsame, muskelbepackte Männer in knappen T-Shirts an die Wand drängten und alle angeekelt an der verschmierten Blutspur vorbeistarrten. Der Täter wie üblich schon über alle Berge, und die jungen Männer waren lediglich Zeugen, und zwar von der Sorte, die nie etwas gesehen hatte, niemals. Dort hatte sie gelernt, dass weder Make-up noch Lidstrich und schon gar nicht lange getuschte Wimpern halfen.

Die Mädchen vom Kiez waren so viel schöner als sie, ganz besonders die Afrikanerinnen, ihre Kleidung so viel unpraktischer und ihre Make-ups knalliger und gekonnt. Bewundernswert diese Lässigkeit, mit der sie sich auf High-Heels und in ihren knappen Outfits bewegen konnten. Da hätte sich auch eine Hanna Kronawitter noch etwas abschauen können.

Und dennoch – und trotzdem. Kronawitter, vor dem Nordportal des Gotthard-Tunnels stehend, mit blassrosa Lippenstift bewaffnet, hatte am heutigen Tag noch keine Gelegenheit gefunden, ihr Make-up aufzufrischen. Noch gelang es ihr, die alten Bilder erfolgreich zurückzudrängen.

Aber die Bilder krochen unaufhaltsam näher, als Yasmin vor ihr stand, das grob abgeschnittene Haar unter der verrutschten Decke feucht und strubbelig, kein Blick, kein Gesicht, nur ihre Stiefelspitzen schauten sie an wie kleine, stupsnasige Welpen.

Hanna streckte ihre Hand aus. Verfluchte, künstliche Munterkeit. Sie war keine Expertin für Kinder. Wenn man diesen Beruf ergriff, war es besser, man hatte keine Kinder.

Polizistin war schon in der Grundschule ihr Traumberuf

gewesen. An dir ist ein Junge verloren gegangen, hatte es immer geheißen, sie war stark und wild gewesen, eine unbeugsame Gerechtigkeitsfanatikerin, und ständig hatte sie die Probleme anderer lösen wollen. Da war so viel Kraft in ihr, und selber hatte sie keine Probleme, niemals. Ein ganzer Kerl wollte sie sein, vielleicht sogar ein Held. Tom Selleck, Miami Vice, Columbo. Coole, kultige Ikonen, denen konnte keiner was.

»Du heißt Yasmin, nicht wahr?«

Schweigen.

Langsam, mahnte sie sich. Nur keine Eile. Alle sind tot, wir haben alle Zeit der Welt. Ihre Knie schmerzten von der unbequemen Hockstellung, aber Kronawitter blieb unten, ganz tief unten und schwieg gemeinsam mit Yasmin. Der Berufsalltag war nicht im geringsten geschaffen für Helden. Für Heldinnen schon gar nicht.

Sie sind die einzige Frau im Team, hatte es schnell geheißen. Machen Sie das mal von Frau zu Frau, das können Sie besser. Und so waren die wunderschönen Afrikanerinnen, aber auch türkische Import-Bräute und die naturgeilen ukrainischen Nutten bei ihr gelandet, oder das, was von ihnen übrig war. All diese aufgerissenen Oberlippen und die geplatzten Trommelfelle, die vergewaltigten Körperöffnungen von erwachsenen Frauen – daran konnte man sich sogar gewöhnen, das wurde in gewisser Weise zum Alltag. Aber sich an diese Striemen, Blutergüsse und Brandmale auf Kinderkörpern zu gewöhnen, das fiel ihr schwer, vor allem, wenn sie in den Gutachten die dazugehörigen Gerätschaften las wie Stromkabel, Kleiderbügel, Besenstiel, Zigarettenkippe. Auch an die Blicke der Geschöpfe in kotverkrusteten Gitterbettchen konnte sie sich nicht gewöhnen, wenn sie ängstlich vor ihr zurückwichen, die Hände zum Schutz erhoben, mit blutig gekratzten Fingerspitzen, weil sie unter der Tapete auf den nackten Beton gestoßen waren, immer nur auf diese unbegreiflich harten Wände. Das war so fern von *Schöner Wohnen*, das waren Schicksale, die ihr unaufhaltsam entgegengespült wurden, aber solche mit warmer Haut und Atem und Stöhnen in sich oder, wenn es ganz schlimm kam, mit jenem viel zu beredten Schweigen.

Und Hanna Kronawitter, die gewissenhafte Kommissarin, mit dem immer makellos geschminkten Gesicht, begann ihre männlichen Kollegen zu beneiden; sie wünschte sich, ein Mann zu sein, denn dann würde sie viel häufiger nur zu den Toten gerufen. Den Toten tat nämlich nichts mehr weh. »Unvorstellbar« titelte der Boulevard und nannte Frankfurt die Hauptstadt des Verbrechens. Kronawitter erkannte hinter den Schlagzeilen ihre Fälle und musste grinsen über die Vokabel »unvorstellbar« – und dachte: Was wisst ihr denn schon in eurem anderen Deutschland, das ist wie eine Insel, und ihr haltet eure Strände sauber, ihr stoßt das Strandgut wieder zurück ins Meer, wenn es sein muss auch mit Gewalt. Aber eure Gewalt sieht anders aus. Sie ist sauber, leise und sehr effizient – und das Wichtigste: Ihr tut es am helllichten Tage und werdet trotzdem nicht erwischt. Die Gewalt in Stock 13 oder auf dem Kiez ist ein Dreck dagegen.

Sie hatte keine Ahnung, was man tun sollte dagegen – eine Heldin war sie nicht, sie wurde immer mehr zur Maske und Oberfläche; es wurde einfach nicht besser, und sie spürte, wie sie langsam zugrunde ging. Vielleicht wäre sie eine gute Ärztin geworden, dachte sie manchmal, aber ihre Schulnoten waren nicht danach, kein Denken an ein Studium, mittlere Reife und ab in den Beruf, vielleicht wenn sie Ärztin geworden wäre, Rettungsdienst, OP oder Intensivstation, umsichtig, penibel unermüdlich. Vielleicht wäre es ihr dann von Zeit zu Zeit gelungen, ein Leben zu retten, oder ein Komapatient hätte die Augen aufgeschlagen nach wochenlangem Herumirren zwischen Leben und Tod. Ja, dort hätte sie vielleicht ihre Berufung gefunden, sie hätte alles gegeben für solche Momente, das hätte ihr Kraft gegeben, wieder durchzuhalten viele Nächte lang. Aber der Polizeiberuf war anders, härter, das hörte einfach nie auf und wurde nie besser. Es war alles so hoffnungslos.

Die Möglichkeiten waren begrenzt, aber immerhin war es ihr gelungen, sich in den Südwesten der Republik versetzen zu lassen. Ins »Ländle«, wie die Einheimischen Baden-Württemberg liebevoll nannten. Die Zahl der Kapitalverbrechen lag hier auf einem Rekordtief. Ein wenig Drogenschmuggel über die grüne Grenze zur Schweiz, geklaute Segelboote auf dem Bodensee, hatte sie gedacht. Diese Bodensee-*Tatorte* mit Eva Mattes waren ja von bestechender Harmlosigkeit und die Landschaft wunderbar, das Essen sowieso. Hier würde sie sich wieder mit ihrem Beruf versöhnen. Zur Not würde sie Verkehrserziehungsunterricht an Grundschulen erteilen. Nie mehr Kiez, nie mehr aufgeschlitzte Nutten, nie mehr verwahrloste Kinder.

Und jetzt wurde ihr wieder ein solches Wesen vor die Füße gespült, und sie spürte, wie alle Kraft aus ihr heraussickerte, aber sie streckte trotzdem die Hand aus und sagte: »Komm, wir gehen.«

Die Kleine nahm ihre Hand widerspruchslos. Ihr Händedruck war überraschend fest. Die Decke rutschte runter, hastig versuchte Yasmin, einen Zipfel zu erwischen.

»Lass liegen«, sagte Kronawitter. »Es sind nur ein paar Schritte zu meinem Auto, und ich habe einen Schirm. Magst du rennen?«

Die Kleine schickte einen kurzen Blick schräg nach oben. Nickte kaum merklich. Rennen tat gut. Kronawitter riss die

Autotür auf und schubste Yasmin kameradschaftlich auf die Rückbank, rannte pfützenplatschend auf die andere Seite, ein kurzer Moment fast von Ausgelassenheit war das, brachte den Schirm kaum zu, wurde pudelnass und ließ sich auf die andere Seite der Rückbank fallen. Huschte da so etwas wie ein Grinsen über Yasmins Züge? Jedenfalls war das Gesicht der Kleinen ihr nun zugewandt, aufmerksam, wachsam sichernd wie ein kleines, aufgescheuchtes Wildtier. Eine blasse, ovale Fläche, die zarten Brauen leicht zusammengezogen. Es gab nicht den geringsten Grund zu grinsen oder ausgelassen zu sein. Der Fall war gelöst, es gab keine Sieger, die Situation war aussichtslos.

»Wie heißt du?«

»Du kannst Hanna zu mir sagen.«

»Und weiter?«

Donnerwetter, die Kleine wollte es genau wissen. Diese Augen, dieser Gesichtsausdruck, ganz ähnlich wie Leimers Witwe. Die Kleine war helle. Wie kamen nur alle auf die Idee, sie sei geistig zurückgeblieben?

»Ich heiße Hanna Kronawitter, aber es reicht, wenn du Hanna sagst.«

»Ich habe auch einen ulkigen Namen, weißt du das?«

»Ich finde deinen Namen sehr schön.«

»Ich heiße nämlich in echt Yasmin-Tamara-Sabrina-Sophia Nürtinger.« Sie schien auf diese Eröffnung keine Antwort zu erwarten und fuhr in absolut sachlichem Tonfall fort: »Wohin bringst du mich?«

Ganz eindeutig hatte Yasmin-Tamara-Sabrina-Sophia Nürtinger in dieser Angelegenheit die Führung übernommen. Als hätte sie mit einer Sache endgültig abgeschlossen, einen Traum begraben, eine Hoffnung als lächerliche Kinderei begriffen.

Würde ein Kind in dieser Situation nicht üblicherweise nach der Mutter fragen?

Kronawitter hatte jedoch zum jetzigen Zeitpunkt nicht die geringste Veranlassung, Sabrina Nürtinger zu erwähnen. Es war nur ein Detail. Aber sie merkte es sich. »Wohin möchtest du denn?«

Die Kleine starrte konzentriert aus dem Fenster. Der dichte Regen machte es unmöglich, dort irgendetwas Genaues zu erkennen.

»Zurück«, flüsterte sie gegen das Fensterglas, und Kronawitter erstarrte innerlich. Jetzt würde sie den Satz beenden und sagen: Zurück zu meiner Mutter. Und dann musste sie ihr alles berichten, oder sie musste lügen, und beides war gleich schlimm. Sie wusste nicht, was sie tun sollte, warum ließen sie sie nur immer so allein mit all diesen Frauen und den Kindern. Warum dachten immer nur alle, eine Frau könne das spielend und vollkommen intuitiv aus dem Bauch heraus? Aber sie konnte das nicht, sie war in den Beruf rein, weil sie ein ganzer Kerl sein wollte. Sie wollte stark und ungebrochen sein – und cool sowieso.

Und Hanna Kronawitter schaute in der verregneten Scheibe ihr Spiegelbild an und sah aus wie eine, die gerade einen Traum begräbt oder eine Hoffnung als lächerliche Kinderei begreift.

Die Kleine holte tief Luft und vervollständigte ihren Satz: »Ich will zurück zu Nerma und Mirela und zu den anderen.« Ihr Tonfall wurde flehentlich: »Meinst du, das geht? Ich glaube nämlich, die haben mich echt gern.«

Wellen der Erleichterung durchschauerten Kronawitter, und sie konnte ein breites Grinsen nicht unterdrücken, als sie antwortete: »Ja, das machen wir. Ich bringe dich zu Nerma und Mirela. Ich glaube, da wird es dir gut gehen.«

Ein winziges Lächeln flackerte in Yasmins Augenwinkeln auf.

Da war etwas Zartes zwischen ihnen, etwas, das man mit äußerster Behutsamkeit behandeln musste, sonst zerbrach es.

»Wann fahren wir?«

»Sofort.

Als Kronawitter den Motor anwarf, sagte die Kleine auf der Rückbank: »Weil du zu mir so lieb warst, verrate ich dir jetzt auch ein Geheimnis.«

Weiterfahren, ermahnte sich Kronawitter, jetzt nicht nach hinten schauen, noch nicht mal in den Rückspiegel, sonst hört sie auf zu sprechen.

»Wir haben Zeit«, sagte sie. Es dauert mindestens eine Stunde, bis wir in Zürich sind. Du kannst mir alles sagen.«

28. Kapitel

Es war vorbei.

Bloch hatte in letzter Zeit zu viel herumgesessen. Eine Woche, hatte der Hausarzt gesagt, eine Woche schreib ich dich noch krank, glaub mir, es ist besser für dich, wenn du möglichst schnell wieder in die Alltagsroutine zurückfindest. Dieses ewige Herumsitzen tut dir nicht gut.

Bloch hatte genickt, er wusste selber, dass ihm die Herumsitzerei nicht bekam, aber es hätte zu weit geführt, dem Hausarzt alles zu erklären. Schweigend hörte er sich seine Blutdruck- und Zuckerwerte an, um sie sofort wieder zu vergessen. Eine Waage besaß er sowieso nicht, was sollte dieser Unsinn mit den Risikofaktoren. Man lebte, und irgendwann war Schluss. Das Leben an sich war sowieso eine vollkommen überbewertete Angelegenheit. Man hatte ja generell so wenig davon, warum also diese ganzen Umstände, dieser Körperkult? Hauptsache, es tat nicht weh.

Bloch tat nichts weh, er saß lediglich herum, der Hund hatte auch keine Lust auf lange Spaziergänge. Bloch fand es ganz in Ordnung, so wie es war. Sie saßen stundenlang draußen vor der Hafenhalle, mit Blick auf Klein-Venedig. Dort wollte die Stadt Konstanz eine Konzerthalle bauen. Überall hingen Plakate, auf denen Argumente standen. Solche dafür und solche dagegen. Ein Bürgerentscheid stand an. Der Mittelstand fürchtete in klammen Zeiten um die letzten finanziellen Ressourcen. *No-Name*-Bands und Mini-Kulturbetriebe reklamierten billige Probenräume, die durch dieses Projekt in Gefahr gerieten. Der Gemeinderat jedoch träumte kollektiv von einem Kulturbetrieb mit überregionaler Bedeutung.

Bloch hatte keine Meinung dazu. Bloch wollte in Ruhe gelassen werden. Im Winter war der Biergarten an der Hafenhalle geschlossen, die Tische auf der Terrasse zur Seite geräumt und die Stühle aufgestapelt. Aber sie kannten ihn dort, den schweigsamen, massigen Mann, der immer gleich gekleidet war. Sie kannten ihn und seinen kurzatmigen Hund, und er durfte freundlicherweise an dem Tisch sitzen, wo sich im Winter die Kellner zur Zigarettenpause trafen. Dort hatte er seine Ruhe und verbrachte die Stunden damit, abwechselnd auf die regungslose Fläche seines Kaffees und die ebenso ruhige Oberfläche des winterlichen Sees zu starren. Manchmal kam eine junge Kellnerin, rauchte hastig, sprach ein paar Worte und erwartete keine Antwort. Es war ein einfacher, billiger Holztisch, an dem Bloch saß, nicht so ein Schicki-Micki-Kram aus importiertem Wurzelholz, wie in der Altstadt, wo die Touristen, eingehüllt in restauranteigene Fleece-Decken, unter gasbetriebenen Heizpilzen saßen und einen auf mediterranes Flair machten. Ein einfacher Holztisch, das genügte ihm, die Tischplatte übersät mit Brandspuren von Zigaretten, den Hintern auf einem ebenso einfachen und billigen Holzstuhl, der genauso gut vom Sperrmüll stammen konnte. Bloch brauchte keinen Menschen um sich, er brauchte schon gar keinen Heizpilz aus glattpoliertem Edelstahl. Bloch wartete. Noch eine Woche. Er hoffte, in einer Woche würde er es schaffen.

Alle Zeitungsausschnitte lagen säuberlich eingeklebt und abgeheftet in einer Mappe vor ihm. Der Südkurier hatte sich nicht entblödet, ein Wortspiel in die Titelzeile zu setzen. *Haarspaltereien in der SoKo Badewanne* hatte es geheißen. *Außenseitermethode enttarnt Haupttäterin.* Die MT-DNA-Methode wurde ausführlich vorgestellt, da allein durch sie die endgültige Überführung der Nürtinger als Mörderin des

Dr. Leimer erfolgt war. Das auf der Leiche des Jugendamtleiters aufgefundene Haar konnte ihr unzweifelhaft zugeordnet werden. Eine Sache, die nicht den Weg in die Medien fand, war, dass aus dem Blut Yasmins eine Gegenprobe der mütterlichen DNA isoliert wurde. Auch hier fand sich die genetische Übereinstimmung mit dem Täterhaar. So wurde die Tochter, ohne es zu ahnen, zur Anklägerin der eigenen Mutter. Bloch hoffte sehr, dass Yasmin diese Tatsache niemals erfahren würde.

Blieb die Frage nach dem Motiv.

Aus einzelnen Äußerungen des Kindes konnte man rekonstruieren, dass Hamza Alic wohl über einen längeren Zeitraum versucht hatte, Kontakt mit Yasmin und ihrer Mutter aufzunehmen. Sabrina Nürtinger wollte dies nicht, reagierte aufgescheucht und war schon bald der festen Überzeugung, dass Hamza Alic ihre Adresse von einem Mitarbeiter des Konstanzer Jugendamtes erhalten hatte. In dem Maße, in dem sie sich von Hamza Alic belästigt fühlte, entwickelte sie einen zunehmenden ebenso heftigen wie blinden Hass gegen den wichtigsten Repräsentanten dieser Institution: gegen Dr. Joachim Leimer, der zu allem Überfluss auch in der lokalen Presse nicht müde wurde, den Ruf seiner unerschütterlichen Gradlinigkeit zu verteidigen. Familienzusammenführung gehe ihm über alles, das war sein ständig verkündetes Credo. Man munkelte auch, dass die Behörde auf diese Weise ganz einfach Geld sparen wollte. Jedenfalls passte er perfekt in das Feindbild der Sabrina Nürtinger, und da er mit einer verlässlichen Regelmäßigkeit bei einbrechender Dunkelheit und an schlecht einsehbaren Plätzen im Stadtpark unterwegs war, passte er auch perfekt in das Beuteschema dieser zutiefst gestörten Frau.

Es gab sicher leichtere Dinge, als einen männlichen Kehlkopf mit einem Brotmesser durchzuschneiden. Es ließ sich auch nicht klären, warum sie gerade ein Brotmesser und nicht das für solche Tätigkeiten weitaus besser geeignete Ausbeinmesser genommen hatte. Abschließend ging man von einer starken Affektbeteiligung aus, die sie kurz vor dem Begehen der Tat dermaßen überschwemmte, dass für eine nüchterne Auswahl der Tatwaffe keine Energie mehr blieb. Wie sich im Laufe weiterer Untersuchungen herausstellte, stammten auch einige der Blutspuren in der Nürtinger-Wohnung von Joachim Leimer. So hatte sie, bevor sie an das Geschäft der ernstlichen Verletzung eigener körperlicher Strukturen ging, versucht, sich das Blut ihres Opfers von den Händen zu waschen. Ob sie bereits zu diesem Zeitpunkt das Wasser in die Badewanne einließ und sich teilweise entkleidete, ließ sich nicht mehr rekonstruieren. Auf jeden Fall ging sie nach dem Waschen ihrer Hände noch einmal ins Wohnzimmer, das durch den vorausgegangenen Wutausbruch bereits ziemlich demoliert gewesen sein musste. Dort fügte sie sich mehrere Schnitte zu, von denen aber bereits einige viel zu tief gingen. Auch dies sei, wie die Fachleute wussten, ein weiteres, sicheres Indiz für die starke Affektbeteiligung, die zu einer nur eingeschränkten Wahrnehmung der Umwelt führe, aber auch das Schmerzempfinden weitgehend ausschalte. In den Protokollen und Gutachten standen solche Vokabeln wie »Affektbeteiligung« und »seelischer Ausnahmezustand«. In den Diskussionsrunden der Fachleute fielen auch allgemein verständlichere Worte wie Wut, Schock. Die Nürtinger musste dann durch die vorangegangenen Anstrengungen bereits sehr geschwächt gewesen sein, als sie sich schließlich auf den Weg ins Badezimmer machte. Sie versuchte sich an dem Sperrholzregal festzuhalten oder aufzurichten, welches jedoch umfiel und ihr die Stirnwunde zufügte. Aber auf irgendeine Weise schaffte sie es schließlich doch noch, in die Badewanne zu steigen. Dort setzte sie sich den letzten, den tödlichen Stich. Obwohl die anatomische Region, die sie dafür nutzte, auf den ersten Blick originell erschien, war für jemanden wie Nürtinger, die ja über lange Zeit Kontakt mit medizinischem Fachpersonal gehabt hatte und auch immer wieder mit drogenabhängigen Patienten in der Psychiatrie über Wochen zusammen lebte, das Wissen um große venöse Blutgefäße in der Leiste nichts Besonderes. Man sagt, das Ausbluten im warmen Badewasser, sei ein verhältnismäßig angenehmer Tod.

Bloch las all dies in der Zeitung, sortierte die Artikel, schüttelte den Kopf über die reißerischen Titelzeilen und wartete weiter.

Eine Woche. Dann würde er wieder im Büro sitzen. Dann würde alles seinen gewohnten Gang gehen. Bloch war vollkommen rehabilitiert. Ebenso wie seine Tochter Eva. Der ominöse Drohbrief an Dr. Joachim Leimer stammte zwar nachweisbar von ihr, aber angesichts jahrelanger Schikanen durch das Jugendamt war die ganze Angelegenheit schnell im Sande verlaufen. Oder wie es einer der Mitarbeiter lapidar und unter der Hand ausdrückte: Da haben wir wohl jahrelang die Falsche auf dem Kieker gehabt.

Nachdem der erste Sturm im Blätterwald abgeflaut war, eroberte das Bürgerbegehren gegen die geplante Konzerthalle wieder die Titelseiten. Das ging so bis zur gestrigen Pressekonferenz, die alles geändert hatte. Sogar die BILD-Zeitung nahm den Fall auf die Titelseite. Auch der Schweizerische BLICK titelte: »Die Horror-Mutter«, und im Artikel hieß es, dies sei »ein Fall jenseits des Vorstellbaren«.

Heldin der Pressekonferenz war Hanna Kronawitter gewesen, deren Foto ebenfalls auf den Titelseiten prangte. Die

Kommissarin sah blass aus, das Gesicht gegen alle Gewohnheit ungeschminkt. Sie habe in kürzester Zeit ein Vertrauensverhältnis zu dem traumatisierten Kind aufbauen können, stand dort, und sie sei dadurch an Informationen gelangt, die den eigentlichen Schlüssel zu diesem verzwickten Fall bildeten. Daneben auch ein Bild der kleinen Yasmin, das Gesicht grob gepixelt und dadurch unkenntlich gemacht. Aber jeder kannte das Bild sowieso, da es mit der Suchmeldung bundesweit durch alle Medien gegangen war: ein blondes Geschöpf mit einem angedeuteten Lächeln im Gesicht. Hängerkleidchen mit wildem Blumenmuster in grellen Farben. Das Lächeln des Mädchens passte zu Sophia. Sophia heißt Weisheit. Das Kunstfaser-Kleidchen war von Tamara-Sabrina. Das Kind wirkte auf diesem Bild nachdenklich, aber keinesfalls traumatisiert. In den Augen der Kommissarin Kronawitter jedoch, die in den Medien als Heldin gefeiert wurde, stand das blanke Entsetzen.

Die Kleine habe ihr bereits auf der Rückfahrt vom Gotthard-Tunnel ein Geheimnis anvertraut, berichtete sie. Sie habe sich zwar gewundert, dass die Kleine nicht nach ihrer Mutter gefragt habe, und auch nicht nach Hause zurück wollte, sondern zu dieser bosnischen Familie nach Zürich. Begreiflicherweise habe sie aber nichts weiter gesagt. Und eine Art innerer Bindung zu diesem Kind gespürt. Yasmin sei es wohl ähnlich gegangen, denn auf der Rückfahrt habe sie unvermittelt gesagt: Du musst in der Küche schauen. Die Mutti hat alles aufgeschrieben. Sie habe dann genau geschildert, wo in einem Kochbuch mit internationalen Spezialitäten das Tagebuch der Sabrina Nürtinger zu finden sei. Die Mutter habe immer ein großes Geheimnis um diese Notizen gemacht und sie an wechselnden Orten versteckt. Rein zufällig habe Yasmin das Heft einmal in die Hand bekommen und darin herumgeblättert. Die Mutter habe sie daraufhin angeschrien und die Aufzeichnungen hastig in besagtes Kochbuch gesteckt. Sie sei dann wohl, da sich die Ereignisse überschlagen hätten, nicht mehr dazu gekommen, ein anderes Versteck zu suchen.

Das Tagebuch fand sich am angegebenen Ort, und aus ihm ließen sich die verwickelten Gedankengänge der Nürtinger mit bestechender Klarheit rekonstruieren. »Ein Protokoll des Grauens« nannte es die Presse. Bloch musste sich aber, ebenso wie die allgemeine Öffentlichkeit, eines Besseren belehren lassen: Was auf den ersten Blick ungeheuerlich und als noch nie da gewesen erschien – die Verabreichung krankmachender Medikamente und Chemikalien an das eigene Kind – auch dies hatte einen Namen, war in der Fachliteratur mehrfach beschrieben und besaß als eigene Abrechnungsziffer den Krankenkassen gegenüber den ICD-10-Diagnoseschlüssel mit der Nummer F-68.1. Es war eine Untergruppierung des sogenannten »Münchhausen-Syndroms«, einer Form des notorischen und unheilbaren Lügens. Es wurde auch »Stellvertreter-Syndrom« genannt. Im Tagebuch der Nürtinger hatten sich hierzu detaillierte Angaben gefunden. Sie war eine eifrige Leserin von Fachartikeln und Beipackzetteln gewesen und hatte im Laufe der Jahre wilde Kombinationen von Medikamenten und verschiedensten Chemikalien an ihrem Kind getestet. Darunter waren auch so exotische Substanzen wie das Granulat aus Zündholzköpfchen und verdünnter Eisessig, deren Verabreichung zu der anhaltenden Krankheitssymptomatik der kleinen Yasmin geführt hatte. Sorgfältig war sie darauf bedacht gewesen, das Kind nicht zu sehr zu schädigen. Ihr Opfer, Spielzeug und Lebenszweck sollte ihr noch lange erhalten bleiben. Auch über den Leidensweg der kleinen Yasmin hatte sie gewissenhaft und detailliert Buch geführt. Die Presse zitierte die Details mit genussvollem Schaudern. Betrachtete man es allerdings aus der Perspektive der Nürtinger, dann war es gleichzeitig auch ein jahrelanger Prozess der Selbstheilung: Nur, indem sie die kleine Yasmin aufs Erbittertste schädigte und im Zustand des permanenten Krankseins hielt, konnte sich Frau Nürtinger als aufopferungsvolle, ideale Mutter profilieren und fand nach langen Jahren psychischer Qualen endlich einen Notausgang aus ihrer privaten Opferhölle. Der Psychiater, Dr. Schwarz, hatte den seelischen Zustand von Frau Nürtinger also vollkommen korrekt eingeschätzt, als er sagte, dass Yasmin für die seelische Gesundung von Frau Nürtinger geradezu ein Glücksfall gewesen sei. Aber leider waren auch hier die richtigen Schlüsse erst viel zu spät gezogen worden.

Die Zeilen begannen vor Blochs Augen zu verschwimmen. Er kniff die Lider zusammen und starrte hinaus auf den See, als der Hund zu winseln begann. Schritte näherten sich zögernd, blieben stehen. Diesmal war es nicht die Kellnerin, und Bloch wusste, sein Warten hatte sich gelohnt. Bloch atmete aus und legte die Hand über die Augen.

Eva trat neben ihn. »Alles in Ordnung?«, fragte sie.

»Bestens, könnte nicht besser sein.«

Sie zog einen Stuhl heran, setzte sich, musterte die Zeitungsseiten. Churchill schmiegte sich zutraulich an ihr Bein.

»Du hast ganz schön Stress gehabt wegen mir, nehme ich an.«

Bloch versuchte ein Lächeln. »Na ja, jetzt sind wir allmählich quitt, oder?«

»Max hat dich sehr gerne«, fuhr Eva fort. »Er bewundert dich.«

»Max ist ein ganz erstaunliches Kind«, diesmal fiel ihm das Lächeln leichter.

»Ist nicht jedes Kind erstaunlich?« Eva starrte mit zusammengekniffenen Augen auf den See hinaus.

Bloch riskierte einen Seitenblick und fand, dass sie ihm ähnlich sah. Familienähnlichkeit war kein Grund, stolz auf sich selbst zu sein, entschied er und nahm den Blick wieder vom Gesicht der Tochter.

Eva setzte ihren Gedankengang fort. »So ein Kindergesicht ist etwas ganz Besonderes. Irgendetwas ist in ihm, was sich in deine Seele einbrennt. Überleg doch mal, wie schnell die Kinder wachsen, wie sehr sie sich innerhalb kürzester Zeit verändern. Manchmal habe ich das Gefühl, Max sieht anders aus, wenn ich ihn am Morgen wecke, oder schon nach einem Mittagsschlaf erscheint er mir verändert; sein Gesicht, seine Art mich anzuschauen. Es geht manchmal sehr schnell. Und trotzdem erkennt man sein Kind immer wieder.« Eva verstummte. »Immer wieder«, echote sie nach einer Weile und zeichnete mit ihren Fingern ein unsichtbares Muster auf die Tischplatte. »Auch nach vielen Jahren.«

Eva zog ein zerknautschtes Päckchen aus der Jackentasche, nestelte eine Zigarette und ein Feuerzeug heraus und zündete die Zigarette an.

»Seit wann rauchst du?«

»Ist nicht so wichtig.«

Bloch schaute kommentarlos zu, als das Feuerzeug mehrmals klickte, ohne dass eine Flamme kam.

Schließlich lehnte sie sich zurück und stieß den Rauch aus.

»Du meinst, die Kinder hinterlassen eine Spur in uns?«

Eva lächelte und schwieg.

»Du meinst sicher, ich hätte es wissen müssen.«

»Was meinst du?«

»Deine Mutter hatte blondes Haar – genau wie du. Ich hätte es wissen müssen, dass du erst als Erwachsene angefangen hast dein Haar schwarz zu färben. Aber ich hatte es vergessen.«

Evas Schulterzucken, das leise, fressende Geräusch, wenn die Glut das dünne Zigarettenpapier ergriff. Sie steckte das Zigarettenpäckchen wieder ein und stand auf.

»Du gehst wieder? Jetzt schon?«

»Ja.«

»Weißt du, mir fehlt die Erfahrung mit Kindern. Von dir habe ich ja nicht allzu viel mitbekommen. Als du ein kleines Kind warst, meine ich.«

»Nein«, sagte sie. »Lass das. Ich will nicht darüber sprechen.« Sie warf die Zigarette zu Boden und zertrat sie langsam und sorgfältig.

Es tat Bloch weh, ihr dabei zuzusehen, aber er konnte den Blick nicht abwenden. »Ich wollte auf etwas ganz anderes hinaus«, meinte er.

Ihr Blick verbrannte ihn fast.

»Ich meine, vielleicht war es ganz gut, dieser Zufall, dass ich rausgeflogen bin. Sonst hätte die Kollegin Kronawitter nicht mit der Kleinen gesprochen, sonst wäre ich das gewesen und wie gesagt ...«, er hob in hilfloser Geste die Hände. »Ich habe recht wenig Erfahrung mit Kindern. Wahrscheinlich hätte die Kleine mir gar nichts erzählt, und wir hätten nie herausgefunden, dass sie im Grunde genommen kerngesund ist und nur durch den perversen Fraß ihrer Mutter diese ganzen Symptome entwickelt hat.«

»Wie geht es ihr denn jetzt? Sie hat versprochen, mir zu schreiben – aber ich glaube, wir hatten beide vollkommen vergessen, dass sie noch gar nicht schreiben kann. Ich habe gehört, sie ist immer noch bei dieser bosnischen Familie in Zürich? Die Polizei gibt mir keine Auskunft und das Jugendamt ... na ja, du kannst dir vorstellen, dass ich da auf Abstand gehe. Die halten mich sowieso alle für einen Freak.«

»Ein Freak – na hör mal!« Bloch bemühte sich um den Brustton der Überzeugung. »Nicht jeder Nonkonformist ist automatisch ein Verbrecher – wo kämen wir denn da hin, wenn wir uns im Leben nur von Vorurteilen leiten ließen?« Selbstironie war ganz eindeutig nicht eine seiner Stärken. Eva konnte ein nachsichtiges Grinsen kaum unterdrücken. Bloch fühlte sich ertappt und beeilte sich ihre Frage zu beantworten: »Soweit ich weiß, geht es Yasmin sehr gut. Sie genießt es offenbar, dass sie jetzt Geschwister hat.«

»Man wird sie lieben dort«, warf Eva in tadelndem Tonfall ein.

»Ja«, sagte Bloch hastig und schuldbewusst. »Ich nehme an, man wird sie lieben.«

»Manchmal könnte man direkt neidisch werden«, sagte Eva.

Ob sie die Kronawitter meinte, die nun Karriere machte und auf den Titelseiten herumgereicht wurde? Eigentlich wäre das seine Rolle gewesen; Bloch, der Leiter der Sonderkommission, ein brillanter Kombinierer, ein unermüdlicher Fahnder.

Die nächsten Worte flüsterte Eva, und Bloch musste sich nach vorne beugen, um sie zu verstehen: »Man könnte neidisch werden ... Diese Intensität, diese Kraft, mit der die Nürtinger ihr Kind liebte. Sie hat alles falsch gemacht, das stimmt, aber sie hat nicht aufgehört die Kleine zu ...« Etwas in ihrer Stimme geriet ins Wanken.

Unsinn, wollte Bloch sagen, sie hat das Kind nur benutzt als Bühne für ihre kranke Selbstdarstellung. Es grenzt an ein Wunder, dass Yasmin die Liebe ihrer Mutter überlebt hat. All dies wollte er sagen. Aber er räusperte sich und meinte: »Die Kollegin Kronawitter hat übrigens in einem Interview etwas Komisches gesagt.«

Eva hob den Blick.

»Sie meinte, als Arzt hätte man es einfacher. Da würde man wenigstens von Zeit zu Zeit ein Leben retten. Bei der Mordkommission sei das schon wesentlich schwieriger. Komisch nicht wahr? Dabei war sie das doch, die der Kleinen sozusagen das Leben gerettet hat.«

»Ich verstehe sie«, meinte Eva und hatte wieder diesen verlorenen Blick. »Überleben ist nämlich nicht alles, weißt du.«

Da atmete Bloch tief durch und wagte etwas Ungeheuerliches. »Was meinst du«, sagte er zögernd. »Könnte Max mich nicht von Zeit zu Zeit besuchen, und wir gehen gemeinsam mit dem Hund raus?«

Eva starrte zu Boden. Die schwarzen Haare fielen ihr ins Gesicht. Am Haaransatz erkannte Bloch ein paar aschblonde Strähnen.

Hilflos ergänzte er: »Ich könnte auch einen Fernseher kaufen, ich meine, jetzt, im Winter ist es vielleicht zu kalt, um stundenlang ...« Er verstummte.

Da grinste Eva, so wie er sie noch nie hatte grinsen sehen. »Mittwoch und Freitag«, sagte sie. »Da passt es prima.«

Bloch schwieg.

»Jetzt sag du mal was«, sprach Bloch nach unten, und Churchill schnaufte wohlwollend.

Wenn Bloch traurig war, schwieg er. Und wenn er glücklich war, fiel ihm auch nicht viel ein.

»Geht in Ordnung«, sagte er und bemühte sich so zu klingen, als ob er jede Menge Routine hätte in der Betreuung vierjähriger Enkel.

Nachwort

Dieses Buch erzählt nur eine Geschichte.

Nein, schon dieser Satz ist falsch. Dieses Buch erzählt viele Geschichten von vielen Menschen, und die meisten meiner Leserinnen und Leser wissen, dass ich jahrelang für süchtige und traumatisierte Menschen gearbeitet habe. Die vielfältigen Kontakte und tiefen Gespräche haben die Arbeit an diesem Buch inspiriert.

Dennoch sind alle Personen und Handlungen frei erfunden. So möchte ich auch niemandem ernsthaft raten, die Kombination von Betablockern, Grapefruit-Saft und Streichholzköpfchen zu Mordzwecken auszuprobieren. Es gibt effektivere und weniger zeitaufwändige Methoden. Die Kombination dieser Chemikalien ist ein reines Fantasieprodukt.

Auch die Untersuchungsmethode zur apparativen Offenlegung der Gehirnaktivität bei Traumatisierten gibt es in dieser Form nicht. Es gibt Forschungen in diese Richtung, die sehr interessante Gruppenergebnisse zeigen, aber man ist meilenweit davon entfernt, einen individuellen »Trauma-Lügendetektor« für Flüchtlinge zu haben, auch wenn manche Behörde sich dies sehnlichst wünscht. Auch die geschilderte enge Zusammenarbeit der Behörden, zum Beispiel mit dem Jugendamt, entspricht nicht der Realität. Für vergewaltigte Frauen aus Kriegsgebieten sieht die Wirklichkeit meist anders aus, als in diesem Buch geschildert. Selten wird es einen so verständnisvollen Ehemann wie Herrn Alic geben. Vereinzelt habe ich solche Familien kennen gelernt, aber sehr viele Frauen, mit denen ich sprach, sind nach einer Vergewaltigung von ihrer Familie verstoßen oder mit dem Tode bedroht worden und zogen es vor, »freiwillig« in eine vollkommen ungesicherte Zukunft zu gehen.

Personen und Handlung sind also frei erfunden. Auch wenn es manchem Leser schwer erträglich vorkommen mag – ich habe die Handlungsverläufe, gemessen an der Wirklichkeit, eher geschönt.

An dieser Stelle möchte ich mehreren Personen danken: zum einen Michael Odenwald, der als Psychologe die Forschungs- und Modellambulanz für Flüchtlinge mitbetreut, eine gemeinsame Einrichtung der Universität Konstanz und der NGO vivo international am Zentrum für Psychiatrie, Reichenau.

Sr. Madeleine Schildknecht, die seit vielen Jahren psychosoziale Projekte für junge Menschen in Bosnien aufbaut, habe ich schon in meiner Widmung erwähnt. Hier ist der Ort, um den vielen ungenannten, meist jungen Helfern zu danken, die in ehrenamtlicher Arbeit diese Projekte überhaupt erst ermöglichen und den Grundstein dazu legen, dass in diesem vom Bürgerkrieg zutiefst verwundeten Land überhaupt wieder Vertrauen und Zukunftshoffnung wachsen können. Wer sich über ihre Arbeit näher informieren möchte kann dies auf folgenden Websites tun: www.narkone.org/www.verein-idemo.ch

Ich weiß nicht, welche Zutaten »meine« Bäckerei Rentz für ihr Gebäck verwendet – aber es muss irgendetwas Bewusstseinserweiterndes darin sein. Wenn ich einmal nicht mehr weiterwusste, saß ich dort eine halbe Stunde einfach so herum und aß meine obligatorische Mohnschnecke. Dann ging es wieder mit dem Schreiben! Große Teile dieser untröstlichen Geschichte sind im tröstlichen Duft von Kaffee und frisch gebackenem Brot geschrieben worden. Auch dafür ein herzliches Danke!

Last but not least ein Danke an Ralf Kramp für seine Begeisterungsfähigkeit und sein Vertrauen sowie an Volker Maria Neumann für unermüdliche Präzision, gepaart mit Humor und Diskussionsfähigkeit.

KBV KRIMINALROMAN

Stephan Everling

TOTENVOGELSANG

Taschenbuch, 250 Seiten

ISBN 978-3-940077-94-3

9,50 EURO

Ein Einbruch führt Kommissar Schwarz, den Exil-Kölner, in die ehemalige Nazi-Ordensburg Vogelsang in der Eifel. Alles sieht zunächst nach einem Routinefall aus, doch als man bald darauf am gleichen Ort einen getöteten Journalisten findet, wird schnell klar: Die Angelegenheit ist komplizierter, als sie auf den ersten Blick scheint. Ob hinter den Taten Neonazis stecken, ob die Motive bei geheimnisvollen, alten Dokumenten, bei lang verschollenen Kunstschätzen oder bei den skrupellosen Machenschaften menschlicher Heuschrecken zu suchen sind, bleibt vorerst ein Rätsel. Dann geraten die Ereignisse außer Kontrolle: Im Schleidener Tal bricht eine Welle von Gewalt aus, die auch vor Schwarz selbst nicht Halt macht. Er kann erst dann Licht ins Dunkel bringen, nachdem er dem Tod mehr als einmal ins Auge geblickt und einen Weg gefunden hat, seine Ängste zu besiegen.

»... ein Krimi auf hohem Niveau, der zu überzeugen weiß und den Leser auch mitreißt. Da bleibt nur zu hoffen, dass Stefan Schwarz bald wieder in Aktion tritt!«
(media-mania.de zu »Totenkammerwald«)

Klaus Wanninger
SCHWABEN-SOMMER
Taschenbuch, 320 Seiten
ISBN 978-3-940077-92-9
9,90 EURO

Christian Fitterling, der Inhaber einer kleinen Maultaschenfabrik, fällt einem Mordanschlag zum Opfer. Er wird mit seinem Auto nachts von einer der Serpentinenstraßen auf der Schwäbischen Alb abgedrängt und stürzt in den Tod. Wer steckt hinter dem Verbrechen, und welche Motive spielen eine Rolle?
Die Kommissare des Stuttgarter Landeskriminalamts Katrin Neundorf und Steffen Braig stoßen im privaten Umfeld des Getöteten auf mehrere undurchsichtige Gestalten. Anonyme Hinweise auf dubiose Geschäfte der Firma führen die Ermittlungen überraschend in eine andere Richtung. Immer lauter stellt sich die Frage: Steckt in allen Maultaschen wirklich nur Fleisch und Gemüse?

»Höchst spannender Krimistoff vom Feinsten.«
(Ludwigsburger Wochenblatt zu »Schwaben-Ehre«)

»Im neuesten Schwaben-Krimi von Klaus Wanninger ist eine Gänsehaut vorprogrammiert.«
(Reutlinger Wochenblatt zu »Schwaben-Herbst«)

KBV KRIMINALROMAN